新 潮 文 庫

本にだって雄と雌があります

小田雅久仁著

本にだって雄と雌があります

深井家 系図

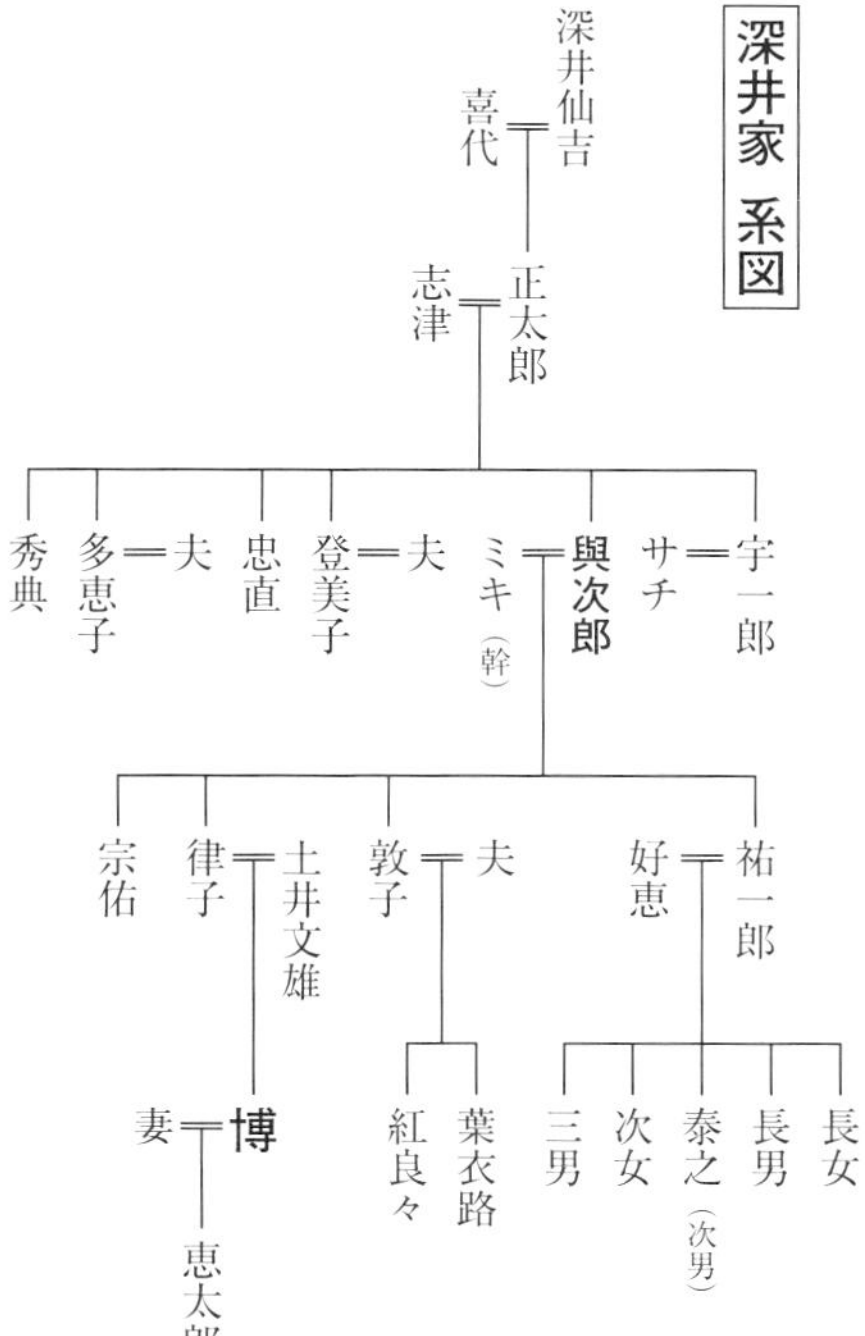
深井仙吉
喜代
正太郎
志津
宇一郎
サチ
與次郎
ミキ
（幹）
夫
登美子
忠直
夫
多恵子
秀典
祐一郎
好恵
夫
敦子
土井文雄
律子
宗佑
長女
長男
泰之
（次男）
次女
三男
葉衣路
紅良々
博
妻
恵太郎

亀山家 系図

緒方洪庵
八重
黒川宏右衛門
多賀
夫
妻
亀山惣吉
慈子
鶴山釈苦利
（亀山金吾）
美津子

一

あんまり知られてはおらんが、書物にも雄と雌がある。であるからには理の当然、人目を忍んで逢瀬《おうせ》を重ね、ときには書物の身空《みそら》でページをからめて房事にも励もうし、果ては跡継ぎをもこしらえる。毛ほども心あたりのない本が何喰わぬ顔で書架に収まっているのを目に止めて、はてなと小首を傾《かし》げるのはままあることだが、あながち斑《まだら》惚《ぼ》けしたおつむがそれを買いこんだ記憶をそっくり喪失してしまったせいばかりとは言えず、実際そういった大人の事情もおおきに手伝っているのだ。

というのが、私の母方の祖父、つまり君の曾祖父《そうそふ》ということになるのだが、深井與《ふかいよ》次郎《じろう》の回りくどい言い分である。要は、ただでさえ夥《おびただ》しい蔵書が余人の知らぬ間に増えに増えて書斎や書庫から土砂のように溢《あふ》れ出したことへの言い訳であり、さらにそれが廊下を着々と這《は》いすすみ、存外器用に階段まで下ってみせて、とうとう一階にまで陣を取るに至ったことへの言い訳であり、ついには與次郎とその愛妻ミキ、そして生まれる家を選べなかった四人の子らをもろとも冷たい土間へ蹴落《けお》とさんとその日常生活の場を喰い荒らし、いやいやここまで来ればいっそのこと、と厠《かわや》にまで厚かましく本棚が立った事態への言い訳なのである。ミキ曰《いわ》く、

「布団《ふとん》並べてお父はんと一緒に寝てるやろ。ほんだら、屋敷のどっかで、ときたま、カタカタ、とか、コトコト、とか、パタパタ、とか得体の知れん音しよるんよ。ほんで、言うわ言うわと思てむしろ待ってしまうねんけど、お父はん、やっぱり布団の中でうれしそうに言わはるわけや。『ああ、また本が増えてまうなあ。わしらもあいつらに負けんと、もうひと頑張りしよか』って。わて、たいがい寝たふりしたってんけどな……」

　しかし與次郎の屁理屈《へりくつ》といっても数あるそれの一つに過ぎず、であるからにはほかにもあれこれ思いついては開陳してみせたわけで、その一つがこうだ。

　ある日、與次郎がそこらの道をそぞろ歩いていると、轟音《ごうおん》とともに迫りくるダンプカーに睨《にら》まれて立ちすくむ、白銀の毛並も艶《つや》やかな子狸《こだぬき》を発見した。その尊い命を間一髪、柔道でいうところの前方回転受け身で救ってみれば、明くる朝より沓《くつぬ》脱ぎ石の上につねづね読まずにくたばったら成仏《じょうぶつ》できぬと気が気でなかった書物の数かずが折りよく虫よく心地よく積みあがるようになった。まさに情けは狸のためならず。ミキ

曰く、

「その話しはるときにはな、たった今その狸を助けたばかりやっちゅう具合に肩のあたりのありもせん塵《ちり》をな、大袈裟《おおげさ》に払いながら言わはるんよ。『いやァ、まさかこの世に白いチッテトがおるとはなあ』って。『あれはチッテトの白子《しらこ》やな、いやあ眼福《がんぷく》眼福、これがほんまの眼福茶釜《ちゃがま》……』ってけっこうしつこいねん。そのあとも何べんも舌嚙《か》みそうになりながらチッテトチッテト言わはるんやけど、わて、そこにはいっさいふれんといたろ思て、『はあ、さよか』とだけ言うてね……」

　こういうのもある。

　肝《きも》っ玉が小さくて番犬になるどころか泥棒にへいこらして金庫破りまで働きそうな柴犬《しばいぬ》の三太《さんた》を連れて與次郎が散歩にくり出したところ、その犬がしきりに前足の爪でとある道端をかりかりと引っかきはじめた。可愛い三太の気がすむならとそこらを掘っくりかえしてみれば、驚くまいことか書店の紙袋に包まれた本が、特段、水気を吸って太りもせず、汚れ一つない小綺麗《こぎれい》ななりで埋まっていた。まさに奇犬居《お》くべし。

　ミキ曰く、

「お父はん、三太の頭を撫《な》でながらな、ええ場所を選《よ》りすぐって引っかいたとかいう三太の前足を持ちあげはってな、うれしそうに縁側から言わはるわけや。『ほれ、見てみい。これがほんまの三太・爪《クローズ》や』。まあ、折りよう年末やったから、爪《クロー》の複数形がどうのサンタ・クロースのほんまの発音がどうのとあれこれ説明されたあとでは、さすがにちょっとはうまいな思たけど、わてがすぐにピンと来んかったんがよっぽと悔しかったんかして、結局あれきり聞かへん」

などと亭主與次郎を舌の上でいい塩梅《あんばい》に転がして孫子《まごこ》に語り聞かすのも、ミキ一流の照れ隠しだ。何しろミキは誰よりも與次郎の法螺《ほら》話に目がなかった。目がないどころか、退屈の影が差すたびに、

「お父はん、なんやおもろい話あれへんの。あれへん？　あるんやろ。あるくせに……」

などと與次郎が脳味噌《のうみそ》のひだに夫婦で分かちあうべき財物を隠し持っていると言わんばかりに催促していたほどだ。が、しかしもちろん與次郎にとっても渡りに船、しょうもない思いつきに口をむずむずさせながらも思案顔を装《よそお》って、

「うーん、せやなあ。ああっ、そう言やァ、今日なあ――」と来る。

でもって、例のごとくうまいようなうまくないようなことを持ち前のえがらい声でがさくさ言うと、ミキときたら何はさておき真っ先に顔をぺしゃんこにして笑っていたものだ。その独特の笑顔には、麩《ふ》を喰いに上がってくる鯉《こい》がくしゃみしたような鼻

ぺちゃ離れ目をひっくりかえしてジャラジャラお釣りが来るほどの愛嬌《あいきょう》があった。私も三年前にようやく我が子を持つようになって思うのだが、というより、いまだ歯も生えそろわぬ君が誰に教わるでもなく、にへらっ、と締《し》まりのない笑みを浮かべるのを見てそう思うようになったのだが、きっとミキは赤ん坊のころからずっとおんなじ顔で笑いつづけてきたのだろう。羨《うらや》ましいかぎりである。こんな八方破れの私も親の端くれと見えて、時おり君にどんな生涯を送ってほしいかと詮《せん》ない考えを巡らせたりするのだが、ミキのように始めから終わりまでをおんなじ顔で笑えるという以上にましな一生など思いつかないのだ。

とはいえ、ミキの笑顔が笑顔なら、まんまとミキを笑わせた與次郎の見せる得意顔も相当なものだった。子供じみた、などと形容すれば世の子供に失礼というもので、あれはあれで年季の入った顔芸なのか、そんじょそこらの子供がどれほど得意になってみせたところであれほどまる出しの得意満面を首の上にのっけられるものではなかった。今にして思えば、昔ながらのロイド眼鏡をぷくりと支えたまるい頬が七十を迎えてなお熟《う》れた李《すもも》のごとくてらてら艶つやと輝いていたのは、終生好きこのんだ酒の働きばかりでなく、幸福の勢いをも存分に借りたものではなかったか。

大正三年生まれの與次郎、そして大正六年生まれのミキ、三つ違いの二人は、要す

るに月並なおしどり夫婦だった。目の毒だの雄の貧相なおしどり夫婦だのとよそ様から冷やかし交じりに煽《おだ》てられようものなら、

「ほんまのおしどりは毎年、相手をとっかえひっかえするそうですわ。あやかりたいあやかりたい」

などとうんちく披露《ひろう》ついでにまぜっかえす與次郎ではあったが、二人は確かに人間が夫婦の理想と見るところの、いわゆるおしどり夫婦だったと私は思う。その証拠に、いくら笑い上戸《じょうご》のミキとはいえ、誰の軽口にもおんなじように腹の底から笑いきるわけではなかったし、與次郎は與次郎で誰を笑わしても大人げのかけらもなく得意満面というわけにはいかなかった。ミキにはやっぱり與次郎でなければならなかったし、與次郎にもまたミキでなければならなかったのだろう。つまり、ほかの誰それが相手ではズボンのポケットみたいに胸の内をひっくりかえして晒《さら》しきるわけにはいかなかったのだ。


しかし問題はやはり與次郎の書物蒐集癖《しゅうしゅうへき》である。苦しい言い訳を重ねながらせっせと蔵書を肥やす與次郎であったが、生涯にわたってしつこいぐらいにくりかえした一等お気に入りの言い訳があった。それが冒頭で紹介した、書物がナニして子供をこ

しらえる、というやつで、深井家においては、あの言い訳は與次郎のすかしっ屁《ぺ》のように当たり前に漂っていたから、みんな呆《あき》れ半分にしても調子を合わせずにはおれなかったものだ。

が、もちろん書物に雌雄《しゆう》などあろうはずがない。雄本《おすぼん》『鯨神《くじらがみ》』宇能鴻一郎《うのこういちろう》著は絹糸きりきりと浮きたたせて大蛇の巣のごとく怒張する栞《しおり》ひもを、情欲深き雌本《めすぼん》『花芯《かしん》』瀬戸内晴美《せとうちはるみ》著の淫液《いんえき》とろとろと潤《うるお》った百八ページと百九ページのあいだにぐいぐいと差しいれれば、いつの間にやらするすると帯もほどけてカバーもはだけ、ついには赤肌色に火照《ほて》る表紙もすっかりあらわに……などと子供らしからぬ奇想に耽《ふけ》りはしなかったものの、すでにカブト虫だのクワガタ虫だのが入ったケースに鼻息荒く張りついて心ゆくまで交尾の実演を貪《むさぼ》っていた私は、書物が交接に及ぶなどという妄言に惑わされはしなかった。

もっとも、危うく一杯喰わされかけた純朴な時代があったことは認めよう。與次郎は企《たく》み深げな光を眼鏡の奥にちらつかせつつ言ったものである。

「おい、ひろぼん。この本の表紙をこないして横から見てみい。上のほうがほんのりふくらんどるやろ。これが本のおっぱいや。いうたら、これは雌やな」

となると、下のほうがふくらんでいれば雄なのだろうが、確かに與次郎が本棚から抜き出して見せてくれる本の表紙はどれもこれもわずかに上か下がふくらんでいた。しかしそれは、当時の曇りなきまなこでは見破れなかったが、文字どおり子供だましの手口だった。與次郎はいわゆるソフトカバーの本を手に取って、裏側から親指でぐっと押していただけだったのだ。つまり、雄や雌どころか、「おっ、この本はおかまやな。上も下もふくらんどる」などと自由自在にやれたわけである。

しかし実を言うと、雄だの雌だのの発想はそもそも與次郎に降りてきた天啓ではなかった。後述するが、知る人ぞ知る先達《せんだつ》がいたのだ。まあ誰が最初に思いついたにせよ、実際、書物には明白に相性というものがある。どれとどれが、と鼻の利《き》かぬ人間に言いあてられるものでもないが、その相性のいい好きあった惚《ほ》れあった二冊の本を偶然にでも書架に並べ置いたが百年目、確かに子供をこしらえたとでも言いあらわすほかない現象が発生する。その一連の進みゆきを與次郎は「本が騒ぐ」「子ォを産んだ」などと言っていた。

祖父母の屋敷に泊まりにゆけば、確かにかならずと言っていいほど夜更《よふ》けに本が騒いだ。布団の中でぐっと息を殺し、耳を澄ます。すると、特に騒がしい夜など屋敷のあちらこちらでコトコトカタカタと鳴るのが聞こえてくる。その音はいかにも書物が硬い表紙のへりで書棚を打つかのようだ。お化けがどうの幽霊がどうのと大人が面白がって脅《おど》かす前から「本が騒ぐ」ことについて聞かされて育つのだから、それなりに怯《おび》えながらも子供としては本とは往々にして夜に騒ぐものだと思いこむ。いや、学者だの本屋だの司書だのつね日ごろから書物に囲まれて暮らす連中が雁首《がんくび》そろえて聞こし召そうものならきっと話題にのぼるのだが、実際、本とは騒ぐものだ。

となると自然、本が表紙を踏み鳴らして騒ぐところをしっかと目に焼きつけてくれようという考えが生まれるわけで、子供の私もしょぼつく目をこじあけて屋敷じゅうの本棚を見てまわることになる。もっとも、夜の便所にも一人で立てぬ子供のこと、呆れ顔の大人を楯《たて》にしつつ、へっぴり腰で警邏《けいら》するわけだ。が、もちろん徒労である。人が書いたものには違いないから、書物にもまた恥じらいが乗りうつるものらしく、人前で交《まぐ》わうなどもってのほか。だいいち書物らのあるじたる與次郎ですら現場を押さえたことがないと言っていたのだから、子供の気まぐれな夜まわりでしっぽをつかめるはずもないのである。

が、確かに本は増える。雄本だの雌本だのはともかくとして、本と本のあいだに読んだことも見たこともない本が、いや、それどころか、出版されたことも書かれたこともない、この世界に存在しないはずの本が、一夜にして忽然《こつぜん》と出現する。その姿かたちに奇異はない。開いて読んだところで、毒どくしい呪詛《じゅそ》が書きつらねてあるのでもなければ、泡を吹き白目を剝《む》いて卒倒するでもない。よほどの目利きでなければその本の異常に気づかず、視線がつるりと背表紙を舐《な》めるだけだろう。しかしその正体は、人の筆にも神の言葉にもよらずに虚無からひねり出された魔性の本だ。読まれてはならない、存在してはならない、叡知《えいち》の奈落《ならく》へと通ずる邪道の書物なのである。

その不可思議な書物は、古今東西およそ本の存在する土地ならどこにでも出現するらしく、世界各地で多くの人間によって、さまざまな言語のさまざまな呼び名を与えられてきたようだ。狭い日本の中ですらいくつも呼び名があり、幻書《げんしょ》、混書《こんしょ》、遁書《とんしょ》、化け本、交《ま》ぜ本などなどが併用されて統一の気配もないという。そこそこの蔵書家であれば生涯に一度や二度はその書物に出くわすらしいのだが、それについて額を集めてしかつめらしく議論するなんぞ粋《いき》じゃない、あれは元来、一人で楽しむもんだから、みたいな気どりが働くものか、それぞれで勝手気ままに呼び名をこしらえ、同族同類に会えば、あれ、あの本、例のもの、といった通ぶった曖昧語《あいまいご》を用い、「そういえば先日、十年ぶりにあれが出ましたけど、例によってやっぱり手に入れそこないました」「いやァ、実は宅にも六年前に例のものが出たんですが、これがまたなかなか乙なものでして――」などとちろちろ突つきあう、という具合にあれは書痴《しょち》業界にあってもなお日陰者の歴史を辿《たど》らされてきたのだろう。

一方、與次郎はと言えば、たいていは「幻書」と呼んでいた。読んで字のごとく「幻の書物」というわけだが、カネだの愛だのとおんなじで、ないところには毛ほどもなくとも、あるところにはどっさりある。まあ、どこにどんなふうにどっさりあるかは追い追い明らかにしてゆくとしよう。また、與次郎は幻書のことをごく稀《まれ》に「ウジャニ」と呼ぶことがあった。「ウジャニ」とは東南アジアはボルネオ島の北部に暮らす原住民の言葉で、「悪霊《あくりょう》の書物」あるいは「精霊の書物」というほどの意味になるそうだ。よりによってなぜボルネオの原住民の言葉を使うのかという疑問はさておき、さらに正確を期するためにその語源をさかのぼるなら、ウジャニというのはもともとその原住民の言葉ですらないらしい。彼らが語りつぐ口碑《こうひ》によれば、「聖なる乗り物で天空から降りてきた神々がそう呼んでいた」という。神々は彼らに言った。「ウジャニを見つけても、決して手をふれてはならない。もし手をふれてしまっても、決して中を覗《のぞ》いてはならない。その禁を破るならば、悪魔の山の牙の塔に常《とこ》しえに囚《とら》われるだろう。終わりなき物語に仕える僕《しもべ》として……」

二

ところで恵太郎《けいたろう》、君はもう知っているだろうか、君の名前の由来を。與次郎の「與」は「与」の旧字体だ。つまりこうなる。

与える次郎で與次郎。

恵む太郎で恵太郎。

一目瞭然《りょうぜん》だろう。実際、與次郎は、おのれの「與」の字に恥じぬよう努めたためか、巷《ちまた》ではたいそう気前のいい好漢として通っていたようだ。深井の屋敷には年がら年じゅう腹をくの字にした欠食学生が出入りしていたようだし、タクシーに乗れば、「運転手さん、釣りはいらんわ」と言いおいて颯爽《さっそう》と降り、その背中に熱い視線を妄想するのを好んだ。そんな気《き》っ風《ぷ》は手間ひまかけて蒐集《しゅうしゅう》してきた蔵書にまで及んだようで、本棚の一点にはたと目を止めた客が、かねてより探し求めていた本だなどと垂涎《すいぜん》の体《てい》を示そうものなら、

「カエサルのものはカエサルに。書かれたものは読む人に」

と得意の決め台詞《ぜりふ》を放って小鼻をうごめかし、あっさりそれを持って帰らせることもしばしばだった。しかしミキによれば、ずいぶんとあとになって突然、寝ぐせ頭をぴしゃりと叩き、「あの本、あいつにあげてもうたんやった。しもたなあ、しもたなあ。……ここで一句。逃がした魚も大きいが、あげた本もまあまあ大きい」などとおのれの見栄《みえ》っぱりをみっともなく悔いることもあったそうだ。人間、名実ともに大器になるのは容易ではないが、小さな器を見栄のレンズでめいっぱい拡大すれば、傍目《はため》にはだいたい似たように見えるということなのだろう。しかしもし與次郎にそう指摘すれば、大器とはそもそも見栄で造りあげるものだと居直りそうだ。そして與次郎は実際、その見栄だか大器だかが災いして柄でもない非業《ひごう》の死を遂《と》げるに至った、ということなのかもしれない。

さて、恵太郎、これを読む君ならもう承知のこととは思うが、與次郎が鬼籍《きせき》に入ったのは、昭和六十一年、私が小学六年生のときのことだ。ある日、與次郎は柩《ひつぎ》の中に横たわり、息苦しげに白菊に埋もれ、風呂でも外さなかった眼鏡を外し、長い長い法螺《ほら》話をようやく語り終えたとでも言うように力なく目を閉じていた。なんの言い訳もなく、ストンと切り落とされたように死んでいた。私は悲しいというより拍子抜けがした。突然、理由も分からずに終わった漫画の連載みたいに、まだ続きがあるはずや、という感じがした。そしてしばらく與次郎のいない日々を過ごしたのち、ふとした瞬間、大地からぴょこんと小さな芽が出るようにその続きの気配を感じたのだ。

　それは、二枚の鏡を使って初めてよそよそしい自分の横顔を見たような、いや、死という営みの横顔を見たような、そんな瞬間だった。その瞬間に、続きって俺のことか、と思ったのだ。次から次へと生まれては死に、生まれては死に、これからもずっとそれが続き、人間ってそういうことか、と思ったのだ。自覚のあるなしにかかわらず、誰もが誰かの続きを生きる。そしてもちろん私の続きもまた別の誰かが生きていく。僕も途中なんやな、と思った。僕だけやなくて、みんなみんな途中なんやな、と。そう思うと、自分が少し死んだような気がした。自分をすでに死んだものとして外から眺めるもう一つの視線が、ふっと背後をよぎった気がした。

　私はおそらくあのときから、腹の底でゆっくりと君の名前を育てはじめていたのだ。四半世紀も前から、いつかもし自分に息子が生まれたなら、きっと恵太郎と名づけようと考えはじめていたのだ。何も終わっていない。與次郎の人生が誰かの続きであったように、私の人生が誰かの続きであるように、君の人生もまた誰かの続きであるはずだから。その思いを君の名前に刻みたいと、そんなふうに思ったのだ。

しかし交際を始めて間もないころ、君のお母さんは私のこの案を聞くなり、目玉おやじの声真似《まね》をしている酔っぱらいの真似みたいな感じで「ゲゲゲの恵太郎……」などと言った。というか、実際に酔っていたのだ。お母さんはもともと駄洒落上戸《だじゃれじょうご》だから、酒が入ると、ありとあらゆる私の言葉に無理やり駄洒落をかぶせてくるのですごくしゃべりづらい。しかも、他人《ひと》のユーモアには宇宙一点が辛《から》いのに、お母さんの駄洒落を含めたギャグの完成度はおしなべて低い。つい昨日も、風呂あがりに缶ビールを三本ばかしパカパカと空けたお母さんは、首にかけていたバスタオルをやにわに股《また》ぐらに挟むと、端っこを両手でつかんで前方にぴんと伸ばし、「いったんもめん！」とか宣言していた。そのギャグは君が乳離《ちばな》れしてアルコール解禁になってからもう七回目ぐらいだが、幸いくり出した本人は翌日になるともう忘れている。お父さんはそんなお母さんが大好きなので、すぐさまパーカーのフードをかぶり「ねずみ男！」とかやって必死に調子を合わせてます。でも大丈夫。まだ君に縞《しま》しまのちゃんちゃんこ着せたりはしてないから。

　ああ、前置きがえらい長くなった。実を言うと恵太郎、お父さんは広告代理店の営業という職業柄、クライアントと親密かつ恒久的な関係を取り結ぶべく、恐妻ネタ交じりの世間話で充分に場を温めてから本題に入るという、回りくどくてちょっと卑屈な習性が骨身に染《し》みついてしまっているのだ。さて、いい加減、場が温まったに違いないから、今度こそ本題に入ろう。

小学四年生の夏休みのことだったが、私の身柄はひと月ほども深井家の屋敷に預けられた。目先が近いせいか、たつきに思いわずらわぬせいか、子供のひと月と言えば、めっぽう長い。しかし母親の子宮に赤ん坊の頭ほどもある腫瘍《しゅよう》が見つかり、その摘出手術のために入院することになったのだと言われれば、シキュウキンシュという耳慣れぬ言葉に子供なりに禍《まが》まがしい響きを聞きとって、事のなりゆきを黙って呑《の》みくだすしかなかった。これがいつもなら、父母と三人で一階右手の十畳間に川の字に布団《ふとん》を並べる。父がいないときでも母と二人でりの字になって眠る。が、しかしその夏ばかりは一人きりの一文字《いちもんじ》。布団を三枚も並べられるところに毛も生えぬ子供が一人、身が細る思いで眠るのだ。しかもそれがひと月も続くというのである。

あのころの私は兵庫県の宝塚市というところに住んでいた。父母と三人でリバーサイド某《なにがし》という川沿いのマンションの一室を借りて暮らしていたのだ。そのおかげで、私の耳は知らず知らずのうちに絶え間ない川のせせらぎを聞いていたのであり、意識もまたその背景音の中を漂うことに慣れきっていた。

しかし深井家の屋敷には真の静寂があった。夜が深まると、世界じゅうの命あるものの無きものすべてが申しあわせたように、いちどきに押し黙る瞬間があった。草木《こ》も眠る、とは思えなかった。眠ることなど決してなく、ただいっさいのものが息を凝らし、艶《つや》のないぽっかりとした瞳《ひとみ》で私を見おろしている気がした。静寂はすべての恐怖を濛々《もうもう》と焚《た》きつける絶大な息だった。人前では決して騒がないと知っていても、足下に立ちならぶ本棚の群れが怖かった。天井板の木目が、びしゃびしゃと沼から這《は》い出てきた髪の長い女のように見え、その濡《ぬ》れた手で頬を撫《な》でられそうで怖かった。が、しかし何より確乎《かっこ》たる実体を備えて私の心胆《しんたん》を寒からしめたのが、長押《なげし》の上にずらりとかけられた古ぶるしい肖像写真の数かずだ。

それらは、いかにも與次郎の思いつきらしいまったく悪ふざけの過ぎた写真ばかりだと当時は思われた。例を挙げると、アッシリア王国の王アッシュールバニパルだの古代ギリシャの哲学者アリストテレスだの、カメラが発明される以前どころか、ついこのあいだまで好きな食べ物はマンモス、みたいな連中の写真まであるし、かと思えば、アントニオ・パニッツィだとかヴェスパシアーノ・ダ・ビスティッチだとか、日本初上陸のスパゲッティみたいな名前の、何をしでかして額に収まっているのか皆目分からない外人の写真まであった。しかし彼らのことは不問に付そうと子供心にも思っていた。何者であれ、所詮《しょせん》、人間の写真に過ぎないということだ。

結局、もっとも深刻な問題だったのは、明治時代の高名な蘭方医《らんぽうい》であるらしい黒川宏右衛門《ひろえもん》の横綱級に不気味な肖像写真である。そもそも私は幼稚園のころ、その写真の男が人間だとは教わらなかった。與次郎は鳥山石燕《せきえん》の画集にあるぬらりひょんの絵を私に示し、次に宏右衛門の写真をほれ見てみいと指さすと、この通り紛《まご》う方なき同一物体である、となると自然、日本全国にただ一枚現存する本物の妖怪の写真ということになる、と得々として断言した。確かに写真の男は石燕の描くぬらりひょんそのものだと思ったが、当時からすでにその場の空気を中途半端に読むことに長《た》けていた私は、ぬらりひょんのほうこそただの気色悪いおっさんと違うんか、とは言わなかった。

実のところ宏右衛門は、日本陸軍の創設者とも言われる、かの大村益次郎《ますじろう》と席を並べて緒方洪庵《おがたこうあん》の適々斎塾《てきてきさいじゅく》に学んだ、そこそこに腕の立つ医者であり、知に飢えた博覧強記の鬼才だった。しかしいずれにせよ、妖怪呼ばわりは失礼だ。というのも、まったく世に知られていない地味な逸話ではあるが、宏右衛門は風が吹いて桶《おけ》屋が儲《もう》かるよりはもっと確かな関わりをもって深井家の恩人なのだ。

さて、唐突だが、宏右衛門と言えばコレラである。でなければ当時の雰囲気を出して古呂利《ころり》でもいいし、さらに脅《おど》しを利《き》かせて虎狼痢《ころり》でもいい。が、たった今ワープロによる漢字変換が相当面倒だということが判明した上に、字面《じづら》だけでなんだかおなかが痛くなりそうだから、やっぱりコレラで行くわ。

というわけで、深井家の屋敷がある大阪府は赤磨《あかま》市の歴史をひもといてみる。すると、明治十八年から十九年にかけて、深井家のあった旧赤磨村のあたりでコレラが猖《しょう》獗《けっ》を極めたと市史に記されており、その惨状を救済せんと蘭方医であった宏右衛門が単身乗りこんできたことにもふれている。

それによれば、村の道みちに米の研《と》ぎ汁のような下痢《げり》便《べん》の小川がさらさらと流れはじめた折り、なんの因果かそんな偉いさんが深井家の離れを借りて昼夜を分かたず村民の治療にあたったという。つまり、宏右衛門は赤磨村にふらりと通りかかった福の神、あるいはちょっとした救世主だった。しかも、宏右衛門は與次郎の祖父仙吉《せんきち》までもがコレラに罹《かか》って尋常小学校教員の干物みたいになったとき、何やら得体の知れぬ粉を溶いた浣腸《かんちょう》を立てつづけに施《ほどこ》してその命を救ったらしい。もしこのとき仙吉がコレラでコロリと昇天していれば、当然その息子の正太郎《しょうたろう》は生まれてこず、さらにその息子の與次郎もこの世に現れず、その娘である律子《りつこ》も、さらにその一人息子の私も、そして恵太郎、君ももちろんのことそこにいない。まさに宏右衛門は深井家の恩人だ。

かくして宏右衛門は深井家の額縁にぬらりと収まっているのであり、因果によってきゃん玉を握られている私は粛々《しゅくしゅく》とその不気味な視線に耐えるべきなのである。

しかし妖怪呼ばわりするぐらいはまだまだ洒落ですむ生易しい仕打ちだったと言えよう。なぜなら、宏右衛門はほかの土地ではあまりいい待遇を受けなかったようで、とある村でコレラの治療と称して生き肝《ぎも》を抜くなどという根も葉もない噂《うわさ》を立てられ、結局、暴徒鬼畜と化した百姓たちに撲殺された上、万に一つも甦《よみがえ》るなと斬首《ざんしゅ》され、億に一つも化けて出るなと焼きつくされ、遺灰を川に流されてしまったからだ。なお警察に取調べを受けた百姓たちは揃《そろ》いも揃って天を指さし、ふんがあぞおがあ、とわけの分からぬことを口走って頭がおかしくなったふりを続けたという。が、まだ伝説は終わらない。宏右衛門は無念を晴らすべく黄泉比良坂《よもつひらさか》を這いもどると、生前、下にも置かぬもてなしを受けた古き良き時代を偲《しの》んで赤磨村の家いえに勝手に上がりこみ、コレラになってもいない元気溌剌《はつらつ》な子供に得体の知れぬ浣腸を無理強いして、その後の人生を便器をまたいで過ごすしかないほどの激烈至極な下痢を起こさしめたらしい。

というふうに子供のころから與次郎より聞かされたわけであり、しかもミキまでが一言一句その通りと相槌《あいづち》を打つわけだ。というのも、実際私の手元にある『黒川宏右衛門伝』にもそう記してあるのだから致し方ないかもしれないし、そうでもないのかもしれない。ちなみに、広辞苑と並べてもなんら見劣りしない浩瀚《こうかん》極まるこの書物は、與次郎の父、つまり私の曾祖父《そうそふ》である正太郎が堺の農学校を出てしばらくぶらぶらと自分探しのモラトリアムを謳歌《おうか》していた時分、その天より授かった若気の至りのありったけを注ぎこんで物したものだ。

正太郎は、枯れ枝を偶然にも三日続けてばきんばきんばきんと踏み折ったせいで、おのれがあの『南総里見八犬伝』を著《あらわ》した曲亭馬琴《きょくていばきん》の生まれかわりであるという妄念に取り憑《つ》かれた。そして家族を始めとする分別も良識もある人びとの反対を押しきって、にわかに「直亭牛涎《ちょくていぎゅうぜん》」を名乗ると、その筆名にたがわずだらだらと抑揚も節操も際限もない妄想を垂れ流しつつ、今で言うところのノンフィクション・ノベルをさらにひと回りもふた回りも信用ならなくしたような伝記を神懸《が》かり的な勢いで書きあげたのだ。自費出版されたそれは、いまだに一族郎党向こう三軒両隣どの家にも十冊以上存在し、漬《つ》け物石の代わりとか枕の代わりとか鈍器の代わりとか鉄アレイの代わりとかへそくりの隠匿《いんとく》場所とかになっているらしいが、実際に書物としての使用法を再発見し、これまた神懸かり的な忍耐力をもって読破しえたのは、曾祖父に耳たぶの貧弱さと影の薄さが似ていると言われる私ぐらいのものだろう。我が家にも三冊あるが、そのうち一冊は、恵太郎、今、君の椅子《いす》になっている。もっと君が大きくなって高さが足りなくなったら、二冊重ねてもいいし、なんなら三冊全部を重ねてもいい。でも、さらに大きくなっても中身は読まないほうがいいかもね。ほんと時間の無駄だから。

ちなみに辛口なお母さんが『黒川宏右衛門伝』を三十秒ぐらい読んだあとにどう評価したかと言うと、意外にも無人島に持っていきたい本のベストワンに挙げている。お母さん曰《いわ》く、

「焚きつけにもなるし、長編のパラパラ漫画も描けるし、洟《はな》もかめるし、お尻も拭《ふ》けるし――」

焚きつけやパラパラ漫画はいいにしても、この伝記をちぎって洟をかんだり、お尻を拭いたりしちゃあいけない。けっこうがさがさしてるから。

などとさんざん曾祖父をいじめてきたが、『黒川宏右衛門伝』を読みとおした世界で唯一の生き証人として不覚にも興味深く感じてしまった部分がまったくないとは言いきれない可能性があるかもしれないと率直に認めよう。じゃあ、どの点が興味深かったのか。実は宏右衛門は博覧強記の蘭方医という表の顔のほかにもう一つ、裏の顔を持っていた。いや、裏の顔というほど強面《こわもて》ではないし、天誅《てんちゅう》下す男の浪漫《ろまん》もないが、つまり、まあ、言ってみれば、戯作者《げさくしゃ》としての顔だ。十返舎一九《じっぺんしゃいっく》とか式亭三馬《しきていさんば》とかの

著名な先達《せんだつ》からは一段も二段も格が落ちる、というかだいぶごろごろ階段落ちして土間に至るものの、伝記の内容を虚心坦懐《たんかい》に受けいれるかぎり、宏右衛門は七つの滑稽《こっけい》本《ぼん》を世に問うた。というのは少し嘘で、あんまり世に問うてはおらず、自腹でちょっとだけ刷って周囲の人間にだけこっそり問い、蘭学ギャグを交えた楽屋オチを楽しんだらしい。いわゆる私家版だ。蘭方医たるもの低俗下劣な戯作ごときに本腰を入れては名が廃《すた》る、でも好きなものはしょうがないやめられない止まらない、ということなのかもしれない。

さて、黒川宏右衛門の戯作者としての号であるが、「卑陋亭九郎《ひろうていくろう》」という。「ひろう」だとか「くろう」だとか何やら中身を読む前から疲れてくる、手足の末端が冷えてくる、肩が凝る、目がしょぼつく、免疫《めんえき》力が下がる、自分の口臭が気になる、かくなる上は歯を磨いて早く寝たい、と思ったのは私だけでは決してなく、お母さんもまた宏右衛門の戯作の表紙を眺めた晩から苦労のあまり疲労したような不調を訴え、翌日になるとあんまり外に出ないくせに季節おくれのインフルエンザに罹り、一週間ほど私を飯炊《めした》き男その他諸《もろ》もろとして使役した。そして青白く病臥《びょうが》したしどけない妻の姿態《したい》にいつになくむらむらと劣情を催しつづけていた私は、夫婦の愛でついにウイルス調伏《ちょうぶく》を果たして閨事《ねやごと》解禁になるや否《いな》や、すわ致さんとお母さんに挑みかかり、どうやら逆算するに恵太郎、あの夜めでたく君の種つけが成就《じょうじゅ》したようなのだ。聞きたくないか、そんな話。

しかしこうしてねろねろと宏右衛門の裏の顔について書きつらねてきたのは、私の世界観及び人生観を一変させたあの驚天動地の大事件について語るにあたって、ここらで卑陋亭九郎の著書についても君に予備知識を入れるのが筋だろうと判断したからだ。などと勿体《もったい》ぶるも、内容はともかくこれがまた芸道にもとるひどい外題《げだい》ばかりで、『山陽道中肘海月《ひじくらげ》』だの『懐胎寝所《かいたいしんじょ》』だの『蘭学言葉責《ことばぜめ》』だのやっぱり楽屋オチの域を一歩も半歩も出ないのだが、中に一つだけ妙なもの、というかパロディではないらしい異色作があって、それがなんとあれの登場する『雄雌本《おすめすぼん》』なのである。上中下三冊に分かれているが臆《おく》するなかれ、一冊が五十ページほどと短いので、『黒川宏右衛門伝』などと較《くら》べても環境とか腕力とか人の寿命とか色んなものに優しいのだ。奥付《おくづけ》を見ると明治八年六月初版とあるが、血税一揆《いっき》だとかほにゃらら党結成だとか何かとかまびすしい明治初年といえば、福沢諭吉だの『西国立志編《さいごくりっしへん》』だの『輿地誌略《よちしりやく》』だの真面目《まじめ》っ子が読むようなのがベストセラーだったようだから、時代おくれの滑稽本なんぞ授業中に机の陰でこそこそエロ劇画でも読んでいるような具合だったかもしれない。

実はその『雄雌本』が今、手元にある。美濃紙和綴《みのがみわと》じの木版印刷、朝一の小便みたいな赤茶色の表紙で、五十センチぐらい鼻から離れていても、なんだか親父《おやじ》の枕みたいなにおいがする。これもまた深井家の本棚から抜いてきたのだが、では、どうしてそんなものが深井家にあったのだろう。『宏右衛門伝』によれば、宏右衛門に命を救われたような気になった仙吉が後日、大阪は瓦町《かわらまち》の宏右衛門宅をお礼参りに訪れ、その際ほかの著作と一緒に風呂敷に包んでどさりと賜《たまわ》ったものであるらしい。嘘っぱちばかりの不誠実な伝記、というより借景《しゃっけい》小説からの引用はなるべく控えたいが、ほかに引いてくるところもないのでしょうがない。作中の宏右衛門、仙吉に曰く、

「(前略)イヤァ、吾輩《わがはい》のごく近しい知人、と云《い》ふか、近過ぎて殆《ほとん》ど重ならんばかりの知人に卑陋亭九郎と云ふ、不遇を託《かこ》つて苦労して疲労して百年遅れでゼェ〳〵云ひながらやつて来やがつた、滅多矢鱈《やたら》とおもしれへ天才戯作者が居やがつてネ、その宏右衛門が……ぢやァなくて九郎が、世界平和だか民心慰撫《いぶ》だかの為《ため》に是非役立ててくれねへかつてなもんで吾輩に著書をゴッソリドッサリくれたもんだからサ、是《これ》ぞと云ふ見込みのある若者を見付けやうもんなら、かうやつて気前好《よ》くスイ〳〵進呈してゐる次第でネ、さうすれば生来気前の好い宏右衛門も……ぢやァなくて九郎も、大層喜ぶんぢやねへかつて話だァな。取分けこの『雄雌本』なんか実に悪くねへ、と云ふか、

寧《むし》ろ好い位《くれへ》の塩梅《あんばい》だと云ふ話だからサ、ナアニ宏右衛門の……ぢやァなくて九郎の代りにこの宏右衛門が手づから筆をとつて揮毫《きがう》の一つや二つや三つや四つや五つや六つ、持つてけ泥棒べらぼうめ（後略）」

ちなみにこの台詞は七ページほど続く。それに答える仙吉の台詞は十二ページ弱だ。ドストエフスキーよりだいぶひどい。

それはそうと『雄雌本』、ずいぶん引っぱるけどいったいどんな話なんだと君は大いに興味をそそられたことだろう。てゆうか、そそられてほしい。なぜと言うに恵太郎、深井家の屋敷に初めて一人きりで泊まったあの小学四年生の夏、この荒唐無稽な滑稽本に笑話《しょうわ》として記されていた由々しき超常現象が本当の本当に発生し、科学万能帝国のまったき少国民であった私の身に降りかかったのだから。

というわけで、あの夏に話を戻そう。深井家には右記のごとき宏右衛門にまつわる怪しげな諸事情があって、しかも普段から氷を嚙《か》んでは腹を下し先生に叱《しか》られては腹を下し悪童にカツアゲされては腹を下しと何かと胃腸の繊細な私は、要するにぬらりひょんふうの遺影にぬらりと見おろされながら一人きりで寝るのが心細かったのだ。

「ひろぼん、わてらと一緒に川の字んなって寝よか？」とミキが笑顔で助け船を出してくれたとき、なぜなりふり構わずその船に這いあがらなかったのか。いや、這いあがろうとはしたのだ。が、逡巡《しゅんじゅん》した。ミキの誘いに乗るにしても、子供なりにもう少し体裁《ていさい》のいいなりゆきを探ろうとしたのだ。しかし天《あま》ん邪鬼《じゃこ》の與次郎にその魂胆《こんたん》を見透かされた。

「いやいや、お母はん、ひろぼんはもうぼちぼち十《とお》になるんや。まさか一人で寝られんわけないやろ。わしなんか四つ五つのころから墓石の上やろうが火鉢の上やろうが出刃包丁の上やろうが一人で文句も言わんと寝とったで。それをもうすぐ十になるひろぼんにでけへんわけがない。なあ」

　と言って、どすんと前につんのめるほど背中を叩いてきた與次郎は、必死に怯《おび》えを隠そうとする孫の可愛さに右頰を、褒《ほ》め殺しによる加虐《かぎゃく》趣味に左頰を、それぞれぐいと持ちあげられ、妙な具合に笑っていた。それを見たミキもまた、孫の可愛さに右頰を、與次郎のたわいもない茶々に左頰を持ちあげられ、妙な具合に笑っていた。となると、私もまた妙な具合にへらへらと笑うしかなかったのだが、さすがに自分ではどんな顔で笑っていたか知りようもないし知りたくもない。

　ちなみにいかにも教師の息子らしい博《ひろし》という野暮ったくも生真面目そうな名前から、私は與次郎とミキから「ひろぼん」と呼ばれていた。飲むと目が冴《さ》えて元気になる「ヒロポン」とは濁点と半濁点の違いだが、ただそれだけでがくっと威勢が悪くなって寝るのも大好き、毎眠暁《まいみんあかつき》を覚えない感じだ。

とまあそんなわけで、私はひと夏、ひと皮剝《む》けるために広漠たる十畳間に一人で寝ることになった。とはいえ、耳鳴りがするような静寂にも本がゴトゴト騒ぐのにも宏右衛門のじっとりとした眼光にも三日もすれば慣れてしまい、しかも與次郎とミキは二人がかりでぎいこうぎいこうと鋸《のこぎり》でも挽《ひ》くように相当な鼾《いびき》をかくので、もし川の字になって眠っていたら、真ん中で下手に静かにしている私なんぞ烏賊《いか》みたいに輪切りにされていたに違いないのだ。

それはそうと、深井家で暮らすにはさまざまな掟《おきて》を守らねばならなかった。その掟の多くが書物に関わるものであるのはもちろんで、筆頭に来るのが、「書物の位置を変えるべからず」という一見大した罪悪とも思われない禁忌《タブー》である。しかも、一冊分右へ、とか、一段下へ、とかすら絶対に許されない厳格な掟なのだ。聞けば古くからの由緒《ゆいしょ》ある掟のようで、母やその兄弟たちもおんなじように言い聞かされて育ったらしい。そんなもんちょっとぐらい動かしたってバレやしまい、と君なんかはナメてかかるだろうが、そうは問屋が卸《おろ》さない。與次郎には何やら野獣じみた縄張り管理能力があって、ちょっとでも並びに異常があるのを視界の隅に捉《とら》えると、家の中で犬の糞《ふん》を踏んだとでも言わんばかりに、むむ、と小首を傾《かし》げて立ちどまり、「おいおいおいおい、ここの本、動かしよったな。だァれやァ」と来る。ミキはまったくと言っていいほど本棚にさわらないから、犯人はつねに子供たちだ。もっとも、丁寧に扱うなら、そしてちゃんと元の場所に戻すなら、本を書架から抜き出しても構わないのだが。

ちなみに、置く場所を変えるなというのは、蔵書の並びに秩序を与える上で必要だというだけではない。それ以上に重要なのが、與次郎の口から冗談まじりに語られる「本の相性」の問題だ。本の位置を変えてしまうことによって、もしかしたら相性のいい本が並んでしまうかもしれない。もちろんその確率は限りなくゼロに近い。しかし決してゼロではない。幾度も幾度もくりかえされれば、いつかは必ず起こる。そして実際に起きたわけだ。

あの夏、私はその禁忌を破った。といっても、決して悪意によるものではない。九歳児のあどけない怠惰がそうさせたのだ。ひどく蒸し暑く、さすがの私もなかなか寝つけない夜のことだった。晩御飯のあとに普段飲みつけない大人の飲み物アイスコーヒーなんぞをミキに作ってもらったのも事態を悪くしたに違いない。伝説のヒロポンをやったみたいにとにかく目が冴えに冴えた。もう一生眠らないだろうし、それどころか、本当は今までも一度だって眠ったことなんかなかったんじゃないかというような物狂おしいほどの冴えようだった。つまり私は夜を持てあましていたのだ。となると、何かで時間をつぶさねばならない。例によって、私が一人で寝ていた十畳間にも、大人ですら踏み台がいるほど背の高い古めかしい本棚がどかどかと立ちならんでいた。私はその前をうろつき、一冊の本を抜き出した。忘れもしない、灰色の箱に入った、ミヒャエル・エンデ著『はてしない物語』だ。開いてみると、いきなり「古本屋　カール・コンラート・コレアンダー」という文字が左右逆、つまり鏡文字で書かれていた。さすがは名作、冒頭からしてひと味もふた味も違う。ガラスに書かれた文字を裏から読ませるというその突飛《とっぴ》な発想に私はぐっと来た。

ぐっと来たはずが、すっと寝ていた。どれぐらい経《た》っていたかは見当もつかない。が、とにかくしばらくして目を覚ました。布団にうつぶせになり、枕に顎《あご》をうずめていた。部屋の電気は煌々《こうこう》と明るかったが、外はまだ真っ暗で、屋敷はいよいよ静かだった。枕元を見ると、『はてしない物語』が開かれたまま置いてある。あっ、と思った。それは深井家の掟に反する光景だった。書物についてくどくどと数多くある掟の二つにだ。まず、本に開きぐせがついてしまうからだろう、「抜きたるまま用に立つべからず」だった。立つべからず、だから寝てりゃあ文句あるまい、という屁理屈《へりくつ》は通用しない。立つならまだしも、寝るなどもってのほかだ。そしてそもそも、「席上（つまり畳の上）に直《じか》に置くべからず」だった。本棚に戻すか、机の上に置かねばならないのだ。ちなみに、「臥《ふ》して読むべからず」という掟もあるにはあったが、「必ず拝をして読むべし」だの、「手に唾《つばき》をつけて繰《く》るべからず」だのとおんなじで與次郎自身もたびたび破るせいだろう、これらはなんとなく時代にそぐわなくなった因習として看過《かんか》されていた。

さて、目は覚めたもののまだひどく眠たく、厚ぼったい緞帳《どんちょう》のようにまぶたが鼻先に降りてくるのを、幾度も眉を上げて引きもどさねばならなかった。また寝入ってしまう前に本に栞《しおり》ひもを挟むと、寝転がったまま箱に入れた。それが収まっていた本棚は部屋の隅にあり、夢うつつの子供の脚では果てしなく遠かった。まあええか、と悪魔が囁《ささや》いた。まあええよ、と天使も囁いた。が、せめて本棚にしまおうと思い、上体を起こすと、すぐ足下に立つ本棚の空いたところに適当に突っこんだ。そしてそのままばたりと倒れこみ、大往生《だいおうじょう》を遂《と》げたのだ。私は明け方まで目を覚まさなかった。

それはそうと、私が不用意に本を押しこんだのは、世界文学全集、アルベール・カミュの『異邦人・ペスト』とジャン・ポール・サルトルの『嘔吐《おうと》・壁』のあいだだった。カミュとサルトルが犬猿の仲だったせいで、自然と隙間《すきま》が空いていたのだ。といっても、この際カミュには間男《まおとこ》の役すら与えられないのであって、そうときを待たずに判明することだが、サルトルの『嘔吐・壁』とエンデの『はてしない物語』の悪縁こそが問題なのだった。

　ところで、たった今、私は本棚から『旧約聖書』と『新約聖書』と『コーラン』を引き抜いて机の上に積み重ねてみた。この三兄弟はカミュとサルトルより仲が悪いが、重ねようと思えば重ならないこともない。ひとえに重力のおかげだ。もしこの三冊がこの世からなくなれば、数千年来の宿便が解消されたようで猛烈にすっきりするようにも思われるが、さらに剣呑《けんのん》な書物の出現を押さえこむ瘡蓋《かさぶた》のような働きをしていないとも言いきれないし、いずれにせよ世界的ベストセラーとして資本主義経済に貢献しているのは確かだから、その辺はまあよしとする。というわけで、試しにその上に手を置いて宣誓してみよう。神様、私は嘘をつきません。本当のことだけを書きます。もしくは本当だと信じていることだけを。完璧《かんぺき》だ。というわけで、本当の話をしよう。

　眠さのあまり「書物の位置を変えるべからず」という掟を破った翌朝、びらびらばさばさ、というやかましい音で私は目を覚ました。鳥の羽ばたく効果音を素人《しろうと》映画に入れようとして、試しに本の背表紙をつかんで縦横無尽に振りまわしてはみたものの、さっぱり鳥のようでないなやっぱり、というふうな音だった。果たせるかな、事実もほとんどその通りだった。目をばちりとかっぴらくと、一冊の本が背表紙を天井に向けて、まるでコウモリか蝶々《ちょうちょう》のようにびらびらと部屋じゅうを飛びまわっていたのだ。

いかんいかんと思った。本が空を飛んじゃあ紙が傷《いた》んでしまっていかんし、そんなのを見たらもう一度寝なくちゃいかんと思った。しかしもちろんこんな異常な状況では鈍器で殴られでもしないかぎり即座には眠られない。

そこで、ぴしゃり、と縁側の障子が開いた。そしてすかさず、寝間着を尻からげにして青筋の透ける生《なま》っ白《ちろ》い脚を突き出した與次郎が、ただでさえ巨大な目をさらにくわっと剝いて敷居の上に仁王立ちになる。しどけなく横たわる孫の姿など眼中にない様子で、その目はひたすら天井すれすれを器用に舞い狂う書物を追っていた。突然、與次郎がふわりと跳躍する。その右手は逃げまわる本をばしっと音を立てて捕まえた。與次郎は私の布団のすぐ手前にすとんと着地。驚いた。宙を舞う本に驚いたのか、それを慣れた身のこなしで見事に捕らえた與次郎により驚いたのか、いや、もちろん両方にだろうが、とにかく驚きが高じて私は死んだふりをした。

與次郎の屈《かが》む気配がした。狸《たぬき》寝入りを決めこむ私におおいかぶさるようにしてじりじりと見おろしてくるのか、まぶたの向こうが翳《かげ》っている。

「ひろぼん、本を入れ替えよったな」と天の声が降ってきた。

私は名を呼ばれてそっと片目を開け、與次郎の表情をうかがうと、うん、とものの二秒で自白したものだ。與次郎の手の中で、本は釣りあげたばかりの変に四角い魚のようにまだびくんびくんと跳ねていた。

さて、ここでふたたび思い起こすべきは卑陋亭九郎の『雄雌本』だが、まさに右記のような場面で始まるのだ。ある朝、書肆《しょし》の主人便三郎《べんざぶろう》が目を覚ましたところ、なんと天井のあたりを一冊の本が飛びまわっているではないか。便三郎は布団の中で目をつぶり、独《ひと》り言《ご》つ。

「いけねへ〳〵。本が鳥みてへに飛んぢまつちやァ、世も末だァ。此様《こんな》世の中ぢやァ、おち〳〵本を売つても居《ゐ》られねへし、左様《さう》かと云つて、代《かは》りに鳥の野郎をフン捕めへて売る訳にもいくめへ。夫《そ》れぢやァ鳥屋になつちまう。斯《か》くなる上は、又候《またぞろ》寝るしかあるめへテ」

いつとは知れないが、著者である黒川宏右衛門もまた私と似たりよったりの経験をしたと考えるのが適当だろう。蘭学者のうちでも蔵書家として鳴らしたという宏右衛門だから、こういう場面に出くわしてもなんら不思議はないのだ。

さて、便三郎ようやく暴れる本を捕まえて曰く、

「おいらァ、さつきからどうもこいつの外題が引ッかゝるナ。ア、べらぼうに引ッかゝる。『二叉腕枕両佐男《ふたまたうでまくらもろざを》草紙』だつてヨ。ハテどつかで聞《きい》たやうな。ヤ、此《これ》はむかふの本棚の『二叉佐男《ざを》』と『両腕枕草紙』とが、腰を振りつ振られつして餓鬼でもこ

しれへたんぢやあるめへナ。ム、思へば思ふ程ホンニ左様にちげへねへ。どつちが雄でどつちが雌だかァ知らねへが、サテハうちの売りもん同士で野良《のら》猫よろしく乳くり合ひやがつたナ」

　これで有罪確定だ。宏右衛門は幻書《げんしょ》の素人じゃない。

　ちなみに『雄雌本』のこの後の展開は実にたわいもない。物音に丁稚《でっち》が目を覚まし、妻も子も次つぎと起きてくる。そんな中、鳥の群れが飛びこんだように店じゅうの本という本が一冊残らず宙を舞いはじめ、それをみんなでどたばたしつつ捕まえまくる。そこからはひたすら駄洒落だの軽口だのの応酬だ。しかし、江戸語だか何語だか知らないが、古めかしい言いまわしを逐一《ちくいち》調べつつ読みすすめていくから、肝腎《かんじん》の駄洒落も気づいたときには笑い損ねているのである。

　話を戻そう。掟破りにいずれ下されるであろう裁きはさておき、私は神妙に與次郎のやることを眺めていた。與次郎は本をわきに挟み、懐《ふところ》から黒くてまるい器に入った朱肉と白くて四角い印鑑のようなものを取り出した。そして幻書を畳に押さえつけると、表紙を開き、そこにぐっと判をつく。くっきりと朱に浮いた文字はどれもこれも脚が長くて気色悪い毒虫みたいで私には判読不能だったが、きっと「深井與次郎」と書いてあるのだろうと思った。そこで與次郎はふたたび本を閉じると、泣きつのる赤子を宥《なだ》め落とすように「鎮《しず》まれェ、鎮まれェ」と幾度か唱えた。そのさまは、狐憑《きつねつ》きの娘をお祓《はら》いするテレビ番組に出てきた胡散《うさん》くさい祈禱師《きとうし》と五十歩五十一歩だったが、不思議なことに、というか、不思議じゃなくなったことに、幻書は確かにじたばたするのをやめ、うんともすんとも言わなくなった。

これはのちに與次郎から教わったことだが、新たに産声《うぶごえ》を上げた書物は特殊な蔵書印を押されることによって持ち主の言葉に従うようになるのだそうだ。その蔵書印は象牙《ぞうげ》から削り出されたものだが、そんじょそこらの象牙にあらずして、東南アジアはボルネオ島の密林にのみ生息する、寝たきり女の内腿《うちもも》のように真っ白な象のものでなければならない。しかもその象にはギリシャ神殿の柱のような脚が六本もあって、狸の金玉袋より広びろとした翼も生えていて、その長い鼻は地球の裏側からでもずるずると書物を吸いあつめることができるから、それに引きよせられてかくのごとく本が飛びまわるということらしい。しかし結局のところ、それはもはや象などではなく、事実上、叡知《えいち》の化身であり、書物の秩序を守る守護者なのだそうだ。いやあ、つねづねそうなんじゃないかと思ってましたよ、おじいさん、でもちょっと入れ歯がくさいかな、などと茶々を入れずに、お伽話《とぎばなし》か神話か口から出まかせを言って寝起きの子供を煙に巻くつもりに違いないと考えることにしたが、世界のルールが変更になって本が空を飛ぶようになったのなら、ムカデみたいにぞろぞろと脚の生えた全長五百メートルのピンクの象が急坂になった線路を駆けのぼってゆき、鼻で汽笛を鳴らしながら宇宙旅行に飛び立たないことを証明する方法はないとも思った。

しかし與次郎は孫が長い舌でべろべろと眉毛を舐《な》めまくったのを見逃さなかったのだろう、これ見てから疑わんかい、という勢いで一冊の本をどさりと私の前に投げ出した。菓子箱みたいに四角い大きな書物だ。表題は『象ル翔天』とあった。ぞうるしょうてん。象る、象らない、象ります。あすこの翔天様がそろそろ象るんだってね、みたいなことではやっぱりなくって、その本があんまり年代物だから、タイトルが右から左へと横書きされていたのだ。正しくは『天翔《あまかけ》ル象』。当時は読めなかったが、その上には“The Flying Elephants of the World”と英語でも表記されている。世界は広いんだから象が飛んで何が悪いと言わんばかりで、実際そういう夢も希望もある内容だ。

実はこの手記を物するにあたって、この本もまた深井家の本棚から抜いてきた。序文からしてぬけぬけとこう始まる。

「大まかに云つて、どうやら世界には象が二種類居るやうである。翼の有る奴《やつ》と、無い奴と」

だいたいそうだろ、というつっこみも使えそうで使えない。原書がイギリスで出版されたのは西暦一九〇八年。ダーウィンの『種の起源』が世に出てから半世紀も経っているから、進化論を自由な発想で駆使してまことしやかに翼の生えた象の発生過程が説明されている。仕事で嫌なことがあった晩など、そこを読んで是非とも笑おうと試みるが、笑うほど面白くはない。著者はジョージ・シンという名のインド系イギリス人だ。はて何者か、と国会図書館にまで足を運んで調べたところ、本業は世界を股にかけた旅行家兼画家であったらしい。緻密《ちみつ》な挿絵入りの旅行記をいくつも世に問い、二十世紀初頭、本国イギリスではそこそこの人気を博したようだ。日本で翻訳されたのはデビュー作の『天翔ル象』だけのようだが、拙訳《せつやく》をもってほかの著作の表題を紹介すれば、『雪男の村で暮らす』、『地下帝国からの脱出』、『アトランティスの絶景』、『リヴァイアサンの腹中にて』などなど。というわけで、象が飛んでも大したことない。実際、『天翔ル象』を読んでいると、百年前はまだこんなのいっぱい空飛んでたんだろうなあ絶滅しちゃって残念あんな硬そうなの食べつくしちゃうなんて人間てわりと歯が強いという気がしてくる。そんなこと全然書いてないけど。

さて、與次郎が信を置くジョージ・シンによれば、天翔る象は古《いにしえ》より世界各地でしばしば目撃され、さまざまな呼び名を与えられているのだが、東南アジアはボルネオ島にもやっぱり天翔る象がいるようだ。島の北部に暮らす原住民の言葉ではそれを「アヘラ」と言うらしい。ちゃんとシン本人の手による挿絵もあって、與次郎の言葉どおり、鬱蒼《うっそう》としたジャングルの上空を巨大な翼を広げて飛行する六本脚の象っぽい何かだ。子供の時分、ジュール・ヴェルヌの『海底二万里』や『神秘の島』などを熱心に読みふけったが、その銅版画のごとき細密な挿絵をだいぶ頼りなくして気持ちと勢いで補ったような感じである。それにしても象の笑ったような目がにゅるっとこちらを見おろしていて不気味だ。しかも左の牙が途中で折れていて、「天翔る象の中でも一際《ひときは》稀代《たい》なる其《そ》の姿形は、四本の腕を生やし、片側の牙が折れてゐるヒンズー教の神ガネーシャにも多大な影響を与へた可能性の有る旨《むね》を指摘しておきたい」

などと聞いたこともない独特かつ図々《ずうずう》しい説明がある。それについてガネーシャ・サイドのコメントも欲しいところだが、お母さんが大好きな近くのインド料理屋『ニルヴァーナ・キッチン』で、腕が四本ぐらいありそうにナンをどしどし焼く、耳がでかくて鼻の長いおっさんがこの前「わたし、ガネーシャいいます」とか名乗って、確かに煙草《たばこ》を吸いやすそうに歯が一本抜けていたけどあいつでいいのか。

それはさておき、当時はろくろく挿絵ぐらいしか眺めなかったが、今、目を皿のようにして行間を読んでみても、「アヘラ」が叡知の化身だとか書物の守護者だとか電気掃除機みたいに本を鼻で吸いあつめるだとかは記されてはいない。しかし象牙の蔵書印を押すことによって、飛んでいた本が飛ばなくなる、つまりあたかも普通の本のごとく大人しくなるのは事実だ。與次郎はそれを「契約」と呼んでいた。ひとたび「契約」が成立したなら、その書物は與次郎に自由を差し出す。では、與次郎は書物に何を差し出したのか。これが『ファウスト』なら、死後、悪魔メフィストフェレスの奴隷《どれい》とならねばならないところだ。しかし與次郎はおんなじ学者であっても決してファウストではない。ファウストは真理を追い求めるあまり、ついには知識に吐き気を催すに至ったが、與次郎は果てなき探求に倦《う》むことを知らなかったのではなかったか。いやいや、それはまたあの衝撃的夏の二年後、與次郎が横死《おうし》を遂げた際に問題になることだから、ここではこれ以上語るまい。

さて、與次郎は大人しくなった本を手に取り、その赤っぽく艶めく外観をしげしげと眺めはじめた。一見したところ、なんの変哲もないハードカバーの本だ。持ちあげてみても特に軽いわけではないので、こんなものがついさっきまで本当にばさばさと宙を飛んでいたのだろうか、やっぱり宴会芸か何かのために練習中の奇術手妻《てづま》のたぐいで與次郎に一杯喰わされたんじゃあるまいか、とふたたび舌を伸ばして眉毛を舐めまわしたくなってくる。

　それにしてもなんについて書かれた本だろう。私は初めて目にした生まれて間もないその幻書の題名をこわごわ覗きこんだ。『はてしなく壁に嘔吐する物語』。朝も早うから、えずきそうになった。子供だてらに嘔吐などというしち難しい熟語を知っていたのが災いして、阿呆《あほ》には効かない文字感染型の吐き気を催したのである。これはきっと忘年会に引っぱり出された新入社員がべろんべろんになって側溝《そっこう》に頭を突っこんだまま路地裏に放置される話だろうなどとはさすがに想像を巡らせなかったが、とにかく強いて読むにも二、三行ごとの空《から》えずきは免《まぬか》れぬであろう胸糞《むなくそ》悪い題名だった。

与次郎も不快げに下唇を突き出すと、ばたんと本を閉じた。そして、

「こらァ特にひどいわ。読み終わるころには尻の穴まで口から出とるな」と言い、がははは と笑った。

　与次郎によると、書物が生んだ書物にはこのように題名がごたまぜになったものがしばしばあって、特に小説の場合の結果が芳《かんば》しくないらしく、内容の愚劣さはおおね題名のそれに比例するとのことだった。それでも与次郎はその駄作にもはるか届かぬであろう小説を懐にしまいこみ、

「生まれてもた幻書はな、たいてい二階の書斎に入れてるんや」と、とっておきの秘

密を明かすように声を低めて言った。

あっ、そうだったのか、と私は内心、膝《ひざ》を打った。実を言うと、私は二階の書斎には一度も入ったことがなかった。書斎の入口は、おどろおどろしい海坊主《うみぼうず》の群れのようにしか見えない木目の引き戸が護《まも》っていて、祖父母が出入りするところすら目にしたことがなかったから、事実上、開かずの間になっていると思いこんでいたのだ。ミキ曰く、

「お父はん、あの部屋で手の平ほどもある大《おっ》きな紙魚《しみ》をぎょうさん飼《こ》うてはってな、毎日いらんようなった本だの新聞紙だのを放りこんでばりばり喰わしよんねん」

本が騒ぐのも本当は雄本《おすぼん》と雌本《めすぼん》がナニするせいなどではなく、書斎から脱獄を果たした紙魚が娑婆《しゃば》の書物の中に喰い入って自由のもたらす喜悦に打ち震えるせいらしかった。

そもそも私は深井家で目撃するまで紙魚などという紙を喰うらしい平べったい虫を知らなかった。初めて見たときは、必要にして充分平らかに踏みつぶされたあとの薄幸なダンゴムシの死骸《しがい》だと思ったのだが、與次郎がすでに薄っぺらいそれをさらにさらに憎にくしげに踏んづけたものだから、おじいさん、もう充分じゃないですか、ダンゴムシは薄くなって反省してます、みたいな博愛だか節足動物愛だかに満ちた台詞

を吐いた気がする。ちなみに深井家に出没する紙魚はたいてい三歳児の草鞋《わらじ》ぐらいに押し出しが立派で、與次郎が見つけるたびに「シミ、消えろ！　シミ、消えろ！」と鏡の前のおばはんみたいなことを絶叫しつつ、びたんびたんと裸足《はだし》で踏みつけては畳に紙魚の形をしたシミを作るのだが、紙魚にとってはお菓子の家に住んでいるようなものだから、いっこうに数が減らないし巨大化も止まらないのだった。いずれにせよ、與次郎の紙魚ぎらいは、おなじ書物を喰らって生きる者としての近親憎悪《ぞうお》と言えよう。

さて、老いの力を借りたものか、與次郎は毎朝夜明け前に目を覚ますと、警備員のように懐中電灯を持って屋敷じゅうの本棚を見てまわり、新しい幻書が生まれていないか確認しているのだと言う。それはひとえに、生まれたての幻書が目を覚まし、ボルネオだかなんだかの白い象の呼びかけに応《こた》えて飛び立つその前に身柄を確保するためらしい。いや、むしろ話の順序が逆で、屋敷じゅうの本の場所を毎日毎日わざと変えることによって、なるべく多くの幻書が発生するように実験を重ねているのだとか。もちろんそれは掟に真っ向から反する行為だから、私としては当然そこをここぞとばかりに指摘したのだ。が、市民は拳銃を持ってはいけないのに警察官が持っていいのはなぜだ、との與次郎の詭弁《きべんろう》を弄した問いかえしを受けて、うっ、と漫画みたいなうめき声を漏らしたまんま絶句してしまった。つまり、與次郎は権力を笠《かさ》に着て自由気ままかつ縦横無尽に屋敷じゅうの本を入れかえては、よそ様の竹林に忍びこんで筍《たけのこ》を探すみたいにこそこそと毎朝毎朝、新たな数冊の幻書を本棚から「収穫」し、蔵書印をついて書斎に運びいれていたわけだ。ちなみに與次郎が言うには、

「どんな本が生まれてくるかは、わしにもいっこうに読めん。しかしやな、時たまとんでもない本が出ることがあるんや。まだ誰にも発明されてへん科学技術について書かれとったり、まだ起きてもない未来の出来事について書かれとったりすることがある。そういう本はな、絶対に読んだらあかん。万が一、我慢できんで読んでしもても、絶対に人に中身を話したらあかんねや」

とのことだった。実際、分別のない人間がそういった書物を手に入れて悪事に利用したり私腹を肥やしたりし、歴史の流れを変えてしまうという事件が、表沙汰《おもてざた》にはならなくとも世界じゅうで発生してきたし、今現在も発生している節があると言う。

では、いつどのように歴史が改変されたのか、半信半疑、というより一信九疑の心持ちを押し隠しながら、私はごく当然の問いを投げかけた。與次郎が真っ先に例として挙げたのは、暴力と独裁の暗黒星にして人類倫理への永遠の挑戦者、などと物ものしい修辞を並べ立てたところで、その全体像を決して言葉によっては掬《すく》いあげることのできないあの人物だ。そう、アドルフ・ヒトラーの巨悪を表現するには、ただ「ア

ドルフ・ヒトラー」とその名を口に上《のぼ》せるほかない。ヒトラーは本来なら、、、、第二次世界大戦が勃発《ぼっぱつ》して間もない一九三九年の十一月八日、ミュンヘンのビアホールにおける演説中に爆殺されるはずだったと與次郎は言う。つまり、ナチズム生誕の地で、赫々《かっかく》とナチズムを称《たた》えながら、ナチズムもろとも吹き飛ぶのが「歴史律」に適《かな》ったヒトラーの皮肉な運命であるはずだった。

今、私は「歴史律」などという怪しげな言葉をさらりと持ち出したが、これは言うまでもなく與次郎の口から出たものだ。どうせなら大音量の屁をかまそうと気張るときの顔が音楽室にかかるベートーヴェンの肖像に似ていなくもない與次郎によると、歴史とは全人類で奏《かな》でる壮大無比な交響曲のようなものであるらしい。個々人にある程度の即興演奏がゆるされてはいるが、ハーモニーの移りゆきは先の先まで決定されている。みんな大好き自由意志定食がのったちゃぶ台をどちゃんとひっくりかえすような由々しき物言いだ。

当時は音楽の喩《たと》えなどいまいちピンと来なかったが、今の私の脳裏には、人類の滅亡までの響きを余すところなく予告する、図書館いっぱいの夥《おびただ》しいコード譜のようなものが浮かんでくる。試しに一冊を書架から引き出してみると、表紙には例えばこんなふうに記されているだろう。『歴史律　№８９６２』。人類の大半を占める凡庸な演奏者は不協和音を鳴らさぬよう知らず知らずのうちにその響きに合わせて無難な旋律を奏でてしまう。が、ヒトラーは違った、ということなのか？　前もって次のコードを知りえたならば、あえて間違った音を発して不協和音を作り出し、さらには先ざきのハーモニーにまで影響を与えられる、ということなのか？

さて、ヒトラーと幻書の関わりについて話を続けたいと思うのだが、その前に色いろと前置きが必要となってくる。さらに突っこんで語ろうとすると、與次郎の口から聞いた話ではなく、とあるいかがわしい書物『幻想の書誌学——ありえざる書物の系譜』からの受け売りになってしまうことをあらかじめ断っておかねばならないからだ。

三

というわけで、ここに至ってようやく鶴山釈苦利《つるやましゃっくり》が登場する。この鶴山釈苦利は『幻想の書誌学』の著者なのだが、彼について何事かを語ろうとすると、地震で果てしなく崩れひろがった大量の書物のイメージが浮かんでくる。つまり、どこから手をつけたものか、と途方に暮れて何か全然別のもっと刹那《せつな》的な享楽《きょうらく》に溺《おぼ》れたいような、でなければ、これを機に本なんか一冊も読まない単純素朴かつナチュラルな暮らしで人生再出発したいような心持ちになるのだ。しかしこの手記の性質上、いずれ釈苦利についてはあれもこれも書き記さねばならない定めだから、ここはいっちょう腰を据えて順々に片づけてゆくしかあるまい。

まず第一に、『幻想の書誌学』が幻書《げんしょ》について書かれた本であるだけに、その著者である釈苦利も言わずと知れた日本屈指の大蔵書家だ。一説によると、その蔵書量は三十万冊を超えるらしい。以前、釈苦利は某雑誌の取材を受けて、絶対に読みきれぬことを知りながらなおも増やしつづけるのはなぜか、と問われたが、

「本は増やすもんじゃない。増えるんだ。本は勝手に増えるんだよ（笑）」

と答え、ご覧の通りどうやら最後に笑ったようだ。幻書の存在を念頭に置いた、一般読者に毛ほども伝わらない楽屋オチだったために、きっと自分一人で笑って収拾をつけざるを得なくなったのだろう。

第二に、釈苦利は大坂に適塾を開いた蘭方医《らんぽうい》、緒方洪庵の玄孫《やしゃご》であり、なおかつ『雄雌本』の著者である卑陋亭九郎こと黒川宏右衛門の曾孫《ひまご》でもある。ここで明かすと、宏右衛門は先述したとおり顔かたちは魅力に乏しかったし、しょうもない駄洒落《だじゃれ》

と滑稽本《こっけいぼん》を断てなかったけれど、根は勤勉にして実直、しかも飲まず打たず買わずと多くの美点を見込まれて、師である緒方洪庵の長女、多賀《たか》を嫁にもらったほどの大人《たいじん》なのだ。そして二人の孫娘にして詩人、これがまた恐ろしいようなバタくさい美貌《びぼう》の持ち主なのだが、その黒川慈子《やすこ》が釈苦利の母親である。ゆえに釈苦利が幻書の存在を私のように幼少の時分より知っていたとしてもさして不思議ではないのだ。

第三に、鶴山釈苦利は本名を亀山金吾《かめやまきんご》という。もしや、と君も思ったかもしれない。そう、釈苦利はあの亀山グループにゆかりのある人間である。三代目が鉄道工事で荒稼ぎした資金を元手に、さまざまな事業に手を広げた四代目亀山惣吉《そうきち》だったが、その惣吉と黒川慈子とのあいだに生まれた次男坊こそが釈苦利なのだ。しかし幸いにも握り拳《こぶし》みたいなごつごつとした面構《つらがま》えの惣吉にはちょっとも似ておらず、慈子一人で産んだかのような瀟洒《しょうしゃ》な顔立ちである。今年九十七歳のはずだが、四谷の大邸宅に暮らし、書物の亡者《もうじゃ》としていまだ亀山系企業である玄武堂書店の役員を続けているらしい。

第四に、この点がこの手記にとって一等肝腎《かんじん》なのだが、鶴山釈苦利こと亀山金吾は半世紀にわたって我が祖父深井與次郎の宿敵だったのだ。

二人の腐れ縁は歴史が古い。昭和七年の四月、二人は本郷にあった旧制第一高等学校に入学した。おんなじ寮の同室で寝起きと空気と負けん気をともにしたこともあっ

「一高時代に二人してよく二人で張り合ったらしい。しかも母が言うには、」

たが、そのころからすでに反りが合わなかったらしい。しかも母が言うには、「一高時代に二人しておばあちゃんを奪いあい、おじいちゃんが勝った」のだとか。ミキの若いころの写真を、縦横斜めあるいは逆さまから眺め見ても、取りあうほどの上玉との感慨はちっとも湧《わ》かないが、アイドルでも「動くと可愛い」という「うごドル」がいるから、きっとそのジャンルだったのだろう。実際、笑うと可愛かったしね。

しかしそんな青春の日々も、実は二人がリングに上がる前の客寄せの舌戦《ぜっせん》、マイク・パフォーマンスに過ぎなかった。戦後に二人が上がったそのリングというのは、何を隠そう日本幻書蒐集《しゅうしゅう》タイトルマッチのそれだ。などというでたらめな呼称はたった今、私が勝手につけたものだが、当たらずといえども遠からずと言えよう。二人は、東京と大阪でその根城《ねじろ》こそ離れていたものの、世人の与《あずか》り知らぬ水面下で幻書の蒐集という蝸角《かかく》の争いに明け暮れていたのだ。幻書を集めている者は日本全国でも百人に届かないらしいが、それでも與次郎と釈苦利は二人揃《そろ》って日本の幻書蒐集家四天王に列せられていたというから伊達《だて》や酔狂じゃない。残る二人は、與次郎と同じくすでに亡《な》き数《かず》に入ったが、全国にチェーン展開するドラッグストア「ホッタ堂」の創業者、堀田喜久三《きくぞう》と、熊本は天草の豪商の末裔《まつえい》である大浦豪右衛門《ごうえもん》だったそうだ。となると現在は、長寿に恵まれた釈苦利ただ一人が年経《ふ》りた巨竜のごとく幻書蒐集の玉座

にまどろみ居座っている、ということになるのだろう。しかしその宿敵釈苦利について與次郎曰《いわ》く、

「あいつは幻書のことなんかなんも知らんただの素人《しろうと》や。数だけ集めたらええと思てるからな。猫に小判、豚に真珠、釈苦利に幻書や」

つまり、その本当の値打ち、なかんずくその恐ろしさを知らずに無闇矢鱈《むやみやたら》と掻《か》きあつめていると難じていたのだ。しかしそれを言うなら、酷評の餌食《えじき》になったのは釈苦利だけではない。幻書の蒐集という点で評するなら、與次郎は自身のほかには誰をも認めてはいなかった。日本広しといえども幻書の正体に肉薄しているのはただおのれのみと強烈に自負していたようだ。いや、より正確な印象を述べるなら、與次郎が抱えていたのは自負などと呼べるようなおめでたいものではなかったように思う。というのも、與次郎は幻書について語るときはいつも、自らの悪癖を半ば誇りながら半ば嘲笑《あざわら》うかのような、仄暗《ほのぐら》い薄笑みを浮かべていたからだ。

あの苦にがしい笑みの源はなんだったのか。私は祖父母の死後、とある事情からそういった幻書の抱える暗部をちらとうかがい知ることができたのだが、ほかの凡庸な蒐集家たちとは違い、ただ與次郎のみが、幸か不幸か、幻書のなんたるかを知悉《ちしつ》する機会を与えられたのだ。しかし悲しいかな、それを脳味噌《のうみそ》のひだの奥に仕舞いこんだ

まんま彼岸《ひがん》へと渡り去ってしまった。酔い方が湿っぽくなると、自嘲《じちょう》の笑みを口角に寄せつつ、

「わしはボルネオで半分死んだようなもんやからな……」

と漏らすのが一つの口ぐせだったが、残る半分の死もまた南洋の戦場におけるそれに劣らぬ過酷で理不尽なものとして四十年越しに追いついて来たのだ。

以上のことを踏まえ、深井與次郎と鶴山釈苦利の出会いについても記していきたい。

二人の初対面のとき、まだ釈苦利はその筆名を名乗っておらず、ただの尻の青い優《やさ》男《おとこ》、亀山金吾に過ぎなかった。といっても、あの亀山財閥の流れを汲《く》む名家の子息だから、坊主《ぼうず》頭も足駄《あしだ》も手拭《てぬぐ》いも似合わぬ生まれついての高等遊民だ。その点で言えば、與次郎も十八町歩《ちょうぶ》余りもの農地を抱える地主の家の生まれではあったが、全国津々浦々に名の知れわたった亀山一族と較《くら》べるとどうしても見劣りしてしまう。というわけで、釈苦利の血筋は、小利に聡《さと》い豪農の域を一歩も出ない深井家の次男坊とは毛並がひと並もふた並も違うのであって、実際、與次郎と釈苦利が一高時代の学友らと並んで撮った古い写真を見ても、風呂ぎらいの柴犬《しばいぬ》と美容院帰りのプードルがただ犬という共通点だけで一緒にいる、といったふうの見逃しようのない懸隔《けんかく》がある。ちなみに二人が入学したとき、東京府立一中の四年修了から一年飛び級してきた釈苦利はま

だわずか十六だったが、大阪の旧制中学に五年通ってからのんびり上がってきた與次郎は十七になっていた。もっとも、このあたりの年齢差は現在の大学とおんなじような感覚で捉《とら》えるべきで、同級とはいえ入学の時点ですでに数歳の開きがあるのはざらだったようだ。

さて、一つ年上の與次郎は、入寮にあたって同室に布団《ふとん》やら何やらをふらふらと覚《おぼ》束《つか》ない足どりで運びこんできた亀山金吾をひと目見るなり、

「マネキンみたいなやっちゃな」

と言ったらしい。悪態というより率直な感想だろう。マネキンより先に釈苦利に出会っていたら、與次郎はきっとマネキンに、釈苦利みたいなやっちゃな、と言ったはずだ。一方、釈苦利は屈辱のあまり思わずどさりと布団を落とし、

「マネキンじゃない。僕にはちゃんと亀山金吾という名前があるし、だいいち着替えだって自分でできるんだ」

と歯の隙間《すきま》からわなわなと声を絞り出した。しかし若き與次郎はさらに率直だった。

「カメヤマキンゴ？　ほなカメキンか。はははは」

與次郎はいかにも東京は山手然とした都会的美少年にナメられまいと、浪速《なにわ》の急先《きゅうせん》鋒《ぽう》として出会い頭に軽い立ちまわりを演じただけなのかもしれない。その標的がたま

たま目についた、薔薇《ばら》と星を背負ったような白面郎、亀山金吾だったのではあるまいか。

ともあれ、見た目どおり繊細な釈苦利はぐさりと大いに傷ついた。空から恐怖の大王が降臨してアンゴルモアの大王を甦《よみがえ》らせてしまう前に、ということで、西暦一九九九年になってとうとう出版された釈苦利の自伝『しゃっくりと手を携《たずさ》えて……』にはこう書かれている。

彼の事はFとだけ記そう。不愉快のFだ。そう。皆も知るあの男だ。

(中略)マネキンならまだ意味は通る。しかし、カメキンとは何であるか。勝手気《き》儘《まま》な省略は承服しがたい。ふと、私の脳裏に金鍍金《めっき》された安っぽい亀の置物がぎらりと出現した。告白するが、私は動物の中では亀が、金属の中では金が一等嫌いなのである。何故《なぜ》と言うに、亀という奴《やつ》は甲羅を一生着たきりでどうにもこうにも不潔極まりない。なら金はどうかと言うと、かつてどこの馬の骨とも知れぬ輩《やから》の金歯として、さんざっぱら舐《ねぶ》られたのではないかとの疑いが兆《きざ》してしまう。つまり、私は私の名前が大嫌いなのである。選《よ》りに選って、その亀と金を結合させるとは、何と鈍重で、何と毳々《けばけば》しい事態であろう。

私は同じ屈辱を味わわせてやろうと思い、Fに名を問うた。が、何と詰まらない、何と略しがいのない名前であった事か！　私は布団の中で一晩中考えに考えてまんじりともしなかったが、Fの名前はどこをどう略そうとも全く詰まらない事この上ないのである。そして仕方なく、私はFの事を「不愉快」と呼ぶ事にした。「不快」でも良かったのであるが、それではあまりにもそのままの発音であり、毒を含んだ悪態とは気付かれずに聞き流されるやもしれぬと危惧《きぐ》したのである。

そしていよいよ朝が来、顔を見るなりぶつけてやった。

「やあ、不愉快！」

その不愉快はすかさず返して来た。

「おう、ダメ山。目の下に隈《くま》が出来てるぞ」

実を言えば、カメキンと呼ばれた事はそれまでにも幾度かあった。が、ダメ山は初体験であった。当たり前のようにするりと言われた瞬間、あ、僕ってダメだな、と思ってしまった。あの瞬間、私の人生は確実にいくらかダメな方向へ向かい始めたのである。

私は今度こそ本当に不愉快になり、激昂《げっこう》のあまり論旨《ろんし》の判然としない事を捲《まく》し立ててしまった。

「そそそう言う君は隈の下に目が出来てるぞ。あ、違うか。そそそれ眉毛か。じゃあ目の上に眉毛が出来てるぞ！　何か普通だな。そのままだな。ええと、ええと……」

私はどうもここぞと言う時に気の利《き》いた台詞《せりふ》を吐けない質《たち》なのだ。実際、Ｆは終始きょとんとした様子で明らかに完全無傷、いかなる痛痒《つうよう》の気配も見受けられなかった。面の皮が厚いとはよく言うが、Ｆの場合、面の皮が後頭部の皮と密着しているよう。事実上、脳が無いのである。

かような訳で、以来、「不愉快」と「ダメ山」、私とＦはそう呼び合うようになったのである。私がしゃっくりを始めるまでは……。

という次第で、與次郎と釈苦利の関係は出足でつまずいて転んで泥沼にはまった。それどころか、一高三年間、帝大三年間、そして社会に出て両者ともそれなりの地位と名声を得てからも、與次郎が死ぬまで長い針でちくちくと突つきあったのだ。いや、右の文章は與次郎の死後に書かれたわけだから、釈苦利はいまだ與次郎の死屍《しし》に鞭打《むちう》っていると言うべきか。しかしそれでいいのだ。死んだぐらいでお手柔らかに扱われるようでは逆に與次郎の器が疑われる。死してなお喧嘩《けんか》を吹っかけられるようでなければ、学者としては二流三流ではなかろうか。

　さて、最後の点、釈苦利の職業だが、もちろん文筆家である。筆名の由来ともなった「百年しゃっくり」という謎の痼疾《こしつ》によって陽の当たる表通りより追われた彼は、異端的、周縁的、頽廃《たいはい》的知識を紹介する文筆家として知られるようになった。そして、そもそも異端的である幻書蒐集家の中でもさらに異端の道へと踏みこんでゆく。與次郎の書き残した全著作全文章を一行一行舐《な》めるように精読したとしても、「幻書」のふた文字が見つかることは絶対にない。それどころか、混書《こんしょ》、遁書《とんしょ》、化け本、交《ま》ぜ本、ウジャニ、どんな表現であれ、幻書の存在をちらとでもうかがわせる文章はいっさい顔を出さない。そういう不文律があるのだと與次郎は言った。愛書家にゆきわたる不文律。漁師だけが船上で食べる料理とか、飛行機乗りだけが見るＵＦＯとか、まあそのたぐいのものだろう。

　しかし異端を自認して居直る釈苦利は、さらりと言及するどころではなく、なんと幻書を題材にして一冊まるごと書き、それを世に出してしまった。それが昭和五十四年の異色作『幻想の書誌学――ありえざる書物の系譜』である。暗躍を旨《むね》とする幻書蒐集家たちのあいだでは、まさに業界の内幕を世間にばらす悪逆非道の暴露本であると受けとられたようだ。そこが與次郎をして、釈苦利はただの素人、と言わしめるところなのだろうが、さらに素人の私としては、内容の真偽はさておき、その本から多くの情報を得たのであり、今まさにそれを参考にして君に語ろうというのである。

ところで、先ほど物ものしく暴露本などと書いたが、過敏に騒ぎたてた蒐集家たちの案に相違して、世間一般はそう深刻に受けとらなかった。幻書の噂《うわさ》を聞き知る愛書家のあいだで日本文学史上屈指の正偽《せいぎ》判じがたい怪書と目されたぐらいがせいぜいのところで、あくまで軽妙洒脱《けいみょうしゃだつ》で珍奇な読み物として釈苦利の著書を楽しむ人びとのあいだでは、徹底的にノンフィクションを偽装した実験的なフィクション、つまり「擬《ぎ》似《じ》ノンフィクション」の一種であると信じられたのだ。

実際、釈苦利はほかにも六作の明らかにそれと分かる擬似ノンフィクションを物している。例えば、ウクライナ出身の実在しない悲劇的文豪の評伝『コレシチェンコの見た夢――スターリンとの愛憎』であるとか、アマゾンの奥地に隠れ住むという実在しない未開人とのなんとも噛《か》みあわないがゆえにいまいち心温まらない微妙な交流を描いた紀行文『呪《のろ》われた民――ポワンガ族という異界』であるとか、明治末期に瀬戸内海の架空の離島で酸鼻を極める連続殺人事件が発生したものの、そこにちょうどいいのか悪いのかコレラが猛然と襲ってきて死者が続出したものだから結局どうでもいい感じになったという経緯の記録『網代《あじろ》島十人殺し――コレラさえ来なければ』などがある。それら実在しない事物についての釈苦利のまことしやかな筆致は、創造主のエピゴーネンたる捏造者《ねつぞう》の仕事こそ微に入り細を穿《うが》つものでなくてはならぬとでもいうように偏執的《へんしゅう》なまでに緻密《ちみつ》であり、もはや、ああ、ほんとっぽいほんとっぽい、ははは、じゃあ次、ではすんなり流れずに心の便器に詰まってしまう。とにかくそこでは、読む者をじわじわと苛立《いらだ》たせて終《しま》いには呆《あき》れはてるべきなのか激怒すべきなのかどちらとも甲乙つけがたい気分にさせる、取りつく島もない慇懃《いんぎん》さが幅を利かせているのだ。つまり、釈苦利はどこまでも真顔を保ちながらどこまでもふざけ倒す人間であるとあまねく知れわたった、與次郎顔負けの狼《おおかみ》老年であるわけだから、『幻想の書誌学――ありえざる書物の系譜』などと銘打って「ありえざる書物」についてどれほど情熱と心馳《こころば》せを尽くして書きつらねようとも、それは文字どおり「ありえざる書物の系譜」なのだろうと世間の間違った腑《ふ》にすとんと落ちてしまうのである。

　では、私自身は『幻想の書誌学』をどう読んだか。「読みたかったら読んでみぃ。ほんまのこともちょっとは書いたァる」と與次郎から教えられ、書棚のどこに収められているかは知っていた。しかし実際に初めて読みとおしたのは当の與次郎が物故《ぶっこ》してから二年後、十三歳の夏休みのことだ。時すでに遅し、どこが虚でありどこが実であるか、死者に確かめようもないままに、分厚い辞書を枕頭《ちんとう》において、絶対に騙《だま》されまいと眉に唾《つば》をつけつつページをめくったのを憶《おぼ》えている。今ざっと目を通してみても、人民一億を残らず口説《くど》き落とさんと気負ったものか、釈苦利の他の著作よりはるかに難解だ。マニエリスムだのパスティーシュだのミスティフィカシオンだの鼻持ちならない横文字がごろごろと顔を出す文章はこの上なく衒学《げんがく》的で回りくどく、よくぞ中途で放り出さなかったものだと四半世紀前の殊勝な自分に小遣いでもくれてやって、ついでに倹約と勉学に努めて中坊だてらに株買って土地転がししてバブル崩壊までに売り抜けろと忠告してやりたいところだ。

では、前置きはここまでにして、ほんまのことも書いてあるらしい『幻想の書誌学』の第二章「オカルティズムに冒《おか》されたナチス」の内容をざっと追ってみたい。

一九三九年、ヒトラーがミュンヘンのビアホールにおける暗殺を免《まぬか》れたことはすでに述べた。しかし命を狙《ねら》われたのはそれ一度きりではない。ヒトラーは生涯を通して、判明しているだけでも四十二回にも上る暗殺を企てられた。しかしヒトラーが、ときには間一髪、ときには悠々と、そのすべてを回避したことは世界史の教科書をひもとけば子供にでも分かる。なぜそんな芸当が可能だったのか。そこにありえざる書物が絡《から》んでいた、と釈苦利は語る。

幻書蒐集はむしろナチスによる組織的な活動だったらしい。占星術かぶれのヨーゼフ・ゲッベルスを最高責任者とする未来予測専門の極秘オカルト機関、その名もずばり「予言局」をナチスは擁《よう》していたのだ。その予言局は強制収容所に放りこまれていたオカルティストと二百万冊を超える莫大《ばくだい》な量の書物をベルリン郊外のとある倉庫にかき集め、幻書の収穫とその解読に日夜従事させていたという。つまり、ヒトラーのもとには暗殺計画や戦局にまつわる多くの予言とその分析結果がひっきりなしに寄せられていたのだ。そうやってヒトラーは担当の死神の鼻面を右へ左へと引きまわし、能《あた》うかぎり死を先送りにしたらしい。

しかし出し抜かれつづけた「歴史律」も、ついには連合国軍の怒濤《どとう》と化してベルリンの地下壕《ごう》に獲物を追いつめると、新妻エヴァ・ブラウンもろともゆっくりとヒトラーを呑《の》みこんだ、めでたしめでたし、ということになるのだろうか。今でもしばしば思い出すのだが、歴史律は追手を放つ、と與次郎は言ったことがある。正邪の区別などいっさい持たない、怒りに駆られた、幾層倍も残酷な追手を。ヒトラーの死はそれなのだろうか。死が追ってくる？　本当か？　だとしたら、追手はあまりにも手際《てぎわ》が悪すぎたのではないだろうか。たかだか五年半の遅れとはいえ、一九三九年から一九四五年のあいだに、世界じゅうであまりにも多くの血が流れすぎたのではないだろうか。

そのことについて與次郎の著作からいくつか言葉を引けば、それによって「人類は自らの影に怯《おび》えることを覚えた」ということになるらしい。そして「長年もてはやされてきた理性なるものが、いくらか目先の利く欲望の一形態に過ぎぬ事がいよいよ明らかにな」り、また、我われ人類が「悪の沃野《よくや》をどこまでも切り開いてゆく過剰な想像力と、途方もない自由とを手にした獣」であることも確かめられた。「年老いた神はまだ全《すべ》てをご覧になっているかもしれない。が、人類は最早《もはや》神が指一本動かさない事を知った。我々は裸だ。一糸纏《まと》わぬ剝《む》き出しの欲望となって睨《にら》み合い、罰を下し合う」。以上の與次郎の言葉は、歴史律は少なくとも神とは無関係だということを意味するのか、それとも警句好きの與次郎のいつもの筆運びに過ぎないのか、悩むところである。

一方、『幻想の書誌学』における釈苦利の立ち位置はもっと穏やかならぬものだ。ヒトラーの引力に身を任せ、肩口から一緒になって幻書を覗《のぞ》きこむような、悪への危ういシンパシーをその筆致に滲《にじ》ませている。

まんまと暗殺を免れる度《たび》にヒットラーの全能感は忽《たちま》ち沸騰《ふっとう》し、腹の底から哄笑《こうしょう》が湧き上がって来たのではあるまいか。抜け目なく立ち回り、自らの……いや、寧《むし》ろ世界という列車の、転轍機《てんてつき》のレバーを血に濡《ぬ》れた手で自在に切り替えているのだ。さて、人類をどこへ連れていこうか。誰にとっても、満更《まんざら》、想像の及ばぬ喜悦ではあるまい。

ホロコーストの震源となった突然変異体、エデンの蛇の如《ごと》き生まれついての煽動者《デマゴーグ》、アドルフ・ヒットラー。そんな男が神の落とした手帳を拾ってしまった。スケジュールには自らの死が予告されている。愕然《がくぜん》とし、戦慄《せんりつ》を覚えるが、絶望はしない。遊戯盤の如き世界を足下に見はるかし、神と対峙《たいじ》している。ゲームはこれからだ。勝機はある。こいつが手元にある限り、出し抜ける筈《はず》だ。神よ、そっちがその気なら、せいぜい派手に暴れ回ってみせようではないか。凡人に甘んじるぐらいなら、いっそ悪魔と呼ばれたいものだ。天を追放されたなら、地に堕《お》ちるのではなく、いっそ地の底にまで至り着きたいものだ。

どうだろう。途中からまるでヒトラー憑《つ》きだ。このあたりの露悪趣味が低俗だとして蒐集家連中のさらなる不興を買ったのかもしれない。しかしこうなると、きな臭くなってこないだろうか。幻書蒐集家とはいえ所詮《しょせん》は物書きの爺《じい》さん、まさか度重なる暗殺から逃げまわっているとまでは思わないが、いかにも感心できないおこないに手を染めていそうだ。

　さて、釈苦利が幻書による歴史改変者として名指ししたのはヒトラーだけではない。今や人類の共有財産的怪人物の一、二を争うと言ってもいいだろう、予言者の中の予言者ノストラダムスとロマノフ王朝を陰で操った怪僧ラスプーチン、その二人の名前も出た。占星術の年鑑《アルマナック》がどうとか予言書『諸世紀』の四行詩がどうとか、皇太子アレクセイの誕生とその血友病を言いあてたとか、例によって例のごとしだ。しかし竹製フィラメントや電話機や蓄音機など無数の発明をし、神懸《が》かり的なその閃《ひらめ》きによって魔術師とさえ崇《あが》められたトーマス・エジソンの名までが出てきたのには正直、眉をひそめた。ご多分に漏れず私もエジソンの伝記を自分に都合のいいように読み、教条主義的な学校の勉強でつまずいてもそれはむしろ才能の証《あかし》であると思いこむためのよすがとしていたからだ。

　ところで釈苦利は、歴史改変者とまでは決めつけないものの幻書を蒐集していたと推定される人物の名をほかにも幾人か挙げていて、その顔ぶれがなんとも興味深い。万学の祖と言われる古代ギリシャの哲学者アリストテレス、活版印刷術を発明したグーテンベルク、ルネサンス期のイタリアで活躍した書籍商ヴェスパシアーノ・ダ・ビスティッチ、大英博物館第六代館長アントニオ・パニッツィなどなどだ。君はまだ憶えているだろうか。釈苦利としては乏しい情報をいいようにこねくりまわして名前をひねり出しただけかもしれないが、これらの人物は、一人きりで深井邸に泊まったあの夏に、怯えながら床に就《つ》いた私を厳《いか》めしい肖像写真として見おろしていた面々でもあるのだ。偶然の一致として切り捨てられないほどに重なっている。與次郎の場合は単なる推定ではなく、彼らが幻書蒐集の先達《せんだつ》であることを確かな事実として知っていた、と私は信じているのだが、それを博識と想像力によって歴史の積み藁《わら》の中から拾いあげた釈苦利もなかなか隅に置けない慧眼《けいがん》の持ち主であると言えよう。

最後に、釈苦利と幻書のなれそめにも言及しておくべきだろう。ちなみに釈苦利はあれを「混書」と呼んでいる。

第一章「混書とは何か」の記述によれば、釈苦利は中学生のころにはすでに混書が実在することに気づいていたようだ。というのも、母方の曾祖父《そうそふ》で並なみならぬ蔵書家でもあった黒川宏右衛門がどうやら明治時代にすでに混書を蒐集していたらしく、その収穫の日々について、堅苦しい候文《そうろうぶん》で書かれた日記に縷々《るる》として記されていたのだと明かす。その日記は滑稽本『雄雌本』と似たり寄ったりの創作物として黒川家に代々伝わっていたものだが、中学生のとき釈苦利はそれを手に取る機会を得た。釈苦利もまた始めはそれをまったくの作り話としてぱらぱらと目を通したに過ぎなかったらしいが、ある日ものは試しと本棚の本をあてでもないこうでもないと並べ替えてみたところ、あの夏の私とおんなじように空飛ぶ書物を唖然《あぜん》として見あげるという衝撃的体験をするに至ったようだ。しかしあまりに突拍子もない出来事であったために家族にも打ち明けられずに一人悶々《もんもん》としていた。誰かと混書について思う存分話したかった。王様の耳はロバの耳、ではないが、穴でも與次郎でもいいから信じてくれそうな何かがいれば巨大な毛玉のような秘密を吐き出したかった。というわけで、次のようなことがあったらしい。

私は旧制一高時代に唯《ただ》一度きり、混書の存在を学友の一人に明かした事がある。その学友を仮にＦと呼ぼう。これは後年、互いにふとしたきっかけで知ったことであるが、Ｆの祖父と私の曾祖父・黒川宏右衛門とは大阪においてちょっとした顔見知りであったようなのである。してみると、私とＦとは知らず識《し》らずの裡《うち》に半世紀越しの因縁で繋《つな》がっていたという事になるのであり、言われてみれば確かに、見えぬ尻尾《しっぽ》を踏んづけ合っているかの如く初対面の時から不思議と馬が合わなかった。いや、馬が合わないどころか牛も豚も合わないような出来事があれこれ起きて、Ｆ

は実際に全てにおいて何ともいけ好かない輩《やから》であると判明したのだが、しかし私と同等かそれ以上に書物に目が無い男である事だけは承知していたから、こいつももしやと一縷《いちる》の期待を胸に、そのFに水を向けてみた次第である。結果は想像を遥《はる》かに凌駕《りょうが》して惨憺《さんたん》たるものであった。Fは別段驚いた気配もなく抜け抜けと宣《のたも》うた。

「え？　空を飛ぶ本？　そんなん大阪にはなんぼでもおるで」

ここですぐにでも話を切り上げるべきであった。がしかし、私は生来引き潮に乗るのが不得手で、気付けばいつも寂寞《せきばく》たる渚《なぎさ》に独りポツネンと取り残されているのである。

厚顔無恥にもFは続けた。

「毎年、秋が来るたんびにシベリアから渡り本が群れで飛んで来てやな、うちのちょうど真ン前の大っきい楠《くすのき》にびっしりと鈴生《すずな》りになって留まる訳や。ほんでから朝方ンなると、ピーキュルピーキュル鳴きながらどっかしら飛んで行くねんけど、夕方ンなったら又《また》戻って来てけつかる。せやけど、うちだけやないで。大阪ではそこら中の樹《き》ィが渡り本の群れのせいで真っ黒に――」

Fのいつ終わるとも知れぬ虚言駄弁を耳に捻《ね》じ込まれながら、私はぐうらりぐうらりと眩暈《めまい》を催し始めた。そして気付くとガタンと椅子《いす》を蹴《け》って立ち上がり、Fに

向かって、

「混書はそんなもんじゃないんだ！　君に話した僕が全く馬鹿だったよ！」

と下手な通俗小説の如き台詞を叫んでいた。が、Ｆは途端にいかがわしい程に鷹《おう》揚《よう》な表情を顔に張り付けて、私の肩を優しくそっと摑《つか》み、言ったものである。

「ダメ山、お前は全然馬鹿なんかやない。ただ今ちょっと、心気病みみたいになってるだけで、ほんまはやれば出来る子ォと言えば、わいもやれば出来る子ォや言われもって大きゅうなったんやけどな、そのせいか、やれば出来るやれば出来る思たら、時たまオエッとせずに喉《のど》チンコ触《さわ》れるし、寒《さむ》ない寒ない思たら、真冬にしょんべんしてもブルッとせえへんかったりするし――」

Ｆのどうでも良い自慢話は念仏の如く延々と続き、私は段々とやっても出来ない子ォのような心持ちがしてきた。爾来《じらい》、私の心にＦが見せたような暴力的無理解への怯えがしっかりと植え付けられてしまい、誰とも混書について語らずに独り巨大な秘密を腹に抱えたまま生きて来たのである。

が、腸《はらわた》の煮えくり返る事に、Ｆは私の打明け話を心の裏では真に受けたにも拘《かか》わらず、渡り本がどうだ楠がどうだなどとしらっぱくれて道化じみた演技に努めていたようなのである。と言うのも、いつの頃からか私の耳に、あの虚言癖のあるＦが混書を蒐集しているらしいという、十二分に信ずるに足る情報が幾つも届くようになったからである。しかも、八方手を尽くして、我が曾祖父が物した滑稽本『雄雌本』をも入手したと聞くにつけ、やられた、又しても、と生来温厚な私も歯嚙みせずにはいられなかった。私は混書蒐集というライフワークをFに真似《まね》取られたのである。

もちろんこのくだりには釈苦利の勘違い、でなければ嘘が含まれている。與次郎が釈苦利に会う前から『雄雌本』は深井家の本棚に並んでいた。しかし初めてこれを読んだとき、はて、與次郎はいつどのようにして幻書の実在を知ったのだろう、との疑問が浮かんだ。まさか『雄雌本』を読んで、こんなことが現実に起こりうるといきなり目から鱗《うろこ》を落とされたとは思えない。そこを聞かぬうちに突然、與次郎が逝《い》ってしまった。すでに記したとおり、幻書についての記述は與次郎が残した文章からは徹底して排除されている。日記などの中にその存在をほのかに匂《にお》わせる部分がなくはないものの、そのときにはすでに知っていたように思われる、ぐらいにしか言えず、結局は永遠の謎だ。

さて、さわりだけではあったが、釈苦利の『幻想の書誌学――ありえざる書物の系譜』は以上のような内容である。擬似ノンフィクションというフィクションに過ぎないと世に見なされたのも充分にうなずけよう。與次郎がいみじくも評したとおり、本当のことも少しは書いてある、といった程度の代物《しろもの》に違いなかろうが、もしいつの日かあえて騙されてみたいような物好きな気分になれば、恵太郎、私のを君に貸そう。いや、なんなら一冊進呈してもいい。とうの昔に絶版になり、万巻の書に埋もれて世間からは忘れ去られているが、私の本棚には三冊も収まっているのだから。君もいつかこの快楽を知るかもしれないが、絶版になった稀少《きしょう》な本を所有するというのは臆病《おくびょう》な凡人にもなしうるささやかな悪徳なのである。

四

與次郎が毎朝、ミキが目を覚ます前にこっそり幻書を収穫していたことはすでに書いた。そしてその懐《ふところ》には、暴れまわる幻書を鎮《しず》めるために象牙《ぞうげ》の蔵書印と朱肉がつねに収められていたことにもすでにふれた。しかし與次郎はもう二つ、別のものを懐に入れていたことが間もなく判明する。一つはゴムバンドだ。弁当箱に使うように幻書にはめると、印を押さずとも動きを封じることができる。まあ、それはいいとしよう。もう一つが妙だった。年寄りの蓄《たくわ》えを狙《ねら》う詐欺師《さぎし》でもあるまいに、與次郎はミキの名を彫った蔵書印を隠し持っていたのだ。もちろん隠し持っていただけではすまず、実際に幾度となくそれを使っていた。私の見る前でべたべたと幻書に押しまくっていたのだ。見たところ、與次郎の蔵書印とほとんどおんなじで、真っ白なボルネオの象牙から作られたもののようだった。しかしそのわけが腑《ふ》に落ちたのはずっとのちのことだから、当時の私は怪訝《けげん》な思いを胸の奥にくすぶらせながら、祖父の不可解な企《たくら》み事を横から眺めていたわけだ。

私はあの夏以降、屋敷に泊まったときにしばしば與次郎の収穫を手伝った。まだ夜も明けぬ暗いうちから屋敷や蔵の書棚を足音を忍ばせつつ点検してまわるのだ。もちろん私が本棚を見ても、そこにある本が生まれたばかりの幻書であるか元からある普通の本か見分けがつかない。しかしやっぱりあるじだけあって與次郎にはそれが分かるのだ。「ん?」と言って立ちどまると、私を小声で呼んで本棚の一点を指さす。「こいつもそうや」というわけだ。私がそおっとその本を抜き出し、床に押さえつけ、ばっと開く。手の下で本が目を覚まし、ばたばたと暴れだす。そこに與次郎が蔵書印を突き、「鎮まれェ、鎮まれェ」という流れだ。

しかしそれは簡単なほうの流れである。というからにはつまり、難しいほうの流れもあった。いや、むしろ難しいほうの流れのほうが多かったように思う。では、その二つの流れのどこがどう違うかと言えば、それは容易に説明できる。簡単なほうは「深井與次郎」の蔵書印を押し、難しいほうは「深井幹」の蔵書印を押す。それだけだ。なぜ難しいかは明らかだろう。「深井幹」の蔵書印を押された幻書は與次郎の言葉には従わない。「鎮まれェ、鎮まれェ」と言われても、鎮まらない。鎮めようと思ったら、ミキ本人に言ってもらうしかないのだろう。しかし当然のことながら、その場にミキはいない。まだ布団《ふとん》の中でぐうすか鼾《いびき》をかいている。與次郎が毎朝おこなっている収穫についてろくすっぽ知らない。朝っぱらから屋敷じゅうをうろついて紙魚《しみ》退治か何かをやっているのだろうとは思っていたはずだが、どこの蔵書家も日課にしているのやもしれぬコレクションの巡視と言おうか、犬が電信柱に小便引っかけて回ると言おうか、そんなたぐいの奇行だと信じこんでいたらしいのだ。いや、ミキはそう信じこんでいると私は信じこんでいた、と言うべきか。事実はどうだったのだろうと今でもふと考える。半世紀も一つ屋根の下に暮らしながら、與次郎の毎朝の胡乱《うろん》な日課にそこまで無頓着《むとんちゃく》でいられるものだろうか、などと首を右へ左へ傾《かし》げても、二人して不帰の客となった今、墓石の胸ぐらをつかんで揺すって口を割らせるわけにもいくまい。

それはそうと、難しいほうの流れはまだそれでは終わらない。続きがある。仮にある朝、一冊の幻書を収穫できたとしよう。実際のところ、毎朝四、五冊は新たに見つかって、その多くにミキの蔵書印が押されるのだが、たまたまその日は一冊だけで、暴れるそれにミキの蔵書印を押したとする。與次郎はまずその一冊にゴムバンドをはめて、飛び立てないようにし、懐に放りこむ。與次郎の蔵書印を押したのなら、大人しくさせて二階の書斎に運びこむが、ミキのはそうではない。別の収納場所があった。與次郎は庭に出て、母屋《おもや》からいちばん遠く離れた、敷地の奥に建つ古めかしい質蔵に向かう。かつて深井家の御先祖様が村の質屋も兼ねていた時代に質草を収蔵していたという、いかにも頑丈そうなどっしりとした蔵だ。二階建てと胸を張るほどでもない高さの、でもやっぱり二階建ての蔵で、黒白の碁盤の目のようなナマコ壁の腰巻きが施《ほどこ》され、そこから上は真っ白な漆喰《しっくい》で塗られているのだが、それがところどころ剝《は》がれ落ち、赤身の肉でも見えるみたいに黄色い土が痛いたしく覗《のぞ》いていた。

実を言うと、私はあの夏休みまでその質蔵に近づいたことがなかった。というのも、周囲に拗《ねじ》くれた醜い松の木が幾本か立っていて、そのあいだにむっちりと肥えた女郎《じょろう》蜘蛛《ぐも》たちがいくつもいくつも巨大な巣を張りわたしていたので、近づくには屈《かが》みこむようにして進んでいかねばならなかったからだ。女郎蜘蛛の巣には、体液を吸いつくされた無数の虫たちの死骸《しがい》が簀巻《すま》きにされてぶら下がり、それがまた風が吹くとゆらりゆらりと不気味に踊ったから、私など下をくぐるたびに怖気《おぞけ》を震ったものである。すなわちそこは、よほどの用件でもなければ絶対に近よりたくない、敷地内におけるちょっとした秘境だった。しかし言ってみれば、その蔵こそが当のミキすら知らないミキの書庫だったのだ。與次郎は私に釘《くぎ》を刺したものである。

「ここのことはな、絶対に誰にも言うたらあかんぞ。もちろんおばあちゃんにもな。もし誰かが悪い気ィ起こして扉を開けてもうたら、どないなる？　本が全部一気に逃げてまうやろ。ほんだら、また一から集めなおさんならん。何十年もかかるけど、ひろぼん、やってくれるか？」

そう言った口元はいくらかにやついているようだったが、黄ばんだ目は少しも笑っておらず、硬い光を宿していた。何十年？　いったい何冊入れたんや。もちろん私は慌《あわ》ててかぶりを振った。

蔵の出入口は観音開きの分厚い土の扉になっていて、大きな南京錠《ナンキン》がかかっていた。そして内側にも黒光りするいかにも重たげな鉄製の引き戸があり、そこにも南京錠がかかっていた。注目すべきは、その真っ黒な鉄の引き戸に、郵便受けのような横に細長い穴が空いていたということだ。その穴には内側からふたがしてあって、外から押すとぱかっと内に開く。つまり郵便ポストとそっくりな構造である。與次郎はそこからミキの蔵書印が押された本を突っこむのだ。すると、カランと音を立ててふたが閉まり、ばさばさばさと中で本の羽ばたく音が蔵の外にも漏れ聞こえる。早朝の収穫のとき以外にも、私は幾度かこっそり外側の土戸に耳を当てたことがある。たいていは時おりばさばさと一、二冊の羽音が聞こえるだけだが、日によっては、まるでムクドリの群れがまるごと入っているかのごとき凄《すさ》まじい羽音がうねり、その震動が耳に伝わってくるのだ。思いかえすに、最終的には数千冊ではきかない数の幻書があの蔵の中にひしめいていただろう。もちろんそのすべてにミキの蔵書印が押されていたわけだ。

しかしいかにも近よりがたいたたずまいであるとはいえ、ミキがこの轟々《ごうごう》と唸《うな》りを上げる質蔵を何十年ものあいだ、まったく訝《いぶか》しく思わずにいるなどということが果してあるだろうか。女郎蜘蛛が姿を消す冬場になど、ふと歩みよって、幻書たちのかすかな羽音を耳にしたこともあったのではないだろうか。となると、はて面妖《めんよう》な、と怪しんで土戸を開き、鉄の引き戸の細長いふたを押しあけ、中を覗いたこともあったのではないだろうか。もちろんそういったことはあくまで私の想像に過ぎないが、充分にありうる事態だ。

また別の観点からの疑問になるが、私は子供の時分ずっと質蔵にミキの本を収めること自体を不思議に思っていた。というのも、ミキがほとんど本を読まないことを知っていたからだ。幻書は言うまでもなく、小説だろうが料理本だろうがとにかくミキはほとんど本を読まなかった。屋敷じゅうの壁という壁が本で埋めつくされていたが、ミキにとってそれは書物という別世界との越えるに越えられぬ国境線のようだったに違いない。実際これほどのでこぼこ夫婦もないだろう。片や書物に取り憑《つ》かれて屋敷じゅうを本で埋めつくした男、片や一冊も本を読まない女、それが何十年ものあいだ一つ屋根の下に暮らし、けっこうどころか相当にいい塩梅《あんばい》でやっていたのだから。

今ふと、四年前だか五年前だかの秋、山陰への温泉旅行の途上で立ちよったとある小さな神社の境内《けいだい》で、お母さんと一緒に振りあおいだ二本の杉の巨木、真っ赤になってしっかと抱きあう夫婦《めおと》杉のことを思い出した。

数百年前、深ぶかと苔《こけ》むす境内に杉の種が二つ、数歩と間を空けずにプロペラの赤ん坊みたいな可愛らしい芽を出した。やがて幾時代かが過ぎ去り、人が死んでは生まれ死んでは生まれがくりかえされると、いつしかその根と根はにじりよって重なりあい、幹と幹はがばりと掻《か》きいだくように溶けあい、枝葉もくねって手指のごとく絡《から》みあい、もはや血も涙も流さずにはいっときも離れられぬ夫婦となりましたとさ。

とまあ、私はその偉容を大したもんだと見あげながらなんの工夫もない空想に耽《ふけ》ったわけだ。そして、要は時間なのだ、と思った。人間が人間に与えられるものの中でもっとも価値のあるものはカネでもなければ知恵でもなく、時間なのだ、と。

二人が一つ屋根の下に暮らした歳月はたかだか五十年といったところだが、男と女がそこまで連れ添えば、もはや取りかえしがつくまい。與次郎は紅顔艶《こうがんつや》やかな弱冠二十歳、ミキは花も恥じらう十七歳、とある巡りあわせで運命の糸を絡ませることになった二人は、確かに時間を与えあった。与えあった時間というものは杉の根っこみたいにぶつかりあって、知らぬ間に互いの形に合わせてぐにゃりと変形し、やがてどこからがどっちとも言えぬほどに溶けあってしまう。だからもし、それこそ生木を裂くように引き剝がされでもしたら、その断面は赤身が剝《む》き出しの吹きっさらしになるようなもので、それを見るこっちの目玉までがひりりと痛い。実際、與次郎がいなくなってからも、ミキはなんでもないふとした瞬間に突然くすくすやりはじめることがあった。そして、ひとしきり笑ったあと、

「昔、お父はんが言わはった、しょうもないこと今急に思い出したわ。なんでやろ」と侘《わび》しげにつぶやき、目尻に笑い涙とも悲し涙ともつかぬものをきらりと光らせるのだ。それに気づかぬふりをするためでもあろうか、まわりの連中は何を思い出したかミキに尋ねるわけだが、いざ聞くとそれがまた本当にしょうもない。例えばこんなだ。

「クシャミが出たら、誰かがどっかで噂《うわさ》してるって言うやろ。ほんで、お父はん、いっぺん逆の発想やっちゅうことでな、紙縒《こより》使て無理からクシャミしたったら誰かわしの噂しよるんちゃうか、思て学校でやってみたらしいんや。ほんで帰ってきて、『今日どやった？』って訊《き》かはんねん。今日どやったって、そんなしょうもないことよう訊くわ思たけど、しゃあないから、わて、『なんや知らんけど、今日は会う人会うみんなお父はんの話してはったわ』言うたげたんや。ほんだら、お父はん、『おかしいな、一ぺんしかクシャミしてへんのに』って言うからな、『お父はんのクシャミは一ぺんでも立派やから』って言うたげた。ほんま世話焼けるわ思とったらな、まだ言うねん。『わしなァ、死んだら墓ん中でずっとクシャミしたろ思てんねん、せやから棺桶《かんおけ》に紙縒なんぼか入れたってな』って。入れんの忘れたけど、ほんまにこちょこちょやっとるわ、お父はん。代わりに何使てるんやろ」

あのとき、ほんまにやっていたのかもしれない。いや、今もまだ、やっているのかもしれない。現にこうして私がぺこぺこキーボードを叩き、曾孫《ひまご》の君に伝えるべく與次郎のしょうもない逸話を書き記しているのだから。

さて、知識に飢えた学者などは時間の亡者《もうじゃ》の最右翼であるようにも思われるが、果たして與次郎はどうやってミキに貴重な時間を与えたのだろう。多くの場合、夫婦というものは、夫が外で時間を売って稼いできたカネで今度は妻の時間を買いあげるという、時間が低きから高きへ流れる典型のような関係だ。そしてまた、学者と絵描きという、焼きそばカレー定食のごときくどい取りあわせとはいえ、與次郎とミキの場合もまたその例から大きく外れるとは言えなかった。

が、しかし與次郎がよその夫婦ではまず見られない風変わりな形でミキに時間を与えていたことも事実なのだ。それが何を隠そう「朗読」だった。つまり、與次郎がミキに本だの新聞だの雑誌だのを声に出して読んで聞かせるのだ。

「こないして声に出して読まれてしまうと、文章の上手下手は隠しようもないな」

などと言っては、おのれの悪文奇文を棚に上げて他人のそれをあげつらう與次郎だったが、もちろん一から十まで愛妻ミキのためだったことは疑いようもない。與次郎によれば、そもそも口を噤《つぐ》んだまま文章を読みうるということを知らなかった古代ギリシャ人などは内密の書簡であれスーパーのチラシであれ官能小説であれ馬鹿正直に音読して憚《はばか》らなかったらしいが、世人悉《ことごと》く黙読という怠慢に首まで浸《つ》かってしまった今日び、どこのどいつが古女房相手に喉首《のどくび》震わせて朗読などしようか。

それというのも、ひとえにミキが字を読めなかったからだ。いや、つっかえつっかえ読むには読んだが、一冊の本を読みとおすほどのものではなかった。断っておくが、これは貧苦やらで読み書きを学ぶ機会に恵まれなかったということではまったくない。ミキの生家は商売の傾きかけた老舗《しにせ》の造り酒屋だったが、子は宝と当主気張って三男四女一人残らず旧制中学や高等小学校に通わせた。いや、それどころか、長男の米倉日出実《よねくらひでみ》、つまり私の大伯父などは、目から鼻へ抜けるような兄弟一の秀才だったそうで、三高から京都帝国大学の医学部へ上がって、のちに富田林《とんだばやし》で開業医になり、戦後、「米倉病院」の看板をたかだかと掲げる鉄筋コンクリート四階建ての白亜のビルまで建てた。女だてらに上京して洋画を学んでいた末っ子のミキを金銭的に支えたのも、どうやら出世頭の日出実だったようだ。

というわけで、優秀な長兄に支えられた跳ねっかえりのミキだが、一見おっとりしているようでいてこちらも実は相当な負けず嫌いなのだ。にもかかわらず、歯軋《きぎし》りをしながらいくら勉学に励んでも人並に読み書きができるようにはならなかった。私の文系脳を縦横斜めといくら揉《も》みしだいても十次元だの十一次元だののイメージが浮かばないのと同様に、もはや努力や忍耐の問題ではないように思われる。大正時代の当時としては、阿呆《あほ》、うつけ、などの漠然としたレッテルをべったりと貼《は》られてそれきり剣がせずじまいだったに違いないが、現代にあっては先天的な「失読症」あるいは「読字障碍《しょうがい》」という、いくらか気の休まるところに分類される症状ではなかっただろうか。ミキの場合、特に画数の多い漢字が読みづらかったらしく、郵便受けから抜いた新聞など無駄にちらりと眺めては、

「ああもう、ごちゃごちゃしとって分からん。毛玉が並んでるようなもんや」

などとひと言嘆いてから與次郎に手わたしていたのをよく憶《おぼ》えている。

「毛玉が並んでるってどんなん？」

と訊くと、ミキは着ていたセーターの袖《そで》のあたりを指でなぞり、そこには確かに大小さまざまな毛玉が並んでいて、

「おじいさんは山でしばかれて、おばあさんも川で千叩き――」

などと與次郎からの受け売りであろういい加減な毛玉の朗読をしてみせては、あのいつもの笑顔をこぼすのだった。

しかし、だからといって、ミキの知識欲が普通人より希薄だったわけでは決してな

い。それどころか、いつも何かを読みたがり、知りたがり、はて、と白鳥のごとき細首を右へ左へ傾げてばかりいた。実際、子供しかつまずかないようなけったいな疑問に四六時中つまずき、蝸牛《かたつむり》はどうやって殻を大きくしてるんだとか、そこの川はいつも汚らしい泡が浮いてるのにどうして一級河川なんだとか、風邪を引くと鼻水は止めどなく垂れてくるが一体全体水源はどこにあるんだとか、いつも目についた人間、つまり大概は博覧強記の與次郎先生に白羽の矢が立つのだが、その一風変わった疑問をぶつけるのだ。それがまた與次郎の博識の隙間《すきま》を不思議なほどに射抜く質問ばかりだから、

「うーん、それも宿題にさして」

と相なって師弟転倒、先生にばかり宿題が課されるわけであり、ついでにはたで聞いていた私までが答えを知らずには年を越せないような心持ちになって、

「その宿題、早《はよ》うしてよ。深井先生」

と図々《ずうずう》しく便乗したりするのだ。つまり與次郎がミキに本を読み聞かすのは、そんな経緯もあったわけで、

「めっけた、めっけた。この本のここにちゃんと書いたァるわ。えー、蝸牛の殻は、中に入って内側からぐっと力を入れると少しずつ伸びるようになっており——」

「嘘言いなはんな」みたいな具合だった。

しかしミキに本を読んで聞かせるのは夫與次郎のみの役どころではない。二人には四人の子供がいた。息子二人に娘も二人。上から順に、長男の祐一郎《ゆういちろう》、長女の敦子《あつこ》、私の母で次女の律子、末っ子の宗佑《そうすけ》だ。みんな母親のミキを相手に学校からの通知や教科書や新聞を、正座で、と脚をへし折る拷問《ごうもん》か何かのごとくつねに強調されるのだが、読書三到こそ勉学の礎《いしずえ》なり、との家訓に則《のっと》って朗読を強いられてきたという。面差しは似なくともミキの血を濃く受けついだとされる敦子伯母さんなんぞは読み書きがひどく不得手だったから、

「自分が読むんも嫌やのに、人に本を読んで聞かすのほど、時間の無駄なことはまああらへんで。ちょっとええな思て外で拾たゴミ、やっぱあかんわ言うて自分家《ち》のゴミ箱に放りこむようなもんや」

などと常人の腑に落ちづらい喩《たと》えでこぼしていたらしい。伸びた先から爪を囓《かじ》りつくすせっかちな伯母の性格もあろうが、考えようによってはその通りかもしれないとも思う。私も、「ブーブー」とか「わんわん」とか「ちんちん」とかなんでもかんでも二回重ねて言わねば反応のよろしくない一歳のころの君に向かって、『いっすんぼうし』などのちょっと難解な書物を、

「いっすんいっすんぼうしぼうしは、はじめてはじめてみるみる——」

みたいな調子で倍の時間をかけて読み聞かせたが、これなど時間の無駄と紙一重の時間の授与であり、遺伝子の鎖だけでなく知恵の鎖をもまた繋《つな》いでいかねばならぬという、人類に連綿と受けつがれてきた根元的信仰だろう。などと口から出まかせの見解を缶ビール三本分のほろ酔い機嫌で君のお母さんのお耳に入れたところ、

「普通に普通に読め読め、阿呆阿呆」

などと身もふたも取っ手もないことを言われてしまった。しかし私はその百枚刃のT字剃刀《かみそり》さながらに誇りを根こそぎにしかねない悪態から想像されるほどには深く傷つかなかったことをここに告白しておこう。なぜと言うに恵太郎、お父さんはマゾヒストでこそないが、慣れているのだ。お母さんの振るう率直という名の毒舌に。ちなみにお母さんの毒舌はただの毒舌ではなく、れっきとした商売道具なのであり、おそらくは君もすでに知るとおり、お母さんは筆先より毒汁滴《したた》る書きっぷりであまねく知れわたった気鋭の書評家なのだ。しかしそんなお母さんが荒《すさ》んだ胸中を吐露《とろ》するところによると、歯に衣《きぬ》着せぬにもほどがあると煙たがられるその書評の実体とは、歯に衣着せた上に婆《ばば》シャツも着せてジャージも着せてちゃんちゃんこも着せて十二単《じゅうにひとえ》も着せて宇宙服も着せてさらにガンダムのコクピットに押しこんだぐらいに本来の毒の希

釈せられたものであるらしい。

「ほんだら本気出したらどないなるの？」

とおっかなびっくり問うてみたところ、お母さん胸元より匕首《あいくち》ぎらりと覗かせるかのごとく宣《のたま》わく、

「地球上から文学が絶滅する」

もはや書評家の言葉とも思えない。私は戦慄《せんりつ》を覚え、総身が下ろし金のごとくかたく粟立《あわだ》ち、不敵な頬笑みを浮かべる我が細君のはるか彼方《かなた》、中米はユカタン半島の方角に、恐竜を絶滅させたとかさせなかったとかいう、まばゆく燃え盛りつつ降臨する小惑星の幻影を見たのである。そしてその晩、私は絶望のあまり筆を折った。お母さんはまず手始めとして夫の気高き文学を滅ぼしたのだ。というのはどえらい嘘で、私は幸い一介の月給取りに過ぎないから、元より折る筆も絶滅せらるる文学も恐妻をたしなめる弁舌も持ちあわせてはいなかったのである。やれやれ。

いや、待てよ。本当に私は折る筆もどんな文学も持ちあわせていないのか？　などと寝た子を起こすような疑問に囚《とら》われ、ああ、私はたった今ちくちくと胸苦しい記憶のトゲにふれてしまった。

あれはもう七、八年ほども前になるだろうか。お母さんに私の小学校の卒業文集を

見られたときの話だ。その文集に将来の夢のベスト・スリーをそれぞれ発表するコーナーがあったのだが、何を隠そう私は第三位のところに「小説家」と書いていた。これだけでもう執行猶予《ゆうよ》のつかない懲役四年ぐらいだ。しかしこれは奈落《ならく》へと至る三段跳びのホップに過ぎなかった。というのも、私はさらに第二位の欄には「中説家」、そして第一位の欄にはやっぱり「大説家」と書いてしまったのだ。死刑確定で再審請求も却下だ。大、中、小、この三段構えの冗談を思いついた小学校六年生の私の心は亢竜《こうりょう》のごとく舞いあがり、これで一生喰いっぱぐれない、このギャグ一つで世界を回れる、と思った。日本語なのに。

さて、肝腎《かんじん》のお母さんの反応であるが、文集から目を上げるや否《いな》や無言で私を見つめてきた。その無言たるや、このままあと十年ぐらい黙っていればαケンタウリあたりから無敵の宇宙艦隊が押しよせてきて地球を二秒で蒸発させるのだと言わんばかりの、もの凄まじい無言だった。しかし不謹慎にも私はその無言を前にして、「語り得ぬものについては、人は沈黙しなければならない」という哲学者ウィトゲンシュタインの有名なテーゼを思い出し、確かその「語り得ぬもの」というのは、例えば「神」とか「倫理」とかその手の壮大なものだったはずだから、私のギャグも相当なところまで来たな、などと少し誇らしい気持ちになったのだった。というのは全然嘘で、

「あわわわ、そ、そのときは、お、お、お、おもろい思たんや」

などと口が勝手に言ったのだった。

しかし冗談とはいえ、第三位の小説家ぐらいはけっこう本気だった気がする。とにかく毎朝、満員電車で揉みくちゃにされたり、夏が来るたびに水虫になったりせずにすむ仕事を熱望していたからだ。となると、正直に書けば一位は大地主で二位は中地主とかだったに違いないが、それはさておき、当時の私をして将来の夢第三位に小説家と書かしめた文学とはいかなるものだったのだろうか。

真っ先に思い浮かぶのは、小学四年生のときに読んだ『冒険者たち』だ。勇敢で心優しいドブネズミであるガンバとその仲間たちが、残虐至極《ざんぎゃくしごく》なイタチ軍団と戦って次つぎと戦死者を出しながらも最後には勝利を収める、あの感涙必至《かんるいひっし》の名作である。

しかしその感動も冷めやらぬまま目を潤《うる》ませつつ深井家を訪れた私は、與次郎が猫いらずでコロッと逝《い》ったドブネズミの御遺体を一斗缶に放りこんで枯れ葉だの毛虫だの蝸牛だのと一緒に荼毘《だび》に付《ふ》し、その滋養に富むらしい灰を庭に生えたツツジの根元に撒《ま》くという衝撃的光景の目撃者となった。「あ、ガンバが肥やしに……」と私は思った。仲間とともに数かずの窮地《きゅうち》をくぐり抜けてきた冒険王ガンバであったが、最後はあえなく深井家の猫いらずに倒れたのである。以来、私はツツジの蜜《みつ》を吸うのをやめた。英霊を悼《いた》んだというより、猫いらずの猛毒が花にまで吸収されるような気がしたからだ。『冒険者たち』が子供の文学であるならば、あの不条理な光景と咲き誇るツツジはまさに大人の文学だった。つまり小学六年生になった私は、ガンバが肥やしになるような、そして見事な毒の花を咲かすような、大人の文学を書きたいと考えていたのではなかろうか。

と、ここで、なんだそりゃって君は思ったに違いない。私も思った。気が合うね。だいいち、それがどんなだか分かっていたら、実際に書いていたはずだ。かくして私のあどけない文学は朧《おぼろ》な観念のうちに早ばやと流産したのだったが、しかし四半世紀を経て、私の創作への熱情はこのような形で再懐胎《かいたい》を迎え、夜毎《よごと》へそくりを数えあげるがごとき暗い喜びに打ち震えているのだ。とはいえ、万々が一この八方破れの手記を針の穴のごときストライクゾーンの持ち主であるお母さんに読まれてしまえば、その後きっと襲来するであろうディープインパクトな評言を前にして、打たれ強いはずの私の誇りもさすがに無傷ではいられまいと思うのだ。

しかし恵太郎よ、安心してほしい。お父さんがこうやって部屋に籠《こ》もり、この手記を書いていても、愛するお母さんが突然ドアを開けて入ってくることはない。「鶴《つる》になって自分の羽を毟《むし》り毟り機《はた》を織るから絶対に開けないでね」とよくよく頼みこんであるのだ。というのはもちろん嘘で、学生運動華やかなりし時代に覚えた手習い、鉄壁のバリケードをドア内に築いているのだ。というのもやっぱり嘘で、本当のところはアルカトラズのコンクリートに穴を掘るみたいにいつもびくびくしながらこれを書いているのだ。全然安心できない。安心したい。あんまり安心したいと時どき死にたくなってくる。もし執筆の現場を押さえたら、お母さんはどう出るだろう。零点じゃないかぎり怒らないから見せてみなさい、とか言うんじゃなかろうか。ああ、きっとそうだ。そして零点なんだ。お母さんは書評家として何に厳しいと言って、文章におけるユーモアにもっとも厳しい。笑えないユーモアを本に挟まった陰毛よりも嫌っている。お母さんはきっと言うだろう。なんでこれが零点やないって思ったわけ？　そ、それは、上手に名前が書けたら5点はもらえるって先生が……。

よって恵太郎、くれぐれもお母さんには見つからぬよう用心の上にも用心を重ねてエロ本よりもさらにこっそり目を通してもらいたい。これは男と男の約束だ。などと案ずるまでもなく、これを手にした君はきっともう立派な大人なのであり、年老いた私たち夫婦の伸ばす軒下からとっくに巣立っているのだろうな。違うかい？

五

ふと思ったのだが、こんな調子で君の曾祖父《そうそふ》について書きつらねていても、私たちの與次郎、というか、内輪の與次郎の姿しか君に見えてこないのではないか。ほな行ってくるわ、と手を振りあげて屋敷を一歩出たあとの、私たちのものではない、社会の中での與次郎の姿が見えてこないのではないか。

などと勿体《もったい》をつけて書きだしてみたはいいが、與次郎の場合、外に出たところでにわかに蝶《ちょう》になって美しい翅《はね》を広げるというような目覚ましい変化があるわけでもないのだ。私のイメージで言うなら、芋虫《いもむし》のまんまでもぞもぞと野暮ったい破《や》れ傘を広げる感じだろうか。

実際、学者としての與次郎も、ここまで書いてきたとおりの調子で法螺《ほら》話とも軽口ともつかぬ駄弁を弄《ろう》するのに余念がなかったのだが、そのあたりについて本人は刺すなら刺せと諸肌《もろはだ》を脱がんばかりに開きなおっていた。昔、某雑誌に掲載された自己紹

介らしい文章の中でも、肩書き欄の、

「現在、凌雲館《りょううんかん》大学教授、政治学者、蔵書家、売文業者」

あたりはまださらりと読み流すにしても、趣味欄の、

「読書、古本屋めぐり、音楽鑑賞、変節、食言、言い逃れ」

と後半に入ると大人げも可愛げもない露悪根性まる出しで、しかも臍《へそ》の緒切って以来曲がりっぱなしの凝《こ》りかたまった臍曲がりだから、なんだかもうユリ・ゲラーでも戻せない感じだ。

ちなみに右記の自己紹介の中で、與次郎は座右の銘の欄に「羹《あつもの》に懲《こ》りて膾《なます》を吹く」などと記している。御存知のとおり、熱い汁物をすすって火傷《やけど》をしたせいで、冷たい料理まで吹いて冷ますようになる、という過度の慎重を揶揄《やゆ》した、中国の『楚辞《そじ》』に出てくる成語だ。それをわざわざ誌上で宣するからには、失敗を恐れずに挑戦していく姿勢をおのれに厳しく課しているのだろうと好意的に解釈してしまいがちだが、しかしこの場合ただ事実をそのまま白状しただけであるらしい。というのも、ミキから聞いた話では、

「お父はん、猫より猫舌やからな、この前、ほんまになます吹いてはったわ」

とのことであり、一方、醜態を暴露された與次郎は特段きまり悪げでもなく、法螺

でもなますでも吹けるもんは吹く、みたいなことを言って、わざとらしくデザートのかき氷まで吹き散らかしていた。

しかしまあ、メディアに出てしょうもないこと言いを続けるのも與次郎なりに腹に据わった理由があったと私は思う。與次郎は「戦後を代表するリベラリスト」というポップな表看板を背負わされる一方で、「あんなやつは知識人でもインテリでもない」「せいぜいが、ちょっと物知りな芸人といったところ」「出しゃばりエセ学者の筆頭」「精神論であって科学ではない」などなど生涯にわたってほうぼうから非難、揶揄、中傷の飛礫《つぶて》を浴びせられつづけた。しかし與次郎には、エッセイ集『已《や》むに已まれぬ』から本人の言葉を引けば、「ユーモアこそが知識人と大衆とを架橋するものである」「結局は笑うことを忘れた者から脱落していくのだ。一期《いちご》は夢よ、ただ狂え」とのモットーがあった。だからこそ、大学の講義やテレビ番組、そしていささか粗製濫《そせいらん》造《ぞう》の憾《うら》みがあるエッセイやら啓蒙《けいもう》書やらにおいても、半ば以上地ではあるが、その地を世間に投げ出すように道化を演じつづけたのだろう。

実際、與次郎が政治学者として生涯のテーマとしたものはなんだったかとひと言で乱暴に断じてしまえば、それは「大衆論」であり、そして孫の口から言うのも面映《おもは》ゆい言葉であるが、なかんずく「大衆の啓蒙」ではなかったかと私は考えている。

しかし元来啓蒙されえないものを指して大衆と呼ぶのだとすれば、「大衆の啓蒙」などという矛盾を絵に描いたようなテーマにかかずらうのは、おのれの足首をつかんで宙を舞うも同様の滑稽《こっけい》極まる不可能事だろう。そしてそれ以上に、みずからの上から目線を横から見るとでも言おうか、とにかくおのれの僭越《せんえつ》さを意識せずにはいられない小っ恥ずかしいテーマだったはずだ。となると、口はにっこり目には涙、笑いながらも笑われる道化でなければとうていやりとおせぬどこか物悲しいライフワーク、という次第だったのかもしれない。

が、しかしそれでも「出しゃばりエセ学者の筆頭」でありつづけたのは、「大衆性」なるものが、症状の軽重《けいちょう》はあれ、おのれをも含めた全人類共通の病であるという自戒と、そして何より、まったく本を読まないミキを大衆の代表として理想化しつつ見つめつづけた暮らしとによるものではなかったかと私は考えている。與次郎はあるとき私に言った。

「どんだけ勉強しても、どんだけ脳味噌《のうみそ》絞っても分からんときにはな、わし、試しにお母はんに訊《き》いてみるんや。ほんだら、時たま、あっ、と思うようなことをぽろっと言うてくれたりする。ひろぼん、女は怖いで。気ィつけえや。男がぐるぐるぐるぐる考えても分からん答えを、女はなんも考えんと最初っから知っとったりするからな」

そういう半ば意識的なものであろう思いこみが夫婦の仲を円満に保つのにひと役買っていたのは間違いない。與次郎は学者だけあって生涯、知識の鎧《よろい》をごてごてと重ね着しつづけた人間だったが、一方では、無知への憧憬《しょうけい》と言おうか、素朴なものへの崇《すう》敬《けい》と言おうか、そういう不合理な回帰願望を持ちつづけていた。それゆえに、お母はんは賢い、お母はんはよう分かってる、と口ぐせのように言いつづけたのは少しも皮肉ではなかったのであり、ミキのおかげで自分の足も地について、理屈をこねまわすだけの頭でっかちな人間になるのを免《まぬか》れていると信じていたのである。

ちなみに私もお母さんの言うことに感服してしまうことがしばしばあるが、しかしそれは実際にお母さんのほうが私よりはるかに物知りで頭がいいからだ。よって恵太郎、将来、君が何やら小難しいことを知りたくなったときはまずお母さんに訊くとよろしい。そして知らないことを尋ねられたときに平均的な父親がどうやってお茶を濁すか見たくなったときは私に訊くのがいいでしょうね、きっと。

さて、深井與次郎が昭和六十一年に他界してから四半世紀が過ぎ去った。その非業《ひごう》の死という話題性も手伝って、没後間もないころには、『深井與次郎著作集』全二十三巻、『深井與次郎座談録』全九巻、『深井與次郎講義録』全八巻、『深井與次郎書簡集』全六巻、『深井與次郎断簡集』全十二巻などなどがめくるめく勢いで刊行され、さらには與次郎にまつわる回顧録やら評伝やら特集雑誌やら種々雑多な出版物も書店を賑《にぎ》わした。言うなれば、身にまとっていたのの数倍するかと見える桜の花びらがいっせいに散って、人びとの眼前を鮮やかに彩《いろど》ったとの感があったのだ。そのころの私はまだ学校の教科書を読むだけで青息吐息という十代だったから、わが家にも次つぎと届くそれらの書籍に腰を据えて取り組もうなどという気はさらさら起きなかったが、居間の書棚を着々と埋めつくしてゆく箱入りの重厚な本を見るにつけ、あんなおじいちゃんでも後世に残る仕事をちゃんとやっていたんだな、と誇らかに感じいったのである。

しかし結局、今やその名が世人の口の端《は》に上ることもすっかり稀《まれ》になってしまったのは孫として寂しいと率直に告白しよう。ケツ半見せでそこらを闊《かっ》歩《ぽ》する平成生まれを捕まえて、深井與次郎を知っているかと問うてみても、いったいどれほどの若者がきょとんとせずにいられるだろうか。私の祖父だと言えば、徘徊《はいかい》老人でも探しているものと勘違いされるかもしれない。百人のうち三人でも名前を知っていれば万々歳だ。そのうち一人でも著作を読んだことがあれば、私はその子とおんなじ服装と髪型で渋谷だか原宿だかを歩きながら、泥鰌《どじょう》すくいと腹踊りを足して二を掛けたぐらいやりたくないラップで喜びを表現してもいい。というのはもちろん嘘だが、君に日本の未来を託そうとかなんとか迷惑千万なことを言って、ばしばし肩を叩いてから中身がはみ出るほどハグしてやりたいと思う。というのもまあ嘘で、そもそも脱法ハーブの煙を鼻からお裾《すそ》分《わ》けしてくれそうな若人と交流を図るほどフレンドリーな私ではないのだ。いずれにせよ、君が成人するころには、元号もさらに据わりの悪いものに改まっている可能性が高い。いやはや大正生まれの深井與次郎の名が果たしてどこにどれほど残っているものやら。大正生まれ？　昭和に活躍？　へえ、恐竜まだいた？　いたとも。ゴジラって言ってね。などとやるわけにもいくまい。

ところで、深井與次郎をひと言で言いあらわすなら、その惹句《じゃっく》はどうなるのだろう。「戦後を代表するリベラリスト」などという無難な言いようは間違いとまでは思わないが、あまりにも優等生的であるし、枝葉を刈って幹だけになったようでなんとも殺風景な表現だ。ある者は與次郎を指して、「どんな隙間《すきま》にも舌を突っこまずにはおれない一言居士《いちげんこじ》」と言い、ある者は「論壇の道化師」と言い、またある者は「茶化し居直り混ぜっかえし担当のタレント文化人」と言った。さらにある文筆家は「進歩的知識人ならぬ、散歩的知識人」と言った。まあこの際すべてが正解だろうが、駄洒落《だじゃれ》好きの與次郎が気に入ったのは言うまでもなく「散歩的知識人」である。もちろん、どこにでもふらふらと顔を出しては踏まずもがなの犬の糞《ふん》を踏んでまわるような姿勢を揶揄されたのだが、與次郎は気にするどころか、めっぽう気に入っていたようだ。むしろほうぼうでそう自称し、それを刷りこんだ名刺まで作ってばらまいていたらしい。転んでもいないのに、無料《ただ》では起きぬとヤカラを言う男だ。ちなみにその「散歩的知識人」というせっかくの毒入り肩書きを與次郎にむしゃむしゃ食べられた文筆家とは、與次郎の宿敵、鶴山釈苦利こと亀山金吾である。

六

そろそろ與次郎とミキの出会いについて語ろう。しかし小洒落《こじゃれ》たケーキに刃を入れるのにうろうろとナイフを泳がせるごとく、話の劈頭《へきとう》に迷っていた。そこにまた鶴山釈苦利の名が出てきた。折よく、と言えなくもない。いや、考えれば考えるほど、この話はまず釈苦利にこそ刃を突き立てるべきなのだという気がしてきた。

ここに至ってようやく君に告白するが、私は二度、釈苦利に会ったことがある。一度目は與次郎の葬儀のときだが、二度目はなんと社会人になってから直じきに四谷の釈苦利邸に呼びつけられたのだ。二度の対面のあいだには十五年ほども開きがあり、これが常人相手なら、やっぱり老《ふ》けたな、と見目や所作に過ぎ去りし光陰の跡を認めるところだが、しかし釈苦利の場合は、染《し》み一つない真っ白な、そしてしわのほとんどないぬめっとした、ウーパールーパー界のアラン・ドロンみたいな変に彫りの深い顔立ちはまったく損なわれていなかった。しかも、あれから十年ほど経《た》つが、あと数年でかれこれ一世紀を生き抜いたことになるはずなのに、まだぴんぴんしていると風の噂《うわさ》に聞く。最近、雑誌に載った写真を見ても、髪こそ雪をかぶったように真っ白だが、まだ五十五です、とか言われたら、ははあ、一億とんで五十五歳ですか、などと返したくなるほど不気味に若わかしい。実際、釈苦利は一部のコアなファンのあいだでは「伯爵《はくしゃく》」などと呼ばれていて、ネットで見かけた設定によると、禁断症状が出たんびに血の気の多い馬鹿召使いの鼻を猫パンチしてその鼻血をブラッディ・マリーに垂らして飢えをしのいだり、昼間は最上級シルクで内張りされた宇宙樹イグドラシル製の棺桶《かんおけ》にもぐりこみ、内設のスピーカーから流れてくるワーグナーを聴きながらムーミンに出てくるニョロニョロの抱き枕で眠ることになっていたりする。しかし当の釈苦利曰《いわ》く、

「何度も言うが、私は畳の上に布団《ふとん》を敷いて眠る。と言うとまた、ははあ、先生の棺

桶は畳敷きですか、などと真顔で珍しがってくる莫迦《ばか》がいるが、私はそもそも閉所恐怖症である。と言うとまた、ははあ、先生の棺桶はさぞかし大きいんでしょうね、何坪ぐらいありますか、などと真顔で質問してくる莫迦がいるが、棺桶とはそもそも担《かつ》いで運べなければならぬものである。と言うとまた、いやいや、先生のお仲間は人間と違って力持ちだから、などと真顔で感心してくる莫迦がいるが、私にはそもそも

（以下略）」

釈苦利の現況はまあこれぐらいにしよう。

では、なぜ釈苦利が與次郎とミキの出会いに関わってくるのか。実はその当時からミキも幾度となく釈苦利と顔を合わせているのだ。しかも最初の出会いは與次郎との宿命的出会いに先立つこと半年と数日、十七歳を間近に控えた初春のこと。順番を示すと、與次郎と釈苦利がまず旧制高校で同級生として出会い、その後、釈苦利とミキが出会い、そして釈苦利の件で與次郎とミキが出会った、ということになる。つまり、釈苦利こそが與次郎とミキを引きあわせた、この手記における影のＭＶＰなのだ。

とまあそんなふうにいいように考えると、みんなもっと彼に感謝すべきなのかもしれない。しかし深井家の血筋の者はなぜか誰一人としてそんな素敵な感情を彼に抱いたりはしないのだ。それはもしかしたら、首のしゅっとした女に目がない釈苦利がミ

キに横恋慕したという根も葉も実もある噂のせいかもしれないが、私の見るところ、それは理由の本丸ではない。災いの源はやっぱり持病の「百年しゃっくり」だ。しゃっくりのたびに堪忍袋《かんにんぶくろ》の中身がひくっと漏れ出ているに違いないから、けっこうひどい扱いをしても緒が切れる恐れはあるまいという楽観が生まれて、人はついつい彼をナメてしまうのだ。そして、これではいかんと何か感謝の念を示そうとしても、釈苦利がしゃっくりするたびにこちらの感謝袋の中身がひくっと漏れ出てしまい、充分にありがたみが深まらない感じがして、人はついつい彼をナメてしまうのだ。

しかし結論を言えば、與次郎は油断しすぎていた。釈苦利という人物はしんにゅうが幾重にもかかるほど相当な曲者《くせもの》なのだ。いや、ついついナメられてしまう釈苦利も本当の釈苦利には違いないが、それと同時に、彼はやっぱり與次郎の宿敵にふさわしい、一筋縄ではいかない怪人なのである。さまざまな伝聞や資料、そして私自身の経験から二人の勝負を振りかえれば、不承不承ながら釈苦利に軍配を上げたくなるほどだ。いやいや、釈苦利の曲者ぶりについては、この私がこの身で直接思い知らされたことだから、まず間違いないのである。

さて、ここらで君の曾祖母《そうそぼ》である深井ミキについてひと通り紹介しておこう。なんといっても、ミキは令名を馳《は》せた女流画家だった。あちこちで個展を開いて閑古鳥《かんこどり》など まず鳴かせなかったそうだし、昭和二十七年には、《ヲロチ》といういささか不気味な大作で芸能選奨文部大臣賞を受賞したこともある。そして没後の平成十一年になると、ミキの生地である大阪の富田林市に深井幹記念美術館なる煉瓦《れんが》調のたいそう立派な建物までが建ち、そこでは常時百点近い作品を目にすることができる。巷間《こうかん》における知名度ではいくらか旦那《だんな》に及ばぬにしても、やっぱり芸術家だけに、出しゃばり学者の與次郎より相当毛並が上等のような印象を持っているのは私だけではあるまいし、與次郎の学問が古びて顧《かえり》みられぬようになっても、ふたたび日本の大地が戦火で焼きつくされないかぎり、ミキの絵は異彩を放ちつつ細ぼそと生き長らえるだろうと思う。

といっても、ミキにはちっとも芸術家ぶったところがなかった。それどころか、芸術などという言葉が生まれるはるか昔からこちとら毛皮を着こんで洞窟《どうくつ》に壁画を描いてきたんだというふうな、画家よりももっと古いもののように見えた。

與次郎は時おりふと名言を思いつくと、墨《すみ》と硯《すずり》を取り出して筆を執り、甚《はなは》だ素人《しろうと》くさい書をえいやとばかりにやるのだが、その中に「描住坐臥《びょうじゅうざが》」という四字熟語がある。描くこと、止まること。坐《すわ》ること、臥《ふ》すこと。坊さんの戒律に適《かな》った日常を表す言葉である「行住坐臥《ぎょうじゅうざが》」をもじって、ミキのために與次郎が作った造語だ。ミキのイメージにぴったりな、なかなかの言葉だと私なんかは思う。しかし肝腎《かんじん》の「描」の字がよれよれと頼りないせいで、ややもすると「猫」に見えてしまい、それだとなんだかだらだらごろごろとした猫の日常を表現したに過ぎない四字熟語になってしまうから、いつかどこかでそんな感じのを見かけたときは君も充分に気をつけてほしい。

　実際、ミキはずっと何を飾ることもない普通の暮らしの中で描きつづけてきた。與次郎が撮ったものだろう、宗佑叔父さんをおんぶしたままキャンバスに向かうミキの白黒写真を見たことがあるが、戦時中はもんぺ姿に祐一郎伯父さんを背負って描いていたのだし、戦後間もないころは敦子伯母さんに乳をやりながら絵筆を握っていたのだ。つまり、ミキにとって絵を描くということは、晩年に雑誌に載った本人の言葉を引くならば、

「ゴッホのように孤独で熱くある事。モネのように澄んでいる事。セザンヌのように厳格である事。ルオーのように祈る事。そして何よりセガンティーニのように家族を愛する事」だった。

　そしておんなじインタビューの中でこうも言っていた。

「ある瞬間を境に、私よりも絵のほうが強くなるんです。立ちあがって、ぐっと見お

ろしてくるぐらいに強くなるんです。そうなると、絵のほうからああしろこうしろと言ってくる。それが聞こえてくると、私は途端にうれしくなってきます。逸《はや》る気持ちを抑えて、丁寧に丁寧に筆を入れていきます。世界が、今ここで、この絵一枚分だけ広がるんです。豊かになるんです。そこに私一人だけが立ち会っている。もう幸福です。絵描きにとってそれだけが本当のことです」

そういえば、ミキは自分のことを、画家ではなく、ましてや芸術家でもなく、いつも「絵描き」と呼んでいた。

「画家やなんて言うと、たいそうでしょう。絵ェで家建てるほどカネ稼がんならんみたいで。でも、『絵描き』やったら、ただ描いとったらええわけです。そういえば、うっとこの與次郎はんなんか医者ぎらいやったから、外科の先生のことを『人切り』言うたり、歯医者さんのこと『歯抜き』言うたり、ほんで、ゴルフがまた嫌いやったから、いっつも『地球しばき』言うてましたな。わたしそれ聞いて、『あれはぎりぎりしばいてへんのちゃいますか』言うたら、與次郎はんがまた『そない思うんやったら、お母はんの鼻の上にボールのせて、わしが打ったろか』とか無茶苦茶なこと言わはるから、『お父はんがプロんなったら、あんじょう頼んます』言うたりました。なんやしばらくぶつぶつ言うてましたな、與次郎はん」

そんなミキだが、読み書きが不得手だったせいで尋常小学校と高等小学校に通った八年間は針の筵《むしろ》だったという。先生には日本一の阿呆《あほ》と匙《さじ》を投げられ、読み方の授業の折など、首の落ちた地蔵でも座っているかのごとく無視された。同級生たちにも、

「〜ぜーんぜん、みーきみき、よーめませーんー

おーまえーのあーたまーは、けーつにーあーるー」

などとだいぶ工夫が足りない『でんでん虫』の替え歌まで作られてさんざん囃《はや》したてられ、恐る恐る通知簿を家に持ち帰っても、黒帯つきの遺影が群れなすごとく「丙」「丙」「丙」の評価が並ぶ惨憺《さんたん》たる成績を見て血の気の引いた母親が、コルセットきつきつの貴婦人よろしく額に手を当てながらぐらりとめまいを起こして倒れ、気がついたところでまた通知簿を見て倒れ、また気がつくと夢かもしれんとまた通知簿を見て倒れ、性懲《しょうこ》りもなくそれをくりかえしたせいでコブだらけになって少し身長が高くなったという。とにかく家族の中でもずっと、とんでもない鬼っ子が紛れこんできた、末っ子だけに絞りかすが出た、というような扱いだったのだ。しかし、ん？といつ何を見ても好奇心がぴんと立ったような独特の表情だけは隠しようもなく父親そっくりだったから、縦にしようと横にしようと逆さに吊《つ》ろうとやっぱり米倉の娘に違いなかった。そんな子供時代だったから、上掛けのへりを噛《か》みしめもって枕を濡《ぬ》ら

した夜は数知れず、どこかに文字のない素朴で分かりよい世界があるはずとあどけなく夢想して幾度か家出も試みたが、結局どこまで行っても、人の気配があるところには文字が厚かましく先まわりしていた。

とはいっても、箸《はし》にも棒にもかからない単なるうつけ者だと見なされていたわけではなかったらしい。そのころからすでに、絵の腕前だけは抜群だったからだ。人間の作り事に過ぎない文字のほうはいっこうに身につかなかったが、自然の一部として意味のあるさまざまな形ならば、人の顔であれ風景であれ動物であれ花であれ、なんでも瞬《またた》く間に憶《おぼ》えてなかなか忘れなかった。めったに会わない親類の顔まで見もせずにすらすらと淀《よど》みなく描くものだから、絵が右耳から飛びこんだせいで左耳から字が落ちた、などとよくからかわれたそうだ。学校でも同様だった。ほかはともかく、図画の授業だけは針の筵からふわりと立ちあがることができ、小躍りするほどうれしかったらしい。実際、図画だけは「甲」を取り逃したことがただの一度もなかった。となると自然、十になるころにはもう画家になるしかないと前途を決めてかかっていたという。さらに都合のいいことに、屋敷の目と鼻の先の長屋にロシア人だかウクライナ人だかの貧乏画家が住んでいた。猛威を振るうボリシェヴィキに追われて大陸から南樺太《からふと》へ渡り、何を思ったかはるばる大阪まで逃げのびて来たらしい。特高の刑事みたいな横柄《おうへい》な連中が長屋に来てたぞ、もしやソ連のスパイではないか、などと噂する者もいたものの、子供相手の絵画教室を開いていたというのだから習いに行かない手はない。

その画家の名前はレオニード・某《なにがし》というらしいのだが、何やら得体の知れないものをずるずると啜《すす》ったようにしか聞こえない「某」の部分は、日本人には一生かかっても正確な発音が不可能だったので、ただレオニー先生とだけ呼ばれていた。ぞんざいに伸びた蓬髪《ほうはつ》とタワシ状に広がった髭《ひげ》のせいか三十代にも七十代にも見え、ひょろりと背が高く痩《や》せぎすなのも手伝って、まるで薄汚い梵天耳掻《ぼんてんみみか》きに鼻をつけたようだったという。しかし絵は恐ろしく巧《うま》かった。世を席巻《せっけん》する前衛芸術などどこ吹く風、イリヤ・レーピンやイワン・クラムスコイら移動派の画家をこよなく愛し、風景画でも人物画でも静物画でも写真が土下座して屁《へ》を漏らすほどそっくりに描くことができたので、屋外で写生などしていると、しばしば雀《すずめ》だの雲雀《ひばり》だのが本物と見誤ってキャンバスに激突したらしい。いや、激突すらせずに、そのまま絵にすぽんと入りこんでその一部になったとも噂された。

というわけで、ミキは十歳から十五歳までの約五年間、そのスパイ画家レオニー先生から洋画の手ほどきを受ける。しかしそのころにはもうすでに想像で現実をねじ曲げるという悪癖をすっかり身につけてしまっていたので、杓子定規《しゃくしじょうぎ》なレオニー先生によく説教されたそうだ。

「みきサーン、ドコニソンナモノぉ、アリマスカぁ。セカイハぁ、ソウイウフウニぃ、ナッテマセンヨぉ」

「でも、わての頭ん中はこないなってるんです」

「ワテノアタマンナカぁ、カケッテぇ、ダレぇイイマシタデスカぁ？」

「誰にも言われんから、わてが描くんです」

「ヘリクツヘリクツぅ。れっすんオワッテカラぁ、スキナダケぇ、カキナぁサーイ」

というふうにミキは私にレオニー先生の物真似《ものまね》をしてくれたわけだが、似ていたとはつゆほども思えない。日本語を話す変な外人の物真似をすると、ミキはいつでもこんな感じだからだ。実物に会えるものなら会って確かめたいところだが、まさか存命だとも思われない。それに、さては特高の手が伸びてくる気配でも察したのか、などとは思わないが、ある日突然、大きなトランクを持って米倉家を訪れると、カナダに渡った親類のところへゆくと言って行方をくらましたという。しかし惜別《せきべつ》のとき、レオニー先生はミキの頭を指先でとんとんと叩き、言ったそうだ。

「ワテノアタマンナカぁ、れっすんオワリマシタぁデぇス」

というわけで、師を失ったミキは十六のときに単身上京し、與次郎と釈苦利の通う一高からほど近い本郷の女子美術学院に入学したのである。

さて、時系列に沿って、まずはミキと釈苦利の出会いから書くとしよう。

ミキはその当時、〈百彩会《ひゃくさいかい》〉という在野の洋画団体の展覧会に油絵を初出品していたのだが、会場だった東京府美術館で、まだ無名の極みにあった十八歳の釈苦利と遭遇した。そこに偶然と言うほどの偶然はない。釈苦利はのちのち主に文筆で身を立てるようになるが、随筆、翻訳、小説、ルポルタージュなどにも貪欲《どんよく》に手を広げるかたわら、アルチンボルド、ピラネージ、モロー、ルドンらを絶賛するなど、あえてじめっとした日陰道を楽しむ美術評論家でもあるのだ。自伝などを読むと、その好事家《こうずか》としての萌芽《ほうが》は早くも十代のころから見られたようで、当時の彼はまだ旧制第一高等学校の一学生に過ぎなかったが、一人きりで数かずの展覧会に足を運ぶという気障《きざ》ったらしい趣味をすでに身につけていたのである。

ちなみにその展覧会にミキが出品していたのは一枚の自画像だった。レオニー先生仕込みの、どんな歪曲《わいきょく》も分解も空想も入りこまない、写実的でごく素直な十六歳の自画像だ。その絵は先述した深井幹記念美術館でいつでも見ることができる。正直、素人の私の目から見ても、ミキらしい持ち前の大胆さが感じられず、筆運びがせかせかと言い訳がましいように思われるが、見る者の胸にまっすぐな視線をすこんと投げこんでくるあけっぴろげな双眸《そうぼう》は、すでにいかにもミキである。まさにこのまなざしによって若き日の與次郎や釈苦利は見つめかえされたのだなと考えると、絵の真正面に立ちたくないような気がしてくるほどだ。

というわけで、十六歳のミキは、東京府美術館の壁にかけられた自画像の前にたたずんでいたという。目をつぶり、その光景をまざまざと脳裏に描き出したいところだが、残念ながら東京府美術館だった建物は昭和五十二年に取り壊されてしまったらしいから、足を運んで想像図の材料を仕入れるわけにもいかない。まあ、美術館などというものは、どこもそう変わるものではないだろう。白っぽい壁、そこにかけられた絵画の数かず、隅のほうには監視員、休憩用の長椅子《ながいす》、淀んでは流れ、流れては淀む老若男女《ろうにゃくなんにょ》。ミキはそんな観客の流れの後ろに立ち、どんな感想が漏れ聞こえるか耳をそばだてていたのかもしれない。ミキ曰く、事件はこう始まる。

「なんや後ろのほうから視線を感じるなあ思て振りかえったらな、あの人がな、わての首筋をじーっと見てはるんや」

それが釈苦利だった。いや、まだ百年しゃっくりをしていないから、亀山金吾と呼ぶべきかもしれないが、どっちにしろ間もなくしゃっくりを始めるところなので、この際もう釈苦利でいいことにしよう。一高生らしく詰め襟に白線帽でもかぶっていたか、はたまた貴公子然として洒落た洋服でも着こなしていたか、そのあたりのミキの記憶はかなり曖昧《あいまい》だ。というのも、白面痩軀《はくめんそうく》の美青年がオアシスのごとく潤《うる》んだ奥目をかっぴらき、内なる炎を視線にのせて、炙《あぶ》らんばかりにうなじをじりじりと見おろしてくるのだ。服装なんかどうでもいい。問題はその尋常ならざる目つきだ。我に返ってはっと顔を上げた釈苦利は、もうミキのうなじこそ見ていなかったものの、今度は全世界のありとあらゆるうなじに同時に焦点を合わせたかのような、果てしなく広く、果てしなく危ない目をしていたらしい。しかも釈苦利は目にものを言わせすぎて、口では何も言わない。仕方がないのでミキが口を開くことになる。

「黙ってるのも居心地悪いな思て、『首になんかついてます?』って訊《き》いたんや。ほんだら、しばらくしてな、『ええ、頭が……』言わはった。そら首やから頭も体もついてるがな思たけどな、ぞーっとしてなんも言われへんかったわ」

しかしいかに釈苦利といえども、公衆の面前、しかも品位と静穏を求められる美術館の中、数多《あまた》の絵画に囲まれながら乙女の首筋にむしゃぶりつこうとしたわけではないはずだ。

　実は釈苦利には『うなじの世界——頭と躰《からだ》をつなぐ小宇宙』と題された著書がある。大方の予想を毛ほども裏切ることなくまったく売れないこと冬場のアロハのごとしだったらしいのだが、それだけに古書業界では非常な高値で取引されており、などということはさておき、その序文はこう始まる。

「告白する。もううなじしか愛せない」

　要するにただの首フェチだが、本人はうなじで世界を平和にする新手のイデオロギーか何かのように「ウナジスト」を自称している。それがどんな連中かと言うと、まあこんな具合だ。

「ウナジストはいつだって反重力を夢見ている。反重力さえ働けば、世界中の女のうなじを小賢《こざか》しく匿《かくま》うあの御節介かつ犯罪的な長髪が天高く垂れ下がり、うなじといううなじが一つ残らず露《あら》わになるであろう。なんと破廉恥《はれんち》な！」

　ほかにも病的かつ猟奇的な記述はそこかしこに見られ、例えば、「勇気を振り絞って、こう言おうじゃないか。きみ、顔が五月蠅《うるさ》いです。ずっと後ろを向いていて下さい。（中略）ほら、顔と較《くら》べ、うなじのなんと寡黙《かもく》なことか。なんと奥ゆかしいことか」「私は美津子《みつこ》と結婚したのではない。美しいうなじと結婚したら、美津子が付いてきたのである」などという女性蔑視《べっし》の罵言《ばげん》の数かずも、ウーマンリブ運動高まりゆく七〇年代にそぐわないものとして部数低迷の一因となったかもしれない。七難隠す色白ですくっと姿勢がよく、ここで十代のミキの写真を見ると、顔はまあ十人並だが、七難隠す色白ですくっと姿勢がよく、なんと言おうか、バレリーナのようにしゅっとした長い首だ。釈苦利はそれを背後霊のごとく凝然と眺め、ウナジズム滴《したた》る視線でべろべろと舐《な》めまわしながら強く念じていた。ずっと後ろを向いていてください。世界が美しくあるために……。しかし悲しいかな、ミキは振り向いてしまった。ああ、やっぱり顔がうるさい！　それであの発言だろう。なんだかお父さんにも分かってきたぞ。ウナジストの気持ちが。

さて、ミキは釈苦利の浮世離れした発言に凍りつき、絶句した。ミキが言葉を失ったからと言って、シーソーみたいに釈苦利のほうがにわかに雄弁になったわけではない。しかしそのまま無言で別れるのも、うなじのイデアのごとき理想的なうなじを発見した釈苦利としては、尻を拭《ふ》かずに便所を立つようで気持ちが悪かったのだろう。釈苦利は取り繕《つくろ》うように慌《あわ》ててこう続けたらしい。

「いや、別にかまわないんですよ。頭がのっててもｰ」

これにはミキもカチンと来た。かまわない？　頭がのっ、て、て、も？　気づいたら反撃に出ていた。

「そらァ、あたしの首ですから、頭だろうと南瓜《かぼちゃ》だろうとポロピレだろうと何がのってても、かまわんでしょう」

「ええ、もちろんです。でも、ポロピレってなんです？」

「ほら、あるでしょう。飛行機の頭の先で回ってる……」

「プロペラのことですか？」

「プロペラ？　そうとも言うんですか？」

「いや、そうとしか言わないです」

「ほんなら、別のもんですね」

「いや、飛行機の頭の先では、ポロピレだろうが別のもんだろうがプロペラ以外のものは何も回ってませんよ」

「あなた、世界じゅうの飛行機を見たんですか？」

「え？」

「世界のどこにもポロピレをつけた飛行機がないとどうして言いきれるんですか？」

「世界じゅうの飛行機を見たわけではありませんが、世界のどこのどんな飛行機であれ、頭に何かをつけて回したら、その時点でポロピレだってパラペロだってプロペラになるんです」

「あたし、先日、飛行機が飛ぶの見てましたら、ポロピレポロピレって音を立ててましたよ」

「僕も先日、飛行機の飛ぶ音をあなたよりしっかりと聞きましたけどね、絶対にプロペラプロペラって鳴ってましたよ」

「嘘言いなはれ」

といった調子で二人は衆人環視の大的《おおまと》となり、小一時間ほども子供も恥じいるような痛ましい激論を戦わせ、初対面であるにもかかわらずほとんど古事記の時代より連綿と憎みあう神話的仇敵《きゅうてき》のようになって別れたらしい。しかし気になるのは、子供の口喧嘩《くちげんか》でどちらに軍配が上がったかだろう。欠席裁判になるが、ミキの証言によれば、ミキが完膚《かんぷ》無きまでに釈苦利を打ち負かしたということになっている。なぜなら、途中で釈苦利が突然しゃっくりをしはじめ、どうにもこうにも止まらなくなり、言いかえすのもままならなくなったからだ。いや、突然と言っても、きっかけらしいものはあった。「プロペラポロピレ」だか「パラポロピレパレ」だかなんだか正確なところは現在に至るも謎のままだが、脳味噌《のうみそ》をぐつぐつと沸かせた釈苦利がそれに近しいことを憤然と口走った瞬間、「百年しゃっくり」の記念すべき第一回目が、ひくっ、と普通に出たらしい。

今までも幾度かその名称が出てきたが、そろそろ正式に説明すべきだろう。「百年しゃっくり」というのは、無駄なところで先見の明を浪費する與次郎がまだ二年目ぐらいに早ばやと命名したものらしいが、文字どおり百年間絶えることなく続くしゃっくりのことだ。しかも、春夏秋冬、昼夜を問わず、盆も暮れも容赦なく、寝所に便所に高所に閉所、冠婚葬祭、祝典酒宴、いついかなる場面にも影よりしつこくついてまわる地獄のしゃっくりである。「どや、百年しゃっくりの調子は？」と與次郎が尋ねれば、釈苦利は憎悪《ぞうお》の青白い炎を瞳《ひとみ》に灯《とも》しながらも、こらえきれず、「きさ、ひくっ、ま」と答えてしまう。「その調子で続けたってくれよ。あと六十年あるからなァ」などと與次郎は釈苦利のしゃっくりをしっかり応援する。のみならず、與次郎のほうにしゃっくりが出ると、「あいつの百年しゃっくりがこっちに来たかもしれん」と半ば本気で心配になって釈苦利邸に無言電話をかけ、「もし、ひくっ、もし」と聞くや否《いな》や安堵《あんど》のあまりガチャンと受話器を下ろし、「あはは、ひくっ、あははは、ひくっ、あはは、まだ向こうにおるわ。ひくっ、けっこうけっこう、ひくっ」と屋敷じゅうに響きわたるほど、途切れ途切れの薄気味悪い哄笑《こうしょう》に耽《ふけ》ったらしい。

いずれにせよ、さすがの釈苦利先生も百年続くほどは長生きすまいと思うのだが、実際のところ、もう七十八年間もしゃっくりが止まらないのだから、あと二十二年ぐらいは根気よく継続してもらって、今は亡《な》き與次郎の悲願を身をもって成就《じょうじゅ》してほしいところだ。というか、日本全国津々浦々の釈苦利を愛してやまない人びとは、與次郎のように面と向かっては言わないものの、みんな秘《ひそ》かに百年続いてほしいと祈ってやまないのである。それどころか、コアなファンのあいだでは、釈苦利先生が絶え間なく発していらっしゃる「百年しゃっくり波」によって、いずれ人類を滅亡に導くであろう小惑星の軌道が微妙にずれはじめているとすら言われている。

　ちなみに與次郎の酒気帯び仮説によれば、パ行とラ行の特定の組みあわせが実は危険極まりない悪霊《あくりょう》を呼びよせる呪文になっていて、意図的であれ偶然であれその言葉を口にしてしまった人間は誰であろうと百年しゃっくりに取り憑《つ》かれてしまうのだという。その背筋も凍るような説にあまりにも信憑性《しんぴょうせい》があるので、私はパ行とラ行を不用意に組みあわせないよう普段から発言には充分気をつけている。というのは完全に嘘で、そもそもパ行とラ行を不用意に組みあわせてしまいかねない危険な場面なんか私の人生には訪れたことがないし、これからも訪れないと思う。

　しかし與次郎の仮説には、あながち荒唐無稽《こうとうむけい》と笑い飛ばせないものがある。というのも、釈苦利本人もまた、口論の際にミキが何やら怪しげな術を使ったらしいとの被害妄想に陥っていた節があるからだ。というわけで、釈苦利の自伝『しゃっくりと手を携えて……』をまた見てみよう。

　私が命辛々《からがら》展覧会から生還を果たすと、寮の部屋では相談しがいのなさを後光の如《ごと》く放射してやまないFが、授乳中の雌豚みたいにベッタリと寝台に横たわってヒイヒイと悲鳴を上げたり立て続けにくしゃみをぶちまけたりしながら指で鼻毛なんぞ抜きくさり、しかもそれを恰《あたか》も戦場で拾い集めた刀剣を品定めするかの如く寝台の縁《へり》に丁寧に並べ、時折、物差しなんぞ宛《あて》がったりしてはニタニタと悦に入っていた。汚らわしい。しかしそこで閃《ひらめ》いた。先の絵描き娘M・Yも上方訛《かみがたなま》りで喋《しゃべ》っていたが、Fもまた大阪生まれ大阪育ちの百姓の愚息なのである。毒を以《もっ》て毒を制す。私は今一度Fに賭《か》けてみることにし、事件のあらましを語って聞かせた。

「絵描きの娘が僕、に呪《のろ》いをかけ、たんだ！　大阪、弁で！」

　意外にもFは何の茶々も入れず、鼻毛を毟《むし》りながら私の報告に耳を傾けた。そして話が終わると、企《たくら》みが噴き零《こぼ》れて口角から滴るような独特の笑みを浮かべたまま、鼻毛の付着が強く疑われる手でバシバシと肩を叩いて来、言った。

「せやろなあ、大阪の娘は、気ィ付けんと、すぐ呪いかけて来るから。わいも東京来るまでは、ずっとしゃっくりしとったで」

「え、そうなの？　どうや、って治った？」

「お前さんは、ほんまにそれを知りたいんか？」

「一体何だい、そのお釈迦《しゃか》様の説法印《せっぽういん》みた、いな、しかし見たこと、もない程に怪し気な手の形は？」

「よう気付いたな、海より深き慈愛の表れであるこの説法印に……。つまり、今から君に真理を説こうと言うのだよ」

「説法印と言うか、君がやると、手真似であから、さまに相場の百倍ぐらいのお金を要求するインチキ占い師みた、いだな」

「仏心の発揚《はつよう》により、わいの心はパンゲア大陸の如く広くなっているから、今の発言は聞かなかったことにしよう。これから深井家に伝わる、絶対確実なしゃっくり停止法を伝授しようやないか。まずは次のものを用意したまえ、ダメ山君。チャドク蛾《が》の毒毛を大さじ二杯分、マメハンミョウの脚を十三匹分、ズアカムカデの頭を七匹分、ベニテングタケとワライタケとキミニクビッタケをそれぞれ掌《てのひら》に載るぐらい、それらを全《すべ》て磨《す》り潰《つぶ》して粉末にし、じっくりコトコト煮込む。そして、その鼻汁色の苦い液体を一気に飲み干してから一時間以内に、還暦をだいぶ過ぎたけどまだまだやる気充分の厚化粧の売笑婦と同衾《どうきん》して存分に精を放ち、まさにその放出の最中に『福は内、鬼は外、しゃっくりも外！』という呪文を急いで三十一回唱えることが出来れば、きっと君のしゃっくりは停止するのであって――」

三十一回は多いだろ、と私は思った。普通に小便をする間にだってそれだけ言えるか怪しいものだ。いや、それを言うなら、それまでにも不審な点は多々あるのであって、万が一にもそのような毒々しい液体を飲み干したなら、成る程しゃっくりも停止するに違いないが、その前にまず私の生命活動そのものが忽《たちま》ちのうちに停止すること風の如しなのである。その後も、恥というものを知らぬFは、私の顔を見る度《たび》に新たなしゃっくり停止法を提案してきたのであるが、その悉《ことごと》くがしゃっくりと共に私の息の根をも止めんと意図する殺意の籠《こ》もったものばかりなのであった。

その一方で、Fは件《くだん》の絵描き娘M・Yに勝手に「ポロピレ」などという珍妙な綽《あだ》名《な》を付け、寮中に、いや、一高中に、私が余儀なくしゃっくりを続けている由縁を面白可笑《おか》しく触れ回り、一通りでない大喝采《かっさい》を浴びているらしかった。となると天然自然、私はそれまで口を利《き》いたこともない連中から「プロペラ」と呼びかけられたり、或《ある》いは更に直截《ちょくせつ》に「しゃっくり」と声をかけられたりするのであって、しかもそのいずれの綽名もが人間のようでないどころか生き物のようですらないという事実には彼ら一向頓着《とんちゃく》せず、遂《つい》には私の与《あずか》り知らぬところでFが音頭《おんど》なんぞ取りくさり、いずれの綽名がより相応《ふさわ》しいか侃々諤々《かんかんがくがく》の議論を重ねた後、決を採ったりしているのであった。そしてどうやら、私の綽名は正式に「しゃっくり」に決まったらしかった。

今だから告白するが、私はあの時、秘かに安堵した。どちらかと言えば、「プロペラ」よりは「しゃっくり」の方が都合がよかったからである。と言うのも、「しゃっくり」と呼ばれた場合には、特段気を回さずともしゃっくりが滾々《こんこん》と自然に湧《わ》き出て来るのだから問題ないのであるが、一方「プロペラ」と呼ばれた場合であっても、私の持ち前のサーヴィス精神は停《とど》まるところを知らず、人体構造上決して回り切らない筈《はず》の首を十度でも二十度でもいいからいつもより余計に回して是非とも皆の期待に応《こた》えたいとの思いが強く働き、一度など頭だけがグキリと殆《ほとん》ど真後ろを向くに至って、最早《もはや》二度と前を向けないのではないか、今まで深く考えたことはなかったけれど、前向きに生きるってなんて素晴らしいんだろう、などと失われた前方を儚《はかな》んでしまう程ひどく首を痛めてしまったことがあったからである。

という次第だ。しかしここだけを読んだ君は、與次郎が何ゆえここまで釈苦利に意地悪をするのだろうと義憤を覚えるかもしれないが、右の出来事の少し前に、二人のあいだで「特高事件」と呼びならわされる重大事が発生していて、與次郎はそのとき釈苦利にこっぴどい目に遭《あ》わされたのだ。つまり、右に引用した逸話には、與次郎持ち前の茶目っ気のほかに、おそらくはその意趣返しという背景もあったのだろうと私は推測しているのである。

ところで、右記のようなどうでもいいやりとりのどうでもいい中身はやっぱりどうでもいい。ここで注目すべきは、このとき初めて與次郎がミキの存在を知ったという事実だ。つまり、鶴山釈苦利という糸の両端を握りあい、細ぼそとではあるが、與次郎とミキがとうとう繋《つな》がったのである。

七

さて、釈苦利のしゃっくりはいよいよ宿痾として確乎《かっこ》たる足場を固めつつあった。ありとあらゆる民間療法だのイワシの頭だのカツオのしっぽだのマグロの中落ちだの加持祈禱《かじきとう》だの気功だのヨガだのバチカンの悪魔祓《ばら》いだの思いつくかぎりを試しに試し、もちろん正道をも軽んぜずほうぼうの医者にもかかったが、「百年しゃっくり」はそのすべてを頑として撥《は》ねつけたのだ。

そんな中、釈苦利はこの厄難の元凶と信ずるM・Yこと米倉幹の行方を捜していた。自伝によれば、

「事ここに至って、私は災いの大本《おおもと》に立ち返らねばならぬと漸《ようや》く気付いたのであった。虎穴《こけつ》に入らずんば虎児を得ず。魔女にかけられた呪《のろ》いを解くには、勇気を振り絞って魔女と対決せねばならぬのである」

とのことだ。

ミキが何者であるかはすぐに判明した。「米倉幹」という名前は展覧会のときに《自画像》の横に貼《は》られた紙に記されていたから、釈苦利はそれをしっかりと記憶に刻んでいた。そしてそれを頼りに、ミキが所属する洋画団体に問いあわせたところ、現在のように世間が個人情報がどうのとうるさく言わない時代だから、一高の目と鼻の先にある女子美術学院の洋画科の生徒であるとすぐに教えてもらえたのだ。

という次第で、釈苦利とミキが再会を果たしたのは、発端となった展覧会から半年ほどのちのことだった。一高からも女子美術学院からもほど近い白山通りでばったり出くわしたのだ。いや、実際は「ばったり」ではまったくなく、ここらで待ち伏せし

ていたらいずれ姿を現すだろうとの釈苦利の読みが見事的中したのだった。

さて、ここでひとたびミキの視点に転ずれば、釈苦利はしゃっくり性の食欲不振としゃっくり性の不眠に悩まされてしゃっくり痩《や》せ細った、幽鬼のごとき若者に過ぎなかった。その幽鬼がミキの顔を見るや否《いな》やぎくしゃくと駆けよってき、

「僕がわ、るかった。あれ以来、ずっと飛、行機の頭の先で回るあ、れをポロピレと呼ん、でます。へへへ、へへへへ、へへ、へへへ」

みたいなことを、しばらく洗濯板の代わりにごしごし使われたような憔悴《しょうすい》しきった顔面を媚《こ》びへつらいに歪《ゆが》ませて告白してきたらしい。もちろんミキは釈苦利が性懲《しょうこ》りもなくしゃっくりの続きをやっているとはちっとも知らなかった。というより、ほとんど釈苦利という美青年の存在を忘却しかけていて、美術館での論争の顛末《てんまつ》をなんとなくでも思い出すのにしばしの時間を要したのだ。そして、そういえばおったな、こんな人、などと考えつつ、しゃっくりの合間から漏れ聞こえる言葉を頭の中でつぎはぎし、兎《と》にも角《かく》にもその言わんとするところを解読すると、こう尋ねた。

「飛行機の頭の先で回るあれ？　プロペラのことですか？」

釈苦利はぎゃあああああと天を裂くほどに絶叫しながら遁走《とんそう》というか助走し、両の腕を翼のようにまっすぐに広げて、今やプロペラであることをゆるされた頭を存分に

回転させながらそびえ立つ青雲の彼方《かなた》に飛び去ったという。そして釈苦利はそのまま一高の寮からも姿を消し、行方知れずになった。

その翌日のこと、とうとうミキの下宿先を不愉快與次郎とその不愉快な仲間たちが訪れた。ミキの実家の親戚《しんせき》筋にあたる、駒込《こまごめ》にあった呉服屋の前にぞろぞろと姿を現したのである。與次郎は、ダメ山なんかいなくてもまあいいか、しゃっくりがうるさいし、と思っていたかもしれないが、一応同室のよしみでほかの一高生たちとともに忽然《こつぜん》と姿を消した釈苦利を捜しまわっていたのだ。

というのも、釈苦利は逐電《ちくてん》する前に、一高の寮に一枚の書き置きを残していたからで、それは次のようなものだった。

「ポロピレの真相は唯《た》だ一言にして悉《つく》す、曰く『プロペラ』」

これが発見されたとき、学友たちのあいだからパラパラと疎《まば》らな拍手が漏れた。

「なんか、かっこいい。ような気がする」

心に響きそうで響かない一文にみんな内心小首を傾《かし》げていたが、すでに無駄に博学な蠟勉《ろうべん》家として広く知られていた與次郎の目はごまかせなかった。というより、そこには伝統を重んじる一高生ならば須《すべから》く見抜くべき欺瞞《ぎまん》があった。

「これはパクりや！」と與次郎は言った。

これは本当にパクりだ。明治三十六年、藤村操《みさお》というわずか十六歳の一高生が華厳《けごん》の滝で投身自殺を決行した。その直前、藤村少年は崖《がけ》の上で楢《なら》の大木の木肌を削り、名文の誉《ほま》れ高い「巖頭之感《がんとうのかん》」と呼ばれる遺書をそこに墨書《ぼくしょ》したのだ。その中の一節にこうある。

「万有の真相は唯だ一言にして悉す、曰く『不可解』」

こっちなら確かにかっこいい。ような気がする。與次郎は素《す》っ頓狂《とんきょう》な声で叫んだ。

「あいつ、死ぬ気や！」

そして、藤村操が死を選んだあと、日本全国から続々と集まった若人たちが行列をつくって華厳の滝壺《たきつぼ》に身を投じ、その遺体が崖の上までサービス満点のかき氷のように積みあがったので、最後のほうの人はぼよんとなるだけで死ぬに死ねなくてなんとも言えない気分になった、などという嘘四百ぐらいの明治うんちくを披露《ひろう》して得意気に小鼻をうごめかした。以上の経緯を踏まえ、本当に不細工な人を不細工と呼ばないほうがいいように、本当にしゃっくりの止まらない人をしゃっくりと呼ばないほうがいい、ということになった。そのときは一応。しゃっくりじゃなく、ちゃんと亀山と呼んでやろうや。だいいち、あいつ人間だし。

というのはそもそも人騒がせな杞憂《きゆう》に過ぎなかった。與次郎が先ほどの書き置きを裏返したところ、次のような記述を発見したからだ。というか、どちらかというと、こちらが紙の表であり、釈苦利の残した本来のメッセージだった。

「今一度、件の娘と勝負致す所存。不愉快、しかと見届けよ」

なぜわしが、こう見えてけっこう忙しいのに、と與次郎は思ったようだ。しかしまったく効かないものから死に至るものまでさまざまなしゃっくり停止法をひねり出してやった間柄だったから、肝腎《かんじん》のしゃっくりが止まらなかった以上、釈苦利が玉となって散るのを與次郎が見届けねばならないのかもしれなかった。

「あいつ、とうとうポロピレを狙《ねら》う気や」と與次郎はつぶやいた。

ミキについては、女子美術学院に通う大阪出身の絵描きの卵らしいとの釈苦利からの情報だけで、住所はおろか本名すら知らなかった。姿かたちについても、花香る麗人から、四年に一回しか風呂に入らないオリンピック級の醜女《しこめ》まで、広大な幅をもって自由自在に想像されていたが、万が一自分もポロピレの機嫌を損ねてしゃっくりの術をかけられたらと思うと腰が引けるのか、誰も捜し出して一戦交えようとは言いださなかったのだ。

が、しかしこのときばかりは、狙う？　なるほど、それもありうる、という進みゆきになった。ポロピレを殺したら呪いが解けるやもしれぬとまで思いつめ、しゃっくりを続けつつ娑婆《しゃば》で生きるのと、しゃっくりから解放されて塀の中で生きるのとを天秤《てんびん》にかけて、しゃっくりの出ないムショ暮らしを選んだかもしれない。

というわけで、一高生が数人、朴歯《ほおば》の下駄をガラゴロ鳴らし、腰の手拭《てぬぐ》いなびかせながら女子美術学院に押しかけた。夕暮れどきで授業はもう終わっていたが、いかにも口の軽そうな年増《としま》の女が一人、事務室らしきところに居残っていたのは幸いだった。果たせるかな、與次郎がその女に、

「あのですねえ、ここにですねえ、一つのお題がありますです。ええ、首のしゅっとした大阪の娘とかけまして、プロペラポロピレと解く。その心は？」

と問うと、女はチリンと窓ぎわの風鈴を引っぱって、

「どちらも米倉ミキでしょう！」

と即答するという迅速な流れですぐさま身元が判明した。まさに嚢中《のうちゅう》の錐《きり》、女子美術学院でも奇行でか放言でかは定かでないが、何かと話題の娘だったようだ。本名は米倉幹、大阪は富田林の出身。現在、駒込の商店街にある呉服屋に下宿している。

一高生たちは茜空《あかねぞら》の下、早速ガラゴロと本郷から駒込までの道のりを全速力で駆けていった。まだ若いから。

弊衣破帽《へいいはぼう》の小汚い一高生たちは件の呉服屋を遠巻きにしげしげと眺めた。漆喰《しっくい》塗りのうだつも煤《すす》けた、間口が四間《けん》ほどの、右の店とも左の店ともそう代わり映えのしない商家だ。もう夕餉《ゆうげ》どきであり、店内はひっそりとして暗く、暖簾《のれん》も下りていた。

「へえ、普通だな」と一人が言った。

「じゃあ、どんなだと思ってたんだ？」と別のが訊《き》いた。

「いや、普通だろうな、と」

「俺だって普通だろうなって思ってたぜ。先に言うなよ」

「いや、たぶん俺のほうが先に普通だと思ってたよ」

「じゃあ訊くけど、どの時点だ？」

「どの時点？」

「最初にいつどこでどんなふうに普通だろうなって思ったかって訊いてんだよ」

「そりゃもう、あの遠くの電信柱のあたりではもう普通に普通だと思ってたな」

「どの電信柱だって？」

「ほら、今、白い犬が小便かけてるだろう」

「はっ！　あの電信柱か！　俺の勝ちだな。俺が普通に普通だと思ったのは、その四本向こうの猿が登ってる電信柱のあたりだ」

「いや、やっぱり違ったな。思い出してみるに、俺は生まれつきなんでも普通に普通だと思ってたって母ちゃんが言ってたぞ。ということは――」

「いや、それはおかしい。今まで黙って聞いてたけどな、普通に普通と思うことにかけちゃあ俺の父ちゃんに一日《いちじつ》の長が――」

「そう来るなら、今まで黙ってたけど、俺なんか祖父《じい》ちゃんを持ち出すぞ！」

若さに飽かしてはるばる駒込までやって来たところまではよかった。が、しかし彼らは計画らしい計画をとんと持ちあわせていなかった。誰も口にこそ出さないが、こんなところに釈苦利がひっくらひっくら喉《のど》を鳴らしながら襲来した気が全然しないのだ。そもそもあの置手紙は昨日書かれたものじゃないか。実際にここでひと悶着《もんちゃく》あったにせよ、これぞまさにあとの祭だ。だいいちもう暗くなるし、腹だってぺこぺこだし、かといって今さら釈苦利を捜索すべく呉服屋に踏みこむのも気が引けるし、ということで、些細《ささい》な論判から胸ぐらをつかまんばかりの喧々囂々《けんけんごうごう》たる押し問答がついに勃発《ぼっぱつ》したのだ。しかも見物客までつきはじめた。商店街を行き交う通りすがりの人びとが、汗くさい一高生らが呉服屋の前で白線帽を突きあわせて野犬のようにがみがみとわめきあっている気配に誘われ、中にはちょちょいとひと言差しこんだりして御節介を焼いてくる者まで現れたのだ。例えば、「あんたたち、おなか空《す》いてるから喧嘩《けんか》するんでしょう」と売れ残りらしい豆腐をぶよぶよ押しつけてくる割烹着《かっぽうぎ》のおばちゃんもいたし、「君たちには日本はいかにも狭かろう。もっと支那《しな》とか露西亜《ロシア》とかの雄大なところでやりなさい」と無駄に鷹揚《おうよう》なところを見せるソフト帽の紳士もいたし、「僕はたった今、一高に行かないことに決めた。馬鹿がうつる」と横目につぶやいて去ってゆくひねこびた子供もいたし、

「普通普通って、さっきから何が普通だって言ってるんです？」

と不毛な口論に素直な関心を寄せてくる物好きなうら若き乙女までおり、その娘と来たら最後まで立っていられるのはどの馬鹿か見届けようとでも言わんばかりに、小《こ》競《ぜ》りあいのそばをいつまでも立ち去らないのだ。

ところで與次郎はと言えば、まわりが熱くなると逆に冷めてしまうたちだったから、いつの間にやらしれっと野次馬の輪に仲間入りを果たし、いかにも他人事《ひとごと》らしい憂《うれ》わしげな面持ちで学友らから距離を取っていた。そして先ほどの物好きな娘の物好きな問いに答えながら何ガロンもの油を売っていたのだ。與次郎、娘に曰く、

「要するにですねえ、彼らはですねえ、この眼前にそびえ立つ呉服屋のそこはかとない実存的普通さを、この無ではなく存在であるところの全宇宙の根元的普遍性にまで敷衍《ふえん》させて、そこに独我論という衣をつけてから透明な低カロリーの油というメタフ

ァーでからっと揚げて、天ぷらのつゆではなくてむしろヒマラヤの岩塩で美味《おい》しくいただこうと企《たくら》んでるようなんですね」

「は？」

「だから要するにですねえ、もっと分かりやすく言いますと、この商店街に沿って連綿と立ちならぶ普通この上ない電信柱の群れは、電線という共通言語によって絶対的な孤絶性をどうにか免《まぬか》れてはいるんですが、やはりとどのつまりの結局は、その形からしていかにもファルス的でありますから、他の電信柱の欲望を欲望せざるをえないわけで、最終的解決に至るにはどうしても犬の小便や猿の木登りといったゲマインシャフト的媒介を必要とするわけですよ」

「は？」

「ああ、だからなんと言いますか、要するにですねえ、普通の犬が飼い主を前にしてうれしょんをしてしまったときにそれを嘘の小便と証明できるかということについて論理実証主義的に――」

「いや、もういいです」

「は？　いや、だから要するに――」

「だから、もう要さないでください」

「ええ!　なんや、まだまだ要し足りひんなあ。今日は朝からあんまり要してへんのですよ」

「あたしなんか生まれたときから一度も要してませんよ」

「ええ!　そりゃすごい!　普通は要するでしょう。僕なんか三歳のころから毎日欠かさず要してますよ。いったいどんな体してはるんです?」

「こんな体です」

「うーん、まだ見た目には影響出てへんなあ」

「出るかいな」

「は?」

「ほな、別の質問に答えてください」

「別の質問?　いいでしょう。好きですよ、別の質問。ほら、どんと来い」

「プロペラさんの友達ですか?」

「は?」

「プロペラさんの友達ですか?」

「は?」

「聞こえてはるでしょう」

「いや、これはフロイトが言うところの、否認という、自我防衛の一様式で、要するに――」

「要するな、こら」

「は？」

「いえ、口が滑りました。もう生涯にわたって金輪際二度と死ぬまで絶対に何があろうとも命に懸《か》けても口が裂けても要されないでくださいませ」

「そこまで言う？」

與次郎はそこで二の句が継げなくなった。多年にわたって、要するに、要するに、と世界を現在進行形でつねに要約しながら、無意味に簡略化された世界に生きてきたツケが回り、要さないことには簡単な日常会話すら満足におこなえなくなっていたのだ。それでも何かを話そうと試みるのだが、口は自然と「よ」を発声するための形状になり、それに気づいてふたたびぱくりと口を閉じ、また「よ」を言いそうになり、また口を閉じ、それをくりかえしたせいで、まるで酸欠の鯉《こい》が一高の制服を着せられたようだった。

半世紀ほどのちにミキ曰く、

「あんだけしゃべっとった人が急になんも言わんようなってな、わて、この人このまま口ぱくぱくさせながら死ぬんちゃうか思たんや。よう考えたら、わてが下宿してる呉服屋の真ん前やからこんなとこで死なれてもかなわんし、警察にどないして殺したんやとか尋問でもされたら、要せんといてて頼んだら息もようせん、なんて駄洒落言《だじゃれ》うても余計いじめられるやろし、しゃあないからお父はんに言うたった。気分悪いようやったら要してもええですよって」

與次郎はすぐにはその餌《えさ》に飛びつかず、まだしばらくぽかんとしていたという。あまりの僥倖《ぎょうこう》がにわかには信じられなかったのだ。しかしやがて気分が持ちなおしてくると、本当に自分がふたたび要することができるのかを確かめるために、恐る恐る「よ」と言ってみた。ミキは「よ」と気軽に応じた。

「いや、挨拶《あいさつ》やないんです」と與次郎は正した。

「ほな、なんです？」

「要するの頭の『よ』であって、要するに、これからふたたび要するための試運転です」

「はあ、たいそうなもんですね」

「ええ、こんなに長期間にわたって要するのを我慢したのが初めてやったもんで、もう二度と要せない体になってしまったんやないかと不安になったわけです」

「はあ」

「要するにあれですね？」

「あれって？」

「あなたが米倉ミキさんですね？」

「はあ、あなたは？」

「申し遅れました。プロペラさんこと亀山金吾の悪友、深井與次郎と申します」

「深いよ、次郎？」

「浅いよ、太郎。いや、そこで切るんやないです」

與次郎二十歳、ミキ十七歳、せっかくの初顔合わせであるから、私が下手にいじくるよりも、ここらでいよいよ與次郎の日記を本格的に引用したい。

ところで、時宜《じぎ》を失せぬうちにここらで断っておこう。與次郎が鬼籍《きせき》に入ったのは私が十一のときだ。つまり、私と與次郎の時間はわずか十一年しか重なっていない。しかし私は恵まれている。與次郎は分厚い大学ノートで八十二冊にも及ぶ日記を書き残していてくれたのだ。横死《おうし》の直後、二階の書斎にあった革製のトランクから発見されたもので、表紙にはただ『No.34』といったふうに巻数しか記されておらず、実際に開いて読まねば日記とは分からない。一冊が一センチほどの厚みを持つから、積みあげれば八十センチほどにもなり、私の股下《またした》より高くなる。これが人生の厚み、などと月並な喩《たと》えを持ち出してしまうと、むしろ小さくまとまったという印象が湧かないでもないが、いったいどこの誰がこれほどの日々の記録を残すだろう。しかし甚《はなは》だ読みにくい。文章はゴロゴロとぶつ切れで放り出され、改行もほとんどなく、論点も自在に飛びまわり、強いて想像せずとも、ほろ酔い機嫌で筆を執る姿が髣髴《ほうふつ》される。抜けている日もあれば、「女子便所を覗《のぞ》いたら何故《なぜ》か壁に小便器があって、ずっと女に騙《だま》されてたんだと思った夢を見た」などとたった一行だけの日もあるが、筆が乗ると機関銃のように一日で何ページも書く。内容も雑駁《ざっぱく》だ。ちょっとした私小説のようにその日の出来事を記述することもあれば、時事に取材した雑感を長ながと記すこともあるし、脈絡も何もない学問的アイディアの羅列に過ぎない日もある。何を思ったか、尋常じゃなく下手くそな挿絵までたまに入ったりし、その絵には、絵心のない人間に特有の、描けば描くほど変になっていくのを止められないといったふうな一人静かに途方に暮れた感じがよく表れている。字は長い針金をラジオペンチで曲げたような独特の崩し字で、余人には読解不可能だ。與次郎の日記よりマヤ文字やヴォイニッチ手稿が解読されるほうがよっぽど早いだろう。というのはすごい嘘だが、慣れるのに日を要するのは確かだ。

実を言うと、四年ほど前、この手記を物すための準備を始めるべく祐一郎伯父さんから與次郎の日記をすべて借り受けた。「何始める気や」と伯父は顎先《あごさき》をこねくりつつ訝《いぶか》しんだが、

「愚者は経験に学び、賢者はおじいさんとおばあさんに学ぶ。あははは」

などと空笑《そらわら》いを交えてお茶を濁した私である。しかし伯父は大事些事《さじ》を分け隔てなくぼやき倒すひねくれ者ではあっても、そこは有権者の顔色をうかがいつつ務めあげた代議士十三期、まんざら魯鈍《ろどん》でもない。すかさず、

「まさか、あのことについて書こう思てへんやろな」

などとけっこうな図星を突いてくる。ぎくりとするが、いや、あのことについてもこのことについてもそのことについても書こうと思っています、などと未来の余罪をぺらぺらと自白するはずもない。そもそも私の言うあのことと伯父の言うあのこととは、伯父が思いこんでいるほど重ならない。それどころか月とスッポン、提灯《ちょうちん》に釣り鐘。あのことを満員電車に紛れこんだ色っぽい謎の巨獣に喩えるならば、伯父はそいつのしっぽの先にちょいとふれたに過ぎないが、こっちはしっぽを辿《たど》ってもう少し先、尻をもさわさわと撫《な》でまわした、と内心鼻を高くしているのだ。というわけで、この御時世、情報の風上とは世界の風上、てな具合に一銭にもならぬ優越心を胸底《むなそこ》で弄《もてあそ》び

つつ、

「いやァ、そんな真似《まね》したら、書くは書くでも恥をかく。あはははは」

などと私は重ねて空笑いである。もしかしたら伯父は勤め人に過ぎぬ私ではなく、文筆家の端くれらしい嫁はんのほうが筆執って、と勘ぐったのかもしれないが、いずれにせよ、こちらにはなんら疚《やま》しいところはない。深井一族の秘密を暴露する手記を巷《ちまた》に売り散らかしてがっぽがっぽで大尽遊びなどという悪巧《わるだく》みではそもそもないのだ。

さて、さっきの場面の続きは、與次郎の日記ではどう書かれているだろう。

（昭和九年）九月某日　晴れ
（前略）突如、眼前にポロピレが出現した。しかも、正にこの上なく慄然《りつぜん》たる出現方法である。人畜無害な通行人を装《よそお》っていつの間にやらすぐ傍《そば》に立ち、さんざっぱら獲物を泳がせたかと思うと、私の生得的な「要する権利」を根こそぎに引きずり出してから問答無用にぴしゃりと滅却し、遂《つい》には言語的裸一貫にせしめたあの手口、やはり侮《あなど》り難《がた》し。しゃっくりから白を黒だとか黒を白だとか無理無体を云《い》うような話を伝え聞いてはいたが、口が減らない事にかけては一高で右に出るもの無しと囁《ささや》かれるこの私の口をあそこまで減らすとはさすがと云おうか……不覚にも生まれて初めて絶句という窮地《きゅうち》を味わわされてしまった。

ああ、返す返すも恐ろしい。絶句とは何と恐ろしい発作である事か。あの瞬間、世界の森閑《しんかん》とした響き、世界の声なき声、叫びなき叫びを私はこの耳で確かに聞いたのである。桑原桑原。もう二度と絶句したくない。言葉を失えば、世界が私に降ってくる。が、しかし、私は又《また》もや絶句するはめに陥ったのであった。

名乗りは終えたものの、正味な話、私には何の備えもなかった。いや、そもそも何に備えると云うのか。思い付いた事は何でも試しに云ってみよという常日頃の心掛けに従っただけで、しゃっくりがポロピレを狙うだなどと私は一瞬たりとも信じてはいなかった。皆が勝手に信じただけだ。私に限って云えば、しゃっくりから幾度も幾度も聞かされて大いに興味を惹《ひ》かれていた事は認めるが、備えるも何も特段ポロピレに用件など無かったのである。しかし娘は、

「あたしの下宿先、どないして知らはったんです？」と訊いてきた。

素直に明かせばよかったのである。女子美術学院で聞いたのだと。だが、こそこそと密偵のような真似をしたのが後ろめたかったのか、よせばいいのに私の口は妙な事を口走った。

「いやあ、要するにあれですね、何と云うか、ほら、こうぼやーっとですね、見え

たんですね。ええ」

「何がです？」

「何ってほら、何て云うんですか、名前とか、住所とか、そういったあれですよ」

「そういったあれ？」

娘はまなじりを裂かんばかりに眼を見開き、すっかり感心し切った様子であった。そして私の言葉を完全に真に受けた風に、凄《すご》いですね、と云った時には、今にして思えば確かに前途に不穏な雲が垂れ込める気配を感じたのである。果たせる哉《かな》、彼女は黒々と澄み切った瞳《ひとみ》を幼児の如《ごと》く輝かせ、

「ほかにも見えるんですか？」と問うて来た。

「ほか？」

「名前とか住所以外のものですよ」

「まあ、あれですね。見えなかったり見えへんかったり――」

「今、何が見えます？」

「は？」

「ですから、今、何が見えます？」

「今ですか？」

「今です」
「ほんまに今ですか？」
「嘘でしょう」
「ほんまです」

何も見えないと素直に告白すればよかったのである。だがあの時、生まれてからまだ入れた事もない処《ところ》に力を入れるなどして遮二無二尽力すれば、実際に何かが見えて来るのではないかと本気で信じたい心持ちになり、信じたい信じたいと思うちに本当に信じられて来て、愚公《ぐこう》山を移す、精神一到何事か成らざらん、などという精神主義的故事成語までが次々に脳裏に閃《ひらめ》き始めたのである。

そこで私は内心の動揺を懸命に押し隠しつつ、うーんと唸《うな》りながらやおら手を前方に突き出すと、米倉ミキを上から下まで眺め下ろし、また下から上まで眺め上げ、それを幾度も幾度も繰り返した。

やはり何も見えて来なかった。当然である。胸中では猛烈な勢いで事態の打開策を模索していた。いや、そもそもどのような状況に至れば打開された事になるのかも判《わか》らなかったし、更に云えば、打開すべき事態であるかどうかすらも判らなかった。しかし心持ちとしては、穴があったらさっさと底に横たわるから土を掛けて墓石を載せて欲しいと思う程にいよいよ追い詰められていたのである。

にも拘《かかわ》らず、娘は私の頭《ず》蓋《がい》内に渦巻く嵐に気付いていなかった。ように見えた。時間稼ぎに過ぎない赤べこのような私の姑《こ》息《そく》な仕草が、何やらたった今天啓を得て森羅万象を知《ち》悉《しつ》したかのように悠然と頷《うなず》いていると娘の眼には映ったのではあるまいか、といよいよ案じられて来る。娘は「何か判りました？」と虚心坦懐《たんかい》に訊いてきた。ように見えた。ああ、何も判らない。いや、何も判らないのだという事がたった今判りました。だが、

「ええ、たった今、凄い事が判明いたしました」。ああ、あの時又もやこの口が完全無策の心を置き去りにして、勝手に出たとこ勝負の即興を云い始めたのである。

「あなたは要するにあれですね」

「あれ？」

「ほら、あれですよ。あなたはあれにあれしますよ」

「あれにあれする？」

「ええ、まず、あれするって云うのはつまり、ほら、まあ要するに、まあこの際、清水の舞台から飛び降りるけど懸命に羽ばたいて再び舞台に戻って来るつもりで思

い切って要する訳でありますけれど、要するにあれですね、乗るって事ですね」

「乗る？　何にです？」

「そらァ、乗るって云うたら色々ありますな」

「ありますね」

「だいぶ色々かなり相当ありますよ」

「そんなにありますか」

「そんなにはないかな」

「どっちなんです」

「どっちと云うか、まあ要するにあれですよ、相当珍しいものに乗るという事ですよ」

「はあ、相当珍しい」

「ええ、そうですとも」

「で？」

「で、とは？」

「だから、何に乗るんです？」

「ああ、うーん、例えば何に乗りたいです？」

「え？　あたしが決めるんですか？」

「いやいや、違いますよ。僕にはほら、見えてますから、ええ。つまり、まあ、要するに、あれですよ。生きてますね、あれは」

「生きてる？」

「ええ、生きてますとも。相当生きてます。だいぶ生きてますよ」

「はあ、で？」

「で、とは？」

「いや、だから、何と云う生き物ですか？」

「ああ、生き物の名前。そうですね。ほら、あれですよ。やはりまず、乗れるぐらいに大きくないと駄目ですな」

「成る程、乗れるぐらいの大きさで相当珍しい。うーん、カモノハシとか……」

「あなた惨《むご》い。あれに乗っちゃあいけない。意外と小さいんですから」

「珍しいって云わはるから。ほな、何です？」

「ええ、まあ、あれですね、ほら、いるでしょう。耳が大きくて――」

「ああ、斎藤さん！」

「は？」

「いや、そこの靴屋の斎藤さん、耳が大きいんです」

「あなたね、いくら生き物だとは云ってもね、さすがにその斎藤さん、乗りにくいでしょう、名前からして……」

「いえ、判りません。まだ乗った事ないので。ええ、耳が大きくて、それから？」

「ええ、そうですね、要するに、鼻が長くて――」

「ああ、鈴木さん！」

「はいはい、もう判ってますよ。そこらの何とか屋の鈴木さんは耳が大きくて鼻が長いんでしょう」

「いえ、全然。ただ云うてみただけです」

「あなたね、耳が大きくて鼻が長い生き物って云うたら、斎藤さんより鈴木さんより絶対に――」

「嘘」

「は？」

「嘘やって云うたんです。からかっただけですよ、あなたの事を。どうせ女子美術学院で聞いて来たんでしょう」

ここで絶筆している。思い出し悔しがりが高じて手が震えてきたのか、終盤などバキバキと鉛筆の芯が折れた痕跡《こんせき》がいくつも見られ、線が太くなったり細くなったり解読に骨が折れる。しかも、ぼたぼたと巨大な水滴の跡が散らばっているところを見ると、もしかしたら悔し涙を顎から滴《したた》らせながら、みずからに鞭打《むちう》つように日記に立ち向かったのかもしれない。このあとの展開も気になるところだが、目覚ましい逆転劇など起こらなかったとミキは記憶している。

「いいえ、見えたんです！　本当に見えたんです！　いや、今も見えてます。てゆうか、見えすぎちゃって困ってます！」

みたいなことを與次郎はやけくそになって叫んだという。しかし本当の不幸はここからで、

「僕は人のおでこをじっと見ていると、名前に住所に年齢、血液型に趣味に習い事、干支《えと》に職業に座右の銘、好きな食べ物に下着の色、ひくっ――」

というふうにしゃっくりが出て、その日いちばんの奈落《ならく》のような絶句をした。が、與次郎は一回では現実を認められなかった。

「いやあ、今のはしゃっくりやなくて、ほら、しゃっくりに似て非なるというか、しゃっくりの親戚の子供の友達の友達が飼うインコの餌を売ってる鳥屋の親父《おやじ》の歯ブラ

シみたいなもんで、ひくっ」

　とここで数秒間、売られてゆく仔牛《こうし》のような目でドナドナとミキを見据えたかと思うと、

「やられたああああああ！」

　と絶叫しながら、砂塵《さじん》を濛々《もうもう》と巻きあげつつ商店街を駆け抜けていったという。しかし私の知る與次郎がしゃっくりをしていなかったところから考えると、釈苦利の百年しゃっくりにはとうてい及ばない十五分しゃっくりぐらいだったに違いなく、寮に帰る途中にでも無事治まったんだろうね、たぶん。想像するに、自然としゃっくりが止まったとき、安堵《あんど》のあまり、ミキのしゃっくりの術に持ち前の強靱《きょうじん》な精神力で打ち勝ったとでも思いこみ、人目も気にせず一高魂みなぎる雄叫《おたけ》びで帝都の空を震わせたのではなかろうか。そのあたりについて日記に記述があればよかったのだが、惨敗《ざんぱい》の記憶を反芻《はんすう》することは傷口に塩を塗って酢を垂らしてタワシでこするようであったに違いなく、この日はこれ以上ひと文字も書けなかったと考えるしかないだろう。しかし與次郎は生来、形状記憶人間だから、熱い風呂に入るとかひと晩よく寝るとか輝かしいおのれの未来について猛然と空想に耽《ふけ》るとかすると、おおよそ元に戻るようだ。その証拠に、翌日の日記はこうである。

（昭和九年）九月某日　曇り

しかし、討論に於《お》いて百戦百勝と謳《うた》われた私が、何故《なにゆえ》一敗地に塗《まみ》れたのかをつらつら省みるに、やはりあれだ。雄弁は銀、沈黙は金、とか云うあれだ。要するに私は絶句に怯《おび》えて、余計な事を喋《しゃべ》り過ぎたのである。相手が年頃の娘であったというのも条件が悪かった。知《し》らず識らずのうちに持って生まれた紳士なところが出てしまって、手心を加えていたに違いない。今度相まみえる時、先《ま》ずはふんふんと聞き役に回り、相手に存分に喋らせておいて、蔵が一杯になる程の言質《げんち》を取る事にしよう。その上で一気《いっき》呵成《かせい》に反撃に転ずるのである。その為《ため》には今一度あの米倉ミキに会いに行かねばならぬが、昨日も特段用件がなかったように、再び会いに行く用件など更にない。

（中略）そうだ。偶然を装うのだ。好都合にも女子美術学院は目と鼻の先である。そこらでばったり出会《でくわ》したところで何の不思議があろうか。いや、無い。如何《いか》なる不思議の匂《にお》いも嗅《か》ぎ取れぬ。寧《むし》ろ再会するのは時間の問題とすら云える。我ながら素晴らしいの一言。これは一種の発明である。

（中略）英和辞典を何の気なしに眺めていて、先程、興味深い単語を発見した。

〝stalker（ストーカー）〟という語である。意味は「獲物をそっと追う人」とある。今の私の気分に実にぴったりだ。これも又、一種の発明である。もしかしたら、この言葉はいつか世界中で流行するやも知れぬ。何たる先見の明。今日の私は冴《さ》えている。

ここから先は詳述したくない。私の胸がひりひりと痛むからだ。なんて言って、あまりにばっさりとそこをはしょるのもどうかと思うし、これまでの経緯をこねくりまわしても色恋沙汰《ざた》に発展して添いとげるような睦《むつ》まじい雰囲気が漂ってこないから、もう一日分だけ日記を紹介しよう。

（昭和九年）十一月某日　晴れ
豈図《あにはか》らんや、米倉ミキに又、偶々《たまたま》偶然奇《く》しくも期せずして出会してしまった。偶然も蕎麦《そば》屋の出前みたいにこうまで重なると、重ねたがりの蕎麦屋が無理して重ねたようで少しも偶然のようではなく、まるで私が敢《あ》えて意図して態々《わざわざ》狙って切望して会いに行っているかのようである。と云うか、正《まさ》しくその通りなのであるが。
ああ、にしても何たる事であろう。寝ても覚めても米倉ミキの笑顔が私の脳裏をスクリーンにして大きく映し出されていると云っても、彼女の顔が元来大きいとかそういうのでは決してなく、つまり認めたくはないが、私の精神の大部分が彼女の笑顔によって占領されて夥《おびただ》しい旗を立てられ、その上年貢《ねんぐ》をビシビシ取り立てられているという事なのであろう。辛《つら》いなあ百姓は。

しかし、どこが良いと云うのだ。まさかダメ山のように、あのしゅっとした首が美しいとでも云うのか。それとも異郷の地に於いて、耳に心地良い大阪弁を聞いたのが私の琴線に触れたのか。それとも、あの潔《いさぎよ》いピシッとしたおかっぱ頭だろうか。いや、おかっぱ頭なんかどこにでもいる。おかっぱ頭が良いなら、寧ろ河童《かっぱ》の方が河童だけにおかっぱ頭だ。私は別に河童に興味がないのである。いや、興味はあるが、そういう興味ではない。となるとどこだ。顔はまあ何と云おうか、愛嬌《あいきょう》があると云おうか、親しみ易《やす》いと云おうか、気の置けないと云おうか、特段どこが麗《うるわ》しいという印象もない。いや、あの笑窪《えくぼ》が良いのかも知れぬ。あばたも笑窪とか云うからな。しかしそうは云っても、高が顔の凹《へこ》みじゃないか。顔面に巣くった蟻《あり》地獄みたいな。試しに私も頰を凹ましてみようか。駄目だ。鏡を見てみたが、全く駄目だ。ただウマヅラハギみたいになっただけだった。いよいよ判らぬ。米倉ミキのどこが良いのか。

かような情け無き状態を巷でどのように云うか知らぬ私でもない。これはあれである。つまり、鯉である。間違った。彼女が少々鯉に似ているせいかも知れぬ。気を付けねば。では改めて……故意である。又間違った。故意に間違ってしまった。余程認めたくないものと見える。よし、歯を食い縛って、今度こそ……変である。又間違った。惜しかったが、かなり間違った。似て非なるものだ。いや、強ち《あながち》別物とも云えぬやも知れぬ。これが変の一形態に過ぎぬ可能性は充分にあるのだから。しかし惜しかった。それにしても惜しかった。途中までは書けたのだが、心が挫《くじ》けてしまった。よし、今度と云う今度は書き通してやろうではないか。……濃いである。又々間違った。しかも段々と間違い方が杜撰《ずさん》になっているのか、日本語としても間違っている。よし、決めた。次こそズバッと書いてやろうではないか。……虎威である。ああ、間違うためにとうとう辞書まで引いてしまった！　虎が群獣を恐れさせる威力、と来たか。知らんかったな、こんな言葉。勉強になるなあ、ほんと。

このように與次郎青年が日夜、胸を焦《こ》がして悶々としていたとき、断りもなくスクリーンに映し出された側のミキの胸中がどのようであったか是非とも知りたいところだろう。もちろんミキは日記など書き残していない。しかし私が直接聞いたミキの言葉を一つだけなら思い出せる。

「あのころのお父はんな、電信柱とか郵便ポストとか塀とか、よう物陰から突然出てきはったんや。おやおや、奇遇奇遇、とか言うてな。ほんで、ある日ィ腹立って言うたった。どこにでも転がっとって犬の糞《ふん》みたいですねって。顔引きつらして笑てはったわ。『気ィつけてくださいい、踏んだらどこまでもついていきますよ』言うて。まあ、結局踏んでしもたんやな」

この四年後、昭和十三年八月、二人は大阪で結婚式を挙げる。その四年間は、大日本帝国が国を挙げて軍国主義への道を突きすすむ過程とも重なる。昭和十年には、軍部や右翼による天皇機関説の排撃や国体明徴運動によって昭和天皇がおずおずと御輿《みこし》に押しあげられ、十一年、二・二六事件が起こり、十二年、盧溝橋《ろこうきょう》事件を機に日中が全面戦争へと向かい、十三年、国民を国家に隷従《れいじゅう》させるための国家総動員法が公布された。奈落へと通ずるレールの上を、国家というすぐには止まらぬ鈍重な列車が、いよいよ勢いを持って走りはじめたのだ。

しかし、日増しに曇りゆく空の下をひた走るその暴走列車の中にあっても、人びとはもちろんそれぞれの日常を暮らしていたのであり、若い二人もその例外ではなかった。ミキは女子美術学院を首席で卒業し、男尊女卑の画壇の中で不遇に苦しみながらも、手を休めることなく絵を描きつづける。與次郎は旧制一高を卒業後、東京帝大法学部政治学科に入学、卒業後はそのまま助手として採用される。そして、二人は東京は神田の狭い一軒家に所帯を持つわけだ。しかし右記のようなぎくしゃくした始まりから四年後の入籍という想像しづらい飛躍のあいだに、せめていくつか点を打つべきだろう。恵太郎、君がその点と点を結び、少しでも二人を理解するよすがにできるように。

と、そこでぜひ持ち出したいのが二人の手紙だ。意外なことだが、同居するまでの四年間、二人は手紙を送り交わしていた。與次郎だけでなく、ミキもまた眉間《みけん》にしわを寄せて難儀しいしい返事をしたためたのだ。

もちろん生来書きたがりの與次郎はその四年のあいだにミキに宛《あ》てて多くの手紙を書き送った。それは百四十通あまりにも及び、すべてミキが背広の紙箱に入れて保管していた。ミキが読み書きを苦手としているのを知った上でのことだから、字はやたらと大きく、平仮名や片仮名が馬鹿に多い。言葉によっては漢字に直したほうが読みやすいだろうが、雰囲気を壊さないためにそのまま引くとしよう。内容こそ当時の勇みたった学生が書きそうな、真剣さや青くささや衒学性《げんがくせい》などがないまぜになったものとなっているものの、文体は肩肘《かたひじ》張ったものではなく、平仮名や片仮名の多さも手伝ってどこか柔らかくて優しい印象だ。学究と芸術家という毛色の違う二人が互いに影響を与えあってゆくその過程の断面図として、典型的なものだけを紹介したい。

前略　またもや手紙かと、うんざりされたでしょうか。ですが、私のようなもののばあい、会って話すよりも手紙のほうがはるかに真意がつたえられるように思うのです。

というのも、どうもあなたをまえにしますと、おりたチンモクにぎゅうぎゅうとことばをつめこまねばという思いにかられてしまうからです。まあ、なかには気のきいた話もあるでしょうが、全体として見れば、あなたのカンにさわるようなこともいっしょくたになってつるつると口からあふれ出てくるわけですから、手紙のようにあとから手なおしがきくほうがゴカイをまねきにくいというものでしょう。といっても、私のことばにトゲを感ずるのはあなたにかぎった話ではなく、あのカメヤマキンゴなどは口のわるい私のことをなんのひねりもなく「フユカイ」と呼んでおります。もっとも、私のほうも彼をなんのひねりもなく「ダメ山」と呼んでおるのですから、おたがいさまですが。

それはさておき、忘れたわけではありません。先日お会いしたおりにお聞きしましたから、読み書きがひどくフエテだということはじゅうじゅうしょうちしております。なんなら、こんどまたお会いしたおりにでも、書いた私がみずからこの手紙をあなたにロウドクしてさしあげてもいいと考えているほどです。それとも、こういうことはボウトウに書くべきだったでしょうか。ここまで読むだけでも、ひどくホネが折れたでしょうか。そういえば、林芙美子《ふみこ》の『放浪記』をすこしずつ読んでいるとおっしゃっていましたね。もしよければ、それもつづきを私がロウドクしてさしあげましょうか。まあ考えておいてください。どうせ私はそれでなくても文字に飢えくるって本ばかり読んでいるのですから、すこしも苦になりません。

ところで、ソクラテスという人をごぞんじでしょうか。紀元前にかつやくした古代ギリシアのイダイな哲人です。なぜ彼の話をもちだしたかというと、彼は書物というものを軽べつしており、一冊の本も書きのこさなかったからです。いえ、彼だけではなく、ブッダもイエス・キリストもマホメットも書物を書きのこしませんでした。つまり、彼らのまわりの人間が、かわりに彼らのことばを書きのこしたわけです。時代がちがうといってしまえばそれまででしょうが、それでもこの事実がさししめすように思われるのは、歴史に名をのこす人物というのは、書くがわの人間ではなく、書かれるがわの人間である、ということです。読み書きにおぼれる人間というのは、その本質においてボウカンシャであり、小ざかしい道化にすぎぬのでしょう。そのことについて、芸術家のあなたがどう思われるかお聞きしたいところです。

ああ、それから、返事はけっして書かないでください。つぎにお会いしたときにでもチョクセツお聞きしますので。じつはなかなかねつかれず、そういうときはとりあえずなにかを書くようにしているので、手なぐさみにフデをとっただけなのです。夜に手紙を書いてはいけないとはよくいいますが、なぜか朝に書こうという気にはならないのです。あたまのなかにまで日ざしがふみこんできてしらじらしい気分になってしまうといいますか、世界の広がりやざわめきにうかされて小さな紙をにらむのがバカらしくなってしまうといいますか、しかし夜になると世界が小さくなってしずかに私のまわりにあつまってき、私を私のなかに閉じこめ、ものを考えさせたり書かせたりするわけです。

もちろん夜に書いてしまったばあいは、朝に読みかえしてはいけませんね。目もあてられないような心もちになって、けっきょく、やぶりすてることになってしまいますから。しかし、夜にしか書けない文章があるというのも本当なのです。というわけで、書きおえたらすぐにふうをして、あしたの朝、目をつぶったまま投かんしようと思います。

昭和九年十二月某日夜

深井與次郎

次はミキの番だ。ミキからの手紙はもちろん與次郎がきっちり保管していた。煎餅《せんべい》の紙箱に入れ、それをさらに二階の書斎机の抽斗《ひきだし》にしまい、誰が盗み読みするわけでもないのに鍵《かぎ》までかけていた。が、数えても三十通ほどしかない。まさか気に入ったものだけを残して処分したとも思われないから、たびたび舞いこむ與次郎の手紙に毎度毎度返事を出していたわけではないことになる。想像するに、返事が届くのを待ちきれず、せっかちな與次郎が直接顔を拝みに行ってしまうのだろう。

しかし幸い右の手紙への返事は残っている。ほとんどが平仮名と片仮名で書かれていることから、ミキが相当に漢字を苦手としていたことが察せられる。ここまで漢字が疎《まば》らであると、一見、十七歳にもなる娘の書く文章とも思われないが、字面《じづら》にさえ囚《とら》われなければ、内容は年相応と言えるのではないだろうか。

へんじをかくなと、いわれましても、なにやらおカネでもかりて、かえさずにいるようで、ひどくおちつきませんので、つたないながらも、ふでをとりました。

ソクラテスですが、たしか、ふとうなさいばんにかけられ、ドクをあおって死んだと、シュウシンのじかんにならったようにおもいます。本をかかなかったということまでは知りませんでしたが。

ところで、よみかきにおぼれるにんげんが、ボウカンシャにすぎない、というのはどうでしょうか。わたしなどいつも、よみかきのたっしゃな人を、うらやましくおもっております。本やさんのまえなどをとおりますと、タカラの山をもくぜんにしてひきかえしたようで、いつも、むねがしめつけられるような、おもいがするほどです。

さて、れきしに名をのこす、というのは、わたしもよくかんがえることですが、かんがえればかんがえるほど、ほんとうにだいじなことだとは、おもわれなくなってきます。なぜなら、のころうとのこるまいと、ほんもののはほんものであり、にせものはにせものであるからです。これは、ごまかしようもない、しんじつです。

わたしは工をかいてミを立てたいとおもうにんげんですが、えいえんにのこるダサクと、あしたにも、もえてなくなるケッサクの、どちらをかきたいかと、とわれれば、まようことなく、いっしゅんのケッサクをえらぶでしょう。ゲイジュツとはつまり、そういうことだと、わたしはしんじております。エというものが、とてもうしなわれやすいので、とくにそうかんじるのだろうとは、おもいますが……。

　そういえば、こういうはなしを、きいたことがあります。ずっとずっとおくのほしから、ちきゅうへボウエンキョウをむけると、そこには、むかしのふるい光がとどくので、すでにうしなわれたはずのケッサクが、まだみえるのだそうです。しかも、どんどんとおくへはなれていけば、えいえんにみつづけることが、できるのだそうです。おもしろいですね。ではまた。

ヨネクラ　ミキ

　幼い子供なら文字や文章の拙《つたな》さを恥じることもなかろうが、十七歳の娘ともなるとそうもいかず、寝乱れた姿を必死に正すような切迫したいじらしさが全行に満ち満ちている。つまり、ミキの手紙は一見してそうと知れるほどの難行苦行の賜物《たまもの》であり、與次郎青年もまたそこに誠意を読みとって胸を衝《つ》かれ、これは脈がある、とますます図に乗ったのではないかと私は推測するのだ。

　次に紹介するのは約一年後の與次郎の手紙だ。この間《かん》、ミキは相変わらず駒込の呉服屋に下宿し、本郷の女子美術学院で学びつづけているが、與次郎はすでに旧制一高を卒業し、東京帝大の法学部に入学している。

前略　ヒャクサイカイのてんらんかい、初にゅうせんおめでとう。〈本を読む学生〉のモデルになったかいがありました。まあ、ただじっとすわって本を読んでいただけですが、あんなにページをめくるのに気をつかったのは、はじめてのケイケンです。

ところで話はかわるけれど、あなたがしばしばいっていたように、私にもだんだんとゴッホのよさがわかってきたように思います。あれほど下手くそだ下手くそだと毛ぎらいしていたのに、最近ゴッホの画集などをながめていると、たしかに絵からアットウテキな生命力がホウシャされており、まるでそこらをあかるく照らすようです。以前は、ドガのタクエツしたギジュツや、セザンヌのかわいた理知をこのみましたが、いまではあなたとおなじようにだんぜんゴッホです。絵の具とおなじようにゴッホという人間が世界にもりあがっているようにすら感じられます。きっとあの絵の具はゴッホの血肉なのでしょう。それにしても、ゴッホの絵が生前、一枚しか売れなかったというのはこのうえなくおそろしいことです。ゴッホがはやすぎたのか、私たちがおそすぎたのか、いずれにせよ、私たちは知った顔をしてぬけぬけとゴッホをショウサンしますが、そのたびにふかく恥じいるべきでしょう。まさしくドンカンはザイアクですね。きっとあまりにもドンカンな人間がおおすぎてケイムショに入りきれないために、私のような人間はケイバツをまぬかれているのでしょう。

ところで先日、きょうみぶかい本を読みました。マノロ・ポルセッリというイタリア人が書いたレオナルド・ダ・ヴィンチの伝記の英訳です。それによると、バンノウの天才にしては意外なことに、ダ・ヴィンチもまた、あなたとおなじように読み書きをフエテとしていたようで、彼が書きのこした文章にはしばしば左右がぎゃくになるカガミ文字やつづりまちがいが見られるらしいのです。まさに、あなたがいったのとおなじではないでしょうか。その本によると、dyslexia（ディスレクシア）と呼ばれる、持って生まれたショウジョウではないか、とのことです。そしてそれは、なにかものをつくりだす人間にしばしば見られるもののようだ、とのふしぎな自説をひろうしています。もしそれが本当なら、あまりにゆたかな才能が読み書きの能力をアッパクしたのではないか、というソウゾウもできますし、ぎゃくに、読み書きの能力とひきかえにしてさまざまな才能が開花したともソウゾウできます。まあ、あくまで私のソウゾウでしかありませんが、いずれにせよ、あなたがおもしろがるんじゃないかと思って書いてみたしだいです。

昭和十年十月某日夜

深井與次郎

このころからすでにミキが與次郎をモデルに絵を描きはじめていたのが分かる。特段絵になる男振りでないにもかかわらず、ミキが描いた與次郎の肖像画は、私が知っているだけでも十七枚ある。ふんふんと適当に相槌《あいづち》さえ打っておけば、あれこれ好き勝手にしゃべりつづけながらでもじっと椅子《いす》に座っているからだろうか。肖像画だけではない。スペインの道化的鬼才サルバドール・ダリが愛妻ガラを生涯にわたって描きつづけたように、ミキの絵にもあちこちに與次郎が顔を出す。ときには町を埋めつくす群衆の中の一人として。ときには海中都市で列を成して歩く不可思議な人びとを率いる男として。ときには蒼天《そうてん》に立ちのぼる積乱雲の不気味な形状として。

そして、見過ごしてはならないのが、死の直前まで筆を入れつづけていた未完の大作の中にもミキ自身とともに與次郎が登場することだろう。ミキの絵はどれもこれも幻想的あるいは超現実的な要素がふんだんにちりばめられた非写実的な画風ばかりだが、中でもその生涯最後の作品は、この手記を記す私の目にはもっとも謎めき、もっとも神秘的なものとして映る。それについては後述するつもりなので、ここでは仔細《しさい》を語らないが、恵太郎、いずれ君もあの絵を見るべきだ。というより、いずれ、私が幼い君にあの絵を見せるために、深井幹記念美術館に連れてゆく日が来るだろう。あの絵が秘めた本当の不思議さを実感できるのは、まだまだずっと先のことになるだろうけれど。

ところで、右の手紙へのミキの返事も残っているから、最後に紹介しておこう。

ゴッホのはなしですが、よじろうさんはケイムショに、はいるひつようなんかないとおもいます。もし、そのひつようがあるとしても、よじろうさんもわたしも、すでにそこにいるのです。ゴッホでないことによって、すでにそこにいるのです。おもうに、いだいなガカであるということは、おおきなおおきな、せかいほどもあるケイムショのそとで、ひとりこどくにくらすようなものではないでしょうか。

そして、ダ・ヴィンチのはなしも、とてもおもしろいですね。ほんとうにゆうきづけられます。だれもが、おなじだけのちからをあたえられて、うまれてくるのですが、それぞれのおべんとうのように、それぞれのありかたで、そのちからがかたよってしまう。ほんとうに、そうだとおもしろいですね。ますますエのほうに、かたよりたくなってしまいました。それではまた。

ヨネクラ　ミキ

そういえば、釈苦利を忘れていた。ミキと再会後、どこで何をしていたのかを解明するには、やはり釈苦利の自伝に頼るしかない。

気付いたら、横に女が寝ていた。まさかMか？　そんな筈《はず》はなかった。白山通りでMに呪いを更に強くかけ直されて身も世もなく逃走を図り、寮に帰って何やら茫《ぼう》然《ぜん》自失のまま書き置きのようなものを残した後の話であるから、そんな筈はないのである。

女の名は確か、お松と言った。いや、お竹だったか。いや、お梅だったかもしれない。とにかくその類《たぐい》の名である。名を聞いた時、あ、めでたいな、僕にもいい事あるかもな、と心が喜んだ記憶があるから確かであろう。いや、待てよ。となると、お正月だったかもしれないし、お誕生日の可能性だって捨て切れない。全然判らなくなってきた。面倒だ。とにかく女とだけ呼ぼう。お察しの通り、女は娼婦《しょうふ》であるそう。私は玉の井の私娼窟《ししょうくつ》にいたのである。

私娼窟と言っても、今日びの若い者は知るまい。今で言うところの風俗街で、いわゆる売春宿が、当時、玉の井に夥しく軒を連ねていた。文豪にして稀代《きたい》の好色漢・永井荷風も足繁《あししげ》く通ったことでつとに有名である。

しゃっくりがなおも停まらないという衝撃の中にあって、何故私の足はそこへ向かったのであろうか。無論、しゃっくりの災いを祓《はら》うためである。そのためには、何か私の人生に途轍《とてつ》もない事を、一大革命を、引き起こさねばならないと私は考えた。

では、人生における革命とは何であろうか。当時、何を隠そう、私はまだ童貞であった。となると、それしかあるまいと思った。いつもいつも女のうなじを後ろから眺めて昇天するのではなく、とうとうそれを身を以《もっ》て経験するしかあるまいと決意したのである。そして判明したのであるが、私はそれの天才であった。

「お客さん、そのしゃっくりが堪《たま》らない！　もっとしゃっくりして！　もっともっとしゃっくり頂戴《ちょうだい》！」

と女は喘《あえ》ぎあえぎ求めてきたのである。どうやら、頻《しき》りに出るしゃっくりが私のそれの動きに予測不可能な、他の男には逆立ちしても真似の出来ない、えも言われぬ絶妙至極な変化を付け加えるらしく、女は血走った白目をぎりりと剝《む》き、幾度も幾度も恐ろしい程に昇り詰め、私の背に激しく爪を立てるのであった。ようやく果てた後、私は女の腹上で暗くほくそ笑み、そして思った。

――このしゃっくり、ひくっ、使える……。

かくして釈苦利はおのれの人生にエロい革命を起こした。俄然《がぜん》、下半身と非業《ひごう》の宿痾に自信と血流をみなぎらせ、しばしのあいだ亀山一族の潤沢な金に飽かして永井荷風を何人か束にしたぐらいの甚だしい色街中毒になるのだ。

しかしその前に忘れてはならないのは、失踪《しっそう》した釈苦利を朴歯をすり減らしてあちこち捜しまわった学友たちである。思わせぶりな書き置きを與次郎に残したにもかかわらず、ポロピレと再戦を果たした気配もなかった。かといって、実家に帰ってもいなかった。じゃあ、どこに消えたんだ？　みんながいよいよ本気で心配しはじめた。

そんな中、耳慣れたしゃっくりが聞こえてきた。変なふうにひと皮剝けた釈苦利が、しゃっくりの秘めた思いがけぬ可能性に頰をゆるませつつ、ひくひくと寮に帰ってきたのだ。與次郎たちは問答無用で釈苦利に襲いかかり、一高精神溢《あふ》れる鉄拳《てっけん》制裁といらか、単純に鬱憤《うっぷん》を晴らすために袋叩きにした。しかし釈苦利はまだ革命の余燼《よじん》冷めやらぬ熱狂状態にあったので、ほとんど痛みを感じないどころか、殴られながらも傲《ごう》

岸不遜《がんふそん》な笑みを絶やさず、

「君たちも、ひくっ、この素晴らしいしゃっくりが欲しいだろう！　しゃっくり頂戴、ひくっ、しゃっくり頂戴、そう言ってみろ、ひくっ！」

とかなんとかしゃっくりがいよいよ脳に来たようなことをわめきつづけた。終《しま》いには、みな本当にしゃっくりがうつるかもしれぬと気味が悪くなって、我先にと風呂に駆けこみ、出た垢《あか》で信楽《しがらき》焼の狸《たぬき》が作れそうなほど全身をごしごしと洗い流したという。

その後、亀山金吾は昭和二十四年に異端の随筆家、鶴山釈苦利として『古今東西しゃっくり考——しゃっくりの停まらなかった人々』で文筆家デビューを果たし、その日本人離れした憂愁の色濃い面相と珍奇な持病も手伝って、戦後の暗い世相を秘《ひそ》かに賑《にぎ》わせた。

ちなみに百年しゃっくりの効用はそれにとどまるものではなかった。釈苦利は止まらないしゃっくりのおかげで徴兵検査の結果も丁種《ていしゅ》でめでたく不合格、召集を免れたのだ。まったくの余談だが、そのあたりの経緯にも自伝でふれているので紹介しておく。個人的には後半はただの嘘か、でなければ心の病だと思う。

検査を行う軍医からは詐病《さびょう》を強く疑われ、三日三晩検査会場に留め置かれた。本当にしゃっくりが途切れないか、昼となく夜となく寝床となく便所となく、交代で監視されたのである。

最後の日、漸《ようや》く疑惑が晴れたと思いきや、軍医はポツリと言った。

「詐病にしても、君、凄いね」

思わず私は言い返したものである。

「詐病じゃない方がもっと凄い、んですよ。僕の一物を摑《つか》んで、検査したでしょう。あれで先生にも伝染《うつ》ったか、もしれませんね。僕と同衾《どうきん》し、た女は今みんなしゃっくりしてま、すから」

あの時の医者の愕然《がくぜん》とした面持ちを見せてやれないのが残念である。実際私はしゃっくりが治まるなら戦争でも何でも行ってやろうとすら考えていたのだが……。

しかし、私は一時《いっとき》の溜飲《りゅういん》を下げんがためにあのような軽率な事を口走るべきではなかった。色をなくした軍医のひと声により、検査会場から謎の研究所みたいなところへ連行されて、その後二週間もの間、体の表も裏も内も外もないような、ありとあらゆる筆舌に尽くしがたい検査の嵐にもみくちゃにされたのである。

今思うに、彼らは私から絞り出したしゃっくり菌を生物兵器として戦場にばら撒《ま》けないものかと企んでいたようである。もし本当に私の肉体からしゃっくり菌が発見されていたらと想像すると、痛快でならない。世界中の人間が私と同様の病に罹《かか》って数十億の人間が偶然にも同時、同瞬間にしゃっくりしようものなら、その衝撃により大地がバカッと割れて至るところで噴煙を上げ、滾《たぎ》る溶岩が道々に溢れ出し、地球に冬の時代が訪れ、FとMの夫婦が難儀するのである。私はそれを秘かにシャクラゲドンと呼び、時折思い起こしては一人くつくつと人類の滑稽《こっけい》極まりない滅亡とF一家の流離譚《りゅうりたん》を笑うのである。

八

それはそうと、公称二十二万冊を腹に収めて吐き出さずに堪《こら》えつづけた深井家の屋敷は確かに広壮だった。しかも十八世紀の初頭、享保《きょうほう》年間だかに建てられたというから、女の腹から出たかと思えば喰っちゃ寝喰っちゃ寝して腰が曲がると墓に入ってゆく深井家の人間を幾世代にもわたって見てきたはずで、そう考えると、いったん門をくぐったら抜け出せない禍《まが》まがしい化け物屋敷じみた貫禄《かんろく》があるようにも感じられた。

しかし厳《いか》めしいのは母屋《おもや》ばかりではない。四百坪に届こうかという敷地を、下見板張りの土蔵と丈の高い土塀が千両箱を抱く大蛇のようにぐるりと取り巻き、さらにカネに飽かしての武家屋敷の真似事《まねごと》か、南側には漆喰《しっくい》塗りの長屋門までが物ものしく構えていた。例によってまた作り話だとは思うが、與次郎が庭をいじっていたところ、

「お母《か》ん、この家、塀も高いし、大きいなあ。刑務所みたいや」

と子供の声が表で話すのを聞いたらしい。それに答えて母親らしき女の声曰《いわ》く、

「一緒のようなもんや。悪いことでもせんと、こんな家には住まれんで」

親類の家でさえなければ、賃貸マンション住まいの私も子供連れで嫌みったらしくひと芝居打ってみたいところだが、確かに外界から隔絶した冷ややかな空気が敷地内に居座っていて、それが塀の上で、ものも言わずにどんと胸を突き出しているふうだった。もし野球のボールなどが飛びこんだとしても、與次郎やミキをろくに知らぬ子供なら、呼び鈴を押して回収に上がるどころか、屋敷に喰われた、と泣く泣くあきらめることだろう。

実際、深井家は江戸時代には代々庄屋《しょうや》を務めた大地主だったらしい。しかも、領主からの給米や小作人からのピンハネだけでは飽きたらず、米屋だの干鰯《ほしか》屋だの質屋だの荒物屋だのにまで手を広げた、商魂たくましい富農だった。

一部二階建ての母屋は延べ床で九十坪あまり、およそ三百平方メートルだ。屋根は泉州のいぶし瓦《がわら》で葺《ふ》いた入母《いりも》屋造《やづくり》、それを縁取る庇《ひさし》は緑青《ろくしょう》の吹いた銅板葺き、そんないかにも重たげな頭を支えるために六寸七寸のぶっとい檜《ひのき》の柱がそこらじゅうにずどんずどんと通っていた。幅が二間《けん》もある玄関から式台を踏んで中に入ると、廊下や縁側の縁甲板《えんこう》はいつ見てもつるつるぴかぴかと飴色《あめいろ》に輝いていて、見まわせば鏡でも張りめぐらせたように八畳間やら十畳間やらが連なっていた。

しかし問題は、それらを埋めつくさんとあの手この手を使って溢《あふ》れかえる書棚、書棚、書棚の群れだ。気心の知れた分家だとかいう大工を呼びつけては、「例によって、またぎょうさん子供産まはったんでっか」「そゆこと」と阿吽《あうん》の呼吸で悪巧《わるだく》み、どんな隙間《すきま》にでも変幻自在に書棚を設《しつら》えさせるのである。母屋だけではない。長屋門、米蔵、内蔵、味噌《みそ》蔵、とにかく屋根のあるところならどこもかしこも所狭しと書棚が立って、雄本《おすぼん》と雌本《めすぼん》の発するフェロモンの入りまじったものか、つんと酸《す》っぱい匂《にお》いに満たされたわけだ。ちなみに與次郎が言うには、古本屋の親父《おやじ》に三日もこの匂いを嗅《か》がせずにいるとヨダレを垂らして震えだし、終《しま》いには泡を吹いて昏倒《こんとう》するらしい。

が、しかし、みるみる増殖繁茂する書棚の芽を屋敷に植えつけたのは、実は與次郎ではなく、かといって、物書きの端くれだった父の正太郎でもない。強いて言えば、與次郎の祖父の仙吉ということになろう。

見栄《みえ》っぱりで人たらしだったという性根《しょうね》が遺影からもうかがえる仙吉は、悲願だった尋常小学校の校長に就任したとき、大工を呼んで一階の八畳間をひと間つぶし、洋風の応接間を造らせて壁を書棚でおおいつくした。そして本屋を呼んでその応接間を見せると、

「なんでもええから、わしが校長らしゅう見えるように、端から端までぎっしり小難しい本を入れたってくれ。客がぽかんとするとこ見たいんや」

などとしゃあしゃあと言ってのけたらしい。なんでもええから、という言葉に嘘偽りはなかった。実際、当の仙吉は、応接間に入れた、はったりまかせの晦渋《かいじゅう》な本になど生涯見向きもしなかったようで、幼い與次郎が恐る恐る本を開いてみると、どれもこれも袋綴《ふくろと》じを切られたきりらしく、ばりばりばりっ、と固い背表紙が処女の呻《うめ》きを上げたという。仙吉曰く、

「この歳《とし》んなって、ずらあっと並んだ本を前にするとやな、だんだん墓石でも眺めとるような気ィしてくるんや。ぎょうさんな人間が、死ぬ前から自分の墓こしらえよるんやなあ思てな」

しかしやがて孫の與次郎がそこに入りびたるようになり、辛抱強くその冗長な墓碑

銘を読みこんだおかげで、一高から帝大へと順調に学究エリートの梯子《はしご》を昇り、のちのち政治学者にまでなったわけである。

ところで、どんな観点から見てもちょっとも重要ではないのだが、飽くまで私の個人的趣味としてこの場を借り、與次郎の父正太郎についてひとくさり書き残しておきたい。いや、これは趣味と言うよりも、父仙吉のような人たらしにも、次男與次郎のような一世を風靡《ふうび》した学者にもなれなかった、名も無き挫折《ざせつ》者に捧《ささ》げる鎮魂歌なのだ。

若き正太郎が直亭牛涎という筆名で『黒川宏右衛門伝』を自費出版した話はすでに書いた。が、これには痛ましい後日談がある。刷りあがった大量の処女作を蕎麦《そば》屋の出前のごとくたかだかと積み重ねて手ずから屋敷に運びこもうとした際にぎっくり腰になり、正太郎は半年も臥《ふ》せることになったのだ。しかし試練はまだまだ終わらない。腰が治ったと思ったら階段から落ちて両腕を骨折し、それが治らぬうちにいんきんたむしになったが、自分では掻《か》けずに家人に掻いてもらうという恥辱に連日枕を濡《ぬ》らした。ほかにも多種多彩な災難に遭遇する中でとうとう旧約聖書のヨブ記に辿《たど》り着いて天啓を得たかに見えたが、その日のうちにぬらりひょんに似た男にどんと背中を押されて頭からどぷんと肥溜《こえだ》めにはまると、あることないこと書かれた宏右衛門の祟《たた》りであるというつねづね囁《ささや》かれてきた俗説をようやく認め、想像力が豊かですいませんと遺影に向かってばきんと筆を折るに至るのだ。

というのは神をも畏《おそ》れぬインチキで、実はそれから半年ほども経《た》つと、書くも地獄、書かぬも地獄、おなじ地獄なら書かにゃァ損そん、という鬼迷惑な言い訳ですっかり居直ってしまった。そして出来の悪さと験《げん》の悪さをすべて直亭牛涎という筆名に押しつけてまんまとしっぽ切りを果たすと、新たな筆名「洒禄亭捨鳥《しゃろっていすてどり》」を名乗り、野良《のら》仕事そっちのけで文机《ふづくえ》に齧《かじ》りついたのだ。つまり正太郎の本格的な文業はここから始まるのである。

ところで洒禄亭捨鳥だって？　君はまたもやこの妙ちきりんな筆名につまずいたか、つまずきそうになったけど、面倒だから見なかったことにして先に進もうとしたことだろう。安心してほしい。もちろんこれもパクりだ。というより、パクりのパクりだ。それを証明したのは、深井正太郎研究の第一人者というか、ナンバーワンでなくオンリーワンであるところのこの私である。

正太郎がそれをどうやって手に入れたのかはこれからの研究に期待するしかないが、四年前のお盆、赤磨に帰ってひまつぶしに曾祖父《そうそふ》の蔵書を漁《あさ》っていたら、胡散《うさん》くさいアメリカ人が書いた胡散くさい探偵小説を見つけてしまった。訳書ではない。原書だ。

正太郎に英語が読めたという事実はちょっとした衝撃だったが、そんなことより、これを蔵の中で発見したとき、思わず「世紀の小発見や！」と歓喜の声を上げ、小躍りまでしてしまったことをここに告白しよう。あとにも先にも私がいわゆる小躍りというのをやったのはあれ一度きりだ。実は君が生まれたときも分娩《ぶんべん》室でつい出そうになったのだが、悪魔の子にしてアンチ・キリストの誕生を讃《たた》える呪《のろ》いのダンスみたいに見えるんじゃないかと人目を憚《はばか》ったのである。

さて、肝腎《かんじん》のその洋書のタイトルだが、“Adventures of Charlotte Romes”とある。邦訳するなら、表題は『シャーロット・ロームズの冒険』以外にあるまい。もちろん上手に目を細めるとSherlock Holmsに見えるよう真面目《まじめ》でせこい工夫が凝《こ》らしてある。著者はRobert Steed Lee（ロバート・スティード・リー）。アメリカ南北戦争時の南軍の最高指揮官、ロバート・エドワード・リー将軍の名前に雰囲気が似ているが、きっとなんの関係もないのだろう。というわけで、「洒禄亭」は「シャーロット」であり、「捨鳥」は「スティード・リー」なのだ。私はこの世紀の小発見を私一人の小さな胸に納めておくことができず、早速お母さんに話してしまった。お母さんは「へー」と言った。はーひーふーほーはどれもけっこう手間ひまかかってて勿体《もったい》ないから、ここは全国最安値の「へー」でも出しとくか、みたいな雑な「へー」だった。私は寒風に揉《も》みしだかれるマッターホルンのごときみずからの孤高を悟った。以来、傷つきたくなくて誰にも研究成果を発表していない。恵太郎、もはや頼りは君だけだ。

それはそうと、正太郎は、いや、酒禄亭捨鳥は何を書きはじめたのか。もちろん探偵小説だ。じゃあ探偵の名前は？　実はそれもまた「酒禄亭捨鳥」なのだ。つまり正太郎は探偵みずから筆を執ってみずからの活躍を書き記すという、弟子のいないキリストみたいなうら寂しい体裁《ていさい》の探偵小説を書きはじめたのである。

なぜそんなことになったかと言うと、捨鳥にはワトソンみたいな筆まめの助手がいないのだ。その代わりと言っちゃあなんだが、捨鳥はドリトル先生みたいに動物と話すことができて、ひどいときには池の鯉《こい》やカナヘビから事情を聞いたりし、もっとひどいときには公孫樹《いちょう》の幹や神社の鳥居にステッキを押しつけてそれに耳を当て、ふんふんなるほどと重要な証言を得たりする。しかももっとも活躍するのは飼い犬のエミイルだ。世界初の長編探偵小説を書いたというエミール・ガボリオから名前を拝借したのかもしれないが、定かではない。そして、捨鳥がくりひろげる牽強付会《けんきょうふかい》の推理よりも、たいていはエミイルの神懸《が》かり的な鼻がずばっと事件を解決する。捨鳥の決め台詞《ぜりふ》はこうだ。「お天道様《てんとさま》が西から昇っても、林檎《りんご》が天に下っても、犬は嘘をつきまへん」。これを聞いた犯人はノロウイルスにでもやられたみたいにゲロゲロと自白しはじめる。

しかし探偵小説としての問題点はそこのみにとどまらない。シャーロック・ホームズと言えばもちろんロンドンで、シャーロット・ロームズと言えばどうやらニューヨークらしいのだが、洒禄亭捨鳥が縄張りとするのはなんと赤磨村だ。そう、深井家の屋敷があるところだ。現在は市だが、当時はまだ村だった。なんだ、その辺じゃねえか、鄙《ひな》びた農村でそうそう殺人事件なんか起きるもんか、と君は思わずつっこんだろうね。しかし起こるのだ。凄惨《せいさん》なのがしょっちゅう。正太郎の脳内赤磨はとにかくすんごく死亡率の高い日本一危険な村なのだ。住んじゃいけない。それどころか、うっかり日暮れどきに足を踏みいれて、おどろおどろしいお屋敷に一夜の宿を求めたりすると、畳の上で死ねないどころか、なんの上だか分からないようなとんでもない死に方をする。あとでエミイルの鼻が解決してくれるが、あんまり慰めにはならない。

さて、シリーズ第一作のタイトルはこうだ。『捨鳥、赤磨に立つ』。うん、ずっと立っときなさい、などとからかってはいけない。先生に失礼だ。なんと正太郎は、明治探偵小説ブームのしっぽにすがりついて、明治四十一年、この作品で念願のメジャーデビューを果たすのである。大阪は淀屋橋《よどやばし》あたりにあった探々堂《たんたんどう》とかいう小さな出版社に、再三にわたって直談判《じかだんぱん》に押しかけたらしい。そしたらうまくいった。何をやったのだろう。出てきた編集者を背後からの裸絞《はだかじ》めで気絶に至らしめ、二人羽織と腹話術を駆使して社長を説得したのだろうか。いや、この際なんでもいい。世の中、結果がすべてだ。我が事のようにうれしくて恥ずかしい。

　ちなみに私は一冊だけ『捨鳥、赤磨に立つ』を持っている。この宇宙で最後の一冊かもしれないが、貴重だというオーラはまるで醸《かも》し出されていない。これも深井家の蔵に放置されていたのを失敬してきたのだ。状態もよくない。小口をアニメのチーズみたいにぼつぼつと虫に喰われている上に、鼻を近づけると本当に安いチーズみたいなにおいがする。縁の擦りきれた表紙には、正常な感覚の持ち主が現れて間違いを指摘してくれるのを百年ばかり待ちわびているような、へんてこな絵が描いてある。一人の男と一匹の犬が並んで描かれているのは、もちろん捨鳥とエミイルに違いない。しかし捨鳥と思《おぼ》しきぷちカイゼル髭《ひげ》の男、着流しにインバネスを羽織っているのは探偵らしくてええ具合にしても、嫌らしく曲がった口には意気揚々とダイナマイトみたいな葉巻をくわえ、頭にのっけているのは西部劇ふうのテンガロンハットではないのか。和欧米折衷だかなんだか知らないが、とにかくもの凄《すご》いワルって感じだ。どうしても犯人を絞りこめないときは、問答無用とばかりにヤケを起こし、居間に呼び集めた容疑者の面々を二丁拳銃の早撃ちで皆殺しの上、事件現場ごと粉ごなに吹き飛ばしてハリウッド的大団円に持ちこみそうである。犬だっておかしい。設定によれば、エミイルは縁起が悪い四つ目の黒柴《くろしば》のはずだが、犬と言うよりはむしろ、雄のレッサーパンダと雌のツキノワグマが不義密通を犯して生まれた、望まれない不細工な息子みたいに見える。

しかし見方を変えれば、内容の低俗さを余すところなく伝える絶妙な装画とも言えるだろう。全然ためにならない本しか読む気にならない、ひどく心の鈍磨《どんま》した日は誰にでもあるだろうが、ここまでためにならないとなると針が逆に振れて別種の心的ダメージを被《こうむ》る感じになり、もう少し有意義かつ建設的なひとときを過ごしたくなってくるに違いない、というところまでが装画を一瞥《いちべつ》しただけでたちまちのうちに感得されるほどなのである。

果たせるかな、本の売れゆきは芳《かんば》しくなかったようだ。人一倍夢見がちな正太郎の落胆は想像するにかたくない。舞台上で大いに叫ぶが、暗い観客席はほとんど空っぽ。が、しかし実は反応はあった。細い一条の稲光のような反応が正太郎の胸に突き刺さった。一通だけだが、なんとファンレターらしきものが届いたのだ。しかもうら若き乙女から。その乙女の名は川上志津《しづ》という。城崎《きのさき》にある老舗《しにせ》旅館「養老庵」の次女で、当時、神戸の高等女学校に通っていた大衆文学少女だ。ファンレターの現物はまだ探し出せていないが、証言を強いられぬよう、きっとどこかに身を潜《ひそ》めているのだろう。正確な文面はもちろん分からないが、おおよそ次のような内容だったと深井家に伝えられている。

「七年ほど前に、表紙に描かれたエミイルとそっくりな犬を拾い、城崎の実家で飼っております。本屋で見かけるなり可愛いエミイルと目が合い、懐《なつ》かしくなってつい先生の御本を買ってしまいました。犬の名は黒松と言います。黒松を誰に見せても、これは犬じゃないだろう、ちょっと犬っぽくなる病気に罹《かか》った子熊だろう、危ない危ない、と言います。そんな病気はないと思います。芸こそなかなか憶《おぼ》えませんが、やっぱり犬だろうと思います。その証拠に、いくら餌《えさ》をやってもぶくぶくと肥《ふと》るばかりで、もう大きくなりません。この度《たび》、先生の御本を読んで安心しました。やっぱり黒松も犬だと確信できました。ありがとうございます」

　ここから正太郎と志津との交流が始まる。與次郎によると、その後の展開は自分が主人公じゃないことを祝してじょぼじょぼとシャンパンタワーでもこしらえたくなるほど波瀾《はらん》万丈だ。少なくない逸話が與次郎のふんだんな脚色を経ているに違いないが、その真偽の割合はさておき、現代の昼ドラはすべて、正太郎と志津の演じた家族ぐるみのドタバタ愛憎劇が世間に漏れ伝わったものの変奏曲に過ぎないと深井家では見なされている。それどころか、二人の盛りだくさんな大恋愛は通俗性の臨界点を突破して神話的原型に昇華したとまで言われているのだ。だからなんなのかはよく分からないが。

まあそんなこんなで、怒濤《どとう》のごとき四年間を経て、めでたく志津は深井家に迎えいれられる。何を隠そう、できちゃった結婚だ。志津の腹の中には與次郎の兄宇一郎《ういちろう》がすでにいた。伝え聞くところによると、志津は何かにつけて芝居がかった癇《かん》の強い女性だったようだ。そしておんなじようにむら気な正太郎との口争いが絶えなかったが、なんだかんだと文句を垂れつつも、駄目亭主の伴侶《はんりょ》という悲劇的役どころに大いに満足していたのではないかと言われている。

私は志津に会ったことはない。私が生まれる二年前の春、浴槽に浸《つ》かりながら居眠りしてしまい、そのまま溺死《できし》したのだ。折しも桜吹雪の舞い散る季節、大きく開け放った窓からはらりはらりと数多《あまた》の花びらが迷いこみ、湯面に揺蕩《たゆた》いつつ、歳より十は若く見えるでしょうと自分から言っちゃう老女に乙女心たっぷりの死に化粧を施《ほどこ》していたという。死体の第一発見者であるミキが風呂場で「ああ、オフィーリア！」と叫んだとか叫ばなかったとか言われているが、きっと叫ばなかったのだろう。志津は佳人薄命に憧《あこが》れをいだき、つねづね不治の病に冒《おか》されて可憐《かれん》な花のごとく命を散らすことを夢見ていたらしいが、八十の坂を越えて花びらでごまかしつつ溺死しても本人が望んだほど儚《はかな》くない感じだ。故人としてはそれが不満なのか、桜の時期に深井家で窓を開けて風呂に入ると、浴槽の底から花びらまみれの志津が大きな屁《へ》のようにぼこりと浮かびあがってきて千数えるまで一緒に浸かっていなければならないからすっかりのぼせちゃって困ると言い伝えられている。

ところで、道楽者で新し物好きの正太郎はもちろん早ばやと暗箱カメラも手に入れていたから、何枚か若いころの志津の写真も残っている。イギリスの画家ロセッティが描いた女のような、ちょっとカマっぽい骨太の美女で、正太郎よりきりりっとして男前なぐらいである。太い眉毛なんかは、のちに與次郎の目の上に株分けしたかのようだ。一方、数かずの写真を見ても、正太郎の顔立ちはいまいちつかみどころがない。志津と見くらべておのれの写真写りがよっぽど承服しがたいのか、髪型や髭をあれこれいじってさまざまな角度からさまざまな表情で写るうちに自分でもどんな顔なのか分からなくなり、ついには誰がいつ写真を見ても、はてこんなだったかな、と新鮮に思うような霞《かすみ》のごとき容貌《ようぼう》を手に入れたという感じだ。

しかし本当の問題は洒禄亭捨鳥こと深井正太郎のその後の文業だろう。捨鳥とエミイルは次から次へと赤磨で発生するＦＢＩ泣かせな凶悪事件に首を突っこむ。二作目は『捨鳥、河童《かっぱ》と川流れ』、三作目は『捨鳥、鬼の居ぬ間に解決』。しかしそこまでだった。売れゆきは右肩下がり、四作目を出してくれる出版社がいっかな見つからない。そして死ぬまで見つからなかった。そのあたりの口惜しさについては私の乏しい筆力で書きつくせるものでもないので、立ち入らない。口ぐせは「生まれてくるのが早すぎた」「百年後の読者たちへ」などだったらしいが、私がみずからに鞭打《むちう》って『宏右衛門伝』や捨鳥シリーズ三作を読破したのは奇《く》しくも書かれてからちょうど百年後ぐらいだった。

さて、あれこれはしょって昭和二十五年の十一月、正太郎は反故《ほご》の山を蹴散《けち》らそうとして滑って転んで頭を打ってしばし失神、むしろちょっと賢なった気がするがははなどと強がった翌日に突如、泡を吹いて頓死《とんし》したという。死の床にあって意識は朦《もう》朧《ろう》、目も虚《うつ》ろ、ちょうど三途《さんず》の川でも渡っていたものか、最期《さいご》の言葉は「うわっ、素《そう》麺《めん》ようけ流れてきた」。若いころから歯が悪かったせいか、素麺がわりと好きだった。享年六十四。ひとところに積みあげれば深井邸の大棟《おおむね》を越えようかという夥《おびただ》しい原稿が残されたと言われているが、誰もひとところに積みあげるほど家長の遺稿に興味を持たなかったはずなので、與次郎か誰かがただの雰囲気で言っただけだろう。私がいつか研究の一環として仕方なく渋しぶおざなりに目を通したところ、書くことに喜びを覚えるあまり結局最後まで恐れをいだけなかった者にありがちな、白湯《さゆ》のごときぬるい薄い文章があの世まで続いていた。ところで先日、『二十世紀・五〇〇人の死にざま』という本をぺらぺらめくっていてはたと気づいたのだが、正太郎が他界したのとちょうどおんなじ日、「真の芸術家は、妻に餓えさせ、子供を裸足で歩かせ、齢七十の母親を働かせても、自分の芸術のためでないとなれば、自らは何もせぬものなのだ」と戯曲で主人公に語らせたジョージ・バーナード・ショーが九十四歳で死んでいた。もし深井家がそこそこの地主じゃなかったら、正太郎も書くに足る悲惨を生きられたかもしれないね。

九

毎年お盆のころになると、深井家の屋敷には親類縁者やら分家の某《なにがし》やらがひっきりなしに出入りし、漆《うるし》と金箔《きんぱく》の化け物みたいな仏壇のお鈴《りん》をちんちんと鳴らしまくり、線香の煙があたりに濛々《もうもう》と漂いはじめる。大人連中はみんな御先祖様をお迎えすると言って坊主《ぼうず》を呼んだりご馳走《ちそう》を出したり仏壇にお供え物をしたりしていた。もちろん今となっては正太郎も志津も、そして與次郎やミキまでもが御先祖様の仲間入りだ。親類縁者と言っても、そう大人数というわけではないのだが、一人っ子の私にとってはどこに行っても人に出くわすようで落ち着かないし、かといって一人でいると従兄弟《いとこ》らにいじけていると思われそうでなおさら落ち着かない。深井家のお盆と言えば、そういう心身を小突きまわされるような行事だった。私が初めて幻書を目撃したあの記念すべき夏もそうだったし、ミキが他界したあの夏にも大勢が屋敷にいたのだ。いずれにせよ、この手記の終盤には登場してもらわねばならないので、ここらで與次郎とミキの子や孫たちをさらりと紹介しておこう。

二人に四人の子供がいることはすでに書いた。長男の祐一郎、長女の敦子、私の母で次女の律子、次男の宗佑である。「普通なのは私だけ」と母、つまり君のお祖母《ば》ちゃんが断言して憚《はばか》らないように、いずれ劣らぬ変わり者ばかりだ。とはいえ、君のお母さんに言わせれば、そう言う律子も充分に変わり者だ。変な穴には絶対に落ちまいと後ずさりするうちに、別の変な穴に落ちた手合らしい。

長男の祐一郎伯父さんは昭和十四年九月、東京は神田の借家で生まれた。現在ではもうあの深井家の屋敷に隠居し、高級敷物みたいな馬鹿でかい猫を縁側で抱いているが、数年前に甲状腺癌《こうじょうせんがん》を患《わずら》って声が出なくなるまでは、押しも押されもするぱっとしないベテランの代議士だった。一応手術は成功したが、今でもざらばん紙をこすりあわせるような嗄《しわが》れ声しか出ない。どんと恰幅《かっぷく》がよく、昔はなんだか部屋に入ってくるだけでやかましい感じの人だったのだが、そんな雰囲気は冬枯れしたみたいにすっかり散ってしまった。引退した途端、髪を染めるのをやめ、急に頭が真っ白になったというのもあるだろう。それでも、相変わらず、がさがさとしゃべるのはよくしゃべる。しかしかつての張りつけたような薄っぺらい快活さはなりをひそめ、口を開けば、恨み節と言おうか、嫌みと言おうか、穴を見つけてはほじくるようなことしか言わないのだ。去年の夏、二歳になったばかりの君を見せ物にするために大阪へ帰ったときも「昔はよう橋の下から拾てきたとか言うたもんやけど、最近はどこで拾た言うて育てるんや。ネットで通販か」だの「恵太郎くんか。早う大きなって、哀れな爺ィ《じじ》が死なんうちに色いろ恵んでくれよ。君らの世代は、爺ィ婆ァ《ばば》を支えるために生まれてくるんやからなァ」だのといまいち笑いきれない皮肉を言って、一人できしきし笑っていた。ひねくれた與次郎をさらに二ひねりか三ひねりぐらいしたような具合だ。とはいえ、節操なくあちこちの政党を渡り歩きながらも衆議院議員を十三期も務め、一度きりとはいえ大臣経験もある男だから、世間的に見れば一廉《ひとかど》の人物ということになるのだろう。

そういえば、伯父が東大の経済学部を出て政治家を目指すと宣言したとき、與次郎は猛反対したらしい。いつでもどこでもぬらりくらりと要領よく立ちまわってしまう器用貧乏のお前には向いていない、お前は清濁《せいだく》を併《あわ》せ呑《の》むことばかり覚えて、結局は何もなしとげられないだろう、と言って。與次郎は政治家という人種を、人民に使い捨てにされるべき、誇大妄想狂の一種と見なしていた。與次郎によると、ある程度の規模の集団には、自分には人の上に立つ資格があると信じうるほどの鈍感さと自己愛とカリスマ性とを備えた誇大妄想狂が必ず生まれてくるようになっている。そして人びとはただ、どの狂人の妄想につきあうかを選択するだけなのだ。しかし伯父は日本国民を取りこむべき誇大妄想なんぞ持ちあわせてはいなかった。器用ではあったが、切れ者ではあったが、口のうまい皮肉屋ではあったが、結局のところ人間としての硬い芯がなく、政治家としても凡庸だった。そして與次郎は、才能に恵まれた政治家はその才能ゆえに、才能のない政治家はその無才ゆえに、どちらをも嫌っていたのだ。

結局、激しい口論となり、與次郎がかっとなって、

「お前、わしの顔に泥を塗るような真似《まね》だけはするんやないぞ」

と言うと、気の短い伯父もかっとなって、

「もうすでに泥だらけやろ」

と返したという。與次郎もそれに、

「わしの泥は我がで塗った我がの泥じゃ。お前が塗るのんとはちゃうわい」

と応じ、それ以来、二人は顔を合わせても政治の話をいっさいしなくなったらしい。顧《かえり》みれば、與次郎のほうが正しかったと私は思う。伯父には伯父の言い分があるだろうが、はたから見れば、伯父が政治家として何事かをなしとげたとは言いがたい。漫然と政界をうろつき、結局はただお化け屋敷を入口から出口へ抜けるように通りすぎただけではなかったか。ちなみに伯父は先輩議員の姪《めい》と結婚し、子供が五人もいて、次男の泰之《やすゆき》くんは跡を継いで代議士になった。しかし泰之くんは伯父よりももっと政治家に向いていないように思われる。「この前なァ、お父さんとお母さんが服も着んとなァ、ハアハア言うて――」といった具合に子供の時分から失言が多いからだ。正直でいい人なんだけどなあ。

長女の敦子伯母さんが生まれたのは昭和十九年の十月、つまり終戦の前年だ。伯母が生まれたころ、與次郎はすでにボルネオにいた。ようやく二人目の顔を拝めると期待して復員してきたとき、ミキが抱いていた女の子を目にして與次郎はぎょっとし、

「最近の子ォはすぐに大っきなるなァ」と大いに感嘆したそうだが、それは一歳半の

敦子伯母さんではなく、たまたま遊びに来ていた近所の四歳にもなる女児だった。もし犬を抱いていたら、最近の子ォは毛深いなァ、とでも言ったのか。

伯母のことは私は嫌いではない。顔立ちは煮ても焼いてもギョロ目の與次郎似だが、性格はミキに似てさばさばと乾いている。読み書きが不得手なところもおんなじだし、ずけずけものを言うところも、與次郎の駄洒落《だじゃれ》に馬鹿みたいに大受けするところもそっくりだ。ついでに絵の才能も受けついだようで、プレス機と一緒にあちこち引越しする人気の版画家になった。擬古的なところと現代的なところが交じりあうようで交じりあわないと言おうか、ゴヤがポップアートして近世的グロテスクと無機的現代文明の不協和音を掻《か》き鳴らしたとでも言おうか、とにかくどこに飾ってもしっくりこない画風だ。私の部屋にも、《キマイラ1999》という題の、爛熟《らんじゅく》して腐れ落ちた科学文明が脚を生やして世界の涯《はて》をぎこぎこと歩きだしたような、伯母の銅版画がかけられているが、泣いている君を抱っこしてそれを見せると、泣いてたころは僕まだまだ幸せだったんだ、全然気づいてなかったけど、という感じでぴたりと泣きやんだものだ。重宝しました。

ところで伯母がミキに似ていると言っても、もちろん異なる点も大いにある。四回も結婚して四回も離婚したというのが、その筆頭かもしれない。最初は売れない舞台役者、次はフランス料理店のシェフ、三度目はテレビ局のプロデューサー、最後は彫刻家だ。結局、伯母にはミキにとっての與次郎が現れなかったということなのだろう。現在は四匹のパグと横浜で暮らしているのだが、その四匹に、ヒサノブ、コウジ、ミチオ、ケイゴ、と歴代の旦那《だんな》の名前をつけているらしい。いまだ冷めやらぬ愛着か、はたまた何かの嫌がらせかは定かでないが、二年前に会ったとき、「足にバターを塗って舐《な》めさせるんよ。あははは」などと喉《のど》ちんこまで見せて笑っていた。本当にやっていそうで怖い。

そんな伯母にもテレビ・プロデューサーとのあいだに生まれた二人の子供がいる。私と同い歳《どし》の双子の女の子だ。生まれた年にちょうどアニメを放送していたからだろうが、葉衣路《ハイジ》と紅良々《クララ》という。その当時はきっとまだ夫婦は愛しあい、ふざけあい、血迷いあっていたのだ。正直ひどい名前だとは思うが、お母さんにそれを教えたら飲んでいた青汁をザ・グレート・カブキみたいに霧状に噴き出したので、真ん前にいた私は毒沼から引きあげられた河童《かっぱ》みたいにびしょ濡《ぬ》れになった。ちなみに葉衣路と紅良々は二年前にこれまた双子の警察官と結婚し、葉衣路は双子を生んで、紅良々は三つ子を生んだ。しかも一つ屋根の下に九人まとめて住んでいるのだから、もう何がなんだか分からないが、とにかくあの辺で人類の未来図を塗りかえるかもしれない途轍《とてつ》もないことが起きている。と感づいたのは私だけではなかったらしく、『双子だらけの大家族——三つ子もいるでよ』というテレビの特番になって、全国放送された。続きもあるらしいから、これからも要注目だ。

が、しかし誰が変人と言って、末っ子の宗佑叔父さんがもっとも変人だ。ほかの三人はどこで何をしているかだいたい分かる。しかし叔父には確かな連絡先などあったためしがなく、寅《とら》さんみたいに時おりなんの予告もなくふらりと深井家の屋敷に帰ってきて、二、三日したらまた姿を消す。携帯電話のことを「電波の鎖」と呼び、いまだに持ったことがないらしいのだ。しかしこの前会ったとき、両耳の横にぴんと人さし指を立ててアンテナらしきものを形づくり、「用があるときは念を送ってくれ」と言っていた。「ああ、そうですね。あははは」と笑ってごまかしておいたが、本当に来そうだからうっかり念じないように気をつけている。

叔父は昭和二十五年の九月、全国で二千人以上の死傷者を出したジェーン台風の上陸とともに生まれ、ついでに言葉をどっかに吹き飛ばされてそれが忠義に厚い犬のようになって戻ってくるまでに相当時間がかかったのか、アインシュタインみたいに三歳になるまでひと言も話さなかった。とはいえ、話しはしなくとも大人の言葉はかなり理解していたらしい。

その当時、深井家の屋敷の壁には大きな世界地図が貼《は》ってあったという。赤ん坊だった叔父は、ぐっと押し黙ったままその地図の前に日がな一日座っていた。そこで與次郎が、いっこうに話しはじめようとしない叔父に、これがアメリカや、これがソ連や、これがスケベニンゲンや、これがエロマンガ島や、などと地図を指さして教えていたところ、まだ二歳であるにもかかわらずすっかり世界を憶《おぼ》えきってしまい、大人が国名や都市名などを言っただけで、それをびしっと指ししめすようになったという。しかし三歳になったある日、與次郎が初めて地球儀を見せたら、叔父は目をまんまるにして、突然、

「やっぱりな！」と声を上げたらしい。

それが今生《こんじょう》の最初の言葉だった。もちろん深井家は森閑《しんかん》とした。が、ここで大袈裟《おおげさ》に騒ぎたてるとせっかくの言葉の芽がまた引っこんでしまって、もう二度と顔を出さないかもしれない。與次郎は努めてさり気なくふるまい、「何がやっぱりなんや」と尋ねた。叔父は瞬《まばた》きもせず、つぶらな目でじっと家族を見わたした。それはほんの数秒間のことであったに違いないが、その場に居あわせた母が言うには、そのときほど固唾《かたず》を呑んで誰かの発言に注目したことは、あとにも先にもないという。

「セカイがな……」と叔父は言った。

誰もがどきりとした。いよいよ滅亡するのか？ 案に違《たが》わず世界全面核戦争か？

「ほう、セカイがどないした」と恐る恐る與次郎は促した。しかし叔父は、

「まるいんちゃうかって思とったんや」と言った。

どうやら叔父は二歳のころからすでに世界が実際は平らではなく球形なのではないかと疑っていたらしい。というのも、壁に貼られたメルカトル図法の世界地図では南極大陸が途中で切れていて、これは地球がまるくなければ辻褄《つじつま》が合わないとずっと訝《いぶか》しんでいたからだ。だから地球儀を初めて見たとき、思わず「やっぱりな！」と快哉《かいさい》を叫んでしまったのだという。叔父はその日以来、喉のふたでも外れたのか、普通の幼児の十分の一ぐらいは話すようになって、森羅万象についてさまざまな事実を確認しては、「やっぱりな！」と言うのだった。そんな調子だから、この子はガリレオやニュートンのような歴史に名を残す偉大な科学者になって万物理論級の大発見をし、「やっぱりな！」と全世界に向けて叫ぶのではないかと與次郎やミキは大いに期待したらしいが、残念ながらそうはならなかった。

叔父が八歳のときのことだ。與次郎の教え子たちがわらわらと晩餐《ばんさん》に呼ばれて屋敷にやって来て、そのうちの一人がキカイダーみたいにクラシック・ギターを携《たずさ》えて登場した。しかしその学生は格好ばかりの見栄《みえ》っぱりで、実際はまだ習いはじめたばかか

りだった。それでも何やらふにゃふにゃと頼りなく爪弾《つまび》くのだが、調子っ外れでほとんど曲になっていない。そこに叔父が突然、どたどたと階段を踏み鳴らして二階から駆けおりてきた。そしてその下手くそな学生からギターを引ったくると、宇宙に張りわたされた弦を調律するかのごとく糸巻きを一つひとついじってから、ジャラララーンと居間に立ちこめた靄《もや》が一瞬で晴れわたるような極上の和音を掻き鳴らし、やっぱり「やっぱりな！」と叫んだ。その後、その学生に「兄さん、下手くその罪で、これ、もろとくわ」と誰もがさっぱり言えずにいた血も涙もない感想をきっぱり述べると、没収したギターをちゃっかり抱えて意気揚々と二階に上がっていったという。

かくして叔父は世界地図や地球儀を眺めるだけではなく、ギターを担《かつ》いで世界を渡り歩く孤高の放浪者となったのだ。といっても、単なる国際的フーテンではない。所持品や身なりからうかがえるかぎりでは、大して稼いではいまいと思われるが、「SOSUKE」名義でアルバムを十数枚も出しているし、ほかの音楽家の伴奏なども含めると円盤に刻んだ演奏は夥《おびただ》しい数に上る。実を言えば、私も色気を出して中学高校とフォーク・ギターを齧《かじ》ったのだが、叔父が弾いているのを見ると、何が何やらとにかくもう唖然《あぜん》としてしまって、いつも中島敦の名短編『名人伝』を思い出す。天下一の弓の名人になろうと志を立てた紀昌《きしょう》という男が、何事も極めきってしまうとそうなるものか、最後には弓の名前すら忘れはててしまうという寓話《ぐうわ》だ。若いころはギターを抱いて食卓につき、夜ともなれば寝床を同じうし、もはや手を放しても腹から滑り落ちないほどだったらしいが、去年などはとうとうエア・ギターの世界選手権で優勝してしまった。きっとそのうち、手ぶらで深井家に現れるようになるだろう。そして誰かが、ギターはどないしたん、と訊《き》くと、紀昌とおんなじように首を傾《かし》げるのだ。ギター？　それまだ喰うたことないな。もし與次郎とミキの子供に来世紀まで名を残しうる者がいるとしたら、それはきっと叔父だと私は思っている。

ちなみに、叔父は放浪者のけじめを思ってか独身を通しているが、ネット上に転がっているいくつかの情報を信じるなら、世界各地に六十人ぐらい子供がいるらしい。日本に、アメリカに、メキシコに、フランスに、ブラジルに、韓国に、中国に、サウジアラビアに、イスラエルに、エジプトに、ケニアに、南アフリカに、グルジアに、インドに、シンガポールに、その他諸《もろ》もろの国に。つまり彼らは私の従兄弟たちだ。一人や二人なら本当にいるのかもしれない。しかし私としては六十人のほうに夢を感じる。六十の人生、六十の物語。ある者は幸福になり、ある者は不幸になり、ある者は本を手に多くを学び、ある者は銃を手に人を殺し、ある者は真実を語り、ある者は嘘をつき、ある者は光を浴び、ある者は野垂れ死にし、そして私はどうなるだろう。

恵太郎、君はどうなるだろう。そういえば、叔父はいつか言ったことがある。「何べんでも生まれてきたいなあ。何べん死んでもかまへんから、何べんでも何べんでも生まれてきたいなあ」

それがいちばんいいかもな。

最後は私の母、律子の話をしよう。母は昭和二十三年の一月末、ニューデリーでマハトマ・ガンジーが暗殺された日の翌日に生まれた。そう聞かされつつ育ったのだろうか、母の人品骨柄《じんぴんこつがら》には「非暴力・不服従」という有名なスローガンを思わせる潔癖さと頑《かたく》なさが深ぶかと喰いこんでいるが、かといってガンジーの生まれ変わりだなどと期待させるほどの大器は片鱗《へんりん》も感じられない。無理に器に喩《たと》えるなら、どこか見えにくいところに目盛りがついていそうだから計量カップとでも言っておこうか。

與次郎の日記を読破しても、ほかの三人とは違い、面白おかしく語って聞かせるような逸話が見つからない。ただ赤ん坊のころから真面目《まじめ》できれい好きだったらしく、「律子を抱くと、私の無精髭《ぶしょうひげ》を顎《あご》にカビが生えたとでも思うのか、しきりに引き抜こうとするから痛くてかなわない」とか「律子はまだ九箇月の癖にハイハイして家中の窓の結露を拭《ふ》いて回っている」とか「律子は眼鏡でも何でもすぐに拾ってゴミ箱に放り込んでしまう。今日など私の袖《そで》を引いて幾度もゴミ箱を指差した。私が入れと云《い》うことか。失敬な」などの記述が多く見つかる。やはり少し変かもしれないが、君のお母さんがなんと言おうと、私の母は兄弟の中でもっとも普通だと思う。ただ度を過ぎて生真面目なだけなのだ。そこで名前が悪かったのではないかという説を唱えたのは、名づけ親でもあるはずの與次郎である。

「ひろぼん。ほら、辞書見てみい。『律』っちゅう字を引くとやな、おきて、きまり、法則、そんな意味ばっかし書いてる。名前って大事やろ。ちゃあんと考えてつけんと、そのままの人間になってまうんやな」

しかし與次郎の仮説はすぐさま覆《くつがえ》された。

「ええ、ひろぼんの『博』は、あまねくゆきわたること、知識が広いこと。どや、あまねくゆきわたってるか？」

ま、これからかな。

名前はさておき、真面目すぎる人間はやはりどこかたちが悪い。例えば先日、夜中にふとテレビを点《つ》けたら、見知らぬコント番組をやっていて、こんな場面だった。

会社員の男が職場で同僚にエロＤＶＤを貸した。しかしその同僚はそのＤＶＤを自分の口にぐいぐいと押しこもうとする。

「おいおい、そいつはさすがに喰えねえだろ」

「いや、今のうちに見てしまおうかと思って」

「ほう。口ん中で再生できんのか」

「女房がうるさいもんで」

「だいぶ鍛えられてるな」

　このあと同僚は本当に口にＤＶＤを入れ、そのままトイレに向かう。恐妻家の私は図らずもほろりとしてしまった。というのはめっちゃ嘘で、ベルトをゆるめながらいそいそとトイレに入る同僚の顔がカレーパンマンみたいなのがおかしくて一人で笑ってしまった。

　しかしもし母も一緒にこれを見ていたらどうなったろう。母は間違いなく私に訊いてくるはずだ。「今の、どこが面白いん？」。皮肉ではない。人並以上の好奇心から、子供のように純粋な疑問を口にしただけだ。が、この惨《むご》たらしい台詞《せりふ》はほとんど母の口ぐせでもある。使った食材の素晴らしさについてくどくど説明を受けても料理が美味《おい》しくならないように、ジョークのどこが面白いか説明を受けても面白くはならない。だいいち一度捨てたガムを拾ってふたたびにちゃにちゃ噛《か》むような思いで説明してみたところで、しもねただと知ったらいささか不機嫌にもなるだろう。しかも母はテレビのジョークだけでなく、人が嬉々《きき》として話す滑稽譚《こっけいたん》にもそれをやる。笑い上戸《じょうご》で営業職の長い私なんぞ「この前、面白いことがあってさ――」などと前置きを聞かされただけでもう半分笑ってしまうが、母にそんな社交的スイッチはない。必要に迫られれば愛想笑いができないわけではないのだが、そんなときは、引っぱっちゃいけないひもを引っぱったみたいな、いかにもぎごちない笑顔になるのだ。ちなみにリアリストである母が本当に笑うのは、バースデイ・ケーキの蠟燭《ろうそく》を吹き消そうとした子供の前髪に火がつくとか、お婆《ばあ》さんがくしゃみをして入れ歯が飛び出し、前を歩いていた子供のパーカーのフードに入るとか、そういう現実に起きたアクシデントだけだ。日本じゅうを爆笑の渦に巻きこむ評判のお笑い芸人でも、母と二人きりで二週間監禁されたらNHKのアナウンサーみたいになって出てくるだろう。母はそういう一つ色が欠けたような世界に生きている。

しかし世の中うまくできたもので、母は中学校の国語教師という面白くなくてもほとんど支障のない職業に就《つ》いた。いや、支障はあるかもしれないが、ないと言い張る職業ではあるだろう。さらに二十四のときには、自分とおんなじぐらい面白くない世界に生きている高校の数学教師と結婚した。しかもそんな都合のいい男は実に身近にひそんでいた。かつて屋敷のすぐ真裏に住んでいた私の父、土井《どい》文雄《ふみお》だ。その真裏の家は深井家の貸家だったから、要するに大家と店子《たなこ》の関係だった。父と母は小学校と中学校をおんなじところに通った同学年の幼馴染《おさななじみ》で、りっちゃん、ふみくん、と呼びあい、そのころから深井家にもしばしば出入りしていたそうだ。二人とも恋愛などという享楽《きょうらく》的で気疲れのする行事は似合わないから、二人のあいだに、「前提一、人間の男女は交際する」「前提二、私たちも人間の男女である」「結論、ゆえに私たちは交際する」みたいな三段論法が成立し、さらにそれが結婚にも当てはめられ、所帯を持つに至ったのだろう。あっちのほうも淡泊だったのか、私は一人っ子だ。そういえば、テレビで以前、なかなか交尾しない動物園のパンダにエロビデオ、つまりほかのパンダの交尾の映像を見せて学ばせる、あるいはむらむらさせる？　というような話題を放送していた。それを見て、私はよせばいいのに若き日の父母の合体を想像してしまった。

「ええ、こっちの棒状のものを、ええ、こっちの穴状のものに……ええい、ちくしょう、どの穴だ？」

「あなた、一緒に考えましょう。きっと解決できるわ。私たちだって生まれてきたんですもの」

「ほな一個一個試していくか」

「させるか」

まんざらありえない会話ではない。恵太郎、君のお母さんもいつか言っていた。

「あの二人が話すん聞いとったらいつも思うわ。あれこそ二十二世紀の笑いやで」

ただの悪口かもしれない。

十

與次郎の死について書く前に、與次郎の兄弟たちについてもいくらか語りたい。彼らの生と死について。

深井家の家督は本来、次男の與次郎ではなく、長男の宇一郎が相続するはずだった。宇一郎は牛のように大きく厚く、生まれついてのガキ大将、声もがらがらと太く、酒にもめっぽう強く、多血なようでいて女にも優しく、そこにいるだけで、男とは元来こうあるべきなのかもしれない、自分にはなから何かが足りない、とまわりの男どもの引け目を誘う偉丈夫《いじょうふ》だったらしい。徴兵検査も当然のごとく甲種合格、即入営は免《まぬか》れたものの、のちに赤紙が届き、昭和十三年、騎兵として中国北部に出征した。三年後、厠《かわや》からでも戻ったかのようにけろりとして復員してきたが、戦場で拾ってきたらしい暗い光が目に巣くい、頭蓋《ずがい》の奥からひっそりと笑うような薄気味悪い癖を身につけていたという。北支《ほくし》でのことを人から訊《き》かれると、馬の世話しに行っただけや、といつも答え、気分よく酔って饒舌《じょうぜつ》になったときでも、実際口から出るのは馬の話ばかりだった。幸運にも二度目の召集はなかったが、昭和二十年の暮れ、大東亜戦争が最後に伸ばした手に足首をつかまれたかのように不意に病没した。南方へ出征した與次郎がいまだ帰国を果たせずにいた時分のことだから、私は宇一郎の死については、当時、神田の借家から深井家に疎開《そかい》していたミキから聞いたのだが、これはこれでありふれているとは言いがたい異形の死だ。

昭和二十年の終戦後間もないころ、宇一郎は夜道で野良《のら》犬に脚を噛《か》まれた。人間様さえ空《す》きっ腹を抱えている時代に、野良犬に出くわすというのがまずもって不運だ。その夜、宇一郎はへべれけに酔っていたが、もちろん痩《や》せ犬ごときに力負けする男ではない。怪力にものを言わせた裸絞《はだかじ》めで絶息《ぜっそく》せしめると、その犬の足をむんずとつかみ、町場から何里もずるずると引きずって屋敷に帰ってきたという。そして門前に立って大声で妻のサチを呼びつけると、

「おーい、シナ人は犬喰うんやどう！　おまえも喰うかァ！」

と声を張りあげ、湿った土鈴《どれい》のようにからからと笑ったそうだ。その話をミキから聞いたとき、私は夜道を黒ぐろと途切れなく濡《ぬ》らす狂犬の血を思い浮かべた。もちろんその先には、おのれの月影を死人の髪のようにひたひたと伸ばし、暗い目でひっそりと笑う巨軀《きょく》の宇一郎が立っているのだった。

三カ月後、狂犬の唾液《だえき》がじわじわと脳まで登りつめると、宇一郎はにわかに唾《つば》を吐き散らし、壁を拳骨《げんこつ》と頭突きでぶち抜いては土くずを喰らい、刺突訓練がどうとかシナの娘がどうとかしきりにわめきはじめた。そして病院に放りこまれ、帯革で寝台に括《くく》りつけられたのだ。しかしその晩、宇一郎は人のものとも思えぬ怪力で束縛を引きちぎり、病院の二階の窓からためらいもなく飛びおりると、闇夜に溶けいるように姿をくらました。やがて夜も更《ふ》けると、病院の近辺では、夜空を鈍く嚙み裂くような不気味な遠吠《とおぼ》えがしきりに聞かれ、さらにそれに答えるような無数の甲高い遠吠えが北の山のほうから押しよせてき、山犬の群れが下りてきたと誰もが恐れをなして深ぶかと布団《ふとん》をかぶったという。

二週間ほどのちのこと、病院からほど近い丘の上に立つ巨大な化け傘のような松の上で、赤黒い太い枝に樹《き》の瘤《こぶ》のようにがっしりと取り憑《つ》いたまま絶命した宇一郎の姿が発見された。土や枝葉にまみれ果てて半ば獣と化した無惨《むざん》な姿はもはや人間とは見えなかったが、その胡桃《くるみ》のような巨大な出臍《でべそ》は隠れようもなく存在を主張し、それを目にした妻のサチは、間違いなく自分の夫であると涙ながらに認め、胃を裏返さんばかりに嘔吐《おうと》をくりかえしたのだった。しかし狂犬の呪《のろ》いは宇一郎だけでは飢えを満たされなかった。サチの腹の中には半年ほどにもなる初子《ういご》がいたのだが、宇一郎の死から二カ月後、夫からうつされたのだとしか考えられないおんなじような症状で病院に担《かつ》ぎこまれ、やはり錯乱死したのだ。

しかし若くして亡《な》くなったのは長兄夫妻だけではない。與次郎は六人兄弟だった。三男の忠直《ただなお》は生まれてすぐに腫《は》れぼったい目で世界を見まわすと、見当違いのところに出てきたとでも言うようにそのまま目を閉じて死んだ。末っ子で四男の秀典《ひでのり》は戦争へ行ったきり帰らなかった。與次郎は秀典が、死んだ、とは言わなかった。

秀典は京都帝大で天文学を学んだ夢見がちな神童で、目を潤《うる》ませてコロコロと笑うさまが誰からも愛されたが、時代の趨勢《すうせい》に愛国心と功名心を煽《あお》られて頭が沸き立ち、海軍予備学生に志願した。そして半年繰りあげで大学を卒業後、土浦《つちうら》で訓練を受け、薄命色に輝く白マフラーを首に巻いた飛行機乗りになる。

予備学生志願の意志が発表されたとき、深井家は騒然となった。秀典を溺愛《できあい》していた志津が誰よりも慌《あわ》てた。ファンだった与謝野晶子の「君死にたまふことなかれ」を

「あ、わが子よ、君を泣く」などと勝手に書き換え、京都で暮らす秀典に書き送ったという。そして秀典を思いとどまらせるため、兄弟でもっとも反りが合い、博学で弁も立つ與次郎が急遽《きゅうきょ》、東京から呼びもどされた。與次郎は弟と膝《ひざ》を突きあわせ、秀典が好きだった夏目漱石の『三四郎』の話を持ち出した。

「汽車ん中で広田先生が三四郎に言うとったやろ。熊本より東京は広い。東京より日本は広い。日本より頭ん中のほうが広いやろって。しかも、頭ん中よりおまえの勉強しとる宇宙のほうが広いんちゃうか？」

と道みち練りこんできた歯の浮くような決め台詞《ぜりふ》を放ったが、秀典は與次郎と広田先生がおんなじ肥溜《こえだ》めにはまったかのように鼻で笑った。畢竟《ひっきょう》するに、日本は頭の中より広いし、今ここに生きる日本人にとっては宇宙よりも広いのだ、と秀典は言った。人間とは一つきりの限られた命を生きるしかない儚《はかな》い存在であり、死について考えつくすことができないように宇宙についても考えつくせないし、だからせめて日本人であることについて考えるのだ、と前言と矛盾するような哲学的なことも言った。與次郎は秀典が醸《かも》し出す異質な空気に呑《の》まれて言葉を失い、どうあれ弟は子供であることをやめたのだと思った。そしてみずからもまた、真珠湾攻撃成功の報にふれたとき、大陸を漫然とうろつくよりは米国相手に喧嘩《けんか》を売るほうが、黒船以来の雪辱を晴らすという意味で、まだしも大義があると胸がすくように感じたことも思い起こされてきたのだった。

その最期《さいご》は天文学者を目指した秀典にふさわしかった、と與次郎は言う。昭和二十年三月下旬、爆装した零戦《ゼロせん》に搭乗した秀典は、黄昏《たそがれ》どきの大東諸島沖で戦友たちが敵艦の対空砲火や敵機に次つぎと羽虫のように落とされていくのを横目に、散るならいっそ高みへこそとイカロスさながらにぐんぐんと高度を上げ、青みと美しさを増してゆく銀河に帰ってゆくかのように行方知れずになった。與次郎が言うには、秀典は青年のままのつるつるした額を風防に押しつけ、人間が愛《いと》しい、宇宙も愛しい、とつぶやきながら、人類のいっさいの営みを最後の最後まで見届けてから死ぬために、いまだに地球のまわりを回っているそうだ。このお伽話《とぎばなし》が仮に事実だとすれば、秀典は結局、何を裏切り、何を裏切らなかったことになるのだろう。

しかしこの逸話の一から十までが與次郎の手による子供だましのこしらえ事とばかりも言いきれない。なぜなら、秀典は戦地にあってこまめに日記を書き残していて、その中に次のようなくだりがあるからだ。


幾度でも頭《こうべ》を垂れ、幾度でも己《おの》が肉体を見よ。これを形作りたるは祖国の土、祖国の水。肺腑《はいふ》に満ちるは祖国の風。一息一息が祖国の言葉。故《ゆえ》に我等は皆、祖国の木より削り出された、一山幾らの将棋の駒《こま》。然《しか》れど、成るに成れぬ歩《ふ》等の沈黙は轟々《ごうごう》と逆巻く。この戦争に勝てぬ事は火を見るより明らかであるが、伝え聞く処《ところ》によると、我等の使命は最早《もはや》敵艦を沈める事にはなく、唯《ただ》死ぬ事にのみあるらしい。皇土より捻《ひね》り出されたこの身を唯祖国へ帰す事にのみあるらしい。悠久の大義に生きるその背中を見せる事にのみあるらしい。良し。それのみが証明であるならば死にもしよう。唯それのみが確かな証明であるならば。

然し、私は最後の最後にもっと大きなものになりたいのだ。何も彼《か》もをこの腕に抱き尽くす程に大きなものになりたいのだ。にも拘《かか》わらず、この身の小ささが故に私はどうにも大きくなれぬ。ここに立ち、ここより見渡し得るものしか目に入らぬが故に私はどうにも大きくなれぬ。大ならん大ならんと気息を総身に溜め込むが、吐息と共に又《また》縮み返る事を避けられぬ。大きくなるには、日本をも米国をも含む一切を、一望の下に見納める程の更なる更なる高みへと昇らねばならぬのだろう。然し、念願の高みへ至るも、私はきっと、神州の地に根を生やしたままの、もう一つの己の硬く小さく凝《こご》った姿を、まざまざと見出《みいだ》さずにはいまい。そして、見下ろす私と見上げる私とは、歪《ゆが》んだ鏡像の如《ごと》く軽侮《けいぶ》と憎悪《ぞうお》とをそれぞれの双眸《そうぼう》に宿しつつ、凝然と睨《にら》み合うであろう。我が霊魂は生きながら引き裂かれ、引き裂かれたまま蒼《そう》穹《きゅう》に散る定めにある。そして、片や海の藻《も》屑《くず》となって祖国の海を富ましめ、片や天の塵《ちり》となって未来永劫《えいごう》、地球を巡る筈《はず》である。返す返すも與次兄《にい》の説得の言は、半ば以上私自身の切なる願いであった。

秀典はこれを記した翌日、九州の基地を飛び立って帰らず、亡き数に入った。大叔父が実際にどのような最期を迎えたかは、その気になって調べれば分かるのかもしれないが、私が時おり思い浮かべるのは、やはり海の藻屑となって魚介に喰らわれる死体ではなく、子供の時分に與次郎から聞かされた、地球を回りつづける永遠の青年の姿だ。

さて、與次郎には妹も二人いた。白黒の古い家族写真の中で、包丁のようにひやりと冷たい器量を光らせるのが長女の登美子《とみこ》だ。彼女は遠縁にあたる神戸の農家に嫁ぎ、息子一人と娘二人を産んだが、終戦の四日前、病床で胸のふたでも飛んだようにごぼりと夥《おびただ》しい血を吐いた。畳の上に掬《すく》いもどしようもなく広がった鮮血に、何か死すら影を落とせないほどの滑稽《こっけい》な形を認めたのか、ふっと白く薄く頬笑んでから絶命したそうだ。

与次郎が眼鏡を外して髪を結ったような見目の次女の多恵子《たえこ》は岡山の豪農に嫁いだ。ぽこぽこと九人の子を産み育て、孫やら曾孫《ひまご》やらも家に出入りして長いあいだ賑《にぎ》やかに暮らし、きょうだいでただ一人まだ存命だ。が、しかし人生は終《しま》いまで気が抜けない。数年前に旦那《だんな》が病没してからみるみる惚《ぼ》けがあらわになって誰が誰やら分からなくなり、ついには精神科病院の老人病棟に入ることになってしまった。まともに言葉も話せなくなった今では、おむつを当てたまま床暖房つきの回廊を終日ぐるぐる徘徊《はいかい》し、疲れればその場にくずおれて眠るし、目を覚ますとまた立ってちょんちょんと歩きはじめるらしい。

最後になるが、与次郎本人はどのような子供だったろう。自慢と自虐《じぎゃく》の両極をこよなく愛する与次郎がいけしゃあしゃあと述べたてるその回顧談は、娑婆《しゃば》に放《ひ》り出される以前に志津の腹中で羊水をちびちびやりながらほろ酔い機嫌で思案に耽《ふけ》っていた、という神話的くだりから始まる。

与次郎を温かく包んでいたその赤暗い原初の海には、人に求められる種々雑多な長所美徳がふうわりふうわりと海月《くらげ》のように漂っていたらしいが、度胸やら膂力《りょりょく》やら貫禄《かんろく》やらは兄の宇一郎が真っ先に持って出たと見えて残りに乏しい。落ち着きや堪え性《こらしょう》は次に生まれるはずの登美子が要ると言いそうだ。天真爛漫《てんしんらんまん》さや甲斐甲斐《かいがい》しさは次女の多恵子が欲しがることだろう。聡明《そうめい》さと素直さは末っ子の秀典が取ればいい。という具合に、人好きのする性質はそっくりきょうだいたちにくれてやった、この上なく気前のいい赤ん坊であったという。

では、無欲な與次郎は残り物の山からどんな福を拾いあげて濁世《じょくせ》に這《は》い出てきたかと言うと、一に右わきに悪知恵を抱えていた。二に左わきに図太さを抱えていた。三に股《また》ぐらに逃げ足を挟んでいた。そしてもちろん四に大きな口に饒舌と法螺《ほら》話をくわえていた。

というわけで、それら二流三流のしがない特質を存分に駆使して、いつでもどこでも小鰻《こうなぎ》のようにぬるぬると嫌らしく立ちまわる子供であったという。そんな次男に業《ごう》を煮やし、正太郎はおのれの怠惰と気まぐれをすべて棚に上げて、「巧言令色鮮《こうげんれいしょくすくな》し仁！」などと叫び、たびたび諌《いさ》めてきたらしいが、與次郎も與次郎で、「いやあ、お父はんは運がええ。なんにでも例外があると言うことで、両雄並び立つと言うか、無理を通したら一緒に道理も通ってもたと言うか、剣に生きても畳の上で死ねると言うか、能ある鷹《たか》も爪を剝《む》き出しと言うか、犬も歩けば棒をかわすと言うか、つまりわいは、言うなれば、巧言令色でしかもめっぽう仁なんです。なぜと言うと、『仁』という字をつらつら眺めみるに、『人』に『二』と書く。つまりわいは二番目の子ォやから、ただそれだけで仁であることが明らかで、あれをやっても仁、これをやっても仁、何をやっても仁、ああ、たまには仁やないこともしてみたい――」などと心に濡れ砂が積もるような屁理屈《へりくつ》を滔々《とうとう》と捲《まく》したてるものだから、中学校に上がるころには下手に四つに組んだりすると甚《はなは》だ面倒くさい餓鬼だとして、はあはあひいひいふんふんへえへえほうほうと「は」行の相槌《あいづち》を巧《たく》みに使い分けてたいていの話を聞き流されるようになっていたそうだ。

が、いつもいつもこんな調子だったわけではないらしい。見るもの聞くもの余すところなく揚げ足を取るために、子供の時分からすでに知識に対する激しい飢えに悩まされていた與次郎は、やはりなるべくしてなった本の虫だった。いったん興味をそそられると容易にその本を手放せず、朝昼晩の食事どきも股ぐらに置いてぺらぺらめくり、二宮尊徳のごとく学校の行き帰りまで読みふけってあちらの樹にでこを打ち、こちらで糞《くそ》を踏み、そちらでドブにはまり、眠りに就《つ》くときも臨終したかのごとく顔の上に開いたまま置いて、夢の中でも読むつもりで眠りに落ちた。そして中学のころにはもう、いつか人間の営みのいっさいを解き明かす巨大な理論を構築したいという抜《ばっ》山蓋世《ざんがいせい》たる野望を胸中に育てはじめていたのだ。

しかしそれがあまりにも凡庸であまりにも満たしえない欲望であると気づくのにそ

う時間はかからなかった。長じて、莫大《ばくだい》な蔵書を抱える大学の図書館に足を踏みいれるようになると、與次郎はいつも武者震いをするほどの歓喜に包まれたものだったが、だんだんとそこに冷たい諦念《ていねん》の兆《きざ》しが忍びこんでくるようになったのだ。そしてついには、万巻の書物を前にして、途方に暮れる、という心境こそが短命無力な人間として本来的な姿勢であり、その姿勢こそ世界に対する礼儀ではないかとすら思うようになったのである。しかし與次郎曰《いわ》く、

「おい、ひろぼん。本いうんはな、読めば読むほど知らんことが増えていくんや。どいつもこいつもおのれの脳味噌《のうみそ》を肥やそう思て知識を喰らうんやろうけど、ほんまは書物のほうが人間の脳味噌を喰らうんや。いや、脳味噌だけやないで。魂ごと喰らうんや。せやから言うてな、わしみたいにここまで来てまうと、もう読むのをやめるわけにいかん。マグロと一緒や。ひろぼん、知ってるか。マグロは泳ぐんやめたらな、息できんようなって死んでまうんやで。せやから、わしみたいな学者も字ィ読むんやめたらなあ、ううっ、胸が苦しい……ひろぼん、そこの本取ってくれ。せや、その本や。早うわしに字ィ読ましてくれ！　頼む！　早う！　ええい、わしを殺す気か！」

というわけで、結局、與次郎は書物と喰いつ喰われつの果てしない格闘を生涯にわたって継続することを選択した。途方に暮れたまま勉学を続け、知はもはや世界をね

じ伏せる道具ではなくなり、学ぶこと、学びうること、それ自体がいつしか喜びとなったのだ。

十一

調べてみると、昭和六十一年の六月二十三日は月曜日だ。あの日、與次郎は熊本にいた。かつての教え子である竹本徹治《てつじ》氏に頼まれ、熊本市内にある熊本学院大学という私立大学で講演をおこなったのだ。地方で講演をするとなると、ミキを伴ってついでにそこらを観光するというのがおしどり夫婦らしい習わしだったが、数日前にミキが掃除機のホースを踏んづけて転倒し左の足首を痛めたせいで、急遽《きゅうきょ》、與次郎の淋《さび》しい一人旅となった。ミキはステッキを突き突き屋敷の前まで出てゆくと、よもや今生《こんじょう》の別れになるとも知らず、その背中をいつもの笑顔で見送ったのだ。

さて、相方はいなくとも、そこは口から先に生まれた與次郎のこと、一人でも充分に仕事を楽しんだ。例によってロイド眼鏡に安っぽい吊《つる》しの背広、わざと直さずにいる寝ぐせを大袈裟《おおげさ》に掻《か》きむしりながら、予定時間を当たり前のように超えてじゃんじゃんばりばりとしゃべりにしゃべり、熊本にゆかりの深い夏目漱石に因《ちな》んだ「吾輩《わがはい》の妻は寝こんでいる」などという駄洒落《だじゃれ》も交えて大いに会場を沸かせ、至極ご満悦の体《てい》だったという。そして講演をマハトマ・ガンジーの次の言葉で締めくくった。

「明日死ぬかのように生きよ。永遠に生きるがごとく学べ」

いかにも知の亡者《もうじゃ》である與次郎らしい選択で、もし與次郎の人生を一行で表せと言われれば、私はこの言葉を選びたいぐらいだ。しかし今にして思えば、むしろひやりと恐ろしい言葉である。與次郎にはその明日すらなかったのだから。

折しも梅雨のまっただ中、講演を終えて大講堂を出ると、與次郎の前に篠突《しの》く雨が分厚く立ちはだかった。與次郎は遠い目で竹本氏に言ったという。

「竹本君。こらまた、どえらい雨やな。阿蘇山がまったく見えんようなってるで」

「先生。そっちじゃありません。阿蘇山は後ろで……」

「あ、そう」

これが竹本氏が聞いた、與次郎の最後の駄洒落だった。しかしその駄洒落はもうその日だけで四回目ぐらいで、律儀《りちぎ》な竹本氏もさすがにちょっと面倒くさくなっていたから、ただなんとなくへへと苦笑いするだけで聞き流してしまったという。このとき午後三時四〇分。與次郎の死まで四時間を切っている。

さて、どこから書きはじめたものか悩みに悩んだが、一本の電話から始めたい。ミキからうちに電話がかかってきたのは、おそらく晩の七時半ごろだったろう。私たち家族はちょうど晩ご飯の最中で、呑《の》みこみきれない口を手で押さえながら受話器を取ったのはいつものように母だった。ミキは電話に出たのが誰かも確認しなかった。母の記憶によれば、ミキはとにかく慌《あわ》てふためいた様子で開口一番こう叫んだという。

「律子ォ、お父はんの本が、書斎の本が、みんな飛んでいってしもた！」

母が眉をひそめ、

「お母はん、どないしたん？　お父はん、おらんの？」

と大声を出したので、ミキからだと私にも知れた。何かが起きたらしい母の鋭い声音にすっと緊張したのを憶《おぼ》えている。ミキは舌をしきりにつんのめらせながら要領を得ないことを捲《まく》したてたが、骨子はどうやら次のようなことらしかった。

事件が発生したのは、ちょうど厚ぼったい雲の向こうで日が没し、昼が夜へと世界を引きわたす神秘的な時刻だったはずだ。ミキはちっとも寝こんでおらず、いつものようにアトリエとなっている離れに籠《こ》もり、熱心に描きかけの油絵に筆を入れていたという。そこに突然、母屋《おもや》のほうから、がしゃがしゃん、とガラスの割れる音が聞こえてき、ミキは思わず椅子《いす》の上でびくりと尻を浮かせた。しかも一枚だけではなく、立てつづけに何枚も窓を破られたような剣呑《けんのん》な音だ。すわ泥棒か、と気が動転したミキは、右手にパレットナイフをつかみ、左手にはステッキを握り、雨の降りしきる庭に飛び出した。そこでそれを目にした。

　恵太郎、それが何か、君にはもう分かっているだろう。そう、幻書だ。二階の角部屋である與次郎の書斎の窓が、ガラスどころか建具《たてぐ》の桟ごと外へ向けてへし折られて破損し、そこから、どどどどど、という天から落ちる大瀑布《だいばくふ》のごとき物凄《ものすさ》まじい轟《ごう》音《おん》をあたりに鳴り響かせながら、夥《おびただ》しい幻書が片時も途絶えることなく吐き出されてくる光景を、ミキは目撃した。壊れた窓から溢《あふ》れ出てくる幻書の群れは、地獄の蚊柱といったふうに暗灰色《あんかいしょく》の空へ細く長く高く黒く立ちのぼると、千年も昔から定められていた目的地へと向かうかのごとく雨中を一心不乱に飛び去ってゆく。

　ミキは呆気《あっけ》に取られ、その場に立ちつくした。一瞬、鳥かと考えたが、もちろん與次郎は書斎に鳥など飼っていない。たまに中を覗《のぞ》いても、ほかの部屋と同様に天井まで壁をおおいつくす本棚があるばかりだ。あまりの素早さにしばし目が追いつかなかったが、だんだんとミキにも見えてきた。それの正体はやはり書物だった。無数の書物がページを開いて羽ばたき、鳥の真似事《まねごと》をして飛んでゆくのだ。想像するに、書斎に収められていた幻書は一万冊を下るまい。そのすべてが外へ飛び去ってしまうまでに、早くとも数分はかかったのではなかろうか。

静けさが戻ると、ミキは勇気を奮い起こして二階に上がった。そしてそろそろと書斎の扉を開けると、恐る恐る隙間《すきま》から手を突っこみ、電気を点《つ》けた。果たして、書斎はもぬけの殻だった。がらんとした廃墟《はいきょ》だった。壁をおおっていた本棚は上から下まですっかり空っぽ、まるで五臓六腑《ごぞうろっぷ》をそっくり抜き出されたかのごとく一冊の本も残されていなかった。窓は木枠だけを残して書物の群れに完全にぶち抜かれ、歯という歯がみんな抜けたようにぽっかりと口を開けていた。書物を陽射《ひざ》しから守っていた黒いカーテンもずたずたに引き裂かれ、死んだ女の髪のようにレールからだらりとぶら下がり、雨を伴って吹きこむ風にかちゃかちゃと揺れていた。あるものと言えば、與次郎愛用の大きい古いマホガニーの机と茶色い革張りの椅子だけだった。ミキはその光景を見て、部屋が死んだ、と思ったという。そして、あるじである與次郎もまた死んだ、と。ミキの勘は間違っていなかった。與次郎はそのとき、遠い熊本の地で確かに死んだのだ。

與次郎が乗ったのは、熊本発・伊丹行最終の大日空66便である。18時30分の離陸予定だったが、定刻から八分遅れで熊本空港を飛び立った。機種はピアソンY10SR。当時、世界じゅうでしばしば事故を起こしていた、甚《はなは》だ評判の悪い旅客機だ。座席数は百四十五で、その便の乗客数は八十五人。そこに機長と副操縦士と機関士、四人の客室乗務員を合わせて、合計で九十二人の人間が乗っていた。與次郎の座席は最後列、右舷《うげん》の三列シートの窓側だった。学校の教室でもバスでもいちばん後ろの席から全体を見わたすのが好きだという人間がいるが、まさに與次郎がそれであり、その血を受け継いだのか、私もまたそうだ。

ところで、與次郎は最後列とおんなじぐらい窓ぎわをも好むのだが、結局そこには座らなかった。隣席に移ったのだ。窓ぎわよりもやっぱり子供が好きなのか、自分の席を近くにいた小学生の女の子に譲ったのである。このちょっとした親切が運命を分けたのかもしれないが、確かなことは誰にも言えない。大人と子供では体格が違うからだ。

もともと與次郎の隣とその向こうもまた空席だった。つまり三列シートの窓側に一人で座っていたのだ。しかし通路を挟んで左舷側の三列シートに三人の家族連れが座った。母親と娘とその弟だった。そして、いかにもありがちな話だが、搭乗してすぐに姉弟で席の取りあいが始まった。しかし結局、母親が「あんた、お姉ちゃんなんやから」と姉を説得し、弟が念願の窓側を獲得することになったのだ。弟は大満足で窓にぐいぐいと鼻面《はなづら》を押しつけ、一方、姉は完全にふて腐れて通路側の座席にずぶずぶと沈みこまんばかりだった。そこで珍しく大人げのあるところを発揮した與次郎が「嬢ちゃん、こっちに座るか」と女の子に声をかけたのだ。女の子の顔はさぞや輝いたことだろう。

ところで、遺憾ながら母親は亡《な》くなるが、姉弟のほうはこの事故のたった二人の生存者となるので、ここで紹介しておこう。九歳の姉の名は伊藤早苗《さなえ》ちゃんという。大阪市の小学校に通う四年生だった。五歳の弟は伊藤浩平《こうへい》君という。まだ幼稚園に通っていた。熊本の病院で長らく病に臥《ふ》していた、二人の母方の祖母が亡くなり、家族はその葬儀の帰りだった。父親はたまたま仕事で海外に出張しており、葬儀には出られなかった。おかげで事故に遭《あ》わずにすんだのだ。

早苗ちゃんは席を譲ってもらうとき、與次郎の顔をまじまじと見つめ、

「おっちゃんのこと知ってるで。テレビで見た」と言った。

與次郎は当時、半分バラエティのようなゆるゆるの情報番組にコメンテイターとしてしばしば出演し、いつもどおりの不謹慎なことを言ってはスタジオとお茶の間を沸

かせていた。それで見知っていたらしい。

「そやろ。ついこないだ銀行強盗して、今、警察から逃げまわってるとこやからな。そらテレビにも出るわ」と與次郎。

「嘘や。大学の先生とか言うとったで」

「最近は大学の先生いうても、色いろ悪いことするからな。今日はわしと一緒にハイジャックでもして、ハワイに行くか？」

「スチュワーデスさあん！　ここにすごく悪い人が——」

「冗談や、冗談！　嬢ちゃんには敵《かな》わんな、ほんま。ほら、飴《あめ》ちゃんいるか？　毒入りやけど」

「スチュワーデスさあん！　ここにすごく毒どくしい人が——」

「冗談や、冗談！　嬢ちゃんには敵わんな、ほんま。ところでな、わしの好みは向こうのスチュワーデスさんやから、どうしても呼ぶんやったら向こうの人にしてくれんか」

「スチュワーデスさあん！　ここにすごくエロい人が——」

「違う違う！　もっと向こうの人や！」

離陸から墜落までの進みゆきを與次郎が書き残してくれていたら助かったのだが、

さすがの書きたがりでもそこまで執念深くはあるまい。その代わり、私の手元には一冊の本がある。奥田実というジャーナリストが書いた『鬼烏帽子《おにえぼし》に降る雨——大日空66便墜落事故の謎』というノンフィクションだ。それによれば、離陸からわずか十四分後、高度七一〇〇メートルで、どばーん、という大きな爆発音が機内に響きわたり、その衝撃で機体がぐらりとよろめいたという。パイロットは計器の表示を見て、すぐさま垂直尾翼の根元についている二番エンジンが停止したことに気づいた。そしてほどなく、油圧系統がいっさい効かなくなったことも判明した。つまり、舵《かじ》やフラップなどの可動部分を動かせなくなり、事実上の操縦不能に陥ったのだ。コクピットは色めきたった。そのあたりの緊迫したやりとりはボイス・レコーダーにすべて残されていて、『鬼烏帽子に降る雨』にも全文が書き起こされているが、専門用語が多くて煩《はん》雑《ざつ》になるし、客室にいた與次郎に何が起こったかが明らかになるわけでもないので、紹介はしない。事故原因については、玉石混淆《ぎょくせきこんこう》のさまざまな憶測がなされ、何冊もの関連本が出版されたが、運輸省の事故調査委員会による調査ののち、二番エンジンの整備が不適切だったとの報告書が提出されているから、ここではそれを素直に信用することとしたい。それによると、ファンを取りつけているディスクに亀裂《きれつ》があったのを発見できず、破損して内部を跳ねまわった破片によってエンジンが爆発を起こし、それと同時にオイルが通るパイプが破断して油圧系統が完全に使用不能になり、ついでに垂直尾翼の一部も吹き飛んだ、ということらしい。

　さて、最後列に座っていた與次郎たちは、すぐ背後にエンジンの爆発音を聞いたはずだ。のみならず、その衝撃にどんと背中を押されたかもしれない。その瞬間までは隣の女の子相手に軽口を叩きまくっていただろう與次郎も、さすがにさっと表情を凍りつかせたに違いない。想像するだに恐ろしい。祈るしかない、とはまさにこのことだ。いや、私たち日本人の場合、祈ることすらしないのかもしれない。ただ剝《む》き出しの人間となって、座席にしがみつくだけなのかもしれない。そこにはもう、どんな約束も存在しない。世界とはああであるとか、人生とはこうであるとか、かつて得々と語ったかもしれないそんな華美な舞台衣装のごとき信条信仰はもう一瞬で引きはがされ、ただ一人の赤裸の人間として、薄い皮膚一枚で全世界と接する脆弱《ぜいじゃく》な存在として、死の前に投げ出されている。死は人間を見おろし、傲然《ごうぜん》と問うだろう。何が大事なんだ、と。お前は間もなく死ぬが、それでもなお大事なものはあるか、と。

　激しい揺れと戦いながら、多くの乗客が家族に向けて遺書をしたためたという。與次郎もまた黒い手帳を取り出して何事かを書きつけた、と早苗ちゃんは証言している。それはミキへの短いメッセージだったが、ちゃんと與次郎の上着のポケットから発見されている。早苗ちゃんは、この人は遺書を書いたのだ、とすぐに気づき、與次郎の顔を見あげた。與次郎は強張《こわば》った表情を無理にゆるませ、言った。

「昔むかしあるところに、お爺《じい》さんとお婆《ばあ》さんがおりました、とそう書いたんや」

早苗ちゃんは泣きそうになりながら訊《き》いた。「ほんで？」

「ほんで？　そやな。……お爺さんはある日、本が鳥のように空を飛んでいるのを見つけたので、飛びあがって上手に捕まえました」

「うん」

「ええ、ほんで……本がことのほか好きだったお爺さんは、たいへん喜び、いいことを思いつきました。この空飛ぶ本をたくさん集めて……」

大日空66便は、機首をすりこぎのように上下左右に複雑に揺らしながらも、右翼の補助翼の一部が上がったまま固定されてしまったために、大きく右旋回を始めた。機長は始め、左右のエンジンの出力をコントロールして直近の大分空港に降りようかと考えた。が、着陸要求は承認されても、やはり左旋回が利《き》かない。それどころか、機体がさらに不安定になる。仕方なく右旋回するにまかせ、大きく回って熊本空港に戻ることに一縷《いちる》の希望をつなぐ。しかし時間が経《た》つに連れて機体の揺れはますます激しくなり、操縦はさらに困難の度を増して、徐々にそれも望めない悲劇的な状況に陥ってゆく。そしていよいよ、大日空66便は機長の意図に反して、熊本県の南部に広がる山岳地帯の上空に踏みこんでゆくのだ。このころにはもう與次郎もまったく口を利かなくなっていたという。胃袋が口から飛び出るほどにがくんがくんと幾度も高度を急激に下げ、さすがにそれどころではなかったのだろう。

大日空66便が福岡管制部のレーダーからも自衛隊のレーダーからも姿を消し、熊本県南東部の鬼烏帽子岳の山腹に墜落したのは、第二エンジンの爆発から二十九分後のことだった。『鬼烏帽子に降る雨』に「〝墜落〟というより〝激突〟である」と書かれているのは、時速四〇〇キロもの猛烈な速度で頭から山肌に突っこんでいったからだ。鬼烏帽子岳は熊本県南東部の鬼球磨《おにくま》村にあり、地元では昔から「おにぼっさん」と呼ばれて親しまれている山である。標高は一四六三・八メートル、早春には福寿草、初夏には山芍薬《やましゃくやく》などが花開き、天気のいい日には登山客も多い。19時21分頃、大日空66便はその鬼烏帽子岳の北東斜面の人工林に機体を右にひねって激突し、植林された杉を広範囲にわたってなぎ倒しながら乗客や破片をあたりに撒《ま》き散らした。

そして間もなく、遠く離れた大阪の地において、與次郎の書斎から夥しい幻書が溢れ出した、ということになるのだろう。それらは象牙《ぞうげ》の蔵書印によって與次郎と「契約」を交わした幻書たちのはずだから、本来ならなんの変哲もない書物であるかのように粛々と本棚に収まっているべきだった。にもかかわらず、牢獄の扉がいっせいに開放されたかのごとく一冊残らず逃げ去ってしまった。「甲・深井與次郎が死亡したる時、乙・幻書は直《ただ》ちに束縛から解放され云々《うんぬん》」などという文言が蔵書印を押す瞬間に両者のあいだを往来したとは思わないが、もはや與次郎の言葉に従う理由もないと幻書たちは判断したのだろう、天翔《あまかけ》る象の呼びかけに応《こた》え、はるか南方の楽園、ボルネオ島へ向けて飛び立ってしまったのだ。と当時の私は一人合点した。今になって言えることだが、その想像は半分は当たっていて、半分は間違っていた。それについては後述するつもりだ。

さて、テレビにニュース速報が出たのは19時45分ごろである。ピピピ、ピピピ、という音のあとに、

「午後7時15分から25分にかけて、熊本発大阪行きの大日空66便がレーダーから消え、捜索を開始した」

というようなテロップが画面に流れるのを、私もこの目でしかと見ていた。「レーダーから消えた」という表現が具体的に何を意味するのか、本来なら分からなかっただろう。しかしそのときにはもう、ミキからの電話で與次郎が熊本からの飛行機に乗っているはずだと知っていた。そして、たくさんの本が二階の書斎から飛んでいった、

とミキは言ったのだ。ほかの誰が知らなくとも、私だけは確かに知っていた。それが、、、與次郎の幻書たちであることを。

私は冷凍庫でも開けたみたいにすうっと頭が冷たくなって、心臓が一歩前に踏み出したかのように激しく動悸《どうき》がし、めまいまで感じた。椅子に座っていなかったら、ふらついて床にへたりこんだかもしれない。いや、へたりこんだところでいっこうに構わなかったろう。誰も私を見てはいなかった。テロップを見たとき、私は家で一人きりだった。ミキからの電話を切ったすぐあとに、ミキを案じた父母は車で深井家の屋敷に向かっていた。父は夜遅くに帰ってきたが、母はそのまましばらく帰らなかった。ミキとともに伊丹空港のそばのホテルに宿泊し、翌日、朝一番の便で熊本へ飛んだのだ。

鬼烏帽子岳の墜落現場は、墜落から約七時間半後、翌二十四日の午前2時45分ごろになってようやく熊本県警のヘリコプターによって発見された。現場に広がった地獄絵について、そして九十人分の遺体の凄惨《せいさん》さについて、私はさまざまな資料を駆使して事細かに描写することもできるだろう。地面に人体のどの部分がどういうふうに転がっていて、なぎ倒された樹《き》に何がどういう具合にぶら下がっていて、どんな凄まじいにおいがあたりに立ちこめていて、などなどそのたぐいの話だ。同様に、現場で発見された遺体がどこの体育館にどのようにして搬送され、遺族によってどのように確認されたかについて微に入り細を穿《うが》って記すこともできるだろう。しかしこの手記にとってそんな凄絶な描写は必要不可欠なものではないし、君がそれを読みたがるとも思えない。いや、恵太郎、君だけではなく、人間というものは世界の底の底を流れる暗流を正視できるような強い存在ではそもそもないと私は思う。よしんばその世界のはらわたをまじまじと見つめられるようになったとしても、そのときにはもうすでに、その人間は半歩そちら側に立っているのであり、そこから無傷で戻ってくることはできないのだ。

しかし酸鼻を極めた事故現場にあって、與次郎の遺体は群を抜いて損傷程度が軽く、綺麗《きれい》なものだった。もし幸運な死体などというものが存在するとすれば、與次郎の死体はまさしくそれだった。左腕と左の鎖骨、そして肋骨《ろっこつ》を数本骨折し、内臓もかなり損傷していたと思われるが、全体的に外傷が少なく、指一本欠けるところがなかった。いわゆる完全遺体だ。実際のところ、そのような遺体は数体しかなく、すべて後方の座席に座っていた乗客のものばかりだった。それに含まれるのが與次郎のものであり、姉弟の母親である伊藤晴美《はるみ》さんのものだった。

昼間から降りつづいていた雨がやみ、東の空が白みはじめたころ、早苗ちゃんと浩平君は與次郎と母親の遺体のすぐそばで発見された。それはマスコミ各社によって「奇跡の2人生存確認!」「生存者発見、奇跡の生還!」などと大々的に報じられ、どの新聞を手に取っても、どのニュース番組を見ても、まず「奇跡」の二文字が目に飛びこんできた。ある航空評論家が「このような高山に非常な高速で墜落し、生き残った例はほとんど聞かない」と驚愕《きょうがく》とともにコメントしたように、一人の生存者もいまいという絶望的な先入観が大方の人間の頭に巣くっていたのだ。

しかし、絶望的であるどころか、発見されたときの二人は意識も明瞭《めいりょう》であり、熊本県警のレスキュー隊員に対してしっかりと受け答えができた。土まみれの姿で寒さに唇をわななかせてはいたものの、打撲やすり傷程度で大きな怪我《けが》もないようだった。「二人の周囲にだけ不可思議な聖域が存在していたかのように機体の残骸《ざんがい》が少なかったのがとても不思議」だったというのはあるレスキュー隊員の証言だが、まだうっすらと白煙の上がる焼け野原のごとき墜落現場で、姉弟は見えない何かに護《まも》られているかのように何時間も身を寄せあっていたのだ。そしてヘリを見つけると、すっくと立ちあがり、ロープで降りてくるレスキュー隊員に向かって力強く手を振りながら、次のように叫んだという。

「こっちにおるでェ!　うちら幽霊と違うでェ!　ちゃあんと足あるでェ!」

このいかにも大阪っ子らしいどこか剽軽《ひょうきん》な言葉は、二人の子供の無邪気さや、それゆえの心の強さを表すものとして、ありとあらゆるメディアにそのまま使われ、日本じゅうの頬をほっとゆるませた。しかしこの言葉を発したとき、もちろん早苗ちゃんには面白いことを言おうなどという考えはかけらもなかった。それどころか、安堵《あんど》のあまり、何時間もずっとこらえにこらえてきた涙がどっと溢れてきていたのだ。レスキュー隊員たちの証言によれば、そのあと早苗ちゃんは顔をくしゃくしゃにして與次郎の遺体を指さし、泥まじりの黒い涙を流しながら、

「まだ生きとるかもしれんで。このおっちゃん、さっきまでうちらとしゃべっとってん。夜のあいだじゅう、色いろ話してくれとったんやで」

と幾度も幾度も言ったという。しかし常識的に考えれば、そんなはずはなかった。書斎から幻書が飛び出していった時間を考えても、與次郎は墜落直後に死んでいたに違いないし、検屍《けんし》に当たった医師も、「即死ではなかったかもしれないが、翌朝まで生き長らえていたなどということは絶対にありえない」と断言した。この証言の喰いちがいはのちに論議の的となり、当然、九歳の女の子の言うとおり本当に深井與次郎は朝まで生きていたのではないか、なぜもっと早く墜落現場が特定できなかったのか、ひょっとしたらもっと多くの命を救えたのではないか、などと各方面からのさまざま

な非難と陰謀論じみた疑惑を呼んだ。

奇妙な証言はほかにもあった。暗いのは怖くなかったか、とレスキュー隊員の一人が五歳の浩平君に訊いたところ、

「暗いのはな、大丈夫やったで。だってな、光るキノコがな――」

と不可解なことを口にしたという。しかしそこで姉の早苗ちゃんが人さし指を立て、しっ、と言って浩平君の言葉を止めたらしい。浩平君もなぜか、しまった、というような表情を浮かべ、子供らしい仕草で慌てて口に手を当てたそうだ。そこで、訝《いぶか》しく思った隊員が「光るキノコ?」と疑問を差しはさんだところ、早苗ちゃんが代わりに「浩平、さっきまで寝とったから」と歯切れが悪そうに答え、視線を伏せた。また、別の隊員は「雨に濡《ぬ》れなかったか」と浩平くんに尋ねた。すると、浩平くんは、ちらりと姉の顔色をうかがってから、

「うん。雨はな、大丈夫やったで」と答えた。

しかし発見されたときに二人が立っていたあたりには、雨を遮ってくれるような樹々はすべてなぎ倒されて一本もなかったし、また、下に潜りこむのに都合がいいような旅客機の残骸もなかったから、レスキュー隊員たちは一様に首を傾《かし》げ、合点のゆかない視線を交わしたという。「二人の衣服はひどく汚れてはいたものの、夜中まで

雨が降りつづいたにもかかわらず、ほとんど濡れていませんでした」というレスキュー隊員の証言もある。

また、救出されたときに浩平君が與次郎のグレーの上着を着ていたことも大きな話題となった。

「おっちゃんがな、寒いからこれ着ときって言うたんや」と浩平君は語った。

早苗ちゃんもそうだとうなずいた。このことから、深井與次郎は、朝までとは言わないが、少なくとも墜落後しばらくは生きていたのだろう、というのが世間一般の見方となり、美談としてマスコミに大々的に取りあげられた。

「深井與次郎、最期《さいご》に子供を救う！」

「深井氏、重傷を負いながらも子供に上着を貸していた！」

「深井氏、子供に『寒いからこれ着とき』」

與次郎は犠牲者の中でもっとも世に広く知られた人物だったが、似合わぬ死に花を咲かせたということでさらに株を上げ、一躍、時の人となった。ほんの一時《いっとき》のことではあったが、テレビをどのチャンネルに回しても、死してなお出しゃばりが治らぬかのように、変に若い三十代から見慣れた七十前後のものまで、過去のさまざまな與次郎の映像がしきりに顔を突き出してきたものだ。告白すると、私はそれが少し怖かった。ラブシーンとも違う妙に気まずい空気が我が家のお茶の間に下りてきて、いつも父母と一緒に神妙に黙りこんでしまったことが、今でもひりひりと思い出される。

しかしそれと同時に、この與次郎を見なければならない、という源のはっきりしない意志も子供なりに胸の奥に立ちあがってきたことは確かだ。なぜそう思ったのかはうまく説明できないが、いまだ生けるがごとき與次郎の生前の映像を見ていると、まさにこれから死にに行こうとしているのだ、まさにこの映像のあとにあの飛行機に乗るのだ、というような不思議な錯覚が脳裏をかすめた。それが幾度も幾度もくりかえされるわけだ。だからといって今さら與次郎の肩をつかんで止めるわけにもいかないのだが、それゆえにこそ見なければならない、という矛盾を孕《はら》んだ感覚があった。

しかし私の中で気持ちの説明がつこうがつくまいが、與次郎はただ死んだわけではない。二人の子供の命を本当に救ったのかもしれないのだ。與次郎があの飛行機に乗らなければ、もしかしたら二人は死んでいたかもしれないのだ。有意義な死こそが生を遡及《そきゅう》的に意義あるものにするなどと安易に考える私ではないが、無情な世界を相手取って七十を超えた老体の命と子供二人のそれとを引き替えたというのなら、少なくとも体裁《ていさい》の悪い話ではあるまい。

ところでこの事故には、もっとも不可解でありながら、マスコミにも深く追究されなかった重大極まりない謎がある。二人の子供は、墜落してしばらくは、與次郎や母親と一緒に機体の残骸の下に埋もれていた、と言ったらしいのだ。レスキュー隊員の証言がある。

「早苗ちゃんは、大きな機体の残骸を指さし、『最初気づいたとき、この下におってん』と言いました。浩平君は浩平君で別の残骸を指さし、『俺はこの下や』と。当然、どうやって出てきたんだろうと不思議に思いましたが、それよりも何よりもとにかく二人を搬送するのが先でしたので、その疑問はすっと頭から飛んでしまいました」

　裏付けとなる写真も多数撮影された。当時の新聞にも掲載されたし、私の手元にある複数の関連書籍にも掲載されている。二人がひと晩じゅう座りこんでいたと語った場所には、確かに重たい残骸がどのようにしてかほかへどけられたような形跡が見受けられる。周囲には残骸が折り重なっているのに、そこだけはぽっかりと、墜落の衝撃で刮《こそ》げられた剝き出しの大地が覗いていたのだ。後日、二人は搬送された病院でマスコミの取材を受け、記者にそこを問われた。事故現場にも登っていた新聞記者はこう語った。

「そこから取り除かれたみたいに見えた残骸は、九歳と五歳の子供が、たとえ二人がかりであっても、とうてい持ちあげられるような代物《しろもの》ではありませんでした。どうやってどけたのか、と尋ねたところ、二人はまずいことを言ったという感じで目を見合わせると、口をへの字につぐみ、何も答えようとはしませんでした」

しかしさらに問いただすべき場面でもなかっただろう。野暮な話はなしにしようじゃないか。とにかく生きていたんだ。生存者などいないと考えられていたのに、子供が二人も生きていた。めでたしめでたし、万事ＯＫ、というわけだ。『鬼烏帽子に降る雨』の中でも、著者はあまりに不可解だと疑問を呈するにとどめ、一つの仮説すら述べていない。無理もないだろう。この謎は理路の整った常識や科学的知識をいくらこねくりまわしても解決できない。航空機の悲惨な墜落事故について真正面からノンフィクションを物そうという理知的な人間には、筋の通った仮説などひねり出しようもないはずだ。そもそも材料が違う。この夜に事故現場で起きたことを再現するには、まったく未知の、まったく馬鹿げた材料を揃《そろ》えてこなければならないのだ。

さて、二人の子供は尾根までレスキュー隊員に負ぶわれて運びあげられ、そこからロープでヘリコプターに収容された。そのヘリの中で早苗ちゃんははっと思い出し、浩平君の着ていた與次郎の上着から黒い手帳を取り出したという。開くと、こう書かれてあった。

「ミキへ　お母はんには、わしの本をのこします。お母はんには、いつかきっと、本がひつようになるでしょう。それまでずっと待っとってください。そして、なるべく、かんたんな本からはじめてください。なんもこわいことありません。お母はんは、なんもこわがることありません。いろいろありがとうな。よじろう」

　飛行機が相当揺れたのだろう、ただでさえ金釘流《かなくぎりゅう》の筆跡があちらこちらへ跳ねまわり、輪をかけて判読に骨が折れる。そして内容のほうもこれまた不可解至極だった。遺族である私たちも正直、はて、と右へ左へ首をひねったものだ。「本がひつようになる」とはなんだろう。幾度も書いたように、ミキは本なんか読まない。母によると、初めて手帳のメッセージを読んであげたとき、当のミキですら訝しげに眉根を寄せ、分からんな、とつぶやき、かぶりを振ったという。疑り深い祐一郎伯父さんは、ひょっとしたらこの期《ご》に及んで何かの駄洒落になっているのではないかと解読を試みたらしいが、やっぱりそんな気配もない。

　しかし内容を聞いたとき、もちろん私の頭には、あれか、と閃《ひらめ》くものがあった。裏の質蔵に押しこまれた、ミキの蔵書印を押した幻書だ。きっとあれがいつか必要になるのだろう。しかし「なるべく、かんたんな本からはじめてください」という記述が何を意味するのかは分からなかった。いったい何を始めるというのか。今でこそその言わんとするところを理解しているが、当時としてはとにかく腑に落ちないメッセージだった。與次郎は死んだのは確かに死んだのだが、その死の一部がもやあっと霞《かすみ》のようになって、いつまでも私たちのあいだに漂うかのようだった。そしてその消化の悪さは、世間も共有するところであったようだ。妻のミキが画家であることはもちろん周知の事実だったが、そこにマスコミがこの最後のメッセージを美談として付け加えようにも世間はなおさら腑に落ちなかったようで、「本がひつようになる」のくだりはなんとなく避けられ、「なんもこわいことありません。お母はんは、なんもこわがることありません。いろいろありがとうな」という終盤だけが、いかにもおしどり夫婦らしい愛の籠もった一節としてほうぼうでくりかえし引用されたのである。

　事故から三日後、與次郎は白木の柩《ひつぎ》に入って大阪に帰ってきた。飛行機の墜落事故で死んだのに飛行機に積まれて帰ってきたと聞いたとき、殺人犯が遺族のもとへ手ずから死体を運んできたような感じがし、子供の私でもどこか釈然としない心持ちになった。しかし結局指一本帰らない乗客が何人もいた中で、とにもかくにも與次郎の遺体は五体を揃えたまま帰ってきたのだ。

　テレビにも出ていた剽軽な知識人が非業《ひごう》の死を遂《と》げたということで、いくらかマスコミも押しかけたが、與次郎の葬儀は、深井家の屋敷に黒白の幔幕《まんまく》を張りめぐらし、内うちだけの密葬という形で執りおこなわれた。與次郎は日ごろから、派手な葬式なんぞされたら棺桶《かんおけ》の中で屁《へ》もこけん、などとみんなに言い含めていたからだ。それでも私の見知らぬ弔問客《ちょうもんきゃく》が、三、四十人は参列していたのではないかと記憶している。知っている顔ぶれの中には、のちに與次郎の評伝を書いた作家がいたし、時おりテレビで見かける、教え子だったらしい政治評論家もいたし、どれほどのつながりがあったのかは分からないが、与党の幹事長を務めたこともある大物政治家までもがいた。しかし私にとってもっとも衝撃的だったのは、宿敵であるはずのあの鶴山釈苦利までもが姿を現したことだ。いや、釈苦利の突然の出現は、あそこにいた誰にとっても、そして柩に収まる主役、與次郎にとっても青天の霹靂《へきれき》だったはずである。

あのときの状況はこうだ。俗人の足を責め殺す呪文のような長たらしい読経《どきょう》はすでに終わり、焼香が始まっていた。私も父母の真似事《まねごと》をしてむにゃむにゃごにゃっと焼香をすませていた。そこに本人登場の露払いとして、どこからかまず伝説の百年しゃっくりが聞こえてきた。ひくっ、しゃくっ。と思ったら、祭壇を組んだ部屋に喪服姿の釈苦利がすっと何喰わぬ顔で入ってきたではないか。そして敷居をまたいだ瞬間、それがまあなんだそのあれだほら私流の挨拶《あいさつ》だと言わんばかりに改めて、ひくっ、とやった。

当時、釈苦利はまだ七十一かそこらだったはずだが、早くも髪は真っ白で、顔色もライチの果肉のごとく透きとおらんばかりに蒼白《そうはく》だったから、生者としての脂《あぶら》っ気を欠いていると言おうか、ドラえもんみたいに少し足が浮いてそうと言おうか、とにかく伯爵《はくしゃく》っぽい黒のモーニングも手伝って、昼間から外歩けるんだねよしよしと褒《ほ》めたくなるような寒ざむとした空気をまとっていた。みんなぎょっとし、まだまだ舐《な》めるつもりだった飴玉をうっかり呑みこんでしまったみたいな雁首《がんくび》を並べて釈苦利を見つめていたものだ。

しかし釈苦利は慣れっこなのだろう、そんな視線は蛙《かえる》の面に小便、吸血鬼の顔に血しぶきといったふうに日本人らしからぬ薄暗い奥目で参列する面々を見わたすと、目当てのものを探しあてたと言わんばかりに、私の上にぴたっと視線を止めた。それが数秒間も続いた。私は歯ァボロボロのヤンキー中学生にガンつけられたみたいににわかに息苦しくなり、それから逃れようとほとんど反射的に二センチほどぺこと頭を下げつつ巧《たく》みに目を逸《そ》らした。そして、本物や、本物や、と思った。本物の釈苦利や。本物の百年しゃっくりや。與次郎やミキからつねづね滑稽《こっけい》無比な奇人であると聞きおよんでいたが、まさか実物にお目通りが叶《かな》うとは考えてもいなかったのだ。といっても、特段会ってみたいと夢見ていたわけでもなく、動物園に行ってもし檻《おり》の中で釈苦利がしゃっくりしてたら逆にやっぱり足を止めるだろうなというぐらいの感じだった。

それはそうと、釈苦利は別段、宿敵の葬儀を荒らしに来たわけではなかった。それどころか、この歳《とし》になると三日に上げず葬式があると言わんばかりにひくっと手早く焼香をすませた。痛快のあまり背中でくつくつと笑うわけでもなく、かといって鼻をぐずぐずさせながら故人への手紙を読みあげるという柄でもないパフォーマンスを演じるわけでもなかった。しかし内心はどうだったろう。もし與次郎が鼻孔の詰め綿《わた》を棺桶の外へふんと吹き飛ばしながら上半身をむくりと起こしたなら、死に損ないを咎《とが》める以外にどんな言葉を放ったろう。今になってあれこれ考えずにはいられないのだが、釈苦利よ、あんた與次郎に何か言うべきことがあったんじゃないのか。それとも私の思い過ごしか。しかし言葉によって生き、言葉によって老いた二人のことだ。顔を合わせたところで、すべては語りつくされたように思われて、今さら交わすに足る言葉など見つけられなかったとしても不思議はない。

釈苦利は霊前で振りかえり、遺族である私たちのほうに向かって頭を下げた。私たちのほうにというか、その視線は専《もっぱ》ら旧知の仲であるミキに注がれていたようなのだが、真っ赤に腫《は》れた目でおいおいと泣きどおしのミキは、水飲み鳥みたいにお辞儀をくりかえすばかりで、相手があの鶴山釈苦利であれ裸に靴下のダヴィデ像であれ、すべては朦朧《もうろう》としてただ通りすぎてゆくだけなのだった。そして釈苦利はそんなミキの様子にたじろぎつつも、しゃっくりではなく何かの言葉が一瞬、喉《のど》の奥から迫《せ》りあがるふうだったが、しかし結局はそれを呑みこんだ。何を言わんとしたかは気になるところだが、それがどんな美辞麗句であれ、ミキの悲しみの向こうに届かないばかりか、ぼとぼととみっともなく口先から垂れ落ちるに過ぎなかったろう。

さて、私にとって、このちょっとした異人の来訪劇はそれで終わりというわけではなかった。いや、むしろ本番はこれからだった。というのも、焼香を終えた釈苦利が、座布団《ざぶとん》に座っていた私のほうへ後ろからずんずんと近づいてきたからだ。あれあれこっち来るぞやべえな、などと思いながらも、きっと後ろを通りすぎるはずと楽観していたのだが、そうは問屋が卸《おろ》さず、なんと私の背後でどんと膝《ひざ》を突いたではないか、あの釈苦利が！　私もぎょっとしたが、隣に座っていた母もぎょっとし、両眼とも目玉おやじみたいにいつになく目をまるくしていた。そして釈苦利は私の若葉のようにみずみずしい首筋にそろそろと口を寄せてくると、

「君が、ひ、ろし君か」と小声で言った。

なんだかピーピー豆を吹いたみたいな薄っぺらい声だった。

「そうです。僕が毎度おなじみ、ひ、ろしです」

などと私は言わなかった。毎度おなじみではなかったからだ。ではなくて、ひ、ろしではないからだ。ではなくて、咄嗟《とっさ》にふざけるのが下手くそだからだ。それに釈苦利のしゃっくりは思春期の乳首みたいに押してはいけない繊細なボタンのような気がしたからだ。というわけで結局、私の口から出たのは、「あ、はい」というつまらない返事だけだった。釈苦利はさらに言った。

「空と、ぶ本を知ってるか」

ぎぎぎぎくりとした。

「なななぜそそそれをぼぼぼぼ僕がししし知ってると？」

などと私は言わなかった。しかしそう言ったに等しいようなあたふたとみっともない表情が忽《たち》ちにして私の顔面に噴きあがったようだ。その上、世界じゅうの未解決事件の犯人を一身に引きうけて懲役五万年みたいな怪しさで口をぱくぱくさせてしまった。釈苦利は私から希望どおりの反応を得たらしく、耳に届かんばかりににんまりと口角を釣りあげると、ひゃっ、とひときわ満足げなしゃっくりを放った。そして私の肩に白蛇のような手をどんと置いて立ちあがると、

「ま、たな」

と言うなり、それきり誰にもひと言もなしに部屋から出ていってしまった。そして

精進落《しょうじんお》としの会食に顔を出すこともなく、そのまま東京へ帰ってしまったようなのだ。葬儀や会食のあいだじゅう自分のしゃっくりが鳴りつづけているのはいかがなものかと身を引いたのかもしれないし、それが與次郎と釈苦利とのあいだの正しい距離だったのかもしれない。

以上が私と釈苦利との最初の出会いだ。通り雨のごときものの数分の出来事だったが、開け方の分からない寄木《よせぎ》の秘密箱でも手わたされたような忘れがたくも不可解な出会いだった。そして「ま、たな」の一方的な約束は十五年ほどのちに実現する。そのときまで、なにゆえ釈苦利は私が幻書のことを知っていると考えたのか、という難問をずっと頭の隅っこでこねくりまわしつづけることになるのだ。

ところで、喪主はすでに次代を担《にな》う若手代議士として期待されていた祐一郎伯父さんが務めた。今思えば、長年連れ添ったミキがするほうが自然だったのかもしれないが、子供の目から見ても、ミキはそれをこなせる状態ではなかったのだ。正直、私はミキの取り乱しようが怖かった。人の心は目に見えないとはよく言うが、他人の感情が眼前に投げ出され、まざまざと目に見えてしまうのも恐ろしいものだ。私はあれほどまでに号泣するミキを、いや、大人を初めて見た。

ミキはどうにも肌に馴染《なじ》まぬというふうに和装の喪服をしどけなく身にまとい、目のまわりを真っ赤に腫らして、與次郎の柩に、おいおいおいおいと大声を上げながらすがりついた。多くの会葬者が粛然として注視する中、世界には最初から與次郎とミキしかいなかったかのように幾度も幾度も柩にすがりついて、蠟燭《ろうそく》のように真っ白な顔でぐっと目を閉じたままの與次郎におおいかぶさり、涙ともよだれともつかぬものを顎《あご》に光らせながら、死者に向かってしきりに何事かを語りかけた。それはどうやら一緒に熊本へ行かなかったことを詫《わ》びているようであり、一緒に行っていたら與次郎は死ななかったはずだと言っているようであり、だから結局は自分が殺したようなものだと言っているようであったが、その喉から溢れ出る言葉の数かずも、ほとんどが、おいおいおいおいおいという悲しみの激流に呑まれては浮かび呑まれては浮かびをくりかえしながら時おり耳に届くだけだった。

悲しすぎる人間はきっとそういうふうに泣くようになってしまうのだ、と私は思い、新たな人間の一面を発見したかのように感じた。そして、一度でもそんなふうに泣いてしまったが最後、ミキの心を守っていた囲いが壊れて何か大事なものが遠くへ流れ去ってしまい、もう取りかえしがつかないのではないか、とも考えた。表に停めた霊《れい》柩車《きゅうしゃ》へと柩が運ばれてゆくときも、ミキはおいおいおいと泣きながらしがみつき、そのままもう二度とこの世に戻ってこないのではないかという勢いで、ずるずると引きずられるようにして與次郎と一緒に歩いていった。あの日、私もまたいくらか泣いた記憶があるが、與次郎が死んだことに泣いたのか、ミキが一人残されたことに泣いたのか、ただ雰囲気に呑まれただけなのか、思いかえしても、はっきりと自分の心を定められないのだ。

結局、ミキはその後、何年ものあいだ泣きやまなかった。私の家族は以前よりも頻《ひん》繁《ぱん》に深井家を訪れるようになったのだが、屋敷にいても、ミキが知らぬ間にふっと姿を消したかと思うと、どこか遠くの部屋から、おいおいおいおいと泣くのが聞こえてきた。そうすると、私たちはいつもなす術《すべ》もなくぐっと黙りこんでしまい、ただミキが真っ赤な目を拭《ぬぐ》いながら戻ってくるのを待つのだった。

十二

昭和十九年の五月、とうとう與次郎にも召集令状が来た。深井家の屋敷に弁解がましい役場の兵事係が足を運んできて、「まさか大学の先生が戦争へ行かはるとは、最近の戦争はよっぽど頭使うんでしょうなァ。頭脳戦て言うんですか？」とか、「いやあ、これ何回も言いますけど、ほんまに役場で決めとるんとちゃいまっせ。わしら、ただのしがない配達人でして……」とかなんとか煽《おだ》てたり謝ったり言い訳したりしながら、赤インクもいよいよ品薄なのか、ぼんやりと締《し》まりのない色の赤紙を父正太郎の前に置き捨てて、あたふたと逃げるように帰っていったという。

　愛国心だの公共心だのの希薄さにかけては人後に落ちない正太郎にしてみれば、さぞや面白くなかったことだろう。正太郎から赤紙を見せられた志津も、いつか悲劇が訪れたときのためにつね日ごろから練習を欠かさないかのごとくなまめかしく、かつ恙《つつが》なくよろよろとへたりこんだ。本当に練習していたかどうかはさておき、戦争にまつわる志津のよろめきはすでに三度目だったから、確かに上手になっていた。長男の宇一郎は一度北支へ出征してしっかりと馬の世話をして帰ってきたし、末子の秀典は何も死に急ぐこともあるまいにすでに志願して海軍に飛びこんでしまっていた。これで次男の與次郎までもが戦争に取られては、貧乏くじの引き倒しだ。しかしやっぱりもっとも驚いたのは当の與次郎だったろう。大学の同僚に召集令状が来たなどという話はとんと聞かず、すっかり油断していたのだ。とはいえ、すぐに、こらァ特高の差し金やな、とぴんと来たらしい。

話は赤紙から十年ほども遡《さかのぼ》る。與次郎は一高生の時分、鶴山釈苦利の誘いに乗って、とある講演会を聴講したことがあった。このときに起こったのが、いわゆる「特高事件」だ。ちなみに事件当時、二人はまだミキに出会っておらず、釈苦利も百年しゃっくりに冒《おか》されてはいなかった。

さて、問題の講演会だが、会場となっていた公会堂の前を、偶然にも二人で通りかかったとき、張り出されていたポスターに「歴史哲学研究会・大講演会　会長・藤堂嘉津美《かづみ》」と大きく書かれてあるのを発見し、釈苦利がはたと足を止めたという。藤堂嘉津美は明治生まれのジャーナリストで、当時、英国流の自由主義者として広く知られていたのだが、実は釈苦利の父亀山惣吉とは旧知の仲だった。ゆえに釈苦利もまた子供の時分から亀山家に出入りする藤堂嘉津美とは面識があったのだ。釈苦利はさも得意げに言ったという。

「どうだい。今からこいつをちょっとばかし覗《のぞ》いてみるってのは。どうやら僕の知りあいが出てるみたいなんでね」

後年、與次郎曰《いわ》く、

「釈苦利がやな、わし相手にええ格好しようと考えたわけや。かの有名な藤堂嘉津美と知りあいやっちゅうところをわしに見せつけて、どないや、見たかフユカイ、てなもんや。ほんで、わしもそんとき、ひまっちゃあひまやったからな、まあつきおうたろか思たんが運の尽きやったわけやな。ちゅうのはやな、その講演会には――」

問題があった。歴史哲学研究会は、漠然とした学術用語を隠れ蓑《みの》に、その実、唯物《ゆいぶつ》史観や共産主義を研究する団体なのではないかとして、つまりアカの巣窟《そうくつ》である可能性があるとして、官憲に目をつけられていたのだ。その証拠に、二人がのこのこ会場に足を踏みいれると、あちらこちらに制服警官が仁王立ちして睨《にら》みを利《き》かせているではないか。さすがに気圧《けお》されるものを感じたが、話を聞くだけなら何も問題あるまい、これも社会勉強よ、と楽観に楽観を塗り重ねて特段痛い目を見たことのない與次郎は高をくくった。場内は意外に混雑していてところどころにしか席が空いておらず、二人はやや離れたところに座ることになった。

しかし講演会は不発だった。藤堂嘉津美が演壇に立ち、開会の辞を述べはじめて四、五分も経《た》ったころだろうか、その弁舌が何やら禁句に引っかかったものと見えて、舞台袖《そで》から突然「中止!」と怒声がかかった。見ると、腰からサーベルを提《さ》げた、乃木大将の廉価《れんか》版みたいな警官がすっくと立ちあがっていた。管轄《かんかつ》の警察署の署長だった。その署長が藤堂嘉津美を押しのけて演壇に立ち、「即刻、解散を命ず!」というわけだ。すると、聴衆の中に紛れこんでいた私服警官たちが毒蛇の鎌首《かまくび》をもたげるがごとく幾人も立ちあがった。與次郎のすぐ横にいた、柳刃包丁みたいに眼光の鋭い男も立ちあがった。そして、まな板にずんと刃を突き立てるかのように與次郎を見おろした。ずいぶんと興味深げに聞いてたじゃねえか、学生さんよ、とその目は言っていた。もう潮どきだった。仕方がない。気まずそうな釈苦利と目を合わせ、不運を分かちあうようにうなずきあい、二人はほかの聴衆と一緒にぞろぞろと出口へ向かった。

ところが、事はそれで治まらない。一高魂を体現する弊衣破帽《へいいはぼう》もひときわ見すぼらしく、しかも顎をぐいと引いて偉そうにうんうんとうなずく癖もまる出しで聴いていたせいか、與次郎は出口を張っていた警察に左翼の若きホープだと買いかぶられて検束されてしまった。隣に座っていた私服警官が與次郎を指さしたのだ。こいつ、えらく熱心に聞いてやがったぜ。そのまま警察署に連行、写真を撮られ、指紋も採られ、挙句の果てに留置場行きだ。態度が怪しかったのは與次郎のほうだったようだが、いまいち仲がよろしくなくとも一応は一緒に来たのだから釈苦利ももちろん無事ではすまない。やっぱり連行されてしっかり隣の房に放りこまれた。こうなったら一蓮托生《いちれんたくしょう》、ダメ山、フユカイなどと呼びあう二人であっても、おんなじ災難をくぐり抜ければ、絆《きずな》もいよいよ深まろうというものだ。しかし釈苦利の自伝によると、こうである。

「確かにFを誘ったのは私である。そこを言い逃れするつもりは全くない。しかし、私一人ならすんなり会場から出られた筈《はず》との確信が揺らいだ事は未《いま》だかつてない。その事は、出口においてFの方が真っ先に私服警官に指を差され、止められた事からも明らかである。そしてその警官は私を指さし、『こいつもだ』と言った。いかにもついでにという風に……。私はとばっちりを喰ったのである」

確かにその通りだったのかもしれない。しかし與次郎にしてみれば、その後の展開がめっぽう気に入らなかった。與次郎はぎゅうぎゅう詰めの狭苦しい留置場にノミやらシラミやらのおまけつきで四泊もさせられたのに、釈苦利のほうはわずか一夜を過ごしただけで釈放されたのだ。與次郎曰く、

「釈苦利がやな、何を隠そう、僕の父親はかの有名な亀山財閥の四代目、亀山惣吉なんですが、何かお困りではないですかねえ、刑事さんたち、えへへのへ……とかなんとか言うて、カネの力ですぐに釈放されたに違いないわけや。せやなかったら次の日ィなんかに出られるかいな。一緒におったわしがぎゅうぎゅう言わされとんのに……」

それに反論するかのごとく釈苦利は自伝に書く。

「そもそも私は左翼などではなかった。かと言って右翼でもなかった。左右から強烈

な引力の働く一高の寮においても、常に中立中道を心掛けていた。真ン中の細い通路を器用に歩き、ひたすらに芸術を愛する紅顔《こうがん》の若者だったのである。よって、特高の刑事が私をいくら叩こうとも埃《ほこり》なんぞ微塵《みじん》も出なかった。早期に釈放されたのは当然の成り行きと言えよう」

確かに與次郎の場合はほこりが出たようだ。與次郎は当時からいつも手帳を持ち歩いていた。散歩中にふと思いついた駄洒落《だじゃれ》や冗句や警句を書きとめたり、本を読んでいて気になった一節を書き写したりするのだ。特高の刑事はそれを没収し、書いた当人ですら解読できない前衛的な文字が多々あるというのに、忍耐強くすっかり読破してしまった。そして、悲しいかな、その中に特高の逆鱗《げきりん》にふれる部分があったのだ。

「国家は総《すべ》ての冷酷なる怪物の中、最も冷酷なるものと称せらる。そはまた冷酷に詐《いつは》るなり。而《しか》して『我は、国家は民衆なり』と云《い》ふもの、その口より漏るるところの詐なり」

「我の称して国家と云ふは、善悪を問はず、総ての人々が毒を仰げる所の義なり。善悪を問はず、総ての人々が己自らを失へる所の義なり。総ての人々の緩慢なる自殺が『生活』と呼ばれたる所の義なり」

どちらもニーチェの生田長江訳『ツァラトゥストラ』から引いたものだ。アカというより、アナーキズム、国家転覆、国体蹂躙《じゅうりん》のにおいが漂ってくるではないか。なんとなく読んでみたらなんとなく気になったのでなんとなく書き写しただけだと率直に述べたところで、ああそうですかじゃあお帰りください出口はあっちですお気をつけてお坊っちゃま、とはならない。なんとなく読んでみてなんとなく気になってなんとなく書き写すのは、お前がなんとなくアナーキストだからだ、というわけだなんとなく。

かくして與次郎は猛禽《もうきん》の目を持った特高の刑事から、ああ言ってもビンタこう言ってもビンタどう言ってもビンタという厳しい取調べを受けた。いい歳《とし》こいて、びびって悲しくなって辛《つら》くなってお母さんが恋しくなって泣いてしまったという。赦《ゆる》すまじ特高警察、そして釈苦利。

特高警察などと聞くと、今の私はすぐにプロレタリア作家の小林多喜二《たきじ》を思い浮かべてしまうが、多喜二などは、吊《つる》しあげられてステッキで全身を叩きのめされたりペンを持つ指をへし折られたりと、何時間もの酷烈至極な拷問《ごうもん》を受けて結局は責め殺されてしまった。しかも警察の主張する死因が心臓麻痺《まひ》だというから、まあ確かに心臓は止まったんだろうなと思うばかりだ。きっと特高一流のユーモアなのだろう。

それと比較すると、まだまだ尻の青い小僧っ子ということで大目に見たか、あるいは皇国の将来を担《にな》う一高生ということでいくらか遠慮があったか、いずれにせよ、特高からすれば、薄汚い子猫を爪先《つまさき》で小突きまわす程度のぬるい扱いですましてやったというところではあるまいか。しかし思想犯としての與次郎の逮捕歴はしっかりと公文書に刻まれてしまった。当面は疑いが晴れたという建前で釈放されたが、それ以来、要視察人として執念深い狼《おおかみ》のような特高に目をつけられ、ことあるごとに呼びつけられたり家に押しかけられたりしたらしい。

という次第で、今さら嘘か真《まこと》かは確かめようもないだろうが、憎き特高が裏でちょちょいと手を回して戦場行きの切符を発行させ、それをぐいぐいと胸ポケットに押しこんで死んできたまえ国のためとか言いよった、と若き與次郎のはらわたは煮えくりかえったわけだ。そしてもちろん與次郎の側から赤紙までのゆくたてを顧《かえり》みると、あいっさいの災いは自慢しいの釈苦利にあの講演会に誘われたときに始まったのだなあ、となる。

ちなみに特高の話をしてくれたとき、與次郎はことさら剣呑《けんのん》な目つきを引きしぼって幾度もぶんぶんとビンタの仕草をしたものである。強烈なビンタを喰らうと、本当に目の中にぱっと火花が散るそうだ。

「なんやこの部屋暗いなあ、ちょっと明かり欲しいなあ思たら、自分の頬をびたーん叩いてみい。一瞬だけ部屋がぱっと明るうなるんや」

と與次郎からは教わったが、それは完全に嘘である。


こうして召集令状が実家に届けられたとの電報を受けとった與次郎は、ミキと祐一郎伯父さんを東京に残して大阪に飛んで帰ることとなった。実のところ、召集後でも幹部候補生に志願すれば、大卒者には将校への道が開かれていたらしいが、右から左から好き放題ビンタをお見舞いしてくれた特高への怨《うら》み、というよりむしろ個人を踏みにじる全体主義への反骨精神が腹の底で改めてめらめらと燃え盛ったものだから、半ばやけくそ気味に三十男の陸軍二等兵として連隊に入営したそうだ。

「そんなんに志願したら、行きとうて行くみたいやろ。わしは秀典みたいなええ子とちゃうから、悠久の大義に生きるとかそんなんはないんやな。わしが軍隊で習《なろ》たことで、こらァ便利やな思たんはたった一つ、軍衣の着方だけや。きんたまはズボンの左側に入れるべし。それ以来、便所で右っかわを探さんですむようになったわ」

と與次郎は言って、自嘲《じちょう》的な薄笑みを浮かべた。

さて、與次郎は内地で二カ月余りの付け焼き刃的な訓練を受けたあと、ぶかぶかの軍衣の中を泳ぎまわる生煮え即席の補充兵として、いまだいずことも知らされぬ戦地を目指して神戸から貨客船に乗ることになった。その船旅がまたこの世の終わりのごとくひどかったそうだ。兵士たちはみな貨物用の窓一つない船倉に押しこまれたのだが、じわじわと暑さの募る季節、そこは人間を鉄の穴蔵に放りこんで蒸しあげる焦熱地獄さながらの世界だった。しかも状況はさらに悪化する。敵方の潜水艦に狙《ねら》われるたびに魚雷をひらりひらりとかわすのはまことに結構なお手前なのだが、そのたびに船倉がゲロまみれになり、普段乗り物酔いとは縁のないがさつな與次郎までもが暑さに参ってもらいゲロをする。そんなだから、船が揺れるたびにその大量の吐瀉物《としゃぶつ》が、あっちにどぱーんこっちにがぱーんと饐《す》えた大波となって押しよせる。その光景がまた古今未曾有《ここんみぞう》の気色悪さで将兵たちのさらなる吐き気を誘発し、となるとだんだん水位というかゲロ位が腰ぐらいまで昇ってきて、ついには全員首までゲロに浸《つ》かるゲロ地獄。しかしそこまで行ききってしまうと次なる輝かしい段階が待っているらしく、そのゲロがほかほかと温かいものだから頭にびしゃりと手拭いをのせて存外いい湯じゃねえか……などという話は全部が全部嘘とは言わないが、全部が全部気持ち悪い。まあそんなこんなで與次郎は海の藻屑《もくず》となることもなく、無事に宿命の地ボルネオに降り立ったのだ。

ところで、残念ながら、私は與次郎の口から直接その戦争体験について仔細《しさい》を聞くことができたわけではない。もちろんボルネオに出征したということはたびたび聞かされていたが、ただ船で南方へ運ばれ、地獄の底をひたすら歩かされ、しかし幸運にも密林で白い象に出くわし、さらに幸運にも生きて帰ることができた、というなんともはしょりの利いた概略だけだ。

では、いかにして與次郎の戦争体験をこの私が語ろうというのか。與次郎の死後、書斎にあったトランクから與次郎の日記が大量に発見されたという話はすでにした。しかし恨むらくは、その中にも戦争についてはほとんど記されていないのだ。『No.19』の最後、入営前日で日記が一旦《いったん》途切れ、『No.20』の冒頭はもう復員してからの記述である。つまり、戦争体験だけがぽっかりと日記から抜け落ちているのだ。

しかし私はなんとも好都合なものを所有している。一見したところ、與次郎の日記とそっくりな浅黄色の大学ノートだ。そして、おんなじように與次郎のとそっくりな字で表紙に番号まで振られている。『No.19・5』。

『No.19・5』？　與次郎は戦争に行ってもやっぱり日記を書いていたんじゃないか、ともちろん君は早合点したことだろう。しかしそれは違う。その証拠に、このノートからうっかり手を離すとどうなるか。途端に部屋の中を威勢よく飛びまわり、君のお母さんの顔にべしっと当たったりして、まるで私が狙ってぶん投げたみたいな険悪な空気が漂い、剣突《けんつく》を喰らったりする。君を高い高いすれば君の頭にもぶつかるだろう。つまり、これは幻書なのだ。いずこから飛び出てきたかは推測にも及ぶまい。当然『No.19』と『No.20』のあいだだろう。

與次郎がこれをどういう経緯で手に入れたかはこう想像するしかない。與次郎は書き終えた日記を、おそらくは本棚にでも立てて並べていた。よし、『No.20』も最後まで来たぞ。例によって『No.19』の横に立てておくか。そして翌朝、書斎の中を縦横無尽に飛びまわる『No.19・5』の姿が目に飛びこんでくる。きっと度肝《どぎも》を抜かれただろうが、兎《と》にも角《かく》にも引っ捕らえて、じたばた暴れるのを押さえこみつつ中身に目を通す。なんたることか。絶対に書き残すまいと肝に銘じていたあのことについて、一切合切包み隠さず書かれてあるではないか。こりゃ暴露本である。いかんいかん。

しかし不可解なのは、この『No.19・5』に蔵書印が押されていないことだ。與次郎の印も、ミキの印も。いや、そもそも押されていなかったからこそ、私の手元に残されているのだが、それにしても腑《ふ》に落ちない。このノートは、いつか誰かに読まれることを與次郎が望んだかのように、麻ひもでしっかりと括《くく》られて、敷地の隅にある例の質蔵の奥、古めかしい漆《うるし》塗りの長持の中に放りこまれ、時おりゴトゴトと身を震わせていたのだ。結局、あの質蔵の扉は開かれてしまい、今やミキの蔵書印が押された幻書は一冊たりとも残っていない。與次郎の幻書とおんなじようにすべて大空に飛び立ってしまったのだ。そして私はそのがらんどうになった質蔵で、與次郎の戦争体験が綴《つづ》られたこのノートを見つけたのである。

かなり手慣れてはきたものの、どうかすると活《い》け魚《うお》のごとくびちびちと暴れるものだから、読みとおすにはちょっと工夫が要る。文鎮を二つ使うのだが、それでもページをめくるのがひどく厄介だ。しかしそんな骨折りを考慮に入れても、私にとってはなかなかに興を催す読み物だった。もちろん九割方は金太郎飴《あめ》のようでひどく退屈だ。「本日も又《また》ジャングルの中を終わりの見えぬ行軍。相変わらず、空腹の余り、腹からぐにゃりと折れ曲がったかの如《ごと》き腑甲斐《ふがい》なき心持ちである」だの「又、友軍兵士の死体を発見。見知らぬ若い男。親指ほどもある巨大な蛆《うじ》が抉《えぐ》り出された眼窩《がんか》から顔を出し、私においでおいでをして来た。白昼夢であったろうか」だの、そんないかにもな記述がそこかしこにくりかえし現れる。しかし残りの一割は、南方の島々で戦ったほかの兵士が誰一人経験しなかったであろう瞠目《どうもく》すべき内容だ。では、『№19・5』を中心にさまざまな資料を参考にして、ときにはそっくり書き写しながら、與次郎の身に起きた摩訶《まか》不思議な出来事の一部始終を、いよいよ君に語りたい。

十三

　昭和二十年四月、あと四カ月あまりで終戦を迎えようというとき、與次郎は昼日中でもなお薄暗い大原始林の底で死に瀕《ひん》していた。ボルネオ島東岸のタワオからキナバル山麓《さんろく》のラナウを経てラブアン島まで人跡未踏の密林の中を七百キロ、死屍《しし》累々《るいるい》たる地獄の行軍の半ばのことだった。

大本営及び南方総軍は連合軍のボルネオ上陸を東海岸からと読んだ。與次郎が編入された、第三十七軍隷下《れいか》の某大隊は、そのために東岸の港町タワオに駐屯していたのだ。しかし昭和二十年一月、現地の実状をまったく知らぬ上層部の判断により、西岸への転進命令が発令された。「サンダカン死の行進」の幕開けだ。元より多くの無駄な犠牲者を出すことが明々白々とされていた愚策中の愚策だった。しかも現在に至るも、いつ誰がどのような経緯で発令したものか明らかになっていないというから驚きだ。南方総軍司令部の人間だろうか、あるいは第三十七軍司令部の人間だろうか、いずれにせよ、みずから泥濘《でいねい》の中を這《は》いずりまわるわけではない何者かが地図上のボルネオ北部に鉛筆と定規で線を引いたのだろう。ここを行け。一時間に五本もバスが通っていると言わんばかりに。しかしもちろん道などなかった。古来、斧鉞《ふえつ》の入らぬ原生林が茫洋《ぼうよう》として広がっているばかりだ。線を形づくる黒鉛の粒子ひと粒ひと粒がいずれ失われることになる人命だったが、その何者かにとってはどこまでも鉛筆の線に過ぎなかったのだろう。與次郎もよほど腹に据えかねたと見えて、『№19・5』にはこうある。

「最早《もはや》これは戦争に非《あら》ず。人命を投じた冷酷無比な双六《すごろく》遊びの積もりであろうか。人間はその無慈悲さに於《お》いて最も神に近付き得るのであろうか。いや、殺意によって多くの人間を死に至らしめるのは困難である。殺意ではあまりに人間的過ぎる。してみれば、指導者たるもの末端の艱難辛苦《かんなんしんく》を慮《おもんぱか》っては商売にならぬとの信仰を抱いているのやも知れぬ。選ばれた人間には他者の苦しみを想像しない力、即ち非想像力が求められると。崇高なまでに鈍磨《どんま》した、何者の苦痛も届かぬ絶海の孤島のような精神が求められると。彼等はいつかその汚れた手で孫をあやすであろうか。のうのうと畳の上で死ぬであろうか。怨嗟《えんさ》の声の一切を遮る、清潔な乾いた蒲団《ふとん》にくるまれて死ぬであろうか。かくして、贖《あがな》い得ぬ大罪が老人の空洞化した精神を素通りしてゆくのであろうか。私は彼のような人間を『最果ての人間』と名付ける。しかしその最果ての地には、余りにも多くの人間が、互いに姿も見えぬままに、立錐《りっすい》の余地もなくひしめいているのだろう」

とはいえ、友軍に実際に手を下すのは、上層部の人間でもなければ、米豪軍でもなかった。敵は、亡者《もうじゃ》のように一歩一歩足をつかんでくる果てしない湿地帯であり、冷然と肉体を打ちすえるスコールであり、草葉から跳ねあがっては喰らいついてくる山蛭《やまびる》であり、心身を蚕食《さんしょく》する飢餓であり、褌《ふんどし》を血で染めるアメーバ赤痢《せきり》であり、胃の腑《ふ》に呑《の》みこんだ炎のように数日おきに燃え盛るマラリアの高熱だった。密林に足を踏みいれて以来、與次郎はすでに数かずの死を目にしてきた。冷たい雨に打たれて凍え死にしたかマラリアにやられたかしたらしい、今にも目を覚まさんばかりの穏やかな死体。おのれの喉《のど》を小銃で撃ち抜いたらしい死体。増水した河に呑みこまれて樹上に打ちあげられたものと思われる異様な溺死体《できしたい》。そのすべては侵入者らにその末路を告げ知らせる密林の警告だった。

そしてタワオを発《た》ってからふた月あまり、與次郎もとうとう完全に落伍《らくご》した。右足を深いぬかるみにずぼりと喰われ、かといって引き抜く力も出せず、すでに朽ちていた心の芯がようやく折れたように、そのまま降り積もった濡《ぬ》れ落ち葉の上にごろりと倒れこんだ。それまでにも数えきれぬほど倒れ、そのたびに、もうちょいましなところでくたばるか、と起きあがってきたのだが、今度こそもう一歩も動けなかった。いや、何かの拍子に成層圏から頭を突き出すほど脚が長くなり、次の一歩で目的地に即到着というなら動いたろう。しかしいまだ途上の地ラナウにすら至らず、ラブアン島などと口にしてみても何やら玄奘三蔵《げんじょうさんぞう》が目指した天竺《てんじく》のようなはるけき響きすら伴っていた。

与次郎は背負い籠《かご》にすべての体重をあずけ、最後に目にすることになるはずの、枝葉に遮られたせせこましい天を仰いだ。鬱蒼《うっそう》とした林冠が、ぐるぐると回転しながら無限の時間をかけておおいかぶさってくる気がし、しかし待てど暮らせど天は与次郎を押しつぶさず、結局死とはそもそもそうやって永遠に続くもの、人の魂とはそうやって永遠に死につづけるものなのではないかという幻想ばかりが下りてくるのだった。

甚《はなは》だしい高熱に炙《あぶ》られて意識が腫《は》れぼったく、その上ぎしぎしと身の縮こまるような猛烈な悪寒《おかん》がしていた。そんな中、与次郎はおのれの意識の内に手を伸ばし、ぼんやりと狂気の気配を探ろうとしていた。マラリアが脳味噌《のうみそ》を沸きたたせるものか、熱《ねっ》発《ぱつ》のさなかに突如狂乱して死に至る者がいるという噂《うわさ》はかねてから耳にしていたのだが、おとついの夕刻、暮れゆく密林の底で、ついに一人の戦友がまさにそのようにして狂死したからだ。その死は、ありとあらゆるものに見放された、それまでの生を遡《さかのぼ》って冒《おか》すような、人間の形をした人間の否定だった。しかも、密林に足を踏みいれて以来、二人でずっと歩みを合わせ、互いに励まし労《いたわ》りあいながらともに行軍を続けてきた男の死だった。

男の名は池渕《いけぶち》と言った。與次郎と同時に召集された補充兵だった。與次郎もすでに三十といい歳《とし》だったが、池渕は三十四にもなっていた。十五のときに神戸から大阪に出てきて以来ずっと靴職人をしていたから、靴修理の腕を見こまれて召集されたのかもしれなかった。靴職人らしいお気に入りの冗談もあった。地球をおおいつくしているものの正体は何か、と與次郎に尋ね、池渕はこらえかねるように一人で笑った。答えはもちろん靴。歩兵の乗り物。靴を履いているかぎりどこを踏んでも、どこまで行っても靴の中、というわけだった。

「というわけで先生、この広いジャングルも靴ん中や。お釈迦《しゃか》様の掌《てのひら》みたいに、どこまで行っても靴ん中」

「靴脱いだらどないなるんや」と與次郎が茶々を入れる。

「そらァ、もちろんどこまで行っても靴下の中」

「靴下脱いだら？」

「どこまで行っても足の裏」

「それ言うたらはなっからそうやろ」

「そやな」

與次郎がそのお返しに得意の軽口を叩くと、池渕は歳のせいか目尻から何から顔じゅうをくしゃくしゃにして笑い、「先生みたいなんがおるんやったら、俺も大学へ行きたかったなあ」などと言うのだった。先生と呼ぶのはやめてくれ、と與次郎は幾度も頼んだが、「深井さん」とか「深井くん」とか据わりが悪そうにつぶやくと、いつの間にやら「先生」に舞いもどるのだ。

與次郎が帝大の助教授であることは入営当初から連隊じゅうに知れわたっていて、将校や古兵らから事あるごとに「先生」や「教授」などと呼ばれるのだったが、そこには多かれ少なかれ皮肉を超えた嘲《あざけ》りの響きがまとわりついていた。與次郎はそれを聞くと、日本の最高学府など知れたものだ、学問など知れたものだ、軍隊こそが、戦場こそが、命のやりとりこそが嘘偽りない現実なのであり、真実なのであり、それゆえに崇高なのである、という彼らの転倒した優越感が胸にぐいぐいと差しこまれてくるように思った。一方、池渕に「先生」と呼ばれても、與次郎はどんな皮肉も、ましてやどんな阿諛《あゆ》の響きも聞きとらなかった。それどころか、それこそが子供のころからの由緒《ゆいしょ》正しい綽名《あだな》であるかのようにすら感じられたのだ。

池渕にはすでに子供が五人もいた。池渕の子供の話は幾度も幾度も聞かされた。「先生も子供がようけできたら分かるわ」と池渕はしばしば口にしたが、與次郎はそのたびにうんうんとうなずき、誇らしげに語る人生の先達《せんだつ》に話を譲った。池渕は、なんでこんな妻子持ちのチビの中年を召集するのかと時おりひどく愚痴を言ったが、事実かどうかはともかくとして、池渕なりに思いあたる節があるらしかった。忙しさにかまけて在郷軍人会が主催する町内の軍事教練に参加しなかったために嫌がらせに遭《あ》ったのだという。與次郎も一高時代に特高に検束された話をし、妙なつながりを感じて二人で笑いあった。また、「阿呆《あほ》らしい。こんなとこで死ねるかい」と威勢よく毒づくのが池渕の口ぐせだった。喰わせなければならない家族が大勢いるという現実が、池渕という小男の精神に多大な荷重とともに絶対的な誇りをも与え、心の芯の芯においては上官であれ大学の助教授であれ何者にも媚《こ》びることがないのだった。

しかし池渕は死んだ。與次郎がもはやこれまでと観念した前々日、とうとうマラリアに倒れたのである。高熱の発作に襲われ、肉体が内側から自壊するかのように激しくガタガタと震えだし、わななく唇の隙間《すきま》から譫言《うわごと》を吐き散らした。與次郎はそのすぐそばで巨樹の板根《ばんこん》にもたれかかり、沈みこむように目をつぶり、口をつぐみ、なす術《すべ》もなくへたりこんでいた。早くも死臭を嗅《か》ぎとったものか、池渕の土気色の顔面を無数の蠅《はえ》が這いまわり、目やら口やら鼻やら穴という穴に卵を産みつけようとする気配だったが、池渕にはそれを追う気力ももはや残されてはいないようだった。幾人もの兵士が立ちどまり、あるいは二人のそばを通りすぎていったが、どの目も一様にどんよりと疲れはて、あいつはもう駄目だ、そして俺もああなるんだ、と力ない瞬《まばた》きでつぶやくのみだった。

「赤い、やつが、見とう。真っ赤な、やつが、見とうわ」と池渕は言った。

幻覚を見ているらしかった。はるばる赤道からやって来た、全身真っ赤な人間たちが二人を隙間なく取りかこみ、血溜《ちだ》まりのような目でじろじろと見おろしていると言うのだ。その真っ赤な赤道人たちが、池渕が充分に弱るのを待ち、いずれその肉体を生きたまま喰らおうとしていると言うのだ。そんなやつはいないと與次郎が言っても、血沼から上がってきたようなこいつらは、元気なやつの目に見えへんし、こいつらも元気なやつはまだ喰わへん、などと答える。幻覚はいつまでも去らなかった。そして、しゃーん、しゃーん、しゃーん、しゃーん、と決まって日暮れどきに鳴く蟬《せみ》の声が聞こえはじめた。それがまた、あの世へと向かう大勢の死者たちが群れをなして通りすぎてゆくような、そしてその群れに生者をも引きいれようと呼ばわるような、ひどく

物寂しい響きなのだ。その音に何やら心の背を押すものを感じたのか、いよいよ池渕が、

「俺は、もう、死ぬ。こいつらに、喰われる、前に、死ぬ。先生、あれを、くれ」と言いだした。

あれとは手榴弾《てりゅうだん》のことだった。池渕はすでに持ち重りのする手榴弾を五発とも手放していた。手榴弾だけではない。わずかな重さに耐えきれず、銃弾や蚊帳《かや》や毛布などさまざまなものを捨てていた。が、それは一人池渕だけのことではない。密林に入って以来、日本軍が辿《たど》ってきた人跡未踏の道程には、徐々に人間から理性が漏れ出して獣に還《かえ》ってゆくかのように、文明の死骸《しがい》が点々と散らばっているのだった。

しかし與次郎はまだ手榴弾を一発だけ持っていた。この地にあって、兵士に選びうるものと言えばもはや死に方しかない。だから、一つの選択肢として、そして絶望と自由のひと握りの小さな接点として、最後に一つだけ残していたのだ。そのことを池渕は知っていた。

「あれはもう放《ほ》った」と與次郎は答えた。

惜しかったわけではない。手榴弾なんぞなくとも死ねる。池渕はまだ死なないかもしれない。熱発が治まれば、まだ行軍を続けられるかもしれない。そう思ったのだ。

しかし池渕は與次郎の言葉を信じなかった。知っとうぞ。先生、隠しとうやろ。楽に死なせんつもりやな。先生、俺をあいつら赤道人に生きたまま喰わせるつもりやな。與次郎の貸した毛布にくるまったままガタガタ震え、しかし時おり虚《うつ》ろに目を開け、思い出したように先生先生と苦しげな囁《ささや》きを発し、最後の手榴弾のことを口にするのだ。それさえあれば幸福だったころにまで時間を巻きもどせるとでも言うように。

そうこうするうちに、やはりだんだんと意識が薄れていくらしく、口数も少なくなり、身の震えも弱よわしくなり、池渕は瞑目《めいもく》したままとうとう声も出さなくなった。與次郎は池渕をじっと見おろし、いよいよ死ぬのだと思った。消えてなくなるのだと思った。亡者のごとく痩《や》せさらばえ、幸福を知らないうちに死んでゆく、死んではならない子供のような顔だった。しかし誰も彼もが子供のまま死んでゆくのだ。子供が子供と連れ添い、たくさんの子供をつくり、しかしやっぱり子供のまま、死んではならないのに死んでゆくのだ。目を凝《こ》らせば、小さな命の火が消え、白い煙が細ぼそと虚空《こくう》に昇ってゆくのが見える気がした。

何かが間違っていた。約束が違う。世界は約束を違《たが》えたのだ。人が命を与えられるということは、そして心を与えられるということは、それは世界との約束ではないのか。こんなふうには死なせないという約束ではないのか。しかし今や世界は裸だ。剝《む》き出しだ。何もかもが剝き出しの真っ裸なのだ。狂っているが、自由なのだ。約束なんかしないのだ。したこともないのだ。與次郎は今さらながら死の暗さに思い至ったかのように恐ろしくなり、震えあがり、池渕を揺さぶり起こしたい衝動に駆られた。しかし何もないのだ。池渕を引きとめるよすがとなるものなど何も。明日向こうで死ぬのも今ここで死ぬのもおんなじなのだ。寸分の違いもないのだ。

そして突然、池渕の震えがぴたりとやんだ。が、次の瞬間、大人しく死を受けいれることによって最後の最後にひと握りの自由が与えられたかのように不気味な勢いでぐんと上体を起こした。與次郎を見た。小銃を手に取ってぎごちなく弾を装塡《そうてん》し、銃口を與次郎のほうへ向け、自分は止まっていて世界のほうが揺れているのだというように銃身を激しくふらつかせるのだが、池渕の口は確かに、

「この裏切り者が」と言った。

死神に最後にゆるされたこのわずかな時間の中ではもはや真実しか語れないのだ本当のことしか言えないのだという一糸まとわぬ声音で。そして池渕は悪魔のごとく続けるのだ。

俺はもう喰われはじめてるやないか。足の先から喰うとうわ。こいつら赤道人に喰われた人間は忘れられてしまうんや。世界から忘れ去られてしまうんや。はなから生

まれてこんかったみたいに忘れ去られてしまうんや。先生もそうやろな。こいつらに喰われた俺を忘れるやろな。始めからおらんかったみたいに、俺と一歩も歩かんかったみたいに忘れるやろな。でもそれが人間と違うんか。そうやってすっかり忘れられるんが人間と違うんか。ええ？

言うてもあんたは違うな。赤道人が言うとうわ。俺をぐちゃぐちゃ喰いながら言うとうわ。あんたはこの地獄を生きのびて永遠に生きるつもりやろ。あんただけは生きのびて勉強して賢なって偉いさんになって本書いて永遠に生きるつもりやろ。そないして俺を裏切るつもりやろ。俺たちを裏切るつもりやろ。世界じゅうを裏切るつもりやろ。そない赤道人が言うとうわ。この裏切り者が。

ああ俺を連れていこうとしとう。何もかもが真っ赤な赤道まで俺を引きずっていこうとしとう。あかん。もうあかん。あそこで死ぬわけにはいかん。あそこにはなんもない。ええもんがなんもない。愛がない。憎しみしかない。ここで死なんならん。やらんならん。

そう言って池渕は銃床を脚に挟んで銃口を自分の胸に突きあてて右手で引き金を押しやろうとしてうまくいかず、すぐさま銃口を喉首に当てなおして目的を遂《と》げた。池渕はそれまで野豚だの鰐《わに》だのを狙《ねら》うばかりで人を撃ったことがなかったが、その最初が自分自身になったのだ。

　しかし池渕はただちには息絶えなかった。銃弾は急所を外していた。赤黒い闇がみるみる軍衣の襟元を染めてゆく。池渕は仰向けになり、胸を波打たせ、鼻を鳴らし、口をぽこりと開け、ごぼごぼと血泡を噴きはじめた。喉の奥に血を溢《あふ》れさせながら、與次郎に向かって震える手を伸ばしてきた。声もなく力もなく何やら唇をわずかに動かしたが、手榴弾を、と言うようにも見えたし、まったく別のさらに呪わしい言葉を吐き出そうとするようにも見えた。

　與次郎は手をわななかせながら背嚢《はいのう》から手榴弾を取り出した。それを池渕の手に持たせると、池渕は與次郎の手ごとかたく握りしめてきた。與次郎は咄嗟《とっさ》に手を引いた。道連れにされるとの恐怖が背筋を這いのぼったのだ。髑髏《どくろ》という牢獄に囚《とら》われた巨大な眼球が、落ちくぼんだ眼窩《がんか》からぎょろりと與次郎を見据えてくるが、その剝き出しの視線はあまりにも目そのものでありすぎ、何を訴えるにせよ、見るものすべてをひたすらな生なましさによってねじ伏せていた。

　その眼力に全身を圧された與次郎は小銃を杖《つえ》に立ちあがり、よろめきながら数歩後ずさりすると、絡《から》まりつく池渕の視線を引きちぎるようにぐいと振りかえり、頭蓋《ずがい》を押しつぶさんばかりに両の耳をふさいだまま歩き、もう少し歩き、やがて小走りになり、世界は與次郎を振り落とさんとぐらぐらと揺れ、姿も見せぬ蟬たちはなおもしゃんしゃんと鳴きつづけ、その声は世界を涯《はて》から涯まで満たすようだったが充分ではなく、やがて後ろのほうで池渕一等兵が爆音とともに砕け散り、その音は耳をふさぐ手を貫き、鼓膜を貫き、脳髄をも貫いた。

その音につまずいたのか、おのれの精神につまずいたのか、全世界につまずいたのか、與次郎はぬかるみの中にどうと倒れこんだ。そのまま嗚咽《おえつ》と慟哭《どうこく》との中にくりかえし意識を取りこぼし、密林と眠りとをおおう分厚い夜が来、冷たい雨に打たれ、がたがた震えながら池渕が狂い死にする悪夢を幾度も幾度も見、赤道人に喰われながら狂い死にしながら友に呪いの言葉を吐き散らしたのは池渕ではなくまさにこの自分なのだという悪夢をさらに幾度も幾度も見たのだ。

しかし幾度目を覚ましても池渕の姿はなく、ましてや赤道人など影も形もなく、ただあるのは暗黒の底で凍えるこのちっぽけな魂だけであり、地上最後の獣のように、死に至る孤独とひとつまみの自由とをなけなしの餞別《せんべつ》として與次郎はただ世界に投げ出されていた。與次郎は言葉と思弁とを打ち捨てることで真実を手に入れたのではなく、真実に捕らえられ、抱きすくめられ、束《つか》の間《ま》、ついに真実そのものとなったのだ。

その後の記憶は渡る傍《そば》から奈落《ならく》に崩れ落ちてゆく石橋のように朧《おぼろ》だったが、恐らくは二日後、今度は私が徐《おもむろ》に降りかかる死を仰いでいた。池渕の跡を追うように、数日おきにジンジンと燃え上がるマラリアの火に今度こそ焼き尽くされようとしていたのである。死を迎えるにふさわしい絶望を心中に探る事を試みたが、そんな境地はきっと死よりも遥《はる》か遠くにあるのだった。絶望の叫びを上げるにはもっと希望が、どうあっても生きねばならぬという強固な意志が、死を避け得る災厄として恐れる澄明《ちょうめい》な精神が必要だった。いや、かつてこの精神は本当に澄み渡った事があっただろうか。恐れを知らぬ若人だった時分は、勉学によって、弛《たゆ》まず学び続ける事によって、この浅薄《せんぱく》な意識で世界を摑《つか》み取れるとの野望に胸を焦《こ》がしたものである。ふと世界を鷲《わし》摑みにし得るかの如《ごと》き壮大な予感に襲われ、しばしば学問への情熱に打ち震えたものである。しかしそれはいかにもあどけない凡庸な狂気の影に過ぎなかった。

ああ、ここは底なのだ。遂《つい》に人生の底に辿り着いたのだ。ここより下はない。低きはない。と云《い》う事は、臍《へそ》の緒切ってからの歳月の一切はこの広漠たる密林の底まで転がり落ちる為《ため》の道程に過ぎなかったのだろうか。ここだったのだろうか。ここが最終最後の目的地だったのだろうか。この世に産み落とされたのも、学問に取り憑《つ》かれたのも、ミキと出会ったのも、二人の間に祐一郎が生まれたのも、もう一人の赤ん坊の顔を拝めずにいるのも、泥まみれの幽鬼と化して池渕と歩いて来たのも、一切はここでこうして死ぬ為だったのだろうか。全《すべ》ては筋書き通りなのだとしたら、そもそも人間に自由などないとしたら、世界の側にこそ自由が存するのだろうか。きっとそうなのであろう。世界が余りに自由に振舞う為に、己までが自由だと思い込んでいたのである。運命に翻弄《ほんろう》される事と自由とを履き違えていたのである。人間は已《や》むに已まれぬ存在として飛礫《つぶて》の如く世界に打ち出され、あちらこちらにぶつかっては自由を夢見ながら踊り狂うのみなのである。

私はかつて、この一生涯を費すに足る野望は知の追求にこそあると信じて疑わなかった。が、たった今、私の胸は全く別の、余りにもささやかな、しかし余りにも遥けき望みによって貫かれている。最期《さいご》の最期に、今一度笑顔のミキに会えたなら、こまっしゃくれた祐一郎に会えたなら、潰《つぶ》れる程に二人をこの腕に掻《か》き抱く。別れの言葉など出て来るものか。二人を抱いた後で死ねるものか。希望と絶望とが接する永遠の場所で、きっと時間が止まるだろう。希望と絶望とに挟み込まれた三人が、それでも尚《なお》笑みを浮かべ、その刹那《せつな》、世界が永遠に凍り付くだろう。ああ、二人の永遠の温《ぬく》もりが恐ろしい。伝わり来る鼓動が、息遣いが恐ろしい。二人の永遠の悲しみが恐ろしい。死よりも恐ろしい。胸が張り裂けそうだ。恐るべき願いだ。堪《た》え難《がた》い望みだ。ああ、やはり死にたくない。死にたくないのだ。死にたくないが、死ぬのだ。そうだ。これこそが絶望なのだ。これで本当に私の戦いは終わりなのだ。敗北したのだ。最早選別は終わったのだ。篩《ふる》い落とされたのだ。池渕も又そうして死んだのだ。池渕は赦《ゆる》してくれるだろう。全てを赦してくれるだろう。少し後れを取ってしまったが、きっと赦してくれるだろう。そして又、あの世の果てしないぬかるみを歩く道連れとなってくれる事だろう。

　私の瞼《まぶた》は全世界を閉じ下ろす鈍重な終幕のようにゆっくりと時間をかけて落ちてゆき、それを朦朧《もうろう》と眺めている薄弱な意識は、暗い生ぬるい大地に呑まれてズブズブと沈んでゆくようであった。そこには、幾千億もの眠りから抽出《ちゅうしゅつ》した、どこまでも純粋な死の快楽、存在しなくなる事の快楽、無に帰る事の快楽があった。しかし私は死の暗い腹中で、まことに不可思議な、そしてまことに明晰《めいせき》な夢を見たのである。

十四

「與次兄、まだ早過ぎるんと違うか」

と突然、すぐ耳元で声が聞こえ、私はビクリと肩を震わせた。実に奇妙な声音であった。両の耳に巨大な金属の貝殻でも押し当てられたような、くわんくわんと鋭く鼓膜を打つ声であった。その声に背を押され、私は今再び世界に踏み出し、バチリと眼を覚ましたのである。

ギョッとした。足下に海軍の飛行服らしいもので着膨れた人影がすっくと佇《たたず》み、こちらを凝然と見下ろしていたのである。枝葉の隙間《すきま》から振り撒《ま》かれる変に眩《まぶ》しい光芒《こうぼう》に眼を潰《つぶ》され、飛行帽とやけに白いマフラーとに縁取られた顔立ちは判然としなかったが、それでも影の具合から相手が頰笑みを浮かべているらしい事だけは察せられた。

「何?」と私は喉《のど》の奥から嗄《しわが》れた声を絞り出した。

その声音も又《また》、狭いどこかに封じ込められ、腑甲斐《ふがい》なくも己の耳にすぐさま逃げ戻るような、甚《はなは》だ頼りないものであった。ああ、そうか、と思い当たった。ここは最早《もはや》、元の場所ではないのである。幽明の境なのである。こいつとここに二人だけなのである。と云《い》う事は、私も、そしてこの飛行服の男も既に死んでいるのである。

いや、それともこの男こそが私にとっての死者を喰らう赤道人なのであろうか。ああ、きっとそうなのであろう。この男こそが私を生きたまま貪《むさぼ》り喰らい、世界から跡形もなく葬《ほうむ》り去るのだろう。ならば喰らえ。早く私を喰らい尽くせ。

しかし男は、

「寝るには、まだ早いんと違うかって云うたんや」と念押しするように繰り返した。

改めて耳にすれば、いかにも聞き慣れた声であった。

「秀典か？」と私は問うた。

「そうや。秀典や」と人影はヒョコリと頷《うなず》いた。

「何でこんなとこおるんや」

「そらァ勿論《もちろん》、零戦《ゼロせん》で飛んで来たんや。上を飛んどったら、丁度與次兄が倒れてるんが見えた」

「嘘を云うな。ジャングルの底が空から見える筈《はず》がないやろ」

「いや、與次兄は知らんやろけどな、わいはもう何でも見えるんや」

「そうか。もう何でも見えるんか」

「そうや。何でも見えるんや」

「羨《うらや》ましいな。わいもようけ見たいもんがある」

「與次兄が云うんは、女の裸とかそんなんやろ」

「そうや。毎日毎日、飽きもせんと本をめくってきたんも、みんな女の服を上手に脱がす練習や」

秀典がケタケタと眩しいような声で笑った。その笑い声が余りに子供の時分とそっくりに耳朶《じだ》をくすぐるので、とうに喪失した筈であった遠い過去の欠片《かけら》を握り締めたかの如《ごと》き心持ちがし、私は胸が張り裂けんばかりになった。

「與次兄は相変わらず口が減らんな」

と秀典は云いながら、私の頭の横にフワリと屈《かが》み込んで来た。その顔を見上げ、赤道人やない、やっぱり秀典や、とうとう秀典も死んでしもたんやな、と思った。愛して已《や》まぬ星空を二つ嵌《は》め込んだような広大な眼をキュッと細くし、秀典は最早言葉も要らぬげに頬笑みを湛《たた》えてこちらを見下ろしていた。

と、秀典は出し抜けにスッと右手を伸ばし、掌《てのひら》で私の両目を塞《ふさ》いで来た。アッと思った。瞬時にして視界が丸ごとねっとりと隙の無い暗闇に呑《の》み込まれたのである。それは到底人の掌が創《つく》り出し得るような慎ましやかな闇ではなかった。私は暗渠《あんきょ》に首を押し込まれたかの如き甚だ胸苦しい恐怖を覚えた。何するんや、と問い質《ただ》しかけたが、秀典はそれを先読みしたように「しっ」と鋭く私を制し、

「與次兄にええもん見したるわ」と云った。

私はせめて秀典の右腕を摑《つか》もうと必死に己の手を伸ばしたが、何故《なぜ》かあっさりと空を切った。ハテ、と驚いて黒暗々たる掌の下で慌《あわ》てふためき、頻《しき》りに両手を振り回して秀典の腕を探るのだが、摑むどころか掠《かす》る事もままならない。いよいよ気持ちが動転し、

「おい、秀典！　どこへ消えたんや！」

と叫んだ刹那《せつな》、暗闇の向こうがポッと豆電球のように淡く灯《とも》るのが見えた。始めは米粒のようであったその光が、見る見るうちに爆発的な膨張を果たし、その物凄《ものすさ》まじい圧力の如きものを額やら頬やらに感じるや否や、私はそれに総身が透き通る程に白々と呑み下され、前後不覚、左右不覚、天地不覚の状態に陥り、死して更に意識がグニャリとよろめき落ちるのを感じた。……

……私はいつの間にやら両の眼《まなこ》を瞼《まぶた》で嚙《か》み潰さんばかりに固く閉じていた。そして薄く薄く隙間を作りながら眼を開いて行った。まさか、と思った。眼前にまざまざと懐《なつ》かしい深井家の長屋門を見たのである。

杉の下見板を腰に巻いた白壁の長屋門、その真ン前に私は立ち尽くし、慣れ過ぎたが故《ゆえ》に形容の及ばぬ深井家の匂《にお》いを嗅《か》いでいた。ハッとして頭《こうべ》を巡らすが、屋敷の前には見渡す限りの茫洋《ぼうよう》たる田んぼが広がっているばかりである。いや、屋敷の前だけではない。四方八方どちらに顔を向けようとも、ふっくらと旨《うま》そうに実った稲穂がサワアリサワアリと頭も重たげに揺れそよぐ、黄金色《こがねいろ》の田んぼしか眼に映らなかった。

私は己のがさつでこの不可思議な世界を踏み割ってしまわぬよう恐る恐る田んぼに歩み寄り、忽《たちま》ち煙と消えはせぬかと案じつつ、一本の稲穂に手で触れた。そこでふと、この頭を垂れた稲穂の一本一本が皆それぞれ人間なのではなかろうか、という幻想が脳裏に兆《きざ》した。不意に訪れたその荒唐無稽《こうとうむけい》な幻想によれば、涯《はて》も終わりも無く実る稲穂の悉《ことごと》くが、人類の発祥以来、全《すべ》ての土地、全ての時代に死んでいった夥《おびただ》しい人間達の化身なのである。そして私も又これからこの無限大の稲穂の大海に分け入り、知らず識《し》らずのうちにその一本に姿を変え、黄金色の田んぼに溶け込み、尽未来際《じんみらいさい》に至るまで揺れ続けるのである。それは、人の心では到底思い描き切れぬ、喜ばしいような、恐ろしいような、茫漠たる妄想図絵であった。

ふと天を見上げた。雲など終《つい》ぞ知らぬげに隅から隅まですっかり晴れ渡っていた。遠いも近いも判断の付かぬ程にのっぺりと青く、どこまでも澄んでいた。

「おい、秀典!」と私はその全き蒼天《そうてん》に向かって呼ばわった。

この変に青い天空はきっと秀典の掌に違いないという考えが浮かんだのである。しかし秀典を呼んだその己の声の中に、返事など無いという早過ぎる答えを聞いたように思った。

さて、屋敷に向き直り、恐る恐る長屋門の重厚な板扉に近付いて行った。すると、心が宿るかの如く扉の方からフワリと内側へ開いたではないか。恰《あたか》も幾百年も待たれていたかのようである。

門の向こうには、大谷石《おおやいし》を四角く切り出した飛び石が、苔生《こけむ》す庭にポツポツと浮かび、奥まった母屋《おもや》の玄関まで続いていた。その上を、爪先《つまさき》が口を開きかけた編上《へんじょう》靴《か》で、ザリ、ザリ、と一歩一歩踏み締めながら歩いてゆく。

入ってすぐ右手に建つのは六畳二間の平屋の離れである。その向こうでは枇杷《びわ》の樹《き》がびっしりと実を付けていた。と同時に、その隣に立つ甘柿《あまがき》までもが夕陽の如く艶々《つやつや》と輝き、今にも熟《う》れ落ちんばかりである。そして、更に奥では、稲穂が実る時節だというのに何たる事か、紅梅と桜とが張り合うように咲き乱れ、風が吹く度《たび》にチラチラと紅白の花びらを落とし、しかし散っても散っても同じだけ、いや、それ以上の勢いで枝々から新たに花が咲き起こって来るようであった。左手にあるのは漆喰《しっくい》塗りになまこ壁の土蔵で、二つ三つと続く。その足下には躑躅《つつじ》、芍薬《しゃくやく》、彼岸花《ひがんばな》等の丈の低い草花が植えられており、それぞれ開花の頃合いが異なる筈であるのに、申し合わせたように満開の花を咲かせている。この光景を云うのに、百花繚乱《りょうらん》というういかにもな言葉があるが、ここまで来ると、死を目前にした狂い咲きという感が先に立ってしまい、寧《むし》ろ不穏であった。

　屋敷はひっそりと静まり返っていた。音と云えば、時折大きく吹く風にこの世界を遍《あまね》く覆《おお》う稲穂が一斉にそよぐ、その大波の如きざわめきばかりである。ひと渡り見回すが、人影は無い。と、書院座敷の縁側の硝子《ガラス》戸が一枚だけ開いているのが眼に入った。私は玄関には向かわず、そちらへと足を向けた。そして、縁側に腰を載せ、母屋の中に眼を走らせる。

　オヤ、と思った。向こうの八畳間に小さな子供の可愛らしい丸っこい背中が覗《のぞ》いたのである。三歳だろうか、四歳だろうか、それ位のこぢんまりとした、掌中の珠《たま》の如き幼児である。頭を短く刈り込んでいるところを見ると、きっと男児だろう。丁度こちらに背を向けてちょこんと胡座《あぐら》をかき、どうやら、砂壁に張られた色とりどりの大きな世界地図にひたすら見入っているらしい。

私は沓脱《くつぬ》ぎ石の上で泥まみれの巻脚半《まききゃはん》と編上靴とを難儀しいしい脱いだ。脚半や靴も市中を引き回されたかの如く酷《ひど》かったが、靴下が又、尚《なお》一層酷い有り様で、これも引き千切るようにして脱いだ。せめて死んでからぐらいすっきりと乾いた裸足《はだし》でいたいものである。そして、そっと縁側に上がり、足音を殺してその男の子の背中に近付いて行った。

が、畳を踏み締める微《かす》かな音を聞いたらしく、男の子は座ったまま顔をクルリとこちらに向けた。仔牛《こうし》のように濡《ぬ》れた眼をした、とんと見知らぬ男児である。しかし、秀典の子供の時分に幾らか似てはいまいか、とも思った。事物の奥へ奥へと視線を染《し》み通らせてゆくようなひたぶるな見詰め方に、秀典と通ずるものを感じたのである。

とは云え、別人であるのは判《わか》っていた。秀典では決してない。秀典の口はもう少し横に大きく引き結ばれ、鼻梁《びりょう》もすっと白く高く、耳はペタリと寝ている。この子も又死んだのだろうかと思うと、胸が潰れる程に抱き締めてやりたい気がしたが、この子はそれを狷介《けんかい》な口元で拒絶しているようにも感ぜられた。

男児の横に屈み込みながら、

「君はあれやな。世界に興味があるんやな?」と尋ねてみた。

男児は私の顔をしばし見詰めてから、頷くでもなく、無言で世界地図の一点を指差した。その何とも小さなポツンとした指先はボルネオ島にひたと着地した。

「そうや。よう知っとるな。わしはそこにおったんや」と私は云い、男児の坊主頭《ぼうず》をシャリシャリと心地よく撫《な》で上げた。

この瞬間にはまだ私は、自分がボルネオのジャングルで遂《つい》に息絶えて冥土《めいど》へ向かう、その途上でここへ立ち寄ったのだという意識が残っていたのである。

そこで突然、タンと乾いた音を立てて襖《ふすま》が開いた。視線を遣《や》ると、女の子が立っている。五つか六つ位と思われる、頬に朱の差した、キリキリと小気味良いおかっぱ頭の女児である。そして、その固く詰まった団栗《どんぐり》まなこで私を認めるや、何の躊《ちゅう》躇《ちょ》も無く、

「お父はん、もう御飯やで」と云った。

お父はん? 自分にこんな子供がおったやろか、と思った。女の子は更に地図の前に座り込む男児にも、

「宗《そう》ちゃんも御飯やで」と云った。

宗ちゃん？　ああ、そうやないか、と思った。この子は勿論、末っ子の宗佑やないか。

後から思えば、この男児についての、真偽も定かでない俄《にわか》仕立ての記憶が頭にスコンと入って来た瞬間から、ボルネオやら戦争やら死やらの悲愴《ひそう》な心構えがあやふやになり始めた気がするのである。いよいよ本格的に秀典が創り出した夢に取り込まれ、意識が鈍ったのであろう。

宗佑を見、そう云えば、この子は肩車が好きなんや、と思った。いや、思い出した。宗佑の脇《わき》に手を入れ、天井を破らんばかりに持ち上げると、ストンと肩に下ろしてやった。頭上で宗佑がケタケタと甲高い声で笑うと、首筋から単純明快な歓喜が伝わって来た。その歓喜は、殆《ほとん》ど私自身のそれと考え分けが付かず、こちらまで清々《すがすが》しい嬉《うれ》しい心持ちがして来る。そして私の口は半ばひとりでに、

「宗佑、律子が御飯や云うとるで。食べに行こか」と云った。

云ってから、ああ、このおかっぱの子ォは次女の律子やないか、と思った。いや、思い出した。

私は左手を上げて宗佑を押さえ、右手で律子の小さい柔らかい手を取った。その

感触が余りにフワフワと可愛らしく、かつて自らの手もそうだったとは到底思われない程であったので、どうやら強く握り過ぎたようである。律子は、「お父はん、痛い痛い！」と云って私の手を振り払い、足音で笑うようにトタトタと駆けて行った。私はその背中に、

「ああ、悪かったなあ」と声を投げた。

その先には十畳の茶の間がある事を私はよく知っていた。その茶の間から、立ち眩《くら》みで眼が白惚《しらぼ》けたかのように夥しい光が溢《あふ》れ出ていた。そして、その燦々《さんさん》たる光に埋もれて幾つか人影がユラユラと動くのが見えるのだが、律子も淡い小さな影となりながらその仲間にフッと入り込んでしまった。

私は不可思議な目映《まばゆ》さに眼を細めると、宗佑を肩に載せて屈みながら茶の間に踏み込んだ。と、光がパッと霧散し、一つ一つの色が際々《きわぎわ》と蘇《よみがえ》りながら全てが明瞭《めいりょう》に立ち起きて眼に飛び込んで来る。

長方形の紫檀《したん》の座卓があった。その奥に割烹着《かっぽうぎ》姿のミキが座り、満ち足りた柔らかい頬笑みを浮かべ、こちらを見上げている。

「宗ちゃん良かったなあ。お父はんに肩車してもろて」とミキが云った。

宗佑が又ケタケタと肩の上で笑った。ミキの横に座っていた長女の敦子が、

「でも、阿呆《あほ》と煙は高いとこが好きやって聞いたで」とこましゃくれた口を利《き》いた。それを聞いた長男の祐一郎が敦子に、

「そう云うお前も、二階の窓からよう屋根の上に出てるやないか」と雑《ま》ぜ返し、してやったりという顔をする。その隣に律子が転びそうになりながら腰を下ろし、

「たぶんなあ、おてんとはんも高いとこが好きやで」と云った。

何故か私もそこに割り込みたくなり、

「わしも高いとこ好きや」と大声で云ってみた。

皆、こちらを見上げた。どの眼もどの眼も水を溜《た》めた硯《すずり》のように艶々黒々と潤《うるお》い、澄み渡っている。それを見た途端、何も彼《か》もがうまく行っている、という幸福感がこの胸に強く湧《わ》き起こった。それが喉の奥から奔流《ほんりゅう》となって迫《せ》り上がって来て、口を勝手に動かし、

「お母はん、わしはまだ死なへんで」と何とも場違いな事を云わせていた。

記憶が曖昧《あいまい》になり、死の事など最早これっぽっちも考えてはいなかった気がするのに、ボルネオのぬかるみに横たわる己が未《いま》だ腹の底に住まうかの如く言葉が喉から飛び出したのである。

皆、一斉に笑った。ミキが云った。

「そらァ、お父はんは殺しても死なんわ」

それが余程可笑《おか》しかったのか、祐一郎もけたたましい笑い声を上げてから、

「お父はんは鉄砲で撃たれて鍋《なべ》の具ゥにされても死なんわ」と被《かぶ》せた。

敦子も何やら思い付いたらしく、

「針千本呑んでも槍《やり》百本呑んでも河豚《ふぐ》丸まま食べても死なんわ」と云った。

律子も負けじと、

「焼かれてお墓に入っても死なんわ」と云った。

さすがに私も可笑しく思えて来、口を挟んだ。

「そらァ、さすがに死んでるやろ」

肩の上で宗佑が、

「やっぱりな！」と云った。

それを聞いて、皆がドッと笑い転げた。私も一緒になって笑った。これでええやないか、ずっとずっとこれでええやないか、と心底から思った。人の生きる道として何も欠けるところがないような、ピタリと小さな円が閉じたような心持ちがし、本来なら一歩退《ひ》かねば見えぬであろう当たり前の幸福感を覚えたのである。そして、無論ここからも苦しみや悲しみが次々生まれ出るだろうが、それらも又どこまでも

自然な、どこまでも健全なものだろうと思った。

しかし、元よりその幸福はそれ以上は続かぬものであった。所詮《しょせん》、此岸《しがん》と彼岸とのあわいを漂いつつ見た儚《はかな》い幻影に過ぎなかったのである。

突然ミキがピタリと笑うのをやめ、眉根を寄せて上目遣いを作り、云った。

「上の方で妙な音が聞こえへん？」

「妙な音？　どんなん？」と祐一郎も途端に真顔を作ってミキに尋ねる。

「何やろ。鳥が羽ばたく音やろか」とミキは答えた。

「聞こえへんよ」と敦子が云う。

「うちも聞こえへん」と律子も云う。

「そうか。空耳か……」とミキは釈然としない様子で呟《つぶや》いた。

しかし、私には明瞭に聞こえていた。そしてすぐさま、ああ、又本が飛んでるんやな、と気付いた。その本が羽ばたく音は刻一刻とクレッシェンドして行くのであるが、子供達は勿論ミキにも最早そのざわめきが聞こえぬようであった。それどころか話題を転じて再び面白可笑しく話し始め、時折何事か意見を求める風に私にも笑顔を向けて来るのである。しかし、私にはもう彼らの話し声が一切聞こえず、書物達の途轍《とてつ》もない羽ばたきだけが、世界の涯の瀑布《ばくふ》の如く耳を覆うのだった。

ミキと子供達を眺めながら、ああ、遠いな、と思った。こんなに間近に見えるが、きっと家族は遥《はる》か遠くにいるのであり、この音こそがその証《あかし》なのだ。ずっと遠くにいる？　では、私はどこにいるのだろう。ついさっきまでここではないどこかにいたような、いや、今もまだいるような気がした。どこだったろう。きっと思い出したくもないような、思い出した途端に大岩の如き絶望がのしかかってくるようなところだと思った。しかし、夥しい羽音に揉《も》みしだかれ、それ以上深く考え抜く事が出来なかった。

私はいよいよ喧《やかま》しくて堪《たま》らなくなり、耳を塞ぐべく肩から宗佑を下ろした。が、妙な感触があった。宗佑ではない、何か違うものを摑んだ、という感触である。変に軽くて柔らかく、風の塊を摑んだ、とでも云うような。すると、宗佑はクルリと振り返り、私を見上げた。ギョッとした。それはもう宗佑ではなかった。幼児の姿にまで縮み込んだ秀典であった。笑み交わす家族達は音のあちら側にいたが、幼い秀典だけは私と共に音のこちら側に立っている気配である。そして、ミキの膝《ひざ》の上には、本物の宗佑がグニャグニャと甘えたように座っているではないか。いつの間に入れ替わったのだろう。

更に、何がどうしたものか、奥の上座には私がいた。目尻の皺《しわ》をクシャクシャと増やして頻りに笑う、幾らか老《ふ》けたらしい私がいた。いや、そもそも私と云うべきなのだろうか。彼と云うべきではなかろうか。ここにいる私は、あそこにいる私達、いや、彼等を見ている。すぐそこにいるが、最早触れられないし、声も届かない。彼等は何者なのだろう。こうであったかも知れないという私とその家族だろうか。

では、ああではないこの私はどこから来た何者だろう。子供のフリをした秀典が知っているに違いないと思い、私は秀典に尋ねた。

「わしはどこから来たんや。ほんで、どこへ行くんや」

秀典はそれには答えず、子供のものとも思われぬ分別じみた頰笑みを浮かべ、こちらを見上げていた。そして、変に勿体ぶった仕草で私の背後を指差し、何やら注意を促して来る。

何事かと振り返るや否や、私は驚愕《きょうがく》の余り息を呑んだ。知らぬ間に、隣の部屋は崩壊しつつあった。貪欲《どんよく》な竜巻に嚙み砕かれてゆくかの如く、壁やら床やら天井やらが見る見る細切れになって宙に舞い上がり、そのひと欠けひと欠けが書物に化身して、天高く飛び立ってゆく有り様が眼に飛び込んで来たのである。しかもその書物達は、一冊一冊が朱やら黄やらの揺らめく光を放ってこちらの眼を射て来るではないか。どうやら書物だてらに内部に火炎のような光源を呑んでいるらしい。燃え上がってしまわぬのが不思議であるが、実際のところ、満足に不思議がる暇《いとま》もない。何せ、その光輝を煌《きら》めかす書物達が、猛烈な勢いで由緒《ゆいしょ》ある深井の屋敷を蚕食《さんしょく》せんとしているのである。その由々しき事態はいよいよこちらに迫って来、私は断崖《だんがい》の縁で眩暈《めまい》がしたかのような畏怖《いふ》を覚えて、思わず二歩三歩と後ずさりした。

見上げると、大風に煽《あお》られたように屋根がガバリガバリと剝《は》がれてゆき、青空が覗き始めている。いや、暢気《のんき》に見上げるうちに、屋根どころか茶の間の天井も襖も柱も空飛ぶ書物となってバラバラと崩れてゆき、あれよあれよという間に家など殆ど無くなっているではないか。にも拘《かか》わらず、何故か茶の間の床だけはいつまでも四角く綺麗《きれい》に残っていて、その上で、もう一人の私やミキや子供達が、案ずべきいかなる現象も発生してないと云わんばかりに悠然と右手に箸《はし》を取り、左手に茶碗《ちゃわん》を持ち、和やかに談笑しつつ、真っ白に輝く飯を旨そうに口に運んでいるのである。

今や尋常を保っているのはこの十枚の畳だけとなった。この十畳のすぐ外にはびっしりと稲穂が攻め寄せて来ており、黄金色の大海としてザンブザンブと波打っているのである。天を仰げば、世界中の渡り鳥の群れが一堂に会したかのように青空をびっしりと埋め尽くすのは、火矢の如くに炎を宿した無数の書物、書物、書物である。ハテ、と思った。我が家が土台から柱から屋根から余すところ無く書物と化しても、よもやこれ程の大群とはなるまい。果たしてどこから溢れ出たものか。

落ち着け、と己に云い聞かせつつ見渡せば、どうやらたゆたう稲穂の波間からも本は次々と飛び立つらしい。いや、寧ろ羽ばたく書物の殆どは、尻に火の着いた雀《すずめ》の如く黄金色の大海から湧いては舞い上がり湧いては舞い上がりするようで、その営みが地から天へと逆流する炎の雨として世界の涯までも広がっているではないか。地には稲穂、天には書物、そして生者達は狭い十畳で尚潑剌《はつらつ》として生きている。炎を宿した叡知《えいち》が群れをなして天空を飛び交う下で、実る稲穂となって頭を垂れた死者達に囲まれ、それでも尚生きてゆく者達。それこそが世界の、そして人類の真相であろうか。

と、泥まみれの軍袴《ぐんこ》を摑む者があった。縮んだままの秀典である。秀典は云った。

「與次兄、どこから来たか知りたいか？　どこへ行くか知りたいか？」

そんな望みは最早、言語を絶する事態に蹴散《けち》らされていたが、私は、

「どっちにしろ帰るんと違うんか。元おったところへ」と問いを返す。

私は何かを思い出しかけていた。脳裏に横たわるのは薄暗い重苦しい湿り腐った景色である。何の約束も無い、どんな信仰も育たない、無神無情の世界である。

秀典は頬笑み、コクリと頷いた後、云った。

「確かに與次兄は帰らなあかん。でもな、そこはもう元おったところとは違うんや」

「何？　何が違うって？」

そこで突然、私と秀典の乗った端っこの畳だけが、メリメリと音を立てて茶の間から剝がれ始める。アッと思う間も無かった。私は慌ててガバリと屈んだ。畳は宙にフワリと舞い上がり、更に舞い上がり、更に更に舞い上がり、黄金色の大洋は見る見る遠ざかり、さっきまでいたささやかな茶の間も又、幸福そうな家族と共に遥か足下に収縮し、肌を掠めんばかりに飛び過ぎてゆく書物の群れをも貫いてグングンと抜き去り、ひと息にありとあるものの上へ出、一切を見下ろす孤高の存在となった。

最早相応の恐ろしさも覚え切れぬ程の古今未踏の高みである。畳かと思われたそれも、いつの間にやら六畳間程もある巨大な書物へと姿を変え、バサバサと羽ばたいているではないか。私は揺れが少なく最も安全と見た固い背表紙に跨《また》がり、へたり込んだ。しかし、幼児のなりでも秀典はさすが飛行機乗りと見えて、怯《おび》える気色もない。それどころか余裕の笑みさえ口元に湛え、この世界を統《す》べる王の如く泰然自若として背表紙の舳先《へさき》に佇んでいる。

それにしても何たる光景であろう。前を見ても後ろを見ても、右を見ても左を見ても、上を仰いでも下を見下ろしても、見渡す限り空飛ぶ書物の群れである。そして彼らは皆、火を宿しているのだ。書いた人々の魂の火が筆先から乗り移り、彼らは皆、火を宿しているのだ。彼らはどこへ向かうのだろう。書物だけに永遠の真理を目指すとでも云うのだろうか。私は今、空飛ぶ書物の海の中にいるのだ。それにしても、世界にはこれ程までに莫大《ばくだい》な書物が存在したのだろうか。人間はこれ程までに多くの事を考え、多くの書物を著して来たのだろうか。追い付けぬ。私は決して高まり広がりゆく人類に追い付けぬ。

そこで、秀典が背表紙を歩いて私の前に来、どことなく淋《さび》し気な笑みを目元に過《よぎ》らせつつ、云った。

「もうそろそろ夜になるで……。與次兄は夜の世界へ帰るんや」

「夜の世界？　わしは夜から来たんか。そこではずっと夜なんか？」

「そうや。いや、そうやったんや。でもな、もうすぐ長かった夜が明けるんや」

「長かった夜？」

「うん。その夜の底で與次兄は死にかけとったんや。でもな、與次兄が死ぬんはまだまだ先の話や。わいがわいにふさわしい地獄に堕《お》ちたように、與次兄には與次兄の堕ちるべき地獄がある。永遠を以《もっ》てしても足りひん地獄が……」

「永遠を以てしても足りひん地獄？　何の話や？　お前は何を云うてるんや？」

しかし、秀典はそれには答えず、天空の一点を指差す。

「ああほら、もう太陽が沈む。急がんと。急いで與次兄を夜の底に帰さんと……」

私は眼を細め、額に手を翳《かざ》し、秀典が指す先を見た。ギラギラと白熱する太陽が、のっぺりとした青空の上を、最早一刻も堪《こら》え切れぬという風にズズズとずり落ちていた。そして見る見る赤みを増して凋落《ちょうらく》してゆきながら、線香花火の玉のように地に沈んでゆくのである。

と同時に、背後から黒塗りの濃密な夜空が凄まじい勢いで這《は》い上がって来た。私は恐ろしさの余り、呻《うめ》きを漏らしながら仰《の》け反《ぞ》った。これ程までに素早く、これ程までに完璧《かんぺき》な暗さを備え、これ程までに渺々《びょうびょう》と襲い来る夜を初めて眼にしたのである。宇宙より巨大な存在が広大無辺の暗幕を被せて来たかのように、私は瞬《また》く間に無瑕《むか》の暗黒に包み込まれていた。

途端、アッと息を呑んだ。暗闇の中に、再び飛行服に身を包んだ青年秀典の姿がボオッと浮かび上がったのである。秀典は全身から淡い光を放っていた。夏という夏の蛍の群れを一身に纏《まと》ったかのような緑がかった黄金色の光だった。秀典は善悪美醜一切合切を腹に収め切ったかの如く大きな頬笑みを浮かべたまま私を見下ろしていた。ああ、秀典ともこれまでやな、と思った。秀典の佇まいのうちに、ひと芝居を心地良く終えて幕が下りて来ているような、永訣《えいけつ》の気配が確かにあったのである。

私はへたり込んだまま怖《お》ず怖ずと手を伸ばし、秀典の脚に触れようとした。指先が触れた気がした刹那、秀典の姿が、予兆も無く、音も無く、ためらいも無く、硝子細工のように一瞬で砕け散った。そして、秀典は黄金色に輝く無数の粒子となり、そのひと粒ひと粒がひと星ひと星となり、空々漠々たる暗黒の隅々にまで散らばりゆき、遂に黄金色の大銀河を形成したのである。

「秀典！」と私はその星空に呼ばわった。

幾度も幾度も呼ばわった。しかし、銀河へと化身した秀典からは、いっかな応答が無かった。いや、実際は声など出ていなかったのかも知れぬ。その気持ちだけで喉首が震えたように思い、存分に叫んだ気になっただけなのかも知れぬ。

しかし、いずれにせよ、私の裡《うち》に、やっぱり秀典は死んだんやな、という、根拠を辿《たど》り得ない不思議な確信が起こったのである。秀典が捨てどころを逃してしまった純粋さは、いつか体内を下って足に溜まり、手招きする死の方へと主人を歩かせるものであろうか。そういった考えも又、夢の残滓《ざんし》であったかも知れぬが、星々の光は徐々に現実の空間に結晶し、いよいよ確かな輪郭を持ち始めていた。

と云うのも、どの時点でかは定かではないが、画然たる認識がないままに、私は既に目覚めていたのである。そして、黄金をちりばめた銀河を現実のものとして見上げていたのである。

十五

辺りを領していたその夜は夜のようではなかった。二カ月余りも密林の昼と夜とを生き抜いて来た私であったが、それが確かに夜であるとすれば、終《つい》ぞお目に掛かった事のない異様な夜であった。密林の夜などと云《い》うものはそもそも夜の底に沈んだ澱《おり》の如《ごと》き濃度密度を持つ筈《はず》であるのに、視界全体が緑がかった淡い黄金色《こがねいろ》にぼんやりと輝いていたのである。夢現《ゆめうつつ》とは云え、この光を薄々眼に映していた為《ため》に、秀典が最期《さいご》に砕け散ってこのような銀河様の景色となったものと感じられたに違いない。夢とも思えぬ匂《にお》い立つような夢を潜《くぐ》り抜けた後というのも手伝って、なるほどこいつこそが真正の死か、と再び早合点しかかったのも無理はなかろう。

しかし、私の双眸《そうぼう》は次第にその茫漠《ぼうばく》たる光の大群の一点に焦点を合わせ始め、遂《つい》にその正体をしかと捉《とら》えた。始め星々と見紛うたそれは、実はキノコであった。親指の先ほどの小さな番傘のようなキノコがいつの間にかそこら中を、ぬかるんだ地面を、樹々《きぎ》の肌を、眼に付くものの一切をびっしりと埋め尽くしていた。それら一つびとつが全《すべ》て淡い光を放ち、湿った霧にねっとりと満たされた密林全体をボオッと黄金色に滲《にじ》ませていたのである。

しかも、そのキノコは人間の体、つまり私の体をも覆《おお》い尽くしていた。左腕を眼前に翳《かざ》してみると、軍衣の袖《そで》は勿論《もちろん》、上腕から指先に至るまでが天然痘にでも冒《おか》されたかの如くボツボツと輝くキノコに集《たか》られていた。ムムムと思い視線をずらすと、胸から爪先《つまさき》までがまるで密林の一部と見做《みな》されたかのように光に呑《の》まれ、となると、見えずとも脳天から顔面に至るまで総身が光るキノコに占領されているに違いない。

ウワッと叫び、慌《あわ》てて蝿《はえ》のように両腕をこすり合わせると、キノコは容易にボロボロと剝《は》がれ落ちたから、倒れたままひと頻《しき》り暴れ回り、ベタベタと粘《ねば》着《つ》くキノコを全身からすっかり拭《ぬぐ》い落とした。顔や手から毟《むし》り取ったところで痛くもなければ痒《かゆ》くもなく、かと云って、皮膚から滋養を吸い上げられて肉が萎《しな》びたようでもない。思わず安堵《あんど》の息を漏らしながら、ふと両手を眺めると、キノコから染《し》み出たらしい粘液でぬらぬらと濡《ぬ》れており、その粘液が手の形そのままに煌々《こうこう》たる輝きを放っていた。その様子に不気味さを感ずるのと同時に、これこそが命の形だ、人間の形だ、この手の形こそが人間を人間たらしめたのだ、というどこか場違いな感動が胸にザワリと湧《わ》き上がった。そして、わいは生きてる、と思った。

キノコの正体が何であれ、最早《もはや》死を容易に受け入れる心持ちではなくなっていた。病と疲労と飢餓とに生埋めにされかかったこの脆弱《ぜいじゃく》な精神であったが、しばしの眠りによって軽やかさを取り戻し、再びここに生きて浮上したのである。しかしそれは、ここ暫《しばら》く胸に湧いた憶《おぼ》えのない、些《いささ》か素性の怪しい高揚感とも思われた。端的に不可思議なキノコの目もあやな視覚効果であったろうか。それとも、夢の中ではあったが、未来の家族らしきものが登場する安穏な光景を見たからであろうか。

ふと見ると、傍らに投げ捨てられていた小銃までもがびっしりとキノコに集られていた。が、わざわざ払い落としてやるまでもあるまい。事ここに至って何を撃つでもないし、光っている方が幾らか可愛げもあり、第一、暗闇で見失わずに済むというものである。

はたと、ヤコウタケという蛍のように夜に光を放つキノコが存在する事をいつか本で読んだのを思い出した。しかし、そんな分かり良く腑《ふ》に落ちる現象でないのは火を見るより明らかである。一体どんなキノコが一夜のうちに人間を衣服ごと、しかも鉄帽や小銃までをも覆い尽くすだろうか。

上半身を起こしてみた。マラリアの熱は既にすっかり引いているようである。頭が変に冴《さ》え渡り、何について思索を巡らせても間違いの無い明確な結論を導き出せそうな心持ちであったが、勿論そんな気がするだけの事だと自覚してもいた。未《いま》だキノコに覆われたままの背負い籠《かご》を肩から外し、膝《ひざ》に手を突いて難儀しいしい立ち上がると、辺りをぐるりと見回した。

天の川のような、横幅が五、六メートル程もある光の帯、光の道のド真ン中にポツネンと私は立ち尽くしていた。友軍が通って来たサンダカンからラナウへの道はおおよそ東西に延びているはずだが、キノコの道はそれと交差して南北に延びているらしい。黄金色の光の帯を眺めるうちに、尻の辺りからゾワゾワと毛が逆立ち、脳天まで這《は》い登った。余りの美しさが恐ろしかった。この種の美しさは死にまつわるものでしかあり得まい。突然、自分はやはり死んでしまっており、本当の肉体はすっかり冷え切ってまだそこらに転がっているのではないかという考えが生まれ、ハッと振り返った。が、そこには私が横たわっていたせいでキノコが占領し残したらしい黒々としたぬかるみが、光の帯に生じた裂け目のように口を開けているだけである。

ふと、足下の背負い籠に入った背嚢《はいのう》が猫でも潜り込んだようにガサゴソと蠢《うごめ》く事に気付いた。すぐにピンと来た。本だ。遥《はる》か遠い日本から肌身離さずずっと持ち歩いて来た、あの得体の知れぬ謎の書物が久方ぶりに息を吹き返し、背嚢の中で息苦しげに身を捩《よじ》っているのである。

背嚢に手を突っ込み、ビクンビクンと生きたように震える詩集を取り出した。宮村賢太郎著『凍《い》て春と修羅道』、二年前に、部屋を飛び回っているのを捕まえて初めて手にした幻書である。幾らか調べてはみたものの、無論、宮村賢太郎などという聞いた事もない詩人の実在を確認する事は出来なかったし、ましてやその謎の男の詩集が出版された形跡などどこにも見付け出せなかった。いずれにせよ、黒川宏右衛門が書いた『雄雌本』を思い起こさずにはいられなかった。雄本《おすぼん》と雌本《めすぼん》とが子供を生む。事実であろうか。事実ならば、きっとこれは、高村光太郎の『道程』と宮澤賢治の『春と修羅』とが何やら摩訶《まか》不思議な力により交じり合って生まれ、産《うぶ》声《ごえ》を上げるようにしてその間から飛び出して来たのであろう。実際、その時の本棚

いたのである。

本が飛び去ってしまわぬよう留めていたゴムバンドを外すと、『道程』と『春と修羅』との間に一冊分程、隙間《すきま》が空いていた。一葉の写真が挟まっていた。キノコの発する光により、タワオ以来久方ぶりに開いてみた。一葉の写真が挟まっていた。キノコの発する光により、写真までもが黄金色に輝いている。祐一郎の七五三の折に写真館に行き、私とミキ、そして祐一郎の家族三人で撮影した写真であった。カメラを前にして、私だけが立っている。未だ戦争を知らぬ幸福な子供として私は満ち足り、つるりとした、そしてふっくらとした頬に笑みを寄せ、ミキの肩に手を置いていた。ミキは、晴れ着を着て千歳飴《とせあめ》を持つ祐一郎を抱き、びろうど張りの豪奢《ごうしゃ》な椅子《いす》に腰かけていた。

モダンなワンピースを着たミキが、小さな永遠の欠片《かけら》をそっと噛《か》み締めるように頬笑んでいる。やや離れ気味の円《つぶ》らな眼で、真っ直《まっす》ぐこちらを見据え、その口元は何事かを云わんとするかのようにやや突き出されている。きっとその瞳《ひとみ》には、カメラではなく、写真屋でもなく、ボルネオのジャングルで、たった今キノコに照らされて立ち尽くすこの私の姿が映っているのだ。こうやって祐一郎と二人椅子に座り、写真の中でグッと息をひそめ、いつまでもいつまでもこの私を待ち続けているのだ。

写真の中でミキの口が僅《わず》かに動き、これは誰の耳に入ってもいけない二人だけの秘密だという風に、私にだけ聞こえるようにそっと囁《ささや》く。

「與次郎はん、わてには見えてます。カメラのレンズの奥に、戦争に行かはった與次郎はんの姿が見えてます。ガリガリに痩《や》せ細って、ボウボウと髭《ひげ》を生やして、それでもまだ真ン丸な眼鏡を掛けて、ジャングルの底で尚《なお》も本を開く與次郎はんの姿が見えてます。もし與次郎はんが死なはったら、きっとこの写真の中に帰って来て下さい。この写真を撮った時、わてらは幸せでしたね。これ以上ない程に幸せでしたね。與次郎はんは知らんかもしれませんが、実は幸福な写真は永遠なのです。だから、この写真も又、永遠なのです。この写真は永遠なので、わてらは永遠に待ち続ける事が出来るのです――」

己の勝手な空想に不意に胸を締め付けられた。そして、大地が水で覆われるように視界に涙が込み上げてき、眼に映る一切が黄金色に滲み始め、写真がその光の裡《うち》に目映《まばゆ》く溺《おぼ》れた。眼鏡のレンズの内側に涙が落ちた。もう止まらなかった。私は本を閉じ、暫《しば》しその場で嗚咽《おえつ》した。もし世界で最後の人間になった時、誰も見ていないと分かっていても、神すら見ていないのだと知っていても、その人間は泣くのだろうか。きっと泣くのだろう。木の股《また》から一人で生まれて来たのではないから、かつては孤独ではなかったろうから、昔を思って、昔の夢を見て、きっと泣くのだろう。全人類を抱き締めるように、自らの体を抱き締めて、全人類として全人類の涙を流すのだろう。

やがて涙が引いた。再び本を開く。「夜海《ようみ》」という詩の題が眼に入った。正体を探ろうと隅から隅までしゃぶり尽くすように精読した詩集であったから、これも又、殆《ほとん》ど、そらで云える詩であった。

幾百年幾千年とつづいた巨《おほ》いなる多数決の涯《はて》に
氷河期にもたうとう冷え切れないでゐたわたくしの霊魂《たましひ》は
ふたたびぐつぐつと赤く滾《たぎ》る鉄球へとかへり
線香花火のやうにちらつぱちらつぱと
なまぬくい暗い世界を刺しとほす
鋭利なる雷炎を放つやうになつたのです

しかし夢から醒《さ》め、また夢から醒めた夢から醒め、
ぎよつと見まはせば、しめつた土嚢《どなう》のやうに投げ出され、
ふるふると凍え切つたわたくしただひとり

思はず抱へこんだこの腕が細いから、
もう渚《なぎさ》で砂城《さじやう》をこしらへやうとは考へない
抜かりなく夜に寝がへつたらしい黒い波どもに、
ざぼりと足を突き立て、くるぶしで泡立て、
膝《ひざ》を押しこみ、腰をあづけ、胸を滑らせ、
かうなるともう孤独のあまり、怖《お》ぢ気のあまり、
憤怒《ふんぬ》のあまり、矜持《きようぢ》のあまり、どこまでも、
まつ暗な海原に出てゆくしかないのです、
こんどこそ夢から醒めるために。さう云へば、
海の向ふでは、ひとはたれも死なぬのださうです

銀河全貌《ぜんばう》とかはらぬくらゐ巨きな闇のうへを、
ずいぶんながらく泳いでまゐりましたが、やつぱりまだ、
しつこく夢を見てゐるのでせうね。なぜつて、
わたくしもかつては、子どもでありましたから

何度読んでも今一つ脈絡の摑《つか》めぬ詩である。しかし、「さう云へば、海の向ふでは、ひとはたれも死なぬのださうです」という下手な付け足しのような一節が、日本から懸《か》け隔たったこのボルネオという死地で読むと、不可解だとか嘘臭いとかいうのも跨《また》ぎ越し、寧《むし》ろ避け難《がた》い死を前にしてあって然るべき、あどけない祈りのように響いた。いや、きっと書物とは全て祈りなのであろう。先刻見た夢の中で、夥《おびただ》しい書物が天空を駆けていたが、あれらはきっと全て祈りであったのだ。

と、出し抜けに詩集の紙面が朱に染まり、光を放ち、この眼を炙《あぶ》ったように思われた。夢の中で見た書物のようにこれも遂に炎を宿したのであろうか、という馬鹿げた考えが脳裏を過《よぎ》った時、不意を突かれて力を緩めてしまった。詩集はその機を逃さずに身を捩り、この手を離れ、写真を落としながらバサリと大きく羽ばたき、夜の密林に舞い上がる。アッと思わず声が出た。本は歓喜に狂い踊るように、頭上を何度もグルグルと旋回すると、右へ左へとはしゃぎ回りながら光の道を北上し始めた。

「おい、帰って来んかい！」と大声で呼びかけるが、本は一顧《いっこ》だにしない。

この二年足らずの付き合いで既に話せば通じるような繫《つな》がりが自分と本との間に出来上がっている気がしたのだが、それはやはり片想《かたおも》いであったようだ。詩集はあちらの枝をかいくぐり、こちらの幹をするりと回り、とにかく嬉《うれ》しくて堪《たま》らぬといった風に飛び回りながらも確かに光の道を辿《たど》ってゆく。私はチッと舌打ちすると、天皇より賜《たまわ》った小銃も背嚢もその場に打ち捨て、兵士である前に学者であるならば最期はせめて書物を手に迎えようと思い、慌てて跡を追い始めた。秀典も又、自分の搭乗機にいつも書物を積み込むのだと手紙で書いて寄越したのを思い出したのである。

追えども追えども詩集との差は一向に縮まらなかったが、かと云って大きく引き離されるわけでもなく、悪巧《わるだく》みに長《た》けた妖怪に巨大な肥溜《こえだ》めにでも誘い落とされようとしているのではないかという子供じみた考えが頭を掠《かす》めた。と、視界の隅に何やら得体の知れぬものがチラつくのを感じた。素早く左右に首を振ってそれを確認すると、それも又、別の書物であり、やはり宙を舞っているのだ。しかも一冊や二冊ではない。十冊かそこらが周囲を飛んでおり、振り返ると更に何冊もが視界に入り、前方もその気になって見れば、詩集のかなり先にチラチラと舞うのが見えた。このキノコの道は書物の通り道になっているのかとも思われたが、どうもこちらが道を逸《そ》れてしまわぬよう空飛ぶ本どもが結託して私を取り囲んでいるようにも感ぜられる。

本を追って進むうちに、何やらカアッと眩《まぶ》しくなって来た。光の道はまだ続いているが、幾らか先で忽然《こつぜん》と密林が途切れ、光り輝く広々とした空き地のようなものが伏せっているようだ。想像するに、茸《きのこ》ヶ原とでも名付けたくなるような、黄金色に輝く満月が大地に焼き付いたかとも思われる絶景が広がっているに違いない。いよいよ気が逸《はや》った。そこへ辿り着けば、ひと晩のうちに一斉に出現した光るキノコの出自が、いや、欲を云えば空飛ぶ書物の正体までもが判明するのではないかという根拠のない期待が胸に膨らみ始めたのである。

私は空き地の手前で足を止め、肩で息をしながら、ものも云えずに立ち尽くしていた。幾冊もの書物が、ちゃんと獲物を誘《おび》き寄せたぞと云わんばかりに私を追い越し、空き地に飛び込んでゆく。奇妙なものを眼にしていた。案の定《じょう》、眼前には輝くキノコが一面に敷き詰められており、その眩しさは眼を細めずにいると網膜が感光するかと案じられる程であったが、現実の裂け目としか云いようのない更に異様なものが空き地のド真ン中に鎮座《ちんざ》していた。

それは象であった。小山の如き巨大な一頭の象が、余裕綽々《よゆうしゃくしゃく》として腹這いになっていた。恐らくその変にスベスベしたように見える肌は、磨き上げられたギリシャ彫刻の如く殆ど純白なのであろうが、百万千万のキノコの放つ夥しい光を一身に浴びて、その全体像は緑がかった黄金色に照り輝いている。まず舌の上に這い出てきたのが、美しい、という甚《はなは》だ月並な言葉であった。しかし、それだけなら、ここまでの行軍でアジア象の群れに二度遭遇したという事もあるし、空飛ぶ本やら輝くキノコやらの事もあるし、特段胸を騒がせる椿事《ちんじ》でもなかったろう。

結論を云えば、その白い象は巨大な翼を生やしていた。それが又、不可思議な翼であった。根元の辺りこそ万が一象の脚が翼に進化したなら斯《か》くあるべしという様子であるが、中途からどうやら鳥類の如く羽毛が生え出すらしく、その羽毛一枚一枚が又、羽子板のように巨大なようである。もし象にも知性があり、絵画を嗜《たしな》む芸術性をも持ち合わすならば、象の天使をこのように想像して描いたのではなかろうか。そしてその天使は、ボルネオ中に風を送って空飛ぶ書物を招き寄せているのはこの自分なのだと云う風に、悠然とその翼を上下させていたのである。

実際、私が先程から眼にして来た書物達は、恰《あたか》も長旅を経てようやく故郷に帰り着いたかの如く白象の周囲をグルグルと旋回しており、その中にはこの手から逃亡した例の詩集も含まれている筈だった。が、それらの書物は見る見るうちに数を減らし、やがて一冊も見えなくなってしまった。何故《なぜ》なら、時折白象が長い鼻を高々と持ち上げて、鼻先からズボズボズボと空飛ぶ書物を吸い込んでしまうからである。

わいの本も喰われたな、と思ったが、いや、それどころではあるまい、と考える変な冷静さも残っていた。

看過《かんか》出来ぬ点は他にもあった。白象は腹の下に脚を折って座り込んでいるのだが、その脚は幾度眼をこすって数えても片側に三本あるように見えた。となると向こう側にも同様に三本あるに違いなく、合算するに計六本、いや、翼をも含めれば計八本という、哺乳類の事情に暗い神が締切りに追われて苦し紛れにでっち上げたような形態である。それから、無論、正常とまでは云えないが、かと云って道理自然に反すると断じる程でもなく、かと云ってやはり絶対に捨て置けない点があった。それは、その象の背中に男が一人悠々と跨っていたという事実である。人間の男という生き物は嚙んだり引っかいたりしないと見れば何にでも跨る性分であるから、その状態そのものは別段騒ぎ立てる事でもあるまいと云えぬでもない。が、それでも尚言及すべきはその男の姿格好である。凡《およ》そ過酷な戦場にも夜更《よふ》けの密林にも翼の生えた白象の背中にも似つかわしくない人相風体で、小綺麗《こぎれい》な三つ揃《ぞろ》いの背広に身を包み、顔の下半分は丁寧に刈り込んだ白い髭に覆われ、つまり場違いである事この上ない西欧風の白人であった。

理性をも持ち込める別の夢に踏み込んだのであろうか。或《あ》いは、案に違《たが》わず冥土《めいど》に踏み込んだのであろうか。そう考えざるを得ない程に不可解至極な状況であったが、いずれにせよ、この期に及んで幾らかでも口の利《き》けそうな奴《やつ》ばらに出会《でくわ》したなら、土民であれ毛唐であれ妖怪であれひと言挨拶《あいさつ》をせぬ訳には済むまい、との前のめりな考えが胸中に湧き上がって来た。キノコの道で覚醒《かくせい》して以来、説明が付かぬ程に体が軽く、それに伴って気までがかつてない程に大きくなっていた。そのせいで、異様な事態がいよいよここまで来れば気に掛かった事全てに猪突《ちょとつ》したいとの、蛮勇と万能感とがない交ぜになった、十代の頃のような若々しい活力に駆られていたのである。

さて、象上の男である。どこからどう見ても象の上であるのに気取って三つ揃いなんぞ着よってからに、こいつは尊大極まりない上に鼻持ちならぬ上流階級の英国人に相違ない。しかも、ナイトの称号だか何だかを英国王室より賜ったけれども、近隣に都合良く馬が見当たらぬ場合は象でも支障あるまいとでも思い込んでいる様子である。小銃を取りに戻るかとも考えたが、この壮絶なまでに美しい茸ヶ原にあってボロ雑巾《ぞうきん》の如き軍衣にげっそりやつれ果てた幽鬼の面貌というだけで十二分に無粋であるのに、その上錆《さ》び付いてキノコまで生えた鉄砲なんぞ手にしてノコノコ出張って行ったらフフンと鼻で笑われかねない。などとあれこれ考えもって怖《お》ず怖ずと空き地に足を踏み入れると、得体の知れぬ白髭の老人はクワッとこちらを睨《ね》め付けてき、しかし意外にも、待ちかねたかのようにブンブンと勢い良く手招きをして寄越した。丸っきり夢中にありがちな、脈絡を欠いた展開である。

時刻も定かでない夜更け、ボルネオのジャングルで象の背に乗った白人が私に手招きする。これが真正の夢であるなら、ああ待たせてしもたようやな、などとこちらも済まなく思い、小走りにでもなるところであろう。そうやそうや、ボルネオで待ち合わせしてあの爺《じい》さんと空飛ぶ象に乗る筈やったんや。しかし私は、ハテ、と訝《いぶか》しんだ。その時点ではまだ、事態の異常さに呑まれていなかったのである。とは云え、己が夢を見ている事に気付いたという、些か憶えのある感覚とも又違っていた。強いて云えば、夢の方から現実に出張して来たという塩梅《あんばい》であろうか。

いずれにせよ、向こうは一から十まで事の成りゆきを御承知と見える。さては呼ばれたな、という後から思うと出所を説明出来ぬ考えが脳裏を過った。そして、その考えは結局正しかったようなのだ。足先で落とし穴でも探るようにして、一歩一歩ゆっくりと歩きながら考えた。この光るキノコの道も詩集を操って私をここに呼び込んだのも、徹頭徹尾こいつの企《たくら》みではなかろうか。更に云えば、まさか赤紙に細工して遥々日本からここへ呼び付けたとまでは勘繰《かんぐ》らないが、こちとら飢えと赤《せき》痢《り》とマラリアと潰瘍《かいよう》その他でヨレヨレだと云うのに、大学出のひ弱な補充兵の尻を見えない鞭《むち》でピシピシと引っぱたいて無理矢理歩かせた上、都合良くそこらで昏倒《こんとう》せしめたのもこいつの仕業ではなかろうか。

恐る恐る象上の老人に近付いてゆきながら、山田長政の伝説がハタと脳裏に立ち上がって来た。長政は、江戸時代に朱印船でシャムに渡り、アユタヤ王に仕える傭兵隊長として戦象に跨って八面六臂《はちめんろっぴ》の大活躍をしたなどと云われているが、眼前にいるこのけったいな白人の爺《じじい》も又、長政と同系統の人騒がせな渡り者に過ぎぬのではなかろうか、となるべく軽く優しく現実に沿った無難な方向で考えようとしたのである。が、しかし、象が翼を生やしていたり本が飛んだりキノコが光ったりと道具立てが著《いちじる》しく異なるせいか、そうはうまくいかず、更にまずい事にその英国人に違いなかろう老爺《ろうや》は突然甲高い声を発し、

「そこのきみィ、深井與次郎はんとちゃいまっしゃろかい？」と変な大阪弁らしき、、、ものを問うて来た。

私は余りの事に仰天動揺して脳の言語野に過電流が流れ、咄嗟《とっさ》に、、、、、、

「そうでちゃいまっしゃらない」

と答えてしまってから、いやいやこれは私の口が云うたのではない、云うたとし

たらボルネオ妖術の一種によって化かされつつあるに違いない、などと必死で思い込もうと試みたが、どこかで確かにそう答えようと英断を下した己の残響が感じられて、それすらうまくゆかなかった。恐らくはこの時、既に私の精神は現実の側に滲み出してきていた夢の領域に囚《とら》われつつあったのであろう。茸ヶ原の入口から白象の傍《そば》に至る間に境界線のようなものが引かれていたのを、知らぬ間に跨ぎ越していたのである。

さて、白髭の老爺は年寄り臭い仕種《しぐさ》でモゾモゾフラフラと白象の背中から這い降りると、

「でっしゃろォ思たんやさかいなァ、わしィ。ここォ来るまでエラいしんどかったんとちゃいまっかいな、われェ」

とまずまずの愛想で畳みかけて来るものだから、何やら勢いに呑まれてじっとりと握手を交わしたものの、私の大阪弁にはガラガラと内部崩壊の兆《きざ》しが現れ、自分でも気付かぬうちに全然駄目な風に再構築され始めていたのである。その憂《うれ》うべき事態を強いて喩《たと》えるなら、大阪に一年だけ住んでいた事のある好《い》い加減な支那人が日本など毛程も知らぬインド人に日本語を教え、そのインド人がペルシャ人に教え、そのペルシャ人がイタリア人に教え、そのイタリア人がイギリス人に教え、そのイ

ギリス人が一周回って大阪人の政治学者兼兵卒に教え、その敵国の文化感覚を言語という根元根底からガタガタと揺さぶらんと企んだかのようであった。

と、そんな事を空想する間にも、言語攻撃の手を休めまいと考えたものか、怪し過ぎる白髭の老爺は自己紹介らしき口上を述べ始め、その後も私の大阪弁の破壊を容赦なく押し進めつつ、開いた口が塞《ふさ》がらぬような驚愕《きょうがく》すべき世界の秘密について語り始めたのである。

「わしの名ァはアントニオ・パニッツィと云いよりまんねんでんねんけどよォ、ちいとも怪しいもんではあらしまへんのとちゃいますやろかどすえ」

「は？　やろかどすえ？」

この場面はまだまだ続くが、あまりに長いので一旦《いったん》区切り、つづめてしまおう。

ここに至ってようやくラディナヘラ幻想図書館の司書アントニオ・パニッツィが表舞台に登場した。恵太郎、君はこの名前を憶えているだろうか。そう、黒川宏右衛門やアリストテレスやグーテンベルクらとともに深井邸の不気味な肖像写真となって幼気盛《いたいけざか》りの私を見下ろしてきた、あのいかがわしい連中の一人だ。そして、釈苦利の著書『幻想の書誌学』においても、十九世紀の英国を代表する幻書蒐集《しゅうしゅう》家であったと思われる人物として名を挙げられていた男である。ラディナヘラ幻想図書館については後述するが、つまり、與次郎があの部屋に肖像写真をずらりとかけた連中は一人残らずその司書なのだ。

　というわけで、パニッツィは大阪弁ふうの日本語に少し似ている魔導言語を臆面《おくめん》もなく駆使して自己紹介を含めてさまざまなことを語ったが、言語感覚を冒された與次郎は言葉を直してやろうにもだんだんとパニッツィのほうがまったくもって正しく美しい大阪弁を話しているような気がしはじめ、東の空が白むころには、

「もうそろそろ朝ァならはったんちゃいまっしゃろわいね、パニッつぁん」

などとごく普通に言って顔を赤らめることもなかった。完全に術中に落ちたのだ。

　ところで、アントニオ・パニッツィは西暦一七九七年にイタリアのモデナ公国で生まれた元弁護士兼元革命家だ。それがなんと言うかまあ、自分じゃなくてよかった感じのことがあれこれあってイギリスに亡命し、結局、大英博物館の館長にまで登りつめたのである。もし君がそのあれこれについて知りたければ、電球喰う人も好きずきとか言うし、個人的な趣味としてせいぜい頑張って調べてほしい。というのも、この手記にとって重要なのは、パニッツィもまた書物に取り憑《つ》かれた男の一人であったという事実であり、書物と書物のあいだから新たな書物がしばしば生み出されることを

知っていたという事実であり、のちの與次郎とおんなじようにその摩訶不思議な宙を舞う本をこっそり蒐集していたという事実のみなのだ。そしてそんなパニッツィの身に次のようなことが起きたらしい。

十九世紀半ばの冬のある日、パニッツィが流感に罹《かか》って自宅で臥《ふ》せり、おでこでシャツのしわを伸ばせそうなひどい高熱に浮かされ意識朦朧《もうろう》となっていたところ、翼のある白象に乗った、ルネサンス風コスプレに入れこんでいるらしい狂人が見舞いに訪れた。その男はヴェスパシアーノ・ダ・ビスティッチというイタリア風の公衆便所みたいな名を騙《かた》ると、ルネサンス時代にトスカーナで書籍商をやっとったけどがっぽがっぽで往生《おうじょう》したわ、という妄想についてその仔細《しさい》を得々と語るものだから、パニッツィも、いやあ当時のことを隅ずみまでよく勉強されましたな、はははリアルリアル、と横になったまま鷹揚《おうよう》に応じた。

さらにヴェスパシアーノは意外な方向に勉強の成果を発揮した。東南アジアはボルネオ島の北部にキナバルという名の標高四一〇一メートルにもなる不思議な山がある。そのごつごつした山容はさながら悪魔の巣くう禍《まが》まがしい城塞《じょうさい》のようであるが、地元のドゥスン族は先祖の霊が住まう場所だと信じていて、その名はドゥスン語のアキ・

ナバルすなわち「死者の聖なる地」に由来するらしい。しかしそんなことはだいたいにおいてどうでもよく、実はそのキナバル山の荒涼とした山頂付近には生きた人間が入ることもトイレを借りることも見ることもできない巨大な純白の建造物が建っていて、その名を「ラディナヘラ幻想図書館」という。中国は唐の天才詩人である李賀《りが》が臨終の際、その枕頭《ちんとう》に天帝の使者が現れて、「天帝の白玉楼成る、君を召してその記を作らしむ」と告げた、という故事があるが、文人墨客《ぶんじんぼっかく》が死後に行くと言われる、その白玉楼こそがラディナヘラ幻想図書館のことであるらしい。そこには、人類が文字を発明して以来、粘土板やパピルスの巻子本《かんすぼん》に始まって現代の紙の冊子本に至るまで、人の手によって書き記されてきたありとあらゆる書物、いや、人の手によらない書物までをも含め、数千億点が収蔵されており、今もなお増えつづけている。というのも、書物と図書館の守護神である白い象アヘラたちが、強烈な魔力を秘めたその鼻の吸引力によって世界じゅうから書物を呼びよせているからである。

そこまで聞いた時点でパニッツィの眉毛は唾《つば》でべとべとになってそれが目の中にまで垂れてきてしぱしぱと難儀するほどだったが、その幻想図書館には書物と書物が申しあわせて得手勝手に造り出すこの世にあってはならない魔性の本が数百万冊も収蔵されているとのくだりになると、さすがにぎらりと目の色を変え、ベッドの上でのっ

そりと身を起こした。さらにヴェスパシアーノは、

「あんたはんが強引に押さえつけて隠匿《いんとく》してはる空飛ぶ書物があるやろ。わしらはそれを『ウジャニ』と呼んどるんやけど、本来やったら即刻その図書館に収蔵されて生者たちの目ェから隠されんならん。しかし、もしあんたはんが死んだあと、に、、、、幻想図書館の司書として世界が終焉《しゅうえん》を迎える日まで働く気がある言うんなら、ウジャニに言うことを聞かせるとっておきの方法を伝授しようやおまへんか」

というような趣旨《しゅし》の提案を持ちかけてきた。そしてさらに次のように畳みかける。

「ちなみに先輩司書の中には、アッシリア王国に史上最初の図書館を造ったアッシュールバニパルはんもおるし、万学の祖にしてアレクサンドロス大王の家庭教師アリストテレスはんもおるし、活版印刷術を発明したグーテンベルクはんもおるし、いやはやすごい面子《メンツ》」

パニッツィは飛び起きてヴェスパシアーノの前にがばとひざまずくと、その象くさい手をぐっと握ってむちゅっと接吻《せっぷん》し、唾で目をきらきらさせながら、

「アッシュールバニパルはんとアリストテレスはんとグーテンベルクはんの大ファンなんです！　ぜひ楽屋に連れていってください！　私たぶん今夜にも死にますんで」

みたいなことを言った。すると、

「せやろせやろ、ぜえんぶ分かっとったわ。はなからそのつもりでここ来とんじゃ。このわしが手ぶらで帰るかいな、がははは！」

とヴェスパシアーノの高笑いがイギリスじゅうに響きわたった。

しかしパニッツィはその晩には首尾よく死ねず、八十歳を超えて一八七九年まで生きたあと、生前に契約を交わした数万冊にも及ぶ幻書たちにボルネオ島はキナバル山までその魂を連れ去られ、永遠に幻想図書館司書として仕えることとなったのだ。


というような幻想図書館司書の師弟における伝統的な儀式がパニッツィと與次郎のあいだでもくりかえされ、霧深い早暁《そうぎょう》の密林にパニッツィの高笑いが響きわたった。かつてのパニッツィがそうであったように、與次郎もまた知の深淵《しんえん》のほとりに立ち、畏怖《いふ》に打たれ、死後の魂を幻想図書館に売りわたすことを決意したのだ。

パニッツィが言うことには、與次郎はボルネオで死ぬことにはなっていないらしい。米豪軍の俘虜《ふりょ》にはなるが、無事日本に帰国して大きな屋敷に暮らし、莫大《ばくだい》な蔵書を抱えたまま老境に達する。しかしある日ある時、とあることで死ぬ。そして契約が果たされ、その魂はラディナヘラ幻想図書館に司書として迎えいれられる。

なぜそんな先ざきのことが分かるかと言えば、司書になる人間は書物自身によって予言書という形で前もって選ばれるのだという。その予言書もまたどこかの本と本のあいだで生まれてキナバル山に飛来したウジャニの一種で、ラディナヘラには数十万冊にも及ぶ予言的な内容を含んだ書物があり、人類が滅亡する日までの、例えば数年後にフランクフルトに生まれるであろう平凡な商店主の平々凡々たる生涯だの、くりかえされる世界戦争の行く末だの、玉石混淆《ぎょくせきこんこう》の雑多な出来事が記されているらしい。しかし予言書の内容は必ずしも実現するとは限らず、相矛盾する未来を描き出すものも数多く存在することから、司書たちも額を集めて日々どの予言が実現するのかと侃々諤々《かんかんがくがく》の議論を交わしているという。

ちなみにこの戦争について書かれた予言書も無数に存在する。ヒトラーがウジャニを悪用して暗殺から逃げまわったせいで、あたかも大河の流れが怒濤《どとう》となって横滑りするように歴史律が大きく書きなおされてしまったが、その後、入手した数かずの予言書を分析したところによると、数カ月後に日本は米国によって物凄《ものすさ》まじい威力の新型爆弾を落とされ、天にも届くキノコ型の雲の下で何十万人もの命が失われたのち、戦争に敗北するのだという。そしてその予言は、司書たちのあいだでは極めて蓋然性《がいぜんせい》の高いものだと見なされているらしい。

與次郎は、死後の就職先について、以上のごとき荒唐無稽《こうとうむけい》な説明を師匠であるパニッツィから受けた。しかしそこはチラシでも便所紙でも裏を読まねば気のすまない與次郎のこと、七割八割は信じても、残りの心を明けわたすにはラディナヘラ幻想図書館とやらの現物を見せてもらわねばなるまいと考えながら話を聞いていたようで、『No.19・5』にも、

「世には詐欺《さぎ》を働く会社など五万とあって、記載された住所を訪ねてみると、そこに事業所の影も形もないなどと云う話は掃いて捨てる程耳にするのである」

などと記されている。そんな猜疑心《さいぎしん》を弟子の目のうちに読みとったのか、パニッツィ氏は実際に與次郎を事業所の住所まで連れてゆくことになる。

赫々《かっかく》たる旭日《きょくじつ》が東の空に昇り来て、あれ程までに夥しかったキノコの光がすっかり消え果ててしまうと、パニッツィ氏は白象先生の背中をペチペチと叩いて云った。

「ほなァ、與次郎はん、ええとこまで送ったらはるさかい後ろォ乗ってけつかれやァ。せやないと耳に指突っこんで奥歯にもの挟まってガタガタ云わはりまっしゃろ」

ここで舐《な》められては男が廃《すた》ると私は思った。廃っても構わぬからキッパリ遠慮しようかという考えも浮かぶには浮かんだが、となると、夏場の湯たんぽの如き詰ま

らぬ空《す》きっ腹を抱えて、又もやぬかるむジャングルの底をグチャラグチャラと涯も無く歩いてゆかねばならない。最早それにはほとほと嫌気が差して嫌気の塊と云ってもいい位であったので、ならば後学の為に、四方八方どこからどう見ても全然快適そうでない象の背中を一度経験しておいても罰《ばち》は当たるまいという心持ちになって来た。

白象先生の背中には籐《とう》の籠を引っくり返したような物体が載っていて、どうやらそれが座席と云うか、馬で云うところの鞍《くら》になっているようである。鞍と云っても象だけに相当に大きな代物《しろもの》であるから、確かに大の男が二人で乗ってもさほど窮屈とは見えない。そして、その鞍から何やら得体の知れぬ繊維で編んだ汚らしい縄梯《なわばし》子《ご》が前脚の方まで垂れていて、それを伝って背中へ登らせて頂くのが常道であるらしい。

無論、私は生まれて初めて象に触れた。いつかきっと象に乗ってやろうなどと夢見て生きて来た訳ではなかったから、どんな手触りとも殊更《ことさら》想像していなかったが、見た目以上でも以下でもないゴツゴツグヌグヌとしたいかにも象らしい感触である。どうにかこうにか無事に鞍に跨ると、他に目ぼしい突起物等も見当たらないので、詮方《せんかた》無くパニッツィ氏の背中にしがみ付いたが、齢《よわい》八十を超える老爺であるせいか、それ以上に前世紀の死者であるせいか、一向重量感が腕に伝わらず、望ましい安心感が得られない。パニッツィ氏の肩越しに白象先生の真ッ白な頭が見えたが、真ン中の辺りが良い具合に窪《くぼ》んでいて、どことなく肌の荒れた毛深い女の尻のようである。

と、グラングランと小船が大波を乗り越えるように前後に揺れながら白象先生が立ち上がり始めた。立ち上がる過程も相当に肝《きも》が冷えて、思わず黄色い悲鳴を漏らしかけたが、すっかり立ち上がってしまうと、二階の屋根に上がって大棟《おおむね》に跨った程の瞠目《どうもく》すべき高さに達し、その事に強い懸念《けねん》と失禁の予感の如きものを覚えた。しかし、私の本当の懸念は白象先生が背中に生やす長大な翼の方にこそあったと率直に告白すべきであろう。

何はさておき妙な翼であった。内部に骨が通っているらしい部分はまだ象の肌に覆われているのだが、風切《かざきり》と云うのだろうか、翼の後方部分へ行くに従って、ひと掃きで六畳間を綺麗に出来そうな程の巨大な羽が奇ッ怪な屋根瓦《がわら》のように整然と重なって生えており、象とは雖《いえど》も、その気になりさえすれば満更《まんざら》飛ばぬものでもないという風な剣呑《けんのん》な空気を孕《はら》んでいる。

しかし私は、この翼はきっと飾りであるに違いない、駝鳥《だちょう》ですら飛べぬものを果たして象の如き巨大生物が宙に舞い得ようか、羽ばたく事によって鈍重な歩行を助ける働きでも担《にな》っているのであろう、などと理性と楽観とに頼ってつらつら考えた。更に進んで、やはり白い象に翼があるという事には平和とか自由とか友愛とか連帯とかそう云った類《たぐい》の象徴的な素晴らしい意味があるに違いあるまい、などとなるたけ安全で心地良い方向へ思い込もうとしたのである。

が、結局全くの徒労であった。生まれ付き平穏を尊ぶ性質である私の期待を一も二も無く裏切って、白象先生はブワサブワサブワサと豪快に羽ばたき始めると、驚くまい事か、大岩の如き巨体がフワリと宙に浮かび上がって、私が日頃から大切にしている金玉袋を胡桃《くるみ》程にも固く小さく収縮せしめ、三階の屋根に上がったような感覚からすぐに四階の屋根に上がったような感覚になり、已《や》んぬる哉《かな》、あれよあれよと云う間に最早何階だとも断じ得ぬ目眩《めくるめ》く高度にまで達したのである。こうなったら腹を括《くく》るしかあるまい。多少の高低の違いなど結果に影響せず、白象先生に振り落とされればきっと死ぬのである。

早旦《そうたん》の風は凜々《りんりん》として肌に冷たく、私は思わず眼を細めた。天翔《あまかけ》る六本脚の白象はどうやら件《くだん》のラディナヘラ幻想図書館へ長い鼻を向けているらしく、事実行く手には焦熱地獄から迫《せ》り上がって来たかの如く雲霧を纏《まと》ったキナバル山が、清々《すがすが》しい陽光に照らされてどこかくすぐったげに聳《そび》え立っている。恐る恐る視線を下げてゆくと、眼下には、刻一刻と緑が明るさを増してゆく密林が、フカフカの絨毯《じゅうたん》の如く渺漠《びょうばく》として広がっており、その編み目全体からゆっくりと白い霧が立ち上っては空に溶け込んでいた。

白象先生は益々《ますます》高度を上げ、殆ど雲が真横に見える程になったが、私はそこに至ってようやく、空を同じ方向へ飛んでいるのが自分達だけではない事に気付いた。始めは疎《まば》らな鳥の群れかと見えたが、それらはどうやら例によって書物のようで、世界中のあちらこちらの本棚から幻想図書館だか白象先生だかの魔力に呼び付けられてやって来るのに違いなかった。パニッツィ氏がおっしゃる事には、昨今では毎日毎日、通常の本からそうでないものまで含めて数千冊から日によっては万の桁《けた》に達する書物が飛来するのだそうだ。となると必然、司書の数が全く不足になり、生者の手も借りたくなる程の多忙の極みであるらしい。

しかし、詳しく聞けば、空を飛ぶ書物の中にはラディナヘラ幻想図書館を目指さぬものもあるとの事。これ又、俄《にわか》には信じ難い話であるが、人はその生の終焉に於《お》いて、生者の目には見えぬ一冊の書物に姿を変え、天へ飛び立つのだと云う。それは司書達の言葉で「エヴァニ」と呼ばれているらしい。「生命の書」という程の意味だそうだ。と云う事は、あの池渕も又、一冊のエヴァニと化して、天へ昇ったのであろうか。

ところで、そのエヴァニにはその人間の生涯が余すところ無く記されていると考えられていると云う。どう生まれ、どう生き、どう死んだか。しかし、それも定かではない。何故なら、その書物はラディナヘラ幻想図書館の司書達にすら解読出来ぬ未知の文字で書かれているらしいのである。更に云えば、その書物がどこへ向うのかすら未だ知られていない。赤道付近を目指して南下、或いは北上する事は確かめられているが、それ以降はアヘラに乗った司書達にすら手に負えぬ程の高みへと、ひたすらに昇ってゆくのだと云う。その後、エヴァニ達がどうなるのかも無論、謎である。どこかひとところに集まるのだと考える司書もいるし、宇宙空間でやがて雲散霧消するのだと考える者もいるし、宇宙の涯へ向けて永遠に旅を続けるのだと考える者もいる。

そんな話を聞かされた私の脳裏に、奇妙で滑稽で、しかし物悲しい幻想的光景が浮かんだ。宇宙の涯を隙間無くびっしりと本棚が埋め尽くしているのである。そして、地球を飛び立ったエヴァニ達はその本棚に自《おの》ずから収まってゆく。背表紙を宇宙の外側へ向けて。何故なら、宇宙の外側にいる超越者達がエヴァニを本棚から抜き出し、借り出してゆくのである。我々一人びとりの物語を読み、超越的な退屈を少しでも紛らす為に。

となると、我々の生きる宇宙は、次から次へと物語を生産する為の健気《けなげ》な工場なのかも知れない。己の物語を読まれるのは、死者にとって果たして救いであろうか。それとも屈辱であろうか。しかし、いずれにせよ、哀れを誘うのは我々のみである必要もあるまい。外側にいる超越者達も又、一生の終わりに於いて一冊の書物に化身するであろう。そして、超越者達自身の宇宙の涯を目指すのである。更なる超越者達の、更なる退屈を慰撫《いぶ》する為に。その連鎖が人間の想像力も疲れ果てる程に続くのである。

しかし、無限とも思える超越の極みに達した、最も外側に住まう超越者達は、たとえ死すとも、最早物語として読まれる事もあるまい。読まれるのでなく、と云って読むのでもなく、最も切実なる物語をただ生きる為に、小さき我々の一人として、この小さき宇宙に、この愛すべき物語製造工場に、苦しみと共に生まれ落ちるのである。つまり、我々は最も内側におりながら、最も外側に立つ存在なのである。私は白象先生の背に揺られながら、そんな馬鹿げた白昼夢を見たのだった。

さて、いよいよキナバル山が眼前に近付いていた。私の胸は先刻より益々高鳴っていたが、しかしその高鳴りがどれ程のものであろうとも、これから眼にする事になるであろう光景を前にして充分だとは思われない。未だ霧の晴れ切らぬ頂上付近はゴツゴツとした銀灰色《ぎんかいしょく》の花崗岩《かこうがん》の岩盤に覆い尽くされ、それは確かに物見高い人間共を頑として撥《は》ね付ける著大な城壁のようであり、その上には幾つもの歪《いびつ》な尖塔《せんとう》が峨々《がが》と屹立《きつりつ》していた。かと云って、一切の生き物がその生存を赦《ゆる》されぬ死の台地と云う訳では決してなく、最前にここらで驟雨《しゅうう》でも降ったものか、切り立った斜面からは幾筋もの細い白滝が遥か下界へと流れ落ち、しぶとく生き長らえる緑がところどころに散らばっている。

と、何やら磨硝子《すりガラス》のように白っぽく透き通った人影が幾つも幾つも岩壁にへばり付いているのが眼に付いた。どうやら頂上を目指して登ってゆく途上のようである。パ何者であろうか。その姿と云い、その蛮勇と云い、尋常な者共とも思われない。パニッツィ氏に尋ねると、やはり死者達であるとの事であった。エヴァニとなるのを拒んだ者達。彼等は皆、知への渇きが高じて死ぬに死ねず、叡知《えいち》の殿堂を求めて世界中からやって来、ラディナヘラ幻想図書館を目指して這い登ってゆく無数の死者達なのである。彼等は司書にはなれないが、知の食客《しょっかく》として図書館に迎え入れられ、渇きが満たされるまで学び続けるのだと云う。

剝《む》き出しの岩肌を螺旋《らせん》状に舐めるように白象先生がグルグルと高度を上げてゆくと、霧の向こうに何かが垣間見《かいまみ》えた。アッ、こんなところに真っ白な壁が、と思った瞬間、私の眼は壮大なる建造物の外壁を目撃していた。艶《つや》めくばかりに磨き上げられた白玉の如き外壁である。それとも象牙《ぞうげ》であろうか。兎《と》に角《かく》、これが例の図書館である事は間違いない。

私は視線を外壁から建物の内部に転じた。翼の先が触れんばかりのところに白象先生が忍び込める程の大きなアーチ型の硝子窓が連なっており、時折純白の陽光をキラリキラリと鋭く返して私の眼を射るが、その合間合間に啞然《あぜん》とする程広大な室内が一望出来る。一面エンジ色の絨毯が敷かれているらしい床から壮麗極まりない蜂《はち》の巣状の丸天井までは恐らく二十メートルばかりはあり、壁という壁は見上げるような本棚で隙間なく覆い尽くされていた。部屋の中央には重厚な長机が幾つも幾つも整然と配置されており、その上に照明器具と思われるものが点々と設《しつら》えられている。幾つか人影も眼に入った。皆が皆、書物を大事そうに抱え、いそいそと書架の前を動き回っている。その中の一人の男と一瞬、視線がぶつかった。その男はフッと頰笑み、すぐさま書物に眼を落とした。妖怪ぬらりひょんと瓜二《うりふた》つの面差し、よもや見紛いようもない。亀山金吾の曾祖父《そうそふ》にして我が祖父仙吉の命の恩人である蘭学者《らんがく》、黒川宏右衛門翁《おう》である。パニッツィ氏が肩越しにこちらを見、満更知らぬ仲でもあるまいと云う風にニヤリと笑みを寄越した。

白象先生が更に調子づいて高度を上げてゆくと、そんな広大な部屋が幾層にも幾層にも積み重なっており、果てしが無い。どうにか図書館の巨大な全貌を把握しようと見上げたり見下ろしたりするも、知識そのもののように全体を見渡す事は不可能である。しかし、ここなのだ。いつの日かこの身に死が訪れたら、エヴァニとなって彼岸《ひがん》へ渡る事もなく、常《とこ》しえにここで立ち働くのである。ブルッと身震いが背筋を走った。

余りの巨大さにその全体を一望に収め切れないが、どうやら建物は円形の断面を持つ塔のようなものらしい。苟《いやしく》も日本人であるなら、天《あめ》の御柱《みはしら》とでも表《ひょう》すべきところであったかも知れないが、私の脳裏に立ち上がったのは真ッ直ぐに天空を目指して伸びる象牙の塔の画像であった。フランスの文芸批評家サント・ブーヴが「象牙の塔」と云う言葉を用いて、俗世間を離れて芸術を嗜む作家の態度を揶揄《やゆ》したそうであるが、私のイメージを喚起したのはまさしくその言葉である。俗世間どころか現世をも離れ、死後に知の亡者《もうじゃ》となり果ててここへ登るのであるから、この図書館にこそ打って付けの比喩《ひゆ》ではなかろうか。いずれにせよ、永遠に学び続けねばならぬというのは、叡知の楽園のようでありながら、やはり一つの地獄であろう。いみじくも夢中の秀典が予言した通り、ここは、知識に飢えた霊魂が希望と絶望とを携《たずさ》えて転落し、まだ判《わか》らぬまだ足らぬと未来永劫《えいごう》のたうち回る、不可能の地獄なのである。

と、いきなり我らが白象先生が上昇を止《や》め、凧《たこ》の如く宙にとどまり、その場でゆったりと羽ばたき始めた。私達の眼前に、建造物の外壁から輪状に突き出た露台のようなものが広がった。何とそこでは、パニッツィ氏のものとよく似た数十頭もの堂々たる白象先生達がズラリと立ち並び、如雨露《じょうろ》の如き長い鼻を高々と振りかざしているではないか。そして、その多くの鼻にズボズボズボと絶え間なく書物が吸い込まれてゆくのである。雲上で繰り広げられる、まことに珍奇な壮観であった。

私が呆気《あっけ》に取られている間に、我らが白象先生は壁沿いに回り込むように漂い始め、やがて露台から四角い舌ベロのように突き出た桟橋状のものに近付いてゆく。ヤヤ、あそこが白象先生達の出入口ではあるまいか、と私は推察した。果たして先生はそこの先ッぽにユラリユラリと羽ばたき寄っていくと、いよいよ象らしからぬ柔軟な感触でフワリと降り立ったのである。いやはや足下のこけしも倒れぬであろう見事な着地であった。と云う事はつまり、この私も又、死者しか立ち入れぬと云うラディナヘラ幻想図書館に降り立ったのである。

　我らが白象先生は乗客を前後に激しく振り回しながら脚を折り、再び腹這いになった。ムム、と思ったのは云うまでもない。まさか生身の私を内部に案内してくれるのであろうか。有難や有難や。しかし、年寄りが寒気に当たって口の動きでも鈍ったものか、パニッツィ氏からは何の説明もない。それどころか、これ以上象に跨っていると痔瘻《じろう》に悪影響があるとでも云わんばかりに、早々と縄梯子を伝って桟橋に降りてしまったから、弟子の私も遅れを取ってはならじと白象先生の背中から降り、先行きについてもう少し仔細を聞き出すべく師匠に声を掛けようとした。

　と、塔の外壁にアーチ型のトンネルのような薄暗い巨大な出入口が開いており、その影の中から何やら白ッぽい巨大物体がユラアリユラアリ陽の当たる場所へ出て来ようとしているではないか。思わず息を呑んだ。それも又、やはり翼を生やした六本脚の白象であった。大きい大きいと思っていたパニッツィ氏の白象先生が子象に見えてしまう程の、ひと回りもふた回りも巨軀《きょく》の何やら神さびた白象である。異なっていたのはただ寸法のみではない。何と艶やかな、何と長大な象牙であろうか。右に三本、左に三本、計六本の、世界を丸ごと釣り上げんばかりに昂然《こうぜん》と天に反り返った象牙である。その黄金色の眼球も又、象のものとは思われぬ程ギョロリと巨大で、優に私の頭ぐらいはあるに違いなく、それを縁取る真ッ白な刷毛《はけ》のような睫《まつ》毛《げ》が時折ファサファサと上下するのであった。そして、こちらの浅慮を白日の下に晒《さら》すようなその視線は余りに深く、こちらの眼《め》心地《ごこち》が悪くなって長く見返せない程である。

その時、上方からコホンと小さな咳払《せきばら》いが聞こえた。見上げると、オヤ、どなたかおわすではないか。巨大白象先生の余りの神々しい押し出しに、私は暫くその背にも人が乗っている事に気付かなかったのである。いやに目立つ山吹色の布地を体にグルグルと巻き付け、白髪交じりの豊かな髭を蓄《たくわ》えた、初老の白人であった。私がなかなか御仁《ごじん》に眼を止めぬものだから、咳払いによって注意を促してきたものと見える。しかし、相当な高さであるのに、茶屋の長椅子にでも腰掛けるかの如き悠然としたその座りようと来たら、知らぬ事がないというのはこうも退屈なものか、とでも云いたげであり、一見して只人《ただびと》ではない。と、パニッツィ氏は何やら意味ありげな微笑を浮かべて歩み寄って来、

「あれがアリストテレスはんでおまっしゃるがな」と私に耳打ちした。

私は小便と溜め息と笑いを同時に漏らしそうになった。小便と笑いはどうにか堪えたが、やはり溜め息は漏れてしまった。紀元前四世紀、古代ギリシャで不滅の輝

きを放った知の大巨人である。私はその威に突かれて思わずペコリと頭を下げた。いや、ここは一つ一世一代の立派な土下座でもしておこうかなどという発想も浮かぶには浮かんだが、巨大白象先生にまだまだ頭が高いなどと頭を踏まれたら二階から放り投げた西瓜《すいか》みたいにぐしゃりとなって即死間違いなしなので止めておいた。それよりも、内地に置いて来たアリストテレス先生の著書でもここに携帯しておれば、是非サインでも頂戴《ちょうだい》したいところであったが、随分と上の方にいらっしゃるその御立場を考えると、代わりに巨大白象先生の巨大な鼻型でもベッチョリと押されそうな予感がして来るのである。

などという私の詰まらぬ空想を見透かしたものか、巨大白象先生の口角がグイッと吊《つ》り上がって、笑みを浮かべたかの如き表情を形成したのが眼に入った。ハテ、象も笑うものであろうか、と訝しむうちに、先生何やらビューッと鼻で大きく息を吸い始めた様子で、かなり離れて立つ私の軍衣までがビラビラと不穏な具合になびくのである。それにしても、他象の追随を許さぬ隆とした御鼻であった。無論、鼻の穴は二つあったのだが、どちらか片一方でも充分に破壊的であり、書物どころか人間の私までズボンと頭から吸い込まれてニュルニュルと鼻の中を遡上《そじょう》させられそうである。

と、パニッツィ氏が何やら私の傍からスタスタと離れてゆき、振り返ってこちらを見詰めて来た。パニッツィ氏は何やら腹に一物あるような笑みをニンマリと浮かべていた。又、ハテ、と思い、アリストテレス先生を見上げると、やはり甚だ含みのあるアルカイック・スマイルである。私はそれらが何を興がる笑いなのか全く察しが付かず、無言でパニッツィ氏を見たりアリストテレス先生を見たりと忙しくしていた。

そこに突然、ブワンと全身に衝撃が襲い来た。眼前に迫撃砲でも着弾したかと思われるような物凄まじい衝撃であった。しかし、勿論そうではなく、巨大白象先生が胸一杯に溜め込んで圧縮した、絶大至極な息を一度にお吐きになったのである。私の両の瞼《まぶた》は瞬時にベロンと捲《めく》れ上がり、上下の唇も格好悪く捲れて歯が剝き出しになったが、それを恥ずかしいなどと思う間もなければ、これが巨大白象先生の香りか、やはり獣臭い、などと感慨に耽《ふけ》る間もなく、洗濯板のように痩せ衰えた私の体は一瞬で図書館の桟橋から天高く吹き飛ばされ、天地も左右も前後もなくグルグルと人間大車輪の如くに回転し、青空が見えたりジャングルが見えたり図書館が遠くに見えたりしながらどこまでもどこまでも飛んで行ったのである。この爺ィ共め、何してけつからはる、ここまで連れて来よって裏切りまっしゃるか、などと宙を舞い落ちながら私は考えていた。……

十六

……夢の中でドブ板でも踏み抜いたかのように、私はビクリと身を震わせた。途端、まだ生きている、という、ひ、と、通、りでない歓喜が湧《わ》き上がった。大洋の波間にザブンと頭を出して浮かび上がったかの如《ごと》き、狂おしいまでの巨大な歓喜であった。まことに稀有《けう》な目覚めである。それまでの人生に於《お》いて、私は唯《ただ》の一度も歓喜と共に目覚めるなどという風変わりな経験を持たなかった。己の置かれた状況、どこにどのようにどれ程の時間倒れ臥《ふ》していたかなどの認識が全くなかったにも拘《かか》わらず、夢中の錯乱であれ、現実の災難であれ、幾度も幾度も死に瀕《ひん》したという危機の感覚だけは腹の底にずっしりと重たく残っていたのであり、私の意識はそこからようやくの事で逃れ、目覚めと共に目眩《めくるめ》く解放の絶頂に投げ出されたのである。

あの瞬間は、云《い》わば、私にとって二度目の誕生であった。三十年間生きて来たそれまでの馴染《なじ》みのある世界から弾《はじ》き出され、ほんの少し外側にあり、元の世界を包摂する別の世界に、私は改めて産み落とされたのである。つまり私は赤子であった。存在し始めた事への歓喜に打ち震える赤子であった。

頬に何かが当たった。雨だ、と思った。目覚めて以来、初めてこれと意識する確かな肌の感覚である。肉体の感覚である。雨に打たれた頬から波紋のように肉体感覚が広がる心持ちがし、それに促されてゆっくりと眼を見開いた。ぬかるんだ地面に仰向けになり、我が双眸《そうぼう》は例によって密林の林冠を見上げているらしかったが、しかしそこに焦点を合わせかねて中空をいつまでもうろついていた。昼間のようだが、枝葉の隙間《すきま》から覗《のぞ》く空はどす黒く曇り、バラバラと音を立てて雨粒がそこらの葉を打っている。平生なら難儀を意味するその雨音までが、どことなく懐《なつ》かしい健全なもののように思われた。

と、頭上でグチャリと足音がし、何者かにガンと頭を軽く蹴《け》られた。

「おい、深井先生。ここはホテルじゃねえぞ。ジャングルだ、ジャングル。起きろ！　起きて歩け！」

グッと首を反らすと、憔悴《しょうすい》し切って頬骨を浮かせたS軍曹が立ち、ドロンと落ち窪《くぼ》んだ眼でこちらを見下ろしていた。S軍曹のような無学な古参兵は、歳《とし》を喰った頭でっかちのインテリを見ると、小馬鹿にせずにはいられないのである。しかしこの時の私は、数々の異常体験の残響によってどこか浮かれていたのであろう、彼に対してどんな不快の情も感じなかった。それどころか、或《あ》る種の感動すら覚え、この男の何とみすぼらしく、何と小汚く、何と生々しく、何と現実的である事か、これこそがようやく発見した全き人間である、との大仰な感慨までが湧き上がって来た。このような大安売りの肯定的な感覚は、このような浮かれた気分で外から無責任に眺めるからこそ起こる、軽薄な偽《にせ》の悟りであるとの自覚はあったが、それでもその時、その感覚に身を委《ゆだ》ねる事に心地良さを覚え、それを己に赦《ゆる》したのである。しかしそれを云うなら、私も又、汚泥《おでい》から引き上げられたような、彼以上に酷《ひど》いなりをしていたに違いないのだが。

私はやっとの事で上半身を起こし、

「はあ、ところで軍曹殿。ここは一体どこでありますか？」と尋ねた。

「はあ？」とS軍曹は殊更《ことさら》憎々しげに、頭頂に向かって語尾を跳ね上げた。「先生、お前もとうとうマラリアが脳天まで来たか？」

「マラリアならとうに脳天に来ております」

「ほう。となると、マラリアの道案内でここまで歩いて来た訳だ」

「かもしれません。だからでしょうか、本当に分からんのです。ここがどこか……」

「おい、ふざけてんのか？　その足でテクテク歩いて来たんだろうが。お前は自分のちんぽこ探すのに、靴脱いで逆さに振るような奴《やつ》だな。え？」

成る程、と思った。万が一、股《また》ぐらに見付からなければ、もげたちんぽこが裾《すそ》を伝って靴の中に落ちたと考える私かも知れぬ。しかし素直に口から出た「その通りであります」という私の返事の中に、軍曹はありもしない皮肉の響きを聞き取ったらしく、更に悪態を重ねんと言葉を舌に載せる風であったが、ふと気が削《そ》がれたように口を閉じ、しかし又、何か私にきつい言葉を浴びせんと口を開け、しかしやはり又私の為《ため》に罵言《ばげん》を捻《ひね》り出すのが億劫《おっくう》になったようである。そして、どこか芝居がかった風に大きく溜《た》め息を吐《つ》くと、舌打ちをし、云った。

「もうすぐラナウだ」

もうすぐラナウ！　実行に移す事こそ無かったが、偏《ひとえ》にその言葉を発したという理由で、跳ね起きて軍曹をしっかと抱擁したい衝動に駆られた。ラナウと云えば、糧食もあり、医療品もあり、乾いた寝床もあり、まさに地上の楽園である、などと良い事尽くめで聞かされていた土地である。しかも、何のからくりが働いたものか、私は数十キロ分の道程を一足飛びにしたようであった。それともやはり、朦朧《もうろう》となりながらも、この二本の足で歩いて来たのだろうか。

軍曹が呆《あき》れ果てた様子でラナウへ向かって立ち去ると、私は傍らの小銃を見詰めた。手に取って銃口から床尾までを念入りに点検したが、光るキノコの痕跡《こんせき》などどこにも見当たらない。やはり夢であったろうか。秀典に会ったのも、ミキや不思議な子供達と食卓を囲んだのも、パニッツィ氏やアリストテレス大先生も、白象先生の群れやラディナヘラ幻想図書館も、脳味噌《のうみそ》がマラリアの熱に浮かされて拵《こしら》えた幻想であったろうか。

ふと、雷に打たれたかの如く池渕の事が脳裏に立ち上がった。他の何が夢であっても、池渕は確かに死んだのである。小銃を足に挟み、己の首を撃ち抜いたのである。そして、私の手渡した手榴弾《てりゅうだん》で自決したのである。あれから幾日が流れたのか皆目分からなかったが、もう何年も昔の事のような、しかしまざまざと記憶を覗き込めばつい昨日の事のような、どちらとも付かぬ不思議な心持ちがした。私はその場に座り込んだまま、傷口に恐る恐る指を這《は》わせるように暫《しば》し池渕の死を反芻《はんすう》した。夢とも思えぬ鮮烈な夢をくぐり抜けて今ここにいるのだったが、池渕の死に様こそまさに悪夢のようであった。死に瀕した池渕と交わした多くの言葉は生々しく脳裏に焼き付いており、思い出すだけで胸奥《きょうおう》につらでも押し込まれるようであった。〝あんたはこの地獄を生きのびて永遠に生きるつもりやろ。あんただけは生きのびて勉強して賢なって偉いさんになって本書いて……〟

あの言葉は確かに私の切なる野望であった。私の精神の最も深い暗部より絶え間なく立ち上る臭気のような、巨大な野望であった。内地の兵営で顔を合わせて以来、多くの事柄を語らううちに、池渕は言葉の端々から私の正体を見透かしたのであろう。それとも、あの時点で既に私の正気はパニッツィ氏の魔力に冒《おか》され、自らの裡《うち》にポッカリと口を空ける深淵《しんえん》を覗き込まされていたのであろうか。

不意に、そう云えばあれはどうなったろうか、と思い当たり、俄《にわか》に胸が逸《はや》った。遥々《はるばる》内地から持って来たあの詩集の事である。私が夢を見たのでなければ、あれはパニッツィ氏の跨《また》る白象先生の鼻に吸い込まれてしまった筈《はず》である。つまり、最早《もはや》、私の手元には無い筈である。

急いで背負い籠《かご》を下ろすと、中から背嚢《はいのう》を取り出し、手を突ッ込んだ。ああ、悲しい哉《かな》、ゴムバンドで留められた本が出て来たではないか。『凍て春と修羅道』。私は拍子抜けし、ハハハハと一人で笑い声を立てた。我ながら、安普請《やすぶしん》の頭蓋《ずがい》に隙間風が吹き込むような空々しい笑い声であった。何も彼《か》もが夢だったのだ。バラバラと大粒の雨に打たれながら、暫し力無く笑い続けた。

と、本の間から一葉の写真の端が覗いているのが眼に止まった。無論、私はそれをミキと祐一郎と三人で撮った例の家族写真だろうと考えた。そして改めて見たい気がし、それを引き抜いた。瞬間、私は再び夢の残響を微《かす》かに聞いた。全く心当りの無い写真だったのである。どう解釈すべきか皆目分からなかったが、兎《と》に角《かく》、六人の人間が写っていた。二人の大人と四人の子供である。二人の大人は、どこか様子が異なるようではあるが、確かに私とミキである。しかし、残りの子供達は誰であろう。

十代半ばに見える、生意気そうな面魂《つらだましい》の少年が私のすぐ右に立っていた。その少年より四つ五つ幼いように見える、クリクリと大きな眼が印象的な少女が反対側から私にぐにゃりと身を預けている。そして六つぐらいの少女が、私の前に棒ッ杭《くい》のようにピンと突ッ立ち、更に四つ位の愛らしい男の子が、椅子《いす》に腰かけるミキの膝《ひざ》の上に乗っている。

ハテ、と小首を傾《かし》げつつ、つらつら子らの顔を眺め見るうちに、アッと思った。何故直《ただ》ちに気付かなかったのか。秀典と共に、先程の夢に出て来た子供達ではないか。それ以外に考えられぬではないか。と云う事は、最も年長らしい少年が祐一郎という事になる。少年の顔を今一度よく見た。確かに祐一郎の面影がある。成る程、あの子はこのような少年に育つのやも知れぬ。では、他の子供達はどうであろう、などとどうもこうもない考えが浮かんだが、無論この子らには未《いま》だ対面した事がないのである。夢の中では全員の名前を知っていた気がしたが、最早掠《かす》りもせぬ程、記憶から綺麗《きれい》さっぱり消えていた。

それにしても、この写真は一体何なのか。いかなる経緯でこの本に挟まったのであろう。私が夢の中から持ち帰ったのであろうか。ふと裏返すと、何やら見慣れぬ文字がヨレヨレと並んでいるではないか。何とそこには、

「まだまだいきてけつかれ　きながにまっとるさかいわいな　あんとにお・ぱについ」

とミミズが日向《ひなた》で悶《もだ》え苦しんだような字で書き記されていた。

パニッツィ氏の言葉どおり、與次郎は戦争を生きのびた。昭和二十年の五月にボルネオ島の沖合に浮かぶ小さな島、目的地であるラブアン島に命からがら辿《たど》り着いたのだ。応召したのは一年前の十九年五月、初めてボルネオの地を踏んだのは九月の終わりだった。そして、三カ月あまりで七百キロにも及ぶ道なき道を踏破した。多くの屈

強な将兵が行き倒れとなって異土に果ててゆく中、ありとあらゆる僥倖《ぎょうこう》に恵まれ、脆《ぜい》弱《じゃく》な補充兵の與次郎は「死の行進」を生き抜いたのだ。

そして、その後の激しい戦闘においても與次郎は死を免《まぬか》れた。與次郎以外の誰もが玉砕を覚悟した六月二十日の最終斬《き》りこみの際、左足に重傷を負い、頭部にも傷を受けて昏倒《こんとう》したが、出血多量と四日間の絶食により意識朦朧となって仰向けに倒れていたところを敵兵に発見され、俘虜《ふりょ》となったのだ。重傷を負って戦えなくなった将兵の中には、『戦陣訓』が謳《うた》うところの「虜囚の辱《はずかし》め」を恐れ、手榴弾を抱いて自決した者も多くいたが、與次郎は跡を追わなかった。豪州兵に囲まれ、憎悪《ぞうお》みなぎる幾対もの目で見おろされたとき、声にもならない声でひくひくと笑いながら、自分でも出どころの知れない生ぬるい涙を流したのだ。こうか、こうやって生き抜けるのか、と。

豪州兵を見るともなく見上げながら、池渕の呪詛《じゅそ》を思い起こすまでもなく、私は己がどこまでも裏切り者であるのを悟ったのである。

隊で唯一人、いや、世界の戦場で唯一人、恐らくはこの私のみが、己の死なぬであろう事を予め《あらかじ》知らされていた。それを確信していた、とまでは云えぬが、確かに私は、激烈を極める銃火の下を皆と同様に這いずり回りつつも、しかし一向に死の恐怖が起こらなかったのである。一人、運命に掘られた蛸壺《たこつぼ》にぬくぬくと潜り込み、卑怯《ひきょう》にも息をひそめているかの如く。そして、事態はそれのみにとどまらない事にはっきりと気付かされた。私は味方のみならず敵兵をも裏切っていたのである。極論すれば、私は死すべき宿命を負った人類全《すべ》てを、いや、生命全てを裏切っていたのである。

私は、未だ全貌《ぜんぼう》を知らぬ巨大な何かを獲得し、引き替えに、人間として張り巡らした根ッ子を喪失した。死を恐れぬ人間は、最早人間とは云えない。一個の道化である。人間の生とは、畢竟《ひっきょう》するに、一切が死との距離を測りつつ営まれるのである。人間の一切は、巨大な死にこそ深々と根を張っているのである。だからこそ、死を知らぬ神は、人間を包摂し得ないのである。賢者が愚者を包摂し得ぬように。大人が子供を包摂し得ぬように。就中《なかんずく》、生者が死者を包摂し得ぬように。

しかし、この私は、万々が一、神になる機会を与えられようものなら、厚かましくも神にさえなるであろう。知への飢えを満たす為に。死以外の何も彼もを知る為に。

連合軍の野戦病院に搬送されたあと、與次郎はボルネオ島西岸の町アピにある捕虜収容所に移された。そして復員船が広島県大竹港に入ったのは昭和二十一年の四月だ。與次郎の帰還は本人が感じた以上に大いに歓迎されたはずだと私は思っている。跡目を継ぐはずであった長男の宇一郎はすでに病没していたし、弟の秀典が特攻兵として大洋に散ったこともすでに深井家に伝えられていた。頼みの綱はもはや與次郎だけだったのだ。

しかし『№19・5』に書かれる與次郎は、イエス・キリストの復活に負けず劣らず、みんながもっと自分の奇蹟《きせき》の生還に驚愕《きょうがく》したのち崇《あが》め奉《たてまつ》り、その物語に尾鰭《おひれ》を付けたり三枚に下ろしたりして何千年も語りつぐと思いこんでいたかのようだ。

ようやく我が家に帰り着いた。兵卒として一年余り、俘虜として一年足らず、実に二年振りとなる物凄《ものすさ》まじく感動的な帰還となる予定であった。しかし、今一つ感動が薄い。全く感動が無い訳でもないのだが、水溜まりに釣り糸を垂らすが如く全然深みに欠けた。

私の空想では、滂沱《ぼうだ》の涙を水芸の如く左右に振り撒《ま》きながら駆け寄ってくるミキと、溶け合ってバターとならんばかりの暑苦しい抱擁を交わす筈であった。が、空想は空想だけに空を切った。現実には、帰って来るのはとうに分かっていた、寧《むし》ろ遅いぐらいである、と云わんばかりの、些《いささ》か塩気の足りぬ、あっさりとした迎えようであった。私の二の腕辺りに軽く触れ、コクリと頷《うなず》きつつ、

「與次郎はん、お勤めご苦労様でした」

などとミキが云った時には、その僅《わず》かな触れ合いによって、二人の間にさざ波の如く万感の思いが広がるのではあるまいかと強いて想像を逞《たくま》しゅうしてみたが、特段そんな感慨も湧いて来なかったのは、「お勤め」と云う言葉が恥辱にまみれた俘虜の暮らしを思い起こさせたからばかりでなく、やはり祐一郎が示した態度のせいでもあろう。ようやく会えたと云うのに、祐一郎はミキの陰に隠れて割烹着《かっぽうぎ》の裾をギュッと摑《つか》み、往生際《おうじょうぎわ》のみならず素行まで悪い復員兵を子供の澄んだ瞳《ひとみ》で恥じ入らせんと試みるかのようにジットリと見詰めて来たのである。私は内心たじろいでしまったが、殊更、鷹揚《おうようか》且つ磊落《らいらく》な態度を装《よそお》いつつ、

「どないした、祐一郎。お父はんを忘れたんか？」

と云って大きく手を広げ、今にも猛然と父の胸に飛び込んで来るであろう息子をしっかりと受け止める体勢を整えたのであった。しかし祐一郎は、あどけない眉をいかにも憂《うれ》わしく寄せる、私の記憶にない表情で、

「いや、憶《おぼ》えてますけど……」と答えたのである。

私は図らずも、巧《うま》い、と思ってしまった。この二年の間に体得したらしい表情の作り様も然《さ》る事ながら、七歳児の口から出たとは思えぬ「けど……」と云う語尾の絶妙な響かせ方によって、私の前のめりな思惑はへし折られ、父一人、索漠たる逆接の世界に放り出されたのである。そして、

「そ、そうか……。祐一郎も大っきなったけど、お父はんもちょっと大っきなったような気がするし、ひと目ではなかなか同一人物とは分からんやろと思たんやけど、と云う事は……」

などとゴチャゴチャ云いながら、私はこれでもかと広げた手の収めどころを文字通り手探りし、ようやく行き着いたのが、俄に暑くなったフリをして両手でファサファサと大きく顔を扇《あお》ぐという、三十年の人生で終《つい》ぞやった憶えの無い、そして特段涼しくもない仕草であった。その間も祐一郎は、その陳《ひ》ねこびた目付きで「けど……」の余韻をいつまでも引き延ばしつつ、父親を見上げていたのである。

きっと照れていたのであろう祐一郎は勿論《もちろん》、ミキについても良しとせねばなるまい。よくよく思い返せば、我が細君はそもそも映画女優の如く激情に身を任せて男に抱き付くなどという事は決してしない女である。仮に他人の眼のあるところでこの私をしっかと抱き締めるなどという事態が起きるとしたら、非常に狭い路地の向

こうから私が大岩の如くゴロゴロと転がって来て、右にも左にもよけられないから最早全身で受け止めるより他に手立てがないとか、そんな折ぐらいであろう。

第一、父なんぞ更に酷かった。さも胡散臭《うさんくさ》げに私の全身を視線で舐《な》め回したかと思うと、開口一番、「靴を脱げ」などと云う。昨今は戦没者が多く、夜が縁日の如く混み合っていて、そこに入り切れない幽霊が真ッ昼間に押し出されて来るらしいから足を見せろ、みたいな事を真顔で宣《のたま》うのである。汚名をすすぐべく、私は勢いよく靴を脱いだ。とくとご覧《ろう》じろ。しかし、「いやいや、靴下も脱げ」としつこい。今日びの幽霊は足下の寂しさを紛らすべく靴下を履くらしい。そこで私は靴下も脱ぎ捨て、これで文句はあるまいと父の眼前に素足を突き出したところ、父は頭を抱えて、

「ああ、死んでも治らんとは、酷い水虫や……」

と飽くまで私にビチョビチョの濡《ぬ》れ衣《ぎぬ》を着せ続けて、しかも乾いてしまわぬよう更に水を掛ける始末であった。

母だけは、喜悦の表現としてであろう、眩暈《めまい》を起こした風にヨロヨロと縁側にくずおれ、濡れた眼で私を見詰めて来たが、やはりその倒れ方にも練習に練習を重ねて大いに己の安全を慮《おもんぱか》った気配が窺《うかが》えた。そして、眼を疑うと云う様子でユラユ

ラと頭《かぶり》を振りつつ、

「與次郎はん？　あんた、ほんまに與次郎はんなん？」

と声を震わすのだが、その台詞《せりふ》にもどことなく云い慣れた、と云うか、寧ろ云い過ぎて擦り切れたような響きがあった。そこで、つい祐一郎の影響を被《こうむ》ったものか、はたまた調子を合わせるのに照れを覚えたのか、

「はあ、まあ、與次郎ですけど……」と言葉を濁したのが悪かった。

「けど？　けど何やの？　やっぱりあんた死んでるん？　死んでしもてるん？」

父もここぞとばかりに出しゃばり、「與次郎、今度は足を脱げ！」

「ええ、少々お待ち下さい。すぐに足紐《あしひも》を解《ほど》きますんで……って脱げるか！」

このあとは、ミキが抱きあげた近所の四歳児を一歳の敦子伯母さんと勘違いした話や、宇一郎夫婦の病死や秀典の戦死の話などが続くが、すでにふれたので割愛しよう。『No.19・5』の記述はこの日をもって終わるが、次のような逸話で締めくくられている。

私の奇蹟の生還が湿気ったマッチの如き低調なものに終わったのは、全てあのボ

ルネオから届いたという事になっている不審極まりない小包のせいであろう。それも私が手ずから送って寄越したと皆が思い込んでいるではないか。囚《とら》われの身でそんな機会があろう筈もないのに。しかし、それも無理からぬところではある。と云うのも、マニラ紙の包み紙に次のように記されていたのである。

「かつてに開けよらはつたら　けむりがぶわっと出てきよつてから　おじりさんになるんでんねんやで　よじろう」

云いたい事は山程あるが、取《と》り敢《あ》えず私も開けたくないと相当な強さで思った。もし「おじりさん」が書き間違いでなかったら、何になっても文句は云えない感じである。こんな不吉なものが、戦後間もない或る朝、沓脱《くつぬ》ぎ石の上にドンと置かれていたと云う。特段、想像力を働かすまでもない。私が収容所にいる間にパニッツィ氏が白象先生で一ッ飛びし、直々にここまで届けてくれたのであろう。

試しに包み紙をクンクンと嗅《か》いでみると、思いなしか象臭いようであった。私は一瞬、天地がそっくり入れ替わるような、そしてどこか見知らぬ場所で目覚めたような、激しい眩暈に襲われた。アリストテレス大先生跨る大白象先生の大息に吹き飛ばされた際、決して芳《かぐわ》しいとは云えぬこの香りを、半ば強制的に胸一杯に吸い込まされたせいであろう。

さて、肝腎《かんじん》の中身である。包みを開けると、一尺四方程の木箱が姿を現した。蓋《ふた》は丁寧に釘《くぎ》打ちされている。用心に用心を重ねて釘を抜くと、皆の執拗《しつよう》且つ馬鹿馬鹿しい要請に従い、箱を庭の真ン中まで運んで行った。そして、これ又皆の執拗且つ阿呆らしい忠告に従い、一間半もある物干し竿《ざお》の先っぽで蓋を突いて押し開けたのである。

無論、皆、既に避難していた。おじりさんになる事を恐れ、母屋《おもや》の中で戸を閉め切り、私が何に化けるかを縁側から硝子《ガラス》越しに見物していたのである。しかも、父がそれでは用心が足りぬなどと云い出したから、皆で戦時中、終ぞ出番の無かった防毒マスクを被《かぶ》った程である。たとえ老化の煙が立ち上らずとも、代わりにこの私が人類を絶滅せしめるほどの黙示録的な屁《へ》でも放《ひ》るに違いないと疑う風であった。滑稽《こっけい》であった。甚《はなは》だ滑稽であった。防毒マスクを被って縁側にズラリと並ぶ面々を庭から眺め見た時、滑稽が高じて、私は木箱を持ち上げてエイヤとばかりに家の中に投げ込みたいとの衝動に駆られた。どいつもこいつもおじりさんになってしまえ！　それを実行しなかったのは、老化の煙どころか非常に貴重なものが中に収められている事を知っていたからである。

幸い、と云うか、当然、煙など立ち上らなかった。その代わり、木箱に大鋸屑《おがくず》がギッシリ詰められていた。そこに恐る恐る手を沈めてゆくと、指先に硬いものが触れ、果たせる哉、パニッツィ氏から話に聞いていた真ッ白な象牙《ぞうげ》が埋もれていたのである。二十センチ程の長さで、景徳鎮の白磁の如く艶々《つやつや》と輝いていた。しかも、貴重なものと思われる先端の部分である。云うまでもなく、これを彫って件《くだん》の蔵書印を作れという事であろう。仏師が木の中に仏を見るように、象牙の中に未だ見ぬ蔵書印を夢想して一人ニヤニヤしていると、母屋からおっかなびっくり出て来たミキが訝《いぶか》しげに覗き込んで来、云った。

「與次郎はん、南方ではそんなんを鼻の穴に右から左へ通すて云いますな。牛みたいに……」

牛みたいかどうかは兎も角、牛の鼻にすら通るまいという太さである。私はそれより遥かに文明的且つ鼻に優しい空想に耽《ふけ》っていたのであるが、悲しい哉、ミキには決して真実を明かせないのであった。

「そうや。ボルネオではこれがお洒落《しゃれ》や云うて、みんな鼻に通してたで。どないや、ミキ？」

「いやいや、與次郎はんから先にお洒落になって下さい」

「いやいや、英語にはレディ・ファーストいう言葉があって――」

「いやいや、わては日本人ですから、英語の上手な與次郎はんから先に――」

「いやいや、わしの方がちょっと長目に日本人やってるから――」

「いやいや、男なんやからゴチャゴチャ云わんと與次郎はんから――」

いやいや、しかし何たる事か、眼を凝《こ》らすうちに、自らの蔵書印だけでなく、ミキの蔵書印までもが象牙の内部に透かし見えて来たのである。と同時に、青天に霹《へき》靂《れき》を聞くように悪い考えが頭蓋内でゴロゴロと轟《とどろ》いた。黙ってミキの蔵書印を拵え、勝手に幻書に押したらどうなるのであろう。そして、それを続けたらどうなるのであろう。果たして、そんな事が可能であろうか。仮に可能であるとして、私は果たして何に逆らう事になるのであろうか。何かに逆らう事になるのだとすれば、私は自ら選び取った筈の運命をも擲《なげう》とうとしているのだろうか。

いや、知った事か。何者かによってこの企《たく》みが阻止されたとして、本来ジャングルで朽ち果てるべきであったこの命である。どこに昇るにせよ、どこへ落ちるにせよ、ミキを連れてゆこうではないか。

十七

與次郎の事故死から七年後、ミキが病に倒れた。いまだ與次郎の死の衝撃から立ちなおっておらず、片輪を失った大八車のように寄る辺なく傾《かし》いだまま、無駄に広びろとした屋敷で一人つくねんと日々を過ごしていたときのことだ。

冬のある朝、七時ごろ、ミキは激しいめまいを感じつつ目覚めたという。時化《しけ》た海に布団《ふとん》を浮かべたかのように、夢うつつの意識が転がされていた。実際そんな夢を、寝たきりの老人が鯨の背に布団を敷いて世界一周の悲願を果たすような夢を、見ていたような気さえした。しかしもちろん目を開ければ、見慣れた天井の木目がぐるぐると睨《にら》みかえしてくるだけだ。取りあえず身を起こそうとするが、寝室ごと万華鏡《まんげきょう》に放りこまれてごろごろ回されたみたいなめまいがいつまでも止まらず、それもままならない。症状はそれだけではなかった。寝起きで胃なんぞ空っぽに違いないのに吐き気がしたという。そして心が奥に引っこんだみたいにどことなく体が遠かった。特に右の手足が遠く、体が右へ右へと永遠に傾いてゆくようだった。

ここまではいい。いかにもありそうな話だ。毎朝毎朝、日本のどこかで誰かが不幸にもこんな具合に目を覚まし、病院に担《かつ》ぎこまれるのだろう。あるいはさらに不幸にも担ぎこまれないままに、目覚めることすらないままに、ひっそりと死に至る。一人暮らしの老人なら、なおのことその危険性が高まるだろう。

しかしミキの場合はいっぷう筋書きが異なっていた。布団の上でやっとこさ上半身を起こしたとき、便利のええことが起きた、とミキはのちに言い張る。その内容が事実なら、確かにホバークラフトと自動ドアぐらいには便利がええ。まず、敷き布団が波打つようにぞわりと身震いしたかと思うと、ほんの少しだけ浮かびあがり、ずるずるとひとりでに動きはじめた。まるで引退して久しい空飛ぶ絨毯《じゅうたん》が今度こそ本当に最後の仕事だと説得されて不承々々引っぱり出されたかのように、畳の上をやっとこさ滑っていったのだ。そして便利のええことは波及してゆく。ミキの乗った布団が近づいてゆくと、よぼよぼに老いさらばえた女王と従者に道を空けるかのように、電話機のある部屋までの襖《ふすま》たちがたんたんたんと小気味いい音を立てて次つぎに開いていったらしいのだ。今にして思えば、あの朝、本当はそれ以上に奇怪千万なことが色いろとミキの身に起きたのかもしれない。いや、きっと起きたのだろうと私は思っている。

しかしミキが私たちに明かしてくれたのはそこまでだった。もし晩年のミキが與次郎のように日記を書いていたなら、『№19・5』のような暴露本が屋敷を飛びまわったかもしれないが、もちろんそんな都合のいいことは起きなかった。

　さて、ミキは布団に運ばれてどうにかこうにか電話機のところまで辿《たど》りついた。少なくともそれは事実だ。というのも、母はのちにそれを裏づける光景を確かに目にしたのだ。ミキが病院に運ばれたあと、無人の深井家に立ちより、電話機の前にぐったりと疲れきって横たわる空っぽの布団を目撃した。しかし残念ながら、母は奇蹟《きせき》の証《あかし》であるのかもしれない貴重なその布団を、あらあら電話の前で寝ちゃってお母はんたら、などと呆《あき》れながら押入に片づけてしまった。母は変なところで布団を見かけても、どこかよそからひとりでに歩いてきたに違いないなどと推理するたちではないのだ。しかしこの場合、誰だってそうだろう。でなければ、この家は電話機の前に向かって床が傾いていて、きっとどこで寝ても朝になるとここで目覚めるのだろう、と考えるぐらいが関の山だ。

　さて、電話機の前に来たミキだが、ぬらぬらと逃げまわるような受話器をやっとこさ持ちあげると、朦朧《もうろう》とする頭で自分が何をすべきなのかしばし考え、結局もっともやり慣れた行動を取った。短縮1番のボタンを押したのだ。私の実家だ。母が出た。

ミキは何かを言おうとするが、呂律《ろれつ》が回らず、ろくに言葉にならない。が、その声を聞いているうちに左のようなことだと母は理解した。

「律子ォ、なんや体がおかしい。タクシー呼んで……」

タクシーは来なかったが、救急車が来た。脳卒中が疑われ、即入院だった。検査の結果、やっぱり脳卒中、というか脳梗塞《のうこうそく》と判明した。血栓、つまり血液の塊が脳の血管に詰まったのだ。数日間はあうあうと呻《うめ》くばかりでほとんど言葉が話せなかった。その後もしばらく言葉が出にくかったのは、口の問題と言うよりむしろ脳の問題だったろう。特に人の名前だの地名だの固有名詞が駄目で、毎日見舞いに来た母の名前すら言えたり言えなかったりした。二カ月にも及んだ入院期間中、母は毎日病院に通いつづけ、ミキの食事やリハビリを手伝った。冗談は通じないが、硬い芯のようなものが一本びんと通っていて、人一倍粘り強い人間なのだ。このときの母の頑張りようについて書きはじめると、それだけで一冊の本になりそうなぐらいだが、この手記はそれが主題ではないから、ここはひと息にまたぎ越すとしよう。

幸い、ミキは重症ではなかった。鼻の頭にでっかい蠅《はえ》がとまりっぱなしみたいな渋《じゅう》面《めん》の担当医が大して喜ばしいことでもなさそうに言うことには、発症から早いうちに病院に運びこまれたのが良かったらしい。しかし退院に際し、その医者はミキにかけられた呪《のろ》いの数かずを列挙するみたいに言った。脳梗塞に罹《かか》った人のうち、十人に一人が一年以内に再発します。三人に一人が五年以内に再発します。二人に一人が十年以内に再発します。そして二度目の発症は一度目より重症化する場合が多いのです。再発防止のために今後は生活習慣を改めましょう。深井さんの場合、特に高血圧が良くないですね、云々《うんぬん》。不吉な予言と戒めの言葉は続いたが、それを聞くミキの表情は、退院がよほどうれしいのか、それともほかに何か理由があったのか、明日から夏休みが始まる子供みたいに生き生きしていた。そして無愛想な医者に向かってはしゃぐように言ったらしい。

「先生の話は怖いだけで、あんまりおもろないですけど、そのほうがこの病気には良さそうですな」

「は？　なぜです？」

「わての脳味噌《のうみそ》の血管が言うてます。ああ、つまらん、つまらん」

さすがの医者も錆《さ》びついたような口角をぎこぎこと吊《つ》りあげて、ふふん、と笑ったという。そしてミキはみずからの足で病院をあとにした。娘の肩を借り、力の入りきらぬ手でアルミの杖《つえ》を握り、ぎくしゃくとした足取りではあったが、入ってきたときとは別の世界に出てゆくのだというように、きりりと冷たい風の吹く二月の空の下へ歩み出たのだった。

　発症から数カ月が過ぎ、ミキの右手がすっかり元通りに動くようになったころ、さらに不可思議なことが起こりはじめた。ミキは以前はまったく與次郎の蔵書に手を伸ばそうとしなかったのに、それがなぜか本棚から簡単そうな本を選んで引っぱり出し、まるで読んでいるかのようにページをめくるようになったのだ。しかも何を見ても懐《なつ》かしいと言わんばかりにうっすらと頰笑みながら。それを見て母が言った。

「お母はん、ほんまに読んでるみたいやなァ」

　そこであの言葉だ。

「わてなァ、最近、字ィ読めるようなってきたんや」

　ミキは顔をくしゃくしゃに握りしめるようにして大いに笑ったという。與次郎の柩《ひつぎ》にあの笑顔を放りこんで一緒に燃やしたかのようだなどと陰で囁《ささや》かれていたのに。しかし母はぎょっとしたという。一瞬、背後に與次郎が立っているのでは、そしてミキと見つめあっているのでは、という妙な錯覚が脳裏をかすめたらしい。そうでなくてはあんなふうに笑わない、と。もちろん気のせいだったが、少し不安になった。ミキがあまりにも長く深く與次郎の死を悲しみつづけたというのもあったし、脳梗塞で脳の一部が損傷を受けたというのもあったし、何よりミキも喜寿を迎え、歳《とし》も歳だったから、とうとう妙な具合に惚《ぼ》けの兆《きざ》しが現れたのではないかとの懸念《けねん》がじわじわと背筋を這《は》いのぼったのだ。

しかしミキの言葉は惚けが言わしめたものではなかったし、ましてや法螺《ほら》でも虚言でもなかった。その証拠に、ミキは母の見る前で、手にしていた本を、いくらかたどたどしかったものの、全校代表に選ばれたかのごとく誇らしげに朗読してみせたという。そしてややはにかみながら「四十年前に読んだりたかったたな……」とつぶやいた。その本は與次郎が孫に貸し出すために買った上野瞭著『ひげよ、さらば』だったらしいが、以前のミキであればとうてい考えられない滑らかなその読みっぷりは、人類の月面着陸にも比肩《ひけん》しうる大いなる飛躍だった。母はしばし呆気に取られたのち、「今のほうがうれしいなァ」と答えたという。

もちろんその快挙はあっと言う間に親戚《しんせき》じゅうに知れわたった。当時、私は東京の私立大学に通っていたから大阪にはいなかったが、私のところにも「うんとな、おば、ば、ば、ばあちゃんな、すごいねん」と母からいささか興奮気味に電話があった。母らしからぬ、出し惜しみするような勿体《もったい》ぶった口ぶりだった。前まえからおばあちゃんはすごいということにはなっていたが、さらに何やら勲章が付け加わったらしい。もちろん私は親孝行の一環としてすかさず「どうすごいん?」と尋ねた。

どうすごいのかを、私はほどなくこの目でしかと見、この耳でしかと聞くことになった。大学二年の夏休みが来、私も帰省ついでに深井家を訪れたのだ。そのとき読んでくれたのは忘れもしない、ヘミングウェイの『老人と海』だった。老いゆく者の例に漏れず、生前、與次郎が好んだ小説だったが、今やミキのお気に入りでもあるようだった。ご存じの通り特段難しい本ではないが、ミキは文章の呼吸を上手につかみ、こないだキューバで聞きかじった漁師の話を自分でちょちょいとアレンジしたんだと言わんばかりに滔々《とうとう》と朗読してみせた。きりのいいところまで読み終えると、ミキは手に見物料を入れるシルクハットでも持っているかのような仕草をし、得意気に口元をほころばせ、「お客さん、お愛想、お愛想」などとのたまったものだ。正直、私はこういう稀有《けう》な事態にどれほど驚嘆すべきか判断がつかず、充分に褒《ほ》めてあげられなかったのが今となっては悔やまれる。安易な褒め言葉では掬《すく》いきれぬ何かが事態の底に潜《ひそ》んでいるのを感じたというのもあったのだけれど。

というのも、読字力の突然の進歩はミキの面差しにまで影響を及ぼしていたからだ。打ちひしがれて顎《あご》まで垂れて沈んでいた口角はくっと持ちあがり、両の瞳《ひとみ》はどことなくミキに似つかわしくない具合に凛《りん》と張りつめた光を帯びていた。それを見たとき、日々何かを身につけてゆく子供ならともかく、この歳にして何かが目覚ましく変化するというのもそれはそれでちょっと薄気味悪いものだな、という思いが脳裏を確かによぎったのだ。ほかの親族もまた、ミキがいる表ではすごいすごいと調子を合わせてはしゃぐふりに努めていたが、しかし裏へ回ると、何やら奇怪千万なことがミキの身に起きているのではという怪訝《けげん》な空気が漂い、掻《か》き消しようもなかった。実際、脳がどうとか心の病がどうとか精密検査がどうとか、さらに不安を掻きたてあう電話が、伯父や伯母や母のあいだでしきりに飛びかったのだ。とはいうものの、当のミキはすこぶる溌剌《はつらつ》とした様子で、おいおいおいおいおいと日課のように泣くこともぴたりとやんだようだったから、転がりこんできた幸運として謹んで胸中に収めるべきだという雰囲気にやがて落ち着いたのも事実だった。

しかし、ことさら追究はしなかったが、というより追究しようもなかったと言うべきだろうが、誰もが思い出さずにはいられなかった。與次郎が落ちゆく飛行機の中で手帳に書き残した不可解な文言を。

「お母はんには、いつかきっと、本がひつようになるでしょう」

ここに記された「本」とは、私一人が秘《ひそ》かに納得していたように、質蔵の中を飛びまわる幻書のことではなかったのかもしれない。大人しく本棚で整列している普通の本を指していたのかもしれない。いや、きっとそうだったのだろう。與次郎はこうも記していたからだ。「なるべく、かんたんな本からはじめてください」。実際ミキはそうした。亡《な》き與次郎の真意を知ってか知らでか、その通りのことを実行していたのだ。

という経緯があって、病後のミキは與次郎が遺《のこ》した万巻の書物を片っ端から読みふけるようになった。母がいつ屋敷を訪れても、七十年間ぎりぎりとネジを巻きつづけた読書欲を残り少ない余生で最後の一歩まで全速力で走らせるのだとでもいうように、眼鏡を低い鼻にのせて昼夜の別なく本をめくっていたという。実際、私もそんな場面を幾度も見かけた。例えばあれはミキが退院した翌年の正月のことだった。ミキは右足を引き引きある部屋の書棚の前まで私を得意気に案内し、しかし寝不足のせいだろう幾分憔悴《しょうすい》した面持ちで、まぶたのたるんだ目をしょぼつかせながら言ったものだ。

「ひろぼん、こっからここまではもう読んでもたで……。本はおもろいなあ。あのまま本が読まれへんかったら、世界は半分だけやったわ。ああ、あの世に行くまでにどんだけ読めることやら」

それは、話題の本に真っ先に飛びつくのに読み終えるころにはいつもブームが去っている私からすると尋常ではない速読であり、一日に四冊も五冊も読んでいる勘定だった。しかもその内容をかなり理解し自分のものにしている様子で、話の中身や口調にまでぱきっとした利発げな輪郭が表れはじめていた。例えばこんな話を普通にするのだ。

「ひろぼん、昨日、お父はんがよう読んではった人でな、マックス・ヴェーバーいう人の書いた『プロテスタンティズムの倫理と資本主義の精神』ちゅう本を読んだんや。ほんだら、お父はんがようけ赤線引いてはってな、『精神のない専門人、心情のない享楽人《きょうらくじん》。この無のものは、人間性のかつて達したことのない段階にまですでに登りつめた、と自惚《うぬぼ》れるだろう』ってそこ読んだときなァ、ははあ思たわ。そういえば、お父はんもおんなしようなこと言うてはったなァ、さては真似《まね》しよったなってな」

ああなるほどヴェーバーね、毎朝それでヒゲ剃《そ》ってます、などと適当に答えるわけにもいかず、東京のちゃらちゃらした二流大学で享楽的な学生生活を謳歌《おうか》していた当時の私は、

「ふうん、『無のもの』ね。いるよな、そういう人ら。ていうか、僕もカネなし夢なし彼女なし、一種の『無のもの』です」などと当たりどころの悪い間抜けな相槌《あいづち》を打ったものだった。

まあ、ヴェーバーを読む婆《ばあ》さんぐらいなら日本じゅう捜せばほかにもいただろうが、

ミキの口からその名が出ると、犬が手を挙げて横断歩道を渡るのを目撃してしまったような感じがしなくもないのだ。もちろん話題は政治学のみにとどまらなかった。進化論について話しはじめたかと思えば、量子力学がどうとか相対性理論がどうとか言ってみたり、パレートがどうとかハイエクがどうとか言ってみたりと、私以外の者も何やら、はあはあハイエクね、あの人案外そこそこけっこう燃費がいいよね、などと知ったかぶり交じりに覚束《おぼつか》ない対応をするほかないのだった。

ところで、ミキの変わりようは深井家の中だけで吹き荒れた小さな嵐ではなかった。というのも、どこからどう話が広まったのかは知らないが、脳卒中で倒れて一時はろくに話せなくなったのが、退院後にわかに字が読めるようになった奇蹟のお婆ちゃんとして、一躍、時の人、と言うほど大仰ではないにしても、ひところちょいと世間を賑《にぎ》わしたのだ。といっても、あるワイドショーに出ていた脳科学者か何かが、神経細胞の可塑性《かそせい》がどうとか、脳梗塞によって脳の地図が描きかえられたとか、小難しい仮説を並べたてていたが、そんな狭い意味だけで注目されたわけではない。そこから波及して、非業《ひごう》の死を遂《と》げた深井與次郎の寡婦《かふ》、知る人ぞ知る浪速《なにわ》の女流画家であったのが、戦前からのミキの画業や與次郎との夫婦愛にまで焦点を当てたテレビ番組がゴールデンタイムに放映されたりもしたのだ。そして遂《つい》には、屋敷の縁側で與次郎ゆかりの文化人たちと丁々発止の座談会のようなものまでこなしたりもしたのである。そんな活躍の様子をテレビ画面で眺めていると、喜寿を迎えてとうとう咲いた姥桜《うばざくら》という感がないでもなく、伴侶《はんりょ》の死からようやく立ちなおったらしいことを親族みんなで素直に喜んだのだった。

とはいえ、先ゆきに一点の曇りもなしという状況ではなかった。問題だったのはやっぱりミキの体調だ。知識を頬張るのに忙しくて絵筆を握らなくなったかと言えば、もちろんそんなはずもない。老いてなお創作意欲は衰えず、毎日何時間もアトリエに籠《こ》もっていたから、体調が万全というわけでもないのにゆっくり体を休めるひまもなかった。寝食を忘れる、という言いまわしは怠け者をしょんぼりさせるための言葉の綾《あや》だと私は思っていたが、どうやら本当にミキは忘れるらしかった。三日に上げず屋敷に足を運んでいた母から聞いたところでは、布団に入ったらミキがちゃんと眠るかと言うとそうはならない。その枕元にはやっぱりたかだかと本が積みあげられており、空が白むのに気づいてからようやく電気を消して布団をかぶる始末だ。そして夜っぴて砂山にでも埋《うず》まっていたかのようなひどい面相で早ばやと起きてくる。食事中でも便所に立つとなかなか帰ってこないのは、與次郎とおんなじで読みさしの本が健気《けなげ》な愛人みたいにそこで待っているからであるらしい。母は私が餌《えさ》を与えていないとでも言いたげに、「お母はん痩《や》せて頰骨がごろごろしてきたわ」と電話口でしきりに文句を垂れる。子供が年寄りの皮をかぶっているみたいに目ばかりが爛々《らんらん》と輝いているのだとも言っていたが、まさかこめかみのツマミを回して歳相応にもうちょっと目の光を下げてもらえませんかとミキに頼むわけにもいかないだろう。

そして不安材料はそれだけではなかった。血圧を下げる薬だのなんだのの再発予防の薬を病院からざらざらと手に盛るほど渡されていたが、ミキはどうやらちゃんと飲んでいなかったらしい。貧乏性の犬が大事な骨を隠すみたいに、余った薬が食器棚の抽斗《ひきだし》からごっそり出てきたのだ。実際、血圧もほとんど下がっていなかった。「お母はん、次倒れたら死ぬで」と母が脅《おど》すと、「おなか減ったら、ぽりぽり喰うたろ思て……」などと茶化すような言葉を返し、決まり悪げに笑っているばかり。つい忘れるのだと言い訳するが、本当だったかもしれないし、嘘だったかもしれない。生来、医者だの薬だのが大嫌いで、昔の人は薬なんか飲んでへんかった、などと屁理屈《へりくつ》をこねるが、昔の人だってせいぜい長生きしたくて驚くほど不味《まず》いもんを我慢しいしい喰っていたに違いないのだ。いよいよ業を煮やしたのか、私からも言ってくれと母から連絡があった。孫にまで言われたら、さぞバツが悪かろうと考えたのだろう。仕方がないから、駄目でもともとミキに東京から電話をした。「薬ちゃんと飲んでへんのやって?」と。ミキはまるで與次郎から今しがた手ほどきを受けたみたいにぬけぬけと答えたものだ。

「ちょうど今、飲んでるとこや。本という心の薬を……」

十八

あ、い、あれが起きたのは平成八年、私が大学四年生のとき、ミキが書物の世界に足を踏みいれてから二年ほど経《た》ったある夜のことだ。あの夏、私はすでに東京の某広告代理店から採用の内定をもらっていたから、将来に何を思いわずらうこともなく、三食昼寝つきの自堕落な休暇を過ごそうと父母と三人で深井家の屋敷を訪れていた。ちょうどお盆の時期だったから、東京からは祐一郎伯父さんと好恵《よしえ》夫人とその子供たちが五人、横浜からは敦子伯母さんと双子の葉衣路と紅良々、そしてニューオーリンズからは宗佑叔父さんまでもが帰ってきた。つまりミキを含めて総勢十五名もの深井家の血筋に連なる顔ぶれが一つ屋根の下に集まったのだ。毎年、お盆になるとそれなりに集まることは集まるのだが、與次郎の没後、孫八人と、とりわけ二、三年に一度ぐらいしか会えない宗佑叔父さんまでもが顔を揃《そろ》えたのはあとにも先にもあの夏だけである。

正直言うと、宗佑叔父さんがまるでハリウッドでリメイクされた寅さんみたいにふらりと門をくぐってきたとき、私はぎょっとし、つい、来よった、と声なき声を漏らしてしまった。考えてみれば、ただ盆に里帰りしただけなのだから来よったも何もない。しかしその年の正月にも屋敷で顔を合わせていたから、なんとなく、しょっちゅう来すぎだ、と思ったのだ。例によってそのなりも悪かったのだろう。ハワイの切れっ端のようなアロハシャツ、南国のポン引きみたいなてろんてろんのズボン、一度見てしまうとなかなか残像の消えないオレンジ色の麦藁《むぎわら》帽をかぶり、その下からはヤマアラシのような強《こわ》い長髪がごわごわと溢《あふ》れ出てそよとも揺れない。背中の赤黒いギターケースは巨大なカブト虫の霊に取り憑《つ》かれているかのようだった。そしてその眼差しは相変わらず世界のいっさいのものに同時に焦点を合わせるかのように茫漠《ぼうばく》としている。要するに宇宙人が地球人になりすまそうとして失敗しているみたいに見えるのだが、いくらなんでもこんなに失敗するはずはないからやっぱり地球人なのだろうという感じなのだ。そんな奇抜な叔父の格好に面喰らったあと、何かが起きそうやな、とかすかな胸騒ぎを覚えた。

しかしそれを感じたのは私一人にとどまらない。敦子伯母さんは目にうるさいような風采《ふうさい》の叔父を見るなり、死神と疫病神《やくびょうがみ》と貧乏神が三人四脚をしてよろよろと敷居をまたいだかのように「あんた、なんやの！」と素《す》っ頓狂《とんきょう》な声を上げた。祐一郎伯父さんもべろりと上下に舐《な》めるように弟の格好を見て、やっぱりちょっとはうれしいのだろう、選挙ポスターのごとく磨いた便器並に白い歯を見せるのだが、挨拶《あいさつ》代わりに「誰か！　塩持ってこい、塩！」などと相変わらずの可愛くない皮肉を言う。しかしそこはやっぱり宗佑叔父さんだ。「兄やん、塩やったらここにあるで……」と言って、ズボンのポケットからごそごそと卓上塩の小瓶を取り出した。なんの因果でポケットに塩が入っているのかは知らないが、うっかり問いただしたら砂糖とかニョクマムとかキリストの血液とかポロニウムとかまで出してきそうだから、誰もその問題を掘りさげなかった。

実は、このすんなりゆかない歓迎ぶりにはもっともな理由がある。宗佑叔父さんには赫々《かっかく》たる前科があるのだ。飼い犬の三太が耄碌《もうろく》して死んだ日の前の晩にも大阪のロックフェスに参加したとかで帰ってきたし、ミキが倒れる一週間前にも京都でライブがあったとかでひょっこり姿を現したし、そして何より、與次郎の乗った飛行機が熊本で墜落したときにも、事故の数日前にニューヨークから突然帰国して東京の知人のところに身を寄せていたからだ。しかしこんなのは序の口と言える。叔父が本気を出すともっとすごい。何を隠そう一九八九年にベルリンの壁が崩壊したときにもたまたま西ベルリンにいたし、一九九一年にソ連でクーデターが起きたときもたまたまモスクワにいたし、最近で言えば9・11のときもたまたまニューヨークにいたのである。叔父が先か、事件が先か、それが問題だ。ネットで拾った情報によると、叔父は世界じゅうの諜報《ちょうほう》機関から二十四時間マークされていて、ライブの客の三人に一人はスパイらしい。ちなみにCIAにおけるコードネームは「嵐を呼ぶ男《ストーム・ブリンガー》」だ。

さて、主役のミキであるが、孫子《まごこ》が十四人も顔を揃えてすっかり浮かれ、はしゃいでいた。このときばかりは本も開かず絵筆も握らず、一世一代の独擅場《どくせんじょう》と言わんばかりに朝から晩までしゃべりどおしだった。しかしそんな姿を見ながらも、みんな内心、考えていた。やっぱり元気そうには見えないな、と。母が言ったとおり、羽を毟《むし》った鶏みたいに痩《や》せていて、たるんだまぶたの下で目ばかりが底光りしていた。美容院に行くひまもないのか、すっかり白くなった髪のほつれ具合もどことなくひやりとさせるものがあった。晩御飯を終え、ひとしきり話すと、ミキにもさすがに疲れが見え、時おり石のように目をつぶって黙りこむようになった。見かねた母が風呂に入って床に就《つ》くよう促すと、真っ赤になった目をぐいとひときわ見ひらいて健在ぶりを示そうとしたが、やがてぽつりと、そやな、とだけ言って一番風呂を浴びに行った。そして湯から上がると、最後にもう一度、寝間着で居間に現れ、「みなさん、ご機嫌よう」とおどけたように深ぶかとお辞儀をし、老優一人、ひと足先に舞台袖《そで》に下がるかのように右足を引きずりながら寝室に退場してしまった。

　みんなはその後も居間にとどまり、缶ビールを幾つも空け、やや声を低め、今度はそこにいないミキの話をしはじめた。ミキの驚くべき変わりようのこともあり、話はいつまでも尽きなかった。ミキが倒れて以来おんなじような話はさんざんされてきたのだが、みんなで念入りにしゃぶればまだまだ味が出るとでもいうようになおも口ぐちに話されるのだった。

　一人っ子の習い性《しょう》だろうか、私は時おり一歩退《ひ》いたところからみんなの顔を見まわした。與次郎とミキの子が四名、その連れあいが二名、孫が八名、総勢十四名。どの顔にもほどよく朱が差して、まんざら酔いのせいばかりでなく、たいそう幸福そうに見えた。ふと、この場がはるかなる太古に張られた大きな天幕の中であるかのような感覚に囚《とら》われた。家族が身を寄せあい、語らい、笑いあうことによって、巨大な夜の力に抗《あらが》っているのだ。そしてそれは人類がこの世界に産み落とされ、火を囲んで言葉を話すようになって以来、もっとも古い、そしてもっとも永遠に近い楽しみであるかのようだった。

しばらくし、便所に立ったついでに私はミキの寝室を覗《のぞ》いた。電気が点《つ》きっぱなしだった。ミキは下半身にタオルケットをかけ、庭のほうへ顔を向け、いつになく静かに眠っていた。あまりに静かで寝息すら聞こえないので、私は部屋に足を踏みいれ、ミキの寝姿をじっと見おろした。ミキの胸はかすかに上下していた。しかしそれは注意深く見ればマネキンだって息をしているように見えるのではないかというほどの慎ましい動きだった。寝顔はとても安らかだった。與次郎が他界してこの方、まだ安否が不明であるかのごとく眉根を寄せて険しい表情のまま眠っていたものだったが、あの夜のミキの寝顔は愉快な写真を撮る瞬間に思わず目をつぶってしまったみたいにうっすらと頰笑んでいるようにすら見えた。例によってミキの枕元には本が積みあがっていた。部屋に入って背表紙を読むと、ゲーテの『ファウスト』、アンドレ・ブルトンの『シュルレアリスムと絵画』、ドストエフスキーの『悪霊《あくりょう》』などなど。ミキの左手の人さし指は與次郎の著書『幼形成熟《ネオテニー》としての民主主義』に挟まれており、想像を逞《たくま》しくすれば、與次郎の温かい懐《ふところ》に指を差しいれているかのように見えなくもなかった。突如として居間のほうでどっと笑いが起こり、徐々に消えた。宗佑叔父さんの爪《つま》弾《び》くギターがずっと聞こえていた。私は蛍光灯のひもを引いて明かりを消し、みんなの待つ居間に戻った。

宴も酣《たけなわ》のうちに、いつの間にか日付が変わっていた。あれは零時半ぐらいのことだったろうか、突然、居間の引き違い戸がガラリと開いた。私のすぐ後ろだったということもあり、思わずびくりとして振りかえると、床に就いていたはずのミキが立っていた。はて、と違和感を覚えた。ミキが夜中に起きてきたことにではない。年寄りはひと晩に二度も三度も憚《はばか》りにゆくものだ。私が訝《いぶか》しく思ったのは、ミキの足音をまったく聞かなかった気がしたからである。にもかかわらず出し抜けに廊下側の戸が開き、そこにミキが立っていた。古い板張りの廊下だから、強いて気配を殺さない限り、足音もさせずに歩けるものではない。ほかのみんながそこを気に留めたかは分からなかったが、少なくとも戸のすぐそばに座っていた私は気づいた。

しかし居間に集う面々を見わたし、真っ先に「ん？」と不可解の感を口にしたのはミキのほうだった。ミキのたたずまいはなんとはなしに奇妙だった。近ごろになくしゃんと高く首筋を伸ばし、長らく担《かつ》いできた重荷をたった今そこで下ろしてきたという様子で、どうかすると痩せ細った体がふっと浮きあがってしまいそうだった。面差しも薄皮でも脱いだかのように変にすっきりとしている。そして何十年かぶりにこの屋敷を訪れて何が変わり何が変わっていないかを確かめるのだというふうに目線をゆったりとさまよわせていた。

　そんな様子を見、「お母はん、どないしたん？」とまず母が声をかけた。ミキはしばしのあいだ孫子一人ひとりの顔を記憶に刻みこむように見つめては視線を移すのをくりかえしていたが、やがて何十年も会えずにいたみたいに「いやァ、あんたらエライ大っきなったなァ思てな……」と言った。

　一瞬、みんなで怪訝《けげん》な視線を交わしあう。ただ寝ぼけているだけなのか、それとも一人布団《ふとん》の中で感極まる想像にでも耽《ふけ》っていたのか。敦子伯母さんが何かを振りはらうように冗談めかして「何を言うてんの、お母はん。夢でも見たん？」と訊《き》いた。

「うん。……今さっきな、けったいな夢見とったんや」とミキはうなずき、まだ覚めやらぬらしいふわふわと頼りない口調で続ける。「あんたらがまだみんな子供でな、宗佑なんかこんな小っさいねん。みんなでご飯食べようか言うて、この部屋に用意しとってな、ほんだら、お父はんが宗佑を肩車して向こうの部屋から歩いてくるんや。なんでか兵隊さんの服着てな——」

　もちろんこの時点では、私はこの夢についてまったくの初耳だった。ただミキが夢を見たんだなと思ってなんとなく耳を傾けていただけだ。しかし記憶にある限りでは、あのときミキから聞いた話は、のちに『№19・5』で読んだものと寸分の違いもなかった。読みながら、あっ、あのときの夢の話やないか、と驚き、拾った鍵《かぎ》が何を開けるためのものか偶然判明したような心持ちになったのだ。

あの夜、ミキの夢の話は訥々《とつとつ》と続いたが、徐々に細部が曖昧《あいまい》になり、やがて、夢の中で戸を開けたらいつの間にかここに辿《たど》りついたのだと小首を傾《かし》げるふうに黙りこんでしまった。誰かが先を促すが、ミキはゆらゆらとかぶりを振り、「分からん。あとはよう憶《おぼ》えてへんわ」と答えた。そこで話が途切れてしまい、居間にぽつんと沈黙が降りた。ミキはそれを気にする様子もなく、ふたたび孫子の顔を見わたすと、いくらくりかえしても足りないというように「しっかし、大っきなったなあ」と言った。そして「まあ、若いあんたらは、好きなだけ起きとったらええわ……」と最後の言葉を残し、わざわざ戸を開けたのに居間の敷居もまたがず、そしてやっぱりひたとも足音をさせずに、すうっと廊下の奥へと消えていった。

兎《と》にも角《かく》にも妙な感じだった。しかし誰一人どこがどう妙だとはっきり指摘できず、みんな無言で覚束《おぼつか》ない視線を交わしていた。足音がしなかった気がすると私から言ってみてもよかったかもしれないが、なんとはなしに、そういうことではない、という空気が漂っていた。今起きたことは、目で見たり耳で聞いたりして分かることではない、という空気が。乱暴を承知でみんなの心を代弁してしまえば、そこにいた誰もが、胸をぽこーんとくり抜かれたような、強制的淋《さび》しさとでも呼ぶしかない感情に突如として襲われたのだ。

やがて宗佑叔父さんがぼそりと口を開いた。

「俺、子供のころの話やけど、お母はんが今言うた夢、見たことあるような気ィすんなあ」

母ははっとして宗佑叔父さんを見、それから祐一郎伯父さんや敦子伯母さんと素早く視線を交わした。そして祐一郎伯父さんがおもむろにうなずき、どことなく恥ずかしげに「俺も……見たことある気ィするぞ」と言った。それを聞いた敦子伯母さんと母がほとんど同時に「わたしも！」と言い、今にも笑いだしそうに目を見あわせた。私もまた従兄弟《いとこ》たちと目を見あわせ、首を傾げあった。いったいどういう話だと。何が起きてるんだと。場は今にも不可思議な夢の話で盛りあがろうとしていたが、しかしまさにそのとき、屋根の上ではそれを上まわる摩訶《まか》不思議な事態が進行しつつあった。

始め、私は風の音かと思った。突風が吹いて庭の樹々《きぎ》を激しく揺さぶるのだと。しかしもっと硬い輪郭を持ったせわしげな音だった。そして聞き憶えのある音でもあった。十二年前のあの夏に寝ぼけまなこで聞いた、書物の羽ばたく音とそっくりだった。しかし今度は一冊や二冊ではない。十冊や二十冊でもない。母たちも夢の話をやめ、なんの音だろうと言い交わす。外から聞こえる、と思い、私は慌《あわ》てて缶ビールをわきに置くと、廊下に出て縁側に立った。

夜空に溶けこんだ隻眼《せきがん》の生き物がかっと目を見ひらいたような異様に明るい満月だった。その月にまとわりつくように、何百何千もの黒い影となった書物の群れが低空をびっしりと埋めつくしていた。夜が攪拌《かくはん》され、底に沈んでいた澱《おり》が舞いあがって一つの意志を持つようになったかのごとく、右へうねり、左へうねり、こちらへうねり、向こうへうねり、夜空をぐわりぐわりと波打たせている。みんなが私に続いて縁側へ集まってきて、幻書たちの演舞が繰りひろげられる空を見あげた。「なんじゃあれ？　鳥か？　コウモリか？　しかしエラい四角いな……」と祐一郎伯父さんが声を漏らした。しかし母は真っ先に正体に気づき、「うわ、本やわ……本が飛んでる」と口を押さえて言う。「ほんまや。あれ、本やわ……読みづらそうやなあ」と敦子伯母さんが然《さ》もありなんというようなことをつぶやく。しかし宗佑叔父さんだけは、ずっと心中で温めてきた、書物は飛ぶという仮説がようやく確かめられたとでも言わんばかりに「やっぱりな！」と言い放ち、無精髭《ぶしょうひげ》の生えた顎《あご》をじょりじょりとさすりつつ幾度もうなずいていた。

　この幻書たちはいったいどこから湧《わ》いて出たのかと考えを巡らせるまでもなく、敷地の隅にある、あの質蔵しかないと私には分かっていた。ミキの蔵書印が押された幻書たちが、たった今、一冊残らず逃げ去ろうとしているのだ。「誰か蔵の戸ォ開けよったな」とつぶやくと、私はガラス戸を開けるや否《いな》や、ひたっと裸足《はだし》で庭へ躍り出た。「あんた、どこ行くん？」と母の声が背中に飛んでくるのと同時に、凄《すさ》まじい羽音がばばばばばばばっと耳をおおう。何もかも喰いつくして大地を丸裸にしてゆくバッタの群れをテレビで見たことがあるが、そのただ中に飛びこんだかのようだ。

　耳をふさいだまま母屋《おもや》の壁に沿って軒下を歩き、裏へ回る。質蔵のほうから次から次へと幻書たちが逃げつづけていて、それが脳天すれすれに飛び去っていくのだから、屈《かが》みながら歩かざるを得ない。そして質蔵が視界に入った瞬間、思わずびたっと立ちどまり、一歩も動けなくなった。

　銀光滴《したた》る月明かりの下、氷山が突き立ったかのような真っ白な象がいた。質蔵の瓦《かわら》屋根の上、六本の脚でがっしりと棟をまたぎ、白じらと映える翼をゆったりとはためかせる象が、冴《さ》えざえと立ちつくしていた。そして黄金色《こがねいろ》のおっとりとした目でちっぽけな私を見おろしている。いや、実は私を見おろしていたのは白象だけではなかった。象の背中にまたがっているらしい人影が見えるのだが、絶え間なく頭上をよぎりつづける夥《おびただ》しい書物の群れが邪魔になり、なかなかその正体を見定めることができない。

しかし突然、書物の奔流《ほんりゅう》がぴたっと途切れた。すべての幻書が質蔵から出つくしたのだ。たちまち夜空がぎんと澄みわたり、月光がいっさいのものの上に際《きわ》ぎわと降りそそぐ。私は白象の背にまたがった人物と視線を合わせた。亡《な》き祖父、深井與次郎だった。十年前と寸分違《たが》わぬ歳格好《としかっこう》の與次郎がまんまるいロイド眼鏡ごしに私を見おろしていた。そしてどこか得意気にうっすらと頬笑み、大衆の大袈裟《おおげさ》な反応を好まない大スターがやりそうな具合に立てた人さし指をしーっとその口に当てる。そんなことをされなくとも私はただただ啞然《あぜん》とし、言葉もなかった。與次郎の出現に驚くべきか、それとも色いろ間違った感じの象の風体により驚くべきか、それすら定めきれずに目を白黒させるばかりだったのだ。

與次郎が口に当てていた指を私の背後の空へすっと向けた。私は恐る恐る振りむく。眩《まぶ》しい満月が目を突いた。その月の手前で、何やら黒っぽい不定形のものが雲霞《うんか》のごとくもやもやとうごめいている。幻書だった。何千何万という書物が群れつどった塊だった。ついさっきまで夜空をおおっていたミキの幻書が、満月を背にして一点に凝集し、ようやく与えられた自由に喜び悶《もだ》える粘土のように何か別のものに姿かたちを変化させようとしていた。象だ、と私は思った。きっと白い象になる。すると、果たせるかな、黒ぐろとひしめく靄《もや》に月光が染《し》みとおってゆくかのごとく本の塊が白みはじめた。あれよあれよと言う間にすっかり白くなりきってしまうと、塊から平べったいものが突き出てやがて純白の帆のごとき巨大な翼となり、細長いものが身をよじりながらひねり出されて象の鼻となり、太ぶととした根が垂れさがるように六本の脚がぼってりと生え落ちてきた。顔のあたりを眺めていると、新たに生まれつつある象がぱちりと黄金色の目を見ひらき、視線がぶつかってしまった。わき腹を突つかれただけでけたけたと笑いだしそうな優しい目だ。この世に生まれながら、月下に羽ばたきながら、たかだかと鼻を掲げながら、真新しい雪を押しかためたような白象が、悠然と庭の真ん中に降りてくる。降り立った先に、一人立ちつくすミキの背中が見え、思わず息を呑《の》んだ。いつの間に庭に出てきたのか。この騒ぎで目を覚ましたのだろうか。いや、と思いなおした。このたった今新たに生まれた柔和な目の白象は、そもそもミキのための象なのだ。與次郎が何十年もかけて幻書を収穫し、代わりに蔵書印を押し、そうやって蒐集《しゅうしゅう》しつづけたミキのためだけの白象が、いよいよ正統な乗り手を迎えるために降りてきたのだ。いつかこうなることを私は知っていた。まったくおんなじことが、事故で死んだ與次郎の身にも起きたはずなのだから。

視線を下ろすと、みんなも私のあとに続いてぞろぞろ庭へ出てきていて、達磨《だるま》さんが転んだみたいにそれぞれぴたっと立ちどまっていた。そして私とどっこいどっこいに違いない間抜け面《づら》を引っさげて、ミキをぽかんと見つめている。しかし当のミキは、私たちが後ろから一部始終を目撃していることになんぞまったく気づいていないか、気づいていても一顧《いっこ》だにせぬ様子だった。自分のための白象にひと目で魅せられたらしく、ひたすらに見つめあっていたのだ。白象はふわりと笑みを浮かべると、優雅に脚を折り、忠犬ならぬ忠象といったふうに静しずと庭に伏せた。その背には籐《とう》で編んだらしい鞍《くら》のようなものがのっており、そこから肩口に向かって縄梯子《なわばしご》が垂れている。ミキは意外にも慣れたような身の運びでその梯子を伝って白象の背によじのぼり、いよいよ鞍に腰を下ろすと、顎を引き、すんと視線を上げた。ミキはもうすでに何もかも承知していると言わんばかりに頬笑んでいて、質蔵の上にいる與次郎としばし顔を見あわせる。そして、私たちが啞然として見あげる前で、與次郎とミキは微笑を湛《たた》えたまま同時に、こくん、とうなずいた。その、こくん、にどんな意味を認めたらいいのか私には分からなかったし、今に至るもこうだと自信を持って言うことはできない。長く連れ添った二人にとってそれを超える挨拶など存在せず、與次郎がボルネオから生還したときもおんなじようにただうなずきあったのかもしれないし、前まえから二人のあいだに秘《ひそ》かな約束事があってそれが恙《つつが》なく果たされたという確認だったのかもしれない。

いずれにせよ、その、こくん、が合図であったかのように、二頭の白象が同時に、ぶわさ、と力強く羽ばたいた。私たちの髪や衣服が突風に暴れ、と同時に白象たちの巨体がふわっと宙に浮いた。二人はじゃれあうように幾度かぐるぐると屋敷の上空を旋回すると、はるかな高みからしばし私たちを見おろし、もごもごと口を動かして何か言ったようだった。が、やっぱりその声は遠い下界までは届かず、二人はそのまま、ちょうど真南へかかった月のほうへ、ボルネオのほうへ、まっしぐらに飛び去っていった。がたん、と背後で音がしたので振りかえると、ぽっかりと開け放たれた質蔵から一冊の本が飛び出してき、あわわ寝過ごしちまったというふうに慌てふためいて二人を追っていった。私は思わずくすりと笑った。

二人の姿がしだいに小さくなり、すっかり夜空に溶けこんでしまうと、私は恐る恐る質蔵に足を踏みいれた。背後には満月が上がっていたが、その光といえども暗い蔵の中までは照らせず、むしろ長いあいだ隠れ住んできた濃い闇を際立たせていた。なくてもともと入口のわきの壁を手探りすると、幸いにも照明のものらしいスイッチが指にふれた。それを押すと、蔵の中が古い電球の黄ばんだ光でいっぱいに満たされた。もぬけの殻だった。壁ぎわには木で組んだ丈の高い棚が設《しつら》えられていたが、すかーんとして石ころ一つのっていない。

そのとき、さてはまだ残党がいたか、かすかにゴトゴトとかたい物音が聞こえてきた。音の源はどうやら頭上にあるようだ。梯子のように急な階段を登り、思わず首をすくめたくなるほど天井の低い二階に上がる。壁には一階と同様ぐるりと棚が設えてあったが、やっぱり空っぽだった。しかしよく見ると、奥に真っ黒な漆《うるし》塗りの長持が置かれている。またゴトゴトと鳴った。どうやら長持の中から聞こえてくるようだ。息を詰めて長持に歩みよる。鍵はかかっていなかった。いきなり飛び出てくるのではと用心しいしいふたを開けると、強盗に縛りあげられたかのように恨めしげに横たわる一冊のノートがあった。それこそが麻ひもで十字に結われた『№19・5』だった。それまでノートの幻書など見たことも聞いたこともなかったが、もしノートとノートのあいだから出てくるなら当然そうなるのだ。

階下で足音がした。誰かが蔵に踏みこんできたらしい。慌ててTシャツの前をめくり、そのノートをズボンの中に押しこんだ。振りかえると、階段のところから敦子伯母さんがひょこっと頭を出した。そして初めて地上を見るギョロ目の地底人のように

おっかなびっくり二階をひと渡り見まわし、

「こんな蔵、初めて入るわ。でも、すっからかんやな」と言った。

私もあらためて二階の棚を見わたし、伯母に背を向けたまま答えた。

「うん。なんも残ってへんわ。全部出てってしもた」

腹の上では、『№19・5』が時おりびくびくと身を震わせ、Tシャツの前を揺らしていた。


私たちはそのあとすぐにミキの寝室へ向かった。ミキは私が電気を消しに行ったときとまったくおんなじ格好で横たわり、おんなじように與次郎の著書に左手の人さし指を挟んでいた。眠っているだけのように見えたが、もう誰もが分かっていた。宗佑叔父さんが変に手慣れた仕草でミキの腕を取って脈を診《み》、やっぱり「やっぱりな……」とつぶやいた。慌てふためく者はなかった。泣き崩れる者もなかった。何が起こったにせよ、與次郎みずからミキを迎えに来たのだから誰にも文句はなかったのだ。

敦子伯母さんがみんなの顔を見まわしながら言った。

「なあ……人間て死んだら象に乗るん？」

「知らんわ。どうなん、兄やん」と母。

「知るか。どうなんや、宗佑」と祐一郎伯父さん。

「知るか。どうなんや、ひろしくん」と宗佑叔父さん。

象のことなら電話一本でなんでもお任せなんて全然言ってないのに、みんながいっせいにこちらを見た。そういえば、こいつなんで真っ先に庭に出ていったんだろう、なんか知ってるんじゃないのか、という顔だ。私としても、そのときはまだ特段そのあたりの事情に明るいわけではなかったのだが、十三対の視線によってじりじりと炙《あぶ》られて低温火傷《やけど》でも起こしそうだったので、それから逃れるために口が勝手にないことないことしゃべりはじめた。

「ま、なんて言うか、あれですよね。ほら、やっぱり、人によりますよね。誰にでも象がしっくりくるわけやないし、僕なんかはむしろ、無難に馬をお勧めするって言うか、料金も象ほどやないって言うか、でもそこをあんましケチると、いきなりカピバラとかになって、これほんまに乗れんの、みたいな――」

ところで、あの一夜の夢まぼろしのごとき出来事は、みんなの人生に、あるいは人生観にどんな影響を及ぼしたのだろう。

例えば父と母は何事もなかったかのようにその後の人生を送っている。話題にすることも滅多にない。たとえするにしても、ことさら不思議がるような真似《まね》はせず、蚊に咬《か》まれたところのまわりをそっと掻《か》くみたいに話す。與次郎とミキは世界のちょっとした綻《ほころ》びから出ていったに過ぎず、下手に詮索《せんさく》すればその綻びはますます広がって、いずれ誰もが空飛ぶ象にまたがって彼岸《ひがん》に渡るはめになるとでも思っているようだ。父はともかく、母なんかは象に限らず人間と犬以外の生き物は気持ち悪くて全部嫌いだから、死出の旅路に是が非でも何かに乗らねばならないとなったら私にでも乗るつもりなのだろう。

あの夜のことを抱えて生きるのにもっとも苦労しているのは、やっぱり理屈屋の祐一郎伯父さんではないかと思う。みんなが集まったときにあの話が出ても、嵐が通りすぎるのをひたすら待つみたいに一人ぐっと押し黙るのだ。政治家である伯父にとって、リアルなのは人間とその欲望だけである。この世の分からなさはすべて人間の欲望とその相互作用から生まれてくる。というわけで、伯父の世界に空飛ぶ本や翼の生えた象の居すわる隙《すき》はない。居すわる隙はないが、何もせずに黙って通りすぎるだけならぎりぎりゆるそう、こっちも見ざる言わざる聞かざるで通す、ということなのかもしれない。だから、たとえ伯父が死んで象が迎えに来ても、見なかったことにしてハイヤーを呼ぶはずだ。そして驚く運転手に向かって忌《いま》いましげに耳打ちするだろう。

「言うとくけどな、庭に空飛ぶ象なんかおらんぞ」

一方、敦子伯母さんなんかはああいうのが大好きだ。分からないことはあればあるほど世界の風通しがよくなると考える性分で、非科学的で胡散《うさん》くさくて不思議なものはたいてい信じている。だから、自分も死んだらきっと白象に乗った王子様が迎えに来るはずと思いこんでいるようだが、もちろんそんなことは起きない。そのことを教えるべきかどうか五秒ぐらい考えた末に、教えないことに決めた。伯母に限らず、人間なんてのはたいていとんでもないことを信じながら死んでいくものだからだ。それに何を信じて死んでいったかがその人のすべてを表すわけでもないだろう。死は答えではなく、問いの中断に過ぎないのだ。

最後に宗佑叔父さんはどうだったかと言うと、あれに触発されて翌年に早速ニューアルバムを出した。タイトルは『U.F.E.（Unidentified Flying Elephant）』。けっこう確認したはずだが、「未確認飛行象」と訳すしかないだろう。タイで撮影したというジャケットの写真では、アコギを背負った宗佑叔父さんがなんと白い象に乗っている。しかしもちろん空を飛ばないほうのやつだ。脚も四本しかない。でも、叔父はその写真に白いマジックで描きくわえた。大きな二枚の翼と、真ん中の二本の脚を。ディスクをプレーヤーに入れると、始めは無音だが、だんだんと怪しいイントロがクレッシエンドしてくる。鳥か？　コウモリか？　それとも本なのか？　いや、きっとエレキギターとエフェクターを使って何かやっているのだろう。とにかく羽音らしきものが怒濤《どとう》のごとく押しよせてくるのだ。うわァなんだか怖い、と思っていると、それが突然ブレイクし、いきなり、ぱおーん、と響きわたる。しかしこれも本物の象の咆哮《ほうこう》ではなく、エレキギターでやっているらしい。試しに君に聴かせてみたら、象の鼻に吸いこまれて途中で詰まってにっちもさっちもいかないみたいなひどい顔をしたからすぐにCDを止めた。これは大人の音楽みたいだね。

ちなみに叔父はこの『U.F.E.』でグラミー賞のほとんど誰も知らないようなマニアックな部門を受賞して、「SOSUKE」の名は日本に逆輸入された。そしてもちろん、ちょっとのあいだではあったが、與次郎とミキの息子という事実も相まって日本のメディアから引っぱりだこになった。とあるテレビ番組では、司会者からアルバムのタイトル『U.F.E.』について未確認飛行象というのは何かの深遠なメタファーなのかみたいなことを訊かれ、無口な叔父は頑張ってこう答えた。

「それはですね、うちの両親が未確認飛行象に乗って、南の空へ一緒に飛んでいったということがありまして……といっても、いわゆるアブダクションというのとは違って、もっと積極的に自分から縄梯子を昇って象の背中に上がる感じで、でもまあ見た目はやっぱり象ですから、アダムスキー型というよりは象だけにミンナスキー型と言うか――」

叔父は與次郎譲りの駄洒落《だじゃれ》を交えながら紛う方なき真実のみを語っていたが、もちろん世間の目にはまったくそう映らず、空飛ぶ象なんかより叔父の頭のほうがよっぽど未確認ということになった。やっぱりな。

十九

いよいよこの手記も終わりに近づいている。というわけで、恵太郎、満を持して私たち家族の話をするとしよう。私とお母さん、そして君の話を。

私がお母さんと初めて出会ったのは、旅客機の墜落事故が起きた年の夏、與次郎の初盆のときだ。私は十一歳で小学六年生、お母さんは二つ下の九歳で小学四年生だった。お母さんは、事故時に海外にいて災難を免《まぬか》れた父親に連れられ、弟の浩平君と一緒に深井家を訪ねてきたのだ。事故後の細かい経緯について子供の私は知らなかったが、どうやら與次郎のおかげで命拾いしたと二人は考えていたようで、葬儀の数日後にも一度、三人でミキに挨拶《あいさつ》に来たらしかった。私はそのことを母から聞いて、へえ、と思った。しかも、へえ、に五段階あるとすれば、せいぜい三ぐらいだった。隣のおっさんがベランダでヅラを外して頭皮に日光浴をさせていたと聞いたほうがよっぽど感慨深い、へえ、をくり出せたろう。まさか自分が奇蹟《きせき》の生還者として世間を騒がせたあの二人に会うことになるとは思っていなかったし、ましてやのちにあの伊藤早苗ちゃんと所帯を持つことになるなどとは想像すらしなかったのだ。

お母さんは当時からすらりと手足が細長く、身長も高く、小学六年生にしては背の低かった私とあんまり目の高さが変わらなかった。後ろできりっと髪を結いあげてポニーテールにしていたせいか、メーテルみたいに目尻が顔からはみ出すほどしゅっと切れあがっていたし、夏でも日陰が侍従《じじゅう》のようにずっとついてまわるみたいに色白で、ひんやりとした空気をまとっていた。しかも頑《かたく》なそうな小さい唇にはろくに笑みが浮かばなかったし、大人たちを相手にしてもうなずいたり首を振ったりするだけであんまり口を利《き》かなかったから、気が強そうだな、話しかけづらいな、というのが第一印象だった。いや、知りあってみると実際、筋金入りで気が強いし、話しかけないほうが無難なときも多いから、私の見立ては少しも間違ってはいなかったのだけれど。

一方、弟の浩平君のほうは、ぽゆんとしたほっぺの可愛い無邪気な顔立ちで、人見知りもせずにけたけたとよく笑ったから、みんなからちやほやされていた。何を話しはじめるにも「うんとな、うんとな」と真っ先に言うのが口ぐせらしく、本題に入るまでしばらく待たねばならないのがなんとも愛らしかったのを憶《おぼ》えている。

ちなみに、だいぶあとになってからお母さんに私の第一印象を尋ねたところ、「まあ……」と遠い目で斜め上方を仰いで、しばし褒《ほ》め言葉を検索するふうだったが、結局該当するものが一件もなかったらしく、虚心坦懐《たんかい》に「普通……」と言った。お母さんの見立ても間違ってはいなかった。私は普通なのだ。ミスター普通だ。身長、体重、知能程度、容姿、毛深さ、ナニのサイズ、その他すべてにおいて普通で、優秀なスパイか正体不明の殺し屋みたいに特徴がない。金持ちと増税と天下りと雨の日は普通に嫌いだが、映画も音楽も小説も漫画も一発ギャグもアイドルも売れてるやつがいちばん好きだ。私は大衆の味方だ。というか私こそが大衆だ。大衆を具現化したものだ。でも、普通と言われて喜ぶ人は普通いないし、本当に普通な人に普通と言っちゃあいけない気がする。あまりの普通さを気に病んで、雑踏する商店街にレンタカーで突っこむかもしれない。こんなんできるか？　お前らできねえだろ、俺、普通じゃねえだろ、はい、事件を起こして普通じゃないとこを見せたかったんです、今では普通に反省してます、もうしません、普通がいちばんです、みたいな感じで。でも、お母さんは言ってくれたね。「ほんまに普通な人ってなかなかおらんから」。うわあ、うれしい。

さて、あの日に話を戻すと、私はお母さんと一、二度ちらっと目が合った気がしたぐらいで、結局たったのひと言も言葉を交わさなかった。そんな機会はまったくなかったし、あったとしても年ごろの男子と女子だからお互いもじもじして、ま、ちょっと早いけど君の味噌汁《みそしる》が飲みたいな、ふうの実りある会話にはならなかったろう。三人は仏壇に線香を上げ、墓参りをして、幾度も頭を下げ下げタクシーに乗って帰っていった。もう二度と会うこともあるまいと喪失感に胸が苦しくなることなんかなかった。当然、生涯で一回こっきりの交わりと思いこんでいたのだ。しかしその夏以来、私は毎年のように二人の顔を見ることとなった。毎年六月二十三日の與次郎の命日が近づくと、私は家族三人で深井家に行き、ミキと一緒に墓参りをするようになったのだが、いつもそこに二人が一緒にいたのである。

ところで、当時お母さんと顔を合わせるとき、ずっと不思議に思っていたことがあった。ふと気づくと、じっと私のほうを見ていることがしばしばあったのだ。深井家の屋敷でもそうだったし、墓参りのときもそうだった。が、あっと思うと、別のもっと重要なものに視線を向ける中途でしょうことなしに立ちよっただけだとでも言いたげに、ふいっと目を逸《そ》らしてしまう。だからつい社会の窓が全開になっていないか確認してしまったり、無駄と知りつつ持病の寝ぐせをぐいぐいと手で押さえたり、頭に矢の刺さった落武者みたいな背後霊が肩に顎《あご》をのせていないか心配したりしたのだが、とにかくひと言もふた言もありげな視線なのだ。まさか男と女の話じゃあるまいな、などと考えないでもなかったが、本当にそう思いこんでも罪にならないほどの容姿を与えられてはいなかったから、鏡の前でああでもないこうでもないとせいぜい男前をこしらえながらも、やっぱり首を傾《かし》げるしかなかった。

私が中学三年生のとき、そしてお母さんが中学一年生のとき、とうとう事態が動いた。お母さんから私宛《あて》に手紙が届いたのだ。学校からの帰りに、たまたま自分で郵便受けから取り出せたことは、二人の関係の初期において父母の余計な詮索《せんさく》を回避できたという点で幸運だったと言えよう。

さて、その手紙だが、大きめのマニラ封筒に青ペンで宛名が書かれていた。差出人の名前を見て私はぎょっとし、しばし絶句というか絶考したものだ。それから、落ちついて一つひとつ問題を片づけていこうじゃないか俺、と思い、幾度か表を見たり裏を見たりをくりかえした。中学生らしからぬ達筆だったが、うまく書こうと字の隅ずみまで頑張りすぎているところが逆に子供っぽくも見え、やっぱり本人が書いたのだろうと思った。まさかこれが世に言う恋文か、愛ってこうやって始まるのか、などと貰《もら》ったことがないだけにいっそうたちの悪い妄想が胸中を駆けめぐったが、それにしては封筒がやたらと分厚く、むしろ中一の宿題を中三にすらすらやってもらおうという素晴らしい作戦を思いついたんよあたしみたいな感じだった。

私は封筒を橋の下で拾ったエロ本みたいにこっそり部屋に持ちこんだ。なんだなんだこの手紙は、この子は俺をどうする気だ、惚《ほ》れてんのか呪《のろ》ってんのか宿題やってほしいのか、なんなんだいったい、などと一階のロビーから八階までエレベータに乗って廊下を歩いて野を越え山越え海を渡って玄関ドアを開けて部屋に入ってドアを閉めるまでの道のりの長いこと長いこと。鋏《はさみ》か何かで綺麗《きれい》に開封すればいいものを、気が逸《はや》るあまり手でむしむしと乱暴に引きちぎってしまったことが今でも悔やまれる。私が貰った、人生でもっとも大切な手紙だったのに。

実を言うと、今でも時どき机から引っぱり出してにやにやしながら読むんだな。血も涙もない猟奇殺人犯でも昔むかしはおむつをはいた可愛い赤ん坊だったんだという教訓ではないけれど、へべれけになって駄洒落《だじゃれ》を連発したり素面《しらふ》に戻って容赦なく駄作をこきおろしたりするお母さんでも、やっぱりまっさらつるんとした中一だったんだなよしよしということを思い出すために。
さて、封筒を開けると、便箋《びんせん》で三十六枚にもなる長い長い手紙だった。ラブレターでこそなかったが、航空機墜落事故から三年経《た》ってようやく書かれた、ということは、ある意味では書くのに三年もの月日を必要とした、伊藤早苗、十三歳O型蠍座《さそりざ》の女の労作だ。

土井博くんへ
飛行機の墜落事故のとき、博くんのおじいさんには、とても言葉では言いあらわせないほど、たいへんお世話になりました。いいえ、本当はお世話になったどころの話ではなく、おじいさんは、あたしと弟の命を救ってくれたのです。これは本当のことです。これから、まだだれにも話したことのない、あまりにふしぎすぎて作り話のような、でなければ夢のような、でもやっぱり本当にちがいないことについて書こうと思います。というより、あたしと浩平が本当に起きたと信じていることを。
（中略）気がつくと、押入の布団《ふとん》のあいだに押しこまれたみたいに、目の前がまっ暗で、息ぐるしくて、体がほとんど動かせなくなっていました。その上、お風呂にいるみたいにむし暑くて全身汗まみれで、何かが焼けるようなへんなにおいもしていました。そして、右足のひざの上あたりがずきずきと痛み、そこだけかなと考えていると、だんだんどこもかしこも痛いような気がしてきました。

最初、自分の身に何が起きたのか、まったくわかりませんでした。朝なのにずいぶん暗いな、すごくくもってるのかな、なんてねぼけた頭の片すみでうつらうつら考えていたほどです。でも、意識がもどるにつれて、乗っていた飛行機がひどくゆれて、すごい衝撃とともについにどこかに墜落してしまったことが、すこしずつ思い出されてきました。そして、世界が終わったのに何かの手ちがいであたしだけがまだ終われずにいるような、それが永遠につづくような、怖いどころではない、たまらなく心ぼそい気もちになり、本当に痛みを感じるほど、ぎゅっと胸をしめつけられました。じつを言えば、思い出すと今でも恐ろしくてたまらなくなり、自分でも耳のうらで聞こえるほど胸がどきどきしてくるのです。そして、冷たい空が下りてきたみたいに頭がひんやりとしてきて、とにかくひろくて明るいところまで、駆け出てゆきたくなるのです。

それでも、ああでもないこうでもないと動かせるところをどうにか動かしたりしているうちに、あたしは飛行機の座席に座ったかっこうのまま横だおしになっていて、その上から飛行機の残がいがたくさんのっかっているんだ、だから暗くて息ぐるしくて動けないんだ、ということがわかってきました。そして、その残がいの上にはげしく雨が打ちつけるのか、真夜中にトタン屋根のバス停で来るはずのないバスを待っているみたいに、ばらばらという音が絶え間なく聞こえていました。その雨音に、あたしの怯《おび》えた小さな息が、すう、はあ、すう、はあ、としきりに出たり入ったりして、それはまるで、死にゆく人の残りすくない息づかいを、むりやり耳もとで聞かされているようでした。そして、その死にゆく人というのは、ほかでもないあたし自身だったのです。

（中略）なんでもいいから何か聞こえないかと、棺桶《かんおけ》みたいな暗闇でぐっと息をとめて耳をすましていると、そのうち、雨音に埋もれそうになっている、とても苦しげな息づかいが、あたしのすぐ後ろ、座席をへだてたむこうから聞こえてきました。あのときのあたしのよろこびようといったら、きっとだれにもじゅうぶんに想像することはできないでしょう。あたしはとっさに、ひとりじゃない、と思い、のしかかってくる大きな残がいを、そのだれかといっしょに支えているような気がしたものです。

あたしは思わず声をはりあげて、「だれ？　お母さん？　浩平？」と呼びかけました。するとすぐに、「じょうちゃん、生きとったか」と返事がありました。残りすくない言葉を、ひと言ひと言やっと押し出すような、とても苦しそうな声でした。もちろんまっ暗なので、そのすがたを目にすることができませんでしたが、それが、窓ぎわの席をゆずってくれた、博くんのおじいさんだったのです。あたしが「体が動かへん」と言うと、おじいさんも、「助けたりたいけど、わしも動かへん」と答えました。それを聞くと、おじいさんの「動かへん」とくらべたら、あたしの「動かへん」は、まだまだ序の口のような気がしてきました。

そのとき、すこしはなれたところから、「姉ちゃん、姉ちゃん」と呼ぶ、かん高い声が聞こえてきました。浩平の声でした。あたしはわっとうれしくなり、鼻のおくがつんとして、思わず泣きそうになりました。暗くてやっぱりどこにいるかわかりませんでしたが、おじいさんのほど苦しそうな声ではありませんでした。ぐずぐずとはなをすすって、半分泣いているようではありましたが、声にはまだまだはりがあったのです。

あたしは、「浩平、どこ?」と声のかぎりに叫びました。すると弟は、「ここや、ここ!」とやっぱりバカな答えを返してきました。いえ、きっとあたしがバカなことを聞いたのでしょう。おたがい顔が見えないまましばらく話すと、やっぱり浩平のほうも身うごきがとれないようでしたが、どこが痛いとかどこか熱いとか苦しがるようすもなく、どうやら大きなケガはないようだと安心しました。

　弟に、となりに座っていたはずのお母さんのことをたずねましたが、どこにいるのかまったくわからないようでした。何度かふたりで大声を出してお母さんを呼んでみましたが、いっこうに返事はありません。これはあとからわかったことですが、お母さんは卵を落としたみたいに頭をひどくやられていたので、墜落の衝撃で苦しむ間もなく死んでいたのです。

　しばらくすると、恐ろしいことに、おじいさんが苦しそうに「おえっ、おえっ」と喉《のど》を鳴らしはじめました。気分が悪くなって、何度も吐いているようでした。おじいさんがえずくごとに、あたしはますます怖くなって、耳をふさぎたくなりました。それからしばらくは、何度声をかけても返事がありませんでした。でも、ひょっとして死んでしまったのだろうかと考えはじめたころ、おじいさんからようやく返事があって、きみらは絶対に助かる、おっちゃんが助けたる、だからもうしばらくしんぼうしろ、というような意味のことを、小さな声でとぎれとぎれに言うのが聞こえました。でも、その声はとても弱よわしくて、暗闇の中にすうっと消えいりそうでした。きみらは、と言って自分を入れなかったのがだんだんと怖いような気がしてきて、そのあとも何度かおじいさんに呼びかけましたが、恐れていたとおり、もう二度と返事はありませんでした。またさらに怖くなり、怖くて怖くて、しばらくぐずぐずと泣いてしまいました。それにつられたのか、弟も泣きはじめました。世界でふたりだけになったような気がしました。そうするうちに、ふしぎなことにすこし眠くなってきて、あたしも死ぬのかな、みんな死んだんだから仕方ないな、と思いながらとうとう眠ってしまったのです。どれぐらい眠ったかはわかりません。たくさんの夢を見ました。でも、どんな悪い夢であっても、現実よりはずっとずっとましだったのです。

はっと気づくと、目の前はもうまっ暗ではありませんでした。やっぱり身うごきはとれませんでしたが、あたしにおおいかぶさっているものの下のせまい空間が、暗い洞くつで金貨が山ほど入った宝箱をあけたみたいに、なぜだかぱあっと明るくなっていたのです。まぶしいというほどではありませんでしたが、黄色というか、黄緑色というか、金色というか、そんな夢のような光で、あたしのまわりがみたされていました。なぜだろうと思って、よくよく光のみなもとに目をこらすと、それは親指の先ほどの小さなかわいいキノコでした。そこらじゅうに小さなキノコがびっしりとすきまなく生えていて、そのひとつひとつが、ぼんやりと淡い光をはなっているのです。そのときはまだ、飛行機がどこに落ちたかまったく知りませんでしたが、たまたまそういう光るキノコが生えているめずらしい場所に落ちたんだろうと思いました。でも、さっきまではまったく光っていなかったのに、どうして今になって突然、光りだしたのかはわかりませんでした。

「浩平！」と呼んでみました。すぐに、「姉ちゃん！」と泣きそうな声で返事がありました。「そっちも光ってる？」と聞いてみると、「光ってる！　キノコや！」と弟が答えました。それを聞いたとき、どうしてだかはわかりませんが、あたしも浩平も死なないいんじゃないかという気がしました。そこでふと、おじいさんのことを思い出し、また声をかけてみました。でも、やっぱり返事はなく、どれほど聞き耳を立てても、息づかいのひとつも聞こえてきませんでした。

「姉ちゃん、変な音がする！」といきなり浩平が声をあげました。あたしも耳をすませました。すこし前から雨がはげしくなったのかと思っていましたが、たしかに雨音とはちがう、もっと大きなばさばさという乾いた音が、とぎれることなく鳴りつづけていました。たくさんの鳥がむれをなして押しよせてきて、あたしたちの上で竜巻のようにぐるぐると回転しながら羽ばたいているような、とにかく大きくてひろがりのある音でした。「なんの音やろ？」と弟が不安げに聞いてきましたが、あたしにわかるはずもありません。ですが、しばらくすると、その音はだんだんと小さくなってゆきました。そして、やがてまったく聞こえなくなり、また、もとのように、絶え間ない雨音だけがあたしたちをつつみました。

言葉にするのはむずかしいのですが、あたしは妙な感じがしていました。たしかに音は聞こえなくなったものの、音の主《ぬし》はまだそこにいる、というしずかな怖さを感じつづけていたのです。あんのじょう、すこししてから、あたしの上にずっとのっかっていた飛行機の残がいが、ぎぎぎぎがががみしみし、と苦しげな音を立てて身をよじりはじめました。それがしばらくつづき、残がいがさらにこちらへ落ちてきて押しつぶされそうで、あたしはまたものすごく恐ろしくなり、思わずうめき声をあげました。

でも突然、中身のぎっしりつまったランドセルを肩から下ろしたみたいに、体がふわっと軽くなりました。あたしを地面に押しつけていた飛行機の残がいが、すこし浮きあがったのです。そしてとうとう、がしゃあん、と音がして、あたしの上から残がいがなくなりました。涼しい風といっしょに雨つぶが吹きこんできてほほにあたったので、そうとわかったのです。でも、びしょぬれにはなりませんでした。なぜなら、あたしの頭上には、まるまるとした大きい白い象が、ぬっと立ちつくしていたからです。その象が、雨にぬれたまっ白な体に、あたりいちめんに生えるキノコの黄金色《こがねいろ》の光を受けて、とこ夏の国の黒ぐろと日に焼けた王さまが乗る、金銀宝石などのかざりにいろどられた象みたいに、つやつやと輝いていました。そして、その大きなひとみも、おく底に金ぱくをしずめたようにきらきらと輝いていて、飛行機の残がいではなく、それこそ宝箱のふたをあけたみたいに、じっとあたしを見おろしていたのです。

あたしはとにかくびっくりし、飛行機の座席に体をくっつけたまま、しばらく口もきけませんでした。まだ夢のつづきを見ているんだ、とびきり本当らしい夢を見ているんだ、と思いました。でなければ、やっぱりもう死んだんだ、と思いました。なぜなら、こんなところに象がいるだけでもじゅうぶんにふしぎなのに、その象はたくさんの雪を押しかためたみたいにまっ白で、パルテノン神殿の柱みたいな太い足が六本もつき出ていて、船の帆みたいにひろびろとしたつばさが左右に生えていたからです。そして、今にも強い風を探しあてて飛び去ってしまいそうに、ゆらありゆらありと羽ばたいていました。

突然、「じょうちゃん、大丈夫やったか？」と後ろのほうから声がしました。あたしは、はっとして声のほうを見ようとしましたが、まだシートベルトをしたままだったので、いそいでかちゃかちゃと外して、体を起こしました。すると、なんとおじいさんも上半身をむくりと起こして、こっちを見ているのです。もう亡《な》くなったものとばかり思っていたので、うれしさのあまり、とびあがりそうになりました。のしかかっていた飛行機の残がいがなくなって、おじいさんもやっと体が楽になり、また話せるようになったのだと思いました。

「おっちゃん、大丈夫？」と、あたしはおどろいてたずねました。するとおじいさんは、「そらあ、大丈夫や。ちょっとうとうとしてしもただけや。助けたるって言うたやろ」と得意そうに言うのです。あたしはまたまたびっくりして、「この象、おっちゃんの？」と聞きました。すると、「そうや、わしの象や」と、おじいさんは答えて、げはげはげはげは、と大声で笑いました。そして、まったくもってその通りだと言うように、白い象が、くもった夜空に鼻をたかだかとつきあげ、すごい吠《ほ》え声で、ぱおおおおおん、と鳴いたので、あたりに散らばった残がいがビリビリとふるえました。

ふと、そう言えば、ここはどこなんだろう、と思い、あたしは立ちあがって、まわりを見わたしました。あたしたちは、とても急な山の斜面にいるのでした。そして、三年前にテレビの映像や新聞の写真で見たかもしれませんが、飛行機の墜落によって、山の木々が斜面の下から頂上へむかって何百メートルにもわたり、台風にやられた稲みたいになぎたおされていたのです。でも、飛行機じたいは乗客もろともばらばらになってしまい、たおされた木々や地面の上に散らばって、こい霧のような白い煙をあげているのです。

夜なのに、しかも月も出ていないのに、どうしてそれが見えたかふしぎでしょうね。それもやっぱり光るキノコのおかげなのです。あたしたちのいるすこし下あたりから山の頂上のほうまで、光るキノコがじゅうたんをしきつめたみたいにびっしりと生えていて、斜面そのものが天国へとつづく長い輝かしい階段のようになっていたのです。みにくいものと美しいものが身をよせあっているようなあまりの光景に、あたしはしばらく言葉もありませんでした。

そのとき、「姉ちゃん、姉ちゃん！」と呼ぶ弟の声が、すぐそばの残がいの下から聞こえてきました。「そうや、浩平や！」と、あたしはようやく思い出しました。

「よっしゃ、つぎは浩平くんや！」と、おじいさんもいせいよく言いました。

それから象は、浩平の上にのっかっているらしい飛行機のかべを、長い鼻を上手に使って動かしはじめました。鼻の吸う力がすごく強いようで、残がいにピタッとそ鼻の先っぽをつけただけで、掃除機であたしのスカートを吸いあげるみたいに、そのままかるがると持ちあげてしまうのです。そうしていくつか残がいをまわりにどけてゆくと、飛行機の座席の下で、体育座りみたいにひざをかかえてまるくなっている弟のすがたが見えました。あたしは急いで駆けよって、まず浩平のシートベルトを外してやりました。あたしが必死になって、大丈夫か、とか、ケガないか、とか色いろ聞くのですが、浩平のまるく見ひらかれた目は、あたしのことなんかちっとも見ていませんでした。

「うわ、象や！　象がおる！」と、これが命を救われた弟の第一声でした。「そうや。象や」と、おじいさんが浩平を見おろして言いました。「白い象や！」と、浩平が起きあがりながら言いました。「そうや。白い象や」と、おじいさんがまた得意そうに答えました。「足が六本ある！」と、浩平が言いました。「そうや。足が六本ある」と、おじいさんがさらに得意そうに答えました。「羽が生えてる！」と、浩平が言いました。「そうや。羽も生えてる」と、おじいさんがこれ以上ないぐらいに得意そうに答えました。こんなときなのに、なんだかおかしくなってきて、あたしたち三人は象のおなかの下でしばらくくすくすと笑いました。笑っているうちに、ぽろぽろと涙がこぼれてきましたが、なんの涙だったのか、今になってもよくわかりません。怖かったのか、悲しかったのか、ほっとしたのか、うれしかったのか、おかしかったのか、もしかしたら、その全部がまじりあっていたのかもしれません。

そのあと、残がいの下から、お母さんのことも見つけました。見てすぐに、もうだめなことはわかりました。腕にさわってみても、それほど冷たいわけではありませんでしたが、お母さんはたしかに死んでいたのです。あたしと弟は泣きそうになって、やっぱりちょっと泣きましたが、あたしがぐっとがまんすると、浩平もまねをしてぐっとがまんし、でもやっぱり泣きそうになり、でも、やっぱりがまんしました。まだまだだたいへんなことがこれからいっぱいある、まだ泣いたらあかん、と思ったのです。すると、おじいさんが、「強い子やなあ。強い子やなあ」と言いながら、あたしたちを両手に抱きしめて、頭をしばらくなでてくれました。

まだ雨が降りつづいていたので、あたしたちは象のつばさの下に入りました。象はつばさをテントみたいに大きくひろげ、降りしきる雨をさえぎってくれました。浩平のTシャツが雨でぬれたようだったので、「これ着とき」と言って、おじいさんが背広の上着を貸してくれました。Tシャツをぬいで、いざ着てみると、思った通りブカブカだったのがおかしくて、あたしたちは、またすこしだけ笑うことができました。着ているうちにだんだんと若がえって子どもにもどってしまう、魔法の背広みたいだったのです。

あたしと浩平は、あの夜、おじいさんからいっぱいおもしろい話を聞かせてもらいました。ぜったいに秘密ということで指切りもしましたが、ふしぎな象のことも色いろと教えてもらいました。空飛ぶ象の名前はアヘラといって、ボルネオという南の大きな島に住む「書物と叡知《えいち》の守り神」なのだそうです。そして、空飛ぶ魔法の本がたくさんよりあつまって、このふしぎな象のすがたになるのだそうです。おじいさんは、象のことは家族にも秘密にしていると言っていました。でも、博くんだけはもう知っているので、どうしてもだれかに象のことを話したくなったら、博くんと話したらいいと言ってくれました。というわけで、読むのがめんどうかもしれませんが、この長い長い手紙を書いているのです。

（中略）しばらくして、ずっと降りつづいていた雨がやみました。おじいさんが象のつばさの下から出ていって、手をひろげ、「やんだな」とつぶやきました。あたしもおじいさんの横に立ち、もう一度ゆっくりとまわりを見わたしました。そしてそのとき、奇妙なものを目にして、「あ！」と声をあげてしまいました。坂の上のほうに目をやると、輝くキノコの道がのびているのですが、そこにぼんやりと白く光る人影のようなものが見えたのです。そして、その人影はひとつやふたつではなく、いくつもいくつもあって、まるで海の底でも歩くかのようにふわふわとした足どりで、ゆっくりと山の上のほうにのぼっていくのです。

あたしがあわてて人影を指さし、「おっちゃん、あれなに?」と大声をあげると、

「ああ、あれか。あの人らはな、飛行機が落ちて死んでしもた人らや」と、おじいさんは言いました。あたしはとっさに、幽霊や、と思いましたが、なんとなくそう言えませんでした。幽霊というよりも、もっとあたたかいもののような、生なましいもののような気がしたのです。かわりに浩平が、「あの人ら、どこ行くん?」とおじいさんに聞きました。おじいさんは、「みんななあ、南を目指して行くんや。ほら見てみい」と言って、山の上のほうを指さしました。

指されたほうを見ると、そこからひとりふたりと白い人影が、まるで風船の糸をはなしてしまったかのように、すうっと空にむかってのぼっていくのが見えました。そして、そのひとつひとつが白っぽい小さなものに形をかえて、羽ばたきながら山のむこうへ飛んでゆくのです。「鳥や」と、浩平がつぶやくと、おじいさんは首をふり、「あれは鳥やない。本やで。人間はな、死ぬとみんな一冊の本になって、遠くへ飛んでいくんやで」と言いました。「なんで本になるん?」と、あたしがおどろいて聞くと、おじいさんはまた首をふり、「わしにもわからん。でも、『生命の

書』言うてな、その人の一生のことがみんな書かれてると言われてるんや。生まれてから死ぬまでのすべてのことがすっかりな」と答えました。

そのときでした。すこしはなれたところにたおれていたお母さんの体から、煙みたいな白いすきとおった人影が、ぼんやりと立ちのぼってきたのです。「お母さん！」と、あたしと浩平はびっくりして声をかけました。それが聞こえたのか、お母さんは何かをさがすようにゆらりとこっちを見ましたが、その目はどこかぼおっとしていて、すぐそばにいるあたしたちのことを見つけられずにいるようでした。そして、そのまま何も言わずに、ほかの人たちといっしょになって山の上のほうへのぼっていこうとするのです。あたしと浩平は、お母さんに駆けよろうとしましたが、おじいさんがあたしたちの肩をぐっとつかんでそれをとめ、何かを言おうとしました。でも、それはけっきょく言葉になりませんでした。おじいさんは何も言わずに、いかめしい顔で、ただあたしと浩平の肩をずっとにぎりしめていました。だから、あたしたちは坂をのぼっていくお母さんの背中をずっと見おくるだけにしたのです。そのうちお母さんは、ほかの白い人影にまぎれてしまって、下から見あげているあたしたちには、どれがお母さんかよくわからなくなってしまいました。でも、あたしたちは、最後のひとりが空にのぼって、一冊の本のすがたになって飛んでいってしまうまでずっと見あげていたので、その中の一冊がお母さんだったのはまちがいありません。

　みんながいなくなってしまうと、おじいさんが、ちょっとつくったような明るい声で、「そろそろ、わしも行かんならん」と言いました。「どこに？」と、あたしはびっくりして聞きました。だれかが助けに来るまで、おじいさんとはずっといっしょにいられると思っていたからです。おじいさんはにっこりと笑い、「わしも南へむかうんや」と答えました。弟はとたんに表情をくもらせ、でも何かをぐっとがまんするようなおさえた声で、「何しに行くん？　死んだ人だけが行くんとちがうん？」と聞きました。おじいさんは、すこし得意げにあごをさすりながら、「ちょっと仕事があってなあ」と答えました。「またもどってくるん？」と、浩平がすこし泣きだしそうな声で聞くと、おじいさんはちょっと残念そうに首をふり、口をへの字にしたまじめな顔で、「いや、もうもどってこられへんなあ。ほんまに長い長い仕事なんや。永遠とおんなじぐらいにな……」と重おもしく答えました。それから、ちょっと悲しそうにほほえんで、あたしたちの肩をしっかりと抱くと、こうつづけました。「大丈夫や。もうすぐだれか助けに来てくれるからな。だからぜったいにここを動いたらあかんで。へたに動いたら山のなかで迷子になってまうからな」

そのあと、おじいさんが何かを押さえつけるような手ぶりをすると、白い象はちゃんということを聞いて、六本の足をぐにぐにと器用に折りまげ、おなかをどすんと地面につけて座りました。そして、おじいさんは船に乗りこむなわばしごのようなもので象の背中によじのぼり、「どっこいしょ」とふざけたように言いながら、くらにまたがりました。「ぼくも乗して！」と、弟が叫ぶと、おじいさんは、それが必要な条件なんだというふうに、「浩平君、本が好きか？」と聞いてきました。浩平は、うーん、とうなりながらちょっと考えて、というか考えるふりをして、「あんまり」と正直に答えました。「そうか。あんまりか。ほんだら、これからいっぱい本読まなあかんなあ。この象には、たくさん本を読んだ人しか乗られへんねや」と、おじいさんは笑って言いました。すると浩平は、急に調子のいい声をはりあげて、「じゃあ、明日から読む！」と、ぜったいに三日坊主《ぼうず》になるようなことを答えました。おじいさんは、「そうか。明日からか」と笑いながら、今度はあたしのほうを見て、「じょうちゃんも乗りたいか？」と聞いてきました。もちろんあたしも乗ってみたかったのですが、高いところがちょっと怖かったし、浩平みたいにはしゃぐのもかっこ悪いと思ったので、まあ一回ぐらいはという感じを出して、こくん、とうなずくだけにしました。おじいさんもうんうんとうなずき、やっぱり、「じょうちゃんは本好きか？」と聞いてきました。これだけは「うん！」と胸をはって答えられました。家から歩いて五分ぐらいのところに市立図書館があって、あたしはそこに毎週日曜日が来ると本を借りにゆくのです。そして、何がしあわせと言って、ベッドの上でごろごろしながら本の中の世界を旅する時間がいちばんしあわせを感じるのです。うまくゆけば、ねるまぎわまで読んでいた本の夢を見ることまでできるのです。おじいさんは、もう何も心配はいらないというふうに、「感心感心。その調子や」と言って笑いました。

そして、いよいよ象がゆっくりと羽ばたきはじめました。すると、ものすごい風があたりいちめんに吹きはじめ、あたしの髪も浩平の髪ももみくちゃになり、そこらじゅうをおおっていた光るキノコもつぎつぎにまきあげられて、たくさんの蛍がしめしあわせて同時に飛びたったかのような、とても言葉では言いつくせない美しい光景があらわれました。大きなつばさの下にたくさんの風をかかえこんで羽ばたきましたから、とても空を飛ぶとは思えなかったあの大きくて重たそうな象が、輝くキノコのつぶをキラキラとまわりにまき散らしながら、とうとうふわりと浮かびあがりました。そして、ばさっと音をたてて羽ばたくごとにぐんと高度をあげ、まるでべつの星へ帰ってゆくみたいに、みるみるうちに夜空にのぼってゆきました。

おじいさんは象のたづなをあやつって、あたしたちの頭上をぐるりと回ると、右手をあげて何度も大きくふってから、言っていたとおりに南のほうへ飛んでゆきました。あたしと浩平はしばらくぽかんと空を見あげていましたが、おじいさんのすがたがすっかり見えなくなると、まるでふたりでおんなじ夢を見ていたような気がし、ぜんぶ本当のことだったとたしかめあうために顔を見あわせました。

おじいさんがいなくなると、あたりをぼんやり照らしていたキノコの光もなぜかすうっと弱まってゆき、ついにはまったく消えてしまって、あたしたちはまた、まっ暗闇につつまれてしまいました。あたしたちはとたんに心細くなって、世界じゅうでたったふたりだけが、永遠の夜の下で生き残ったみたいな気がしました。その押しよせてくるような淋《さび》しさをごまかすために、とにかくぴったりと身をよせあうと、まわりに聞き耳を立てる人なんかいないのに、布団をかぶってとっておきの秘密の話をするときみたいに、小声でひそひそと話しつづけました。といっても、ふたりの口から出てくるのは、やっぱりおじいさんと象の話ばかりでした。話すのをやめてしまうと、おじいさんと象の記憶が、魔法か何かでだんだんと消されてしまうような気がしたのです。あたしひとりだけが生きのこっていたら、きっと夢を見たんだと思ったことでしょう。でも、弟もいて、あたしが見たことの一部始終をいっしょに見ていました。はっきり言って、浩平は事件の目撃者としてはそうとうたよりないやつですが、いないよりは何千倍も何万倍もいいのです。そういえば、あれから早くも三年がすぎましたが、おどろくべきことに、浩平は本当に本を読みつづけています。三日坊主かと思ったのが、三年坊主でもなく、もしかしたら三十年坊主でもなく、おじいさんみたいに死ぬまで読みつづけるのかもしれません。

さて、どれぐらい時間がたったのかはわかりませんが、とうとう警察のヘリコプターがバタバタと轟音《ごうおん》を立ててやって来ました。何日もいかだで海をさまよっていたみたいに、ふたりで立ちあがっていきおいよく手をふりましたが、ヘリコプターからこっちのことがよく見えなかったのか、すぐに通りすぎて行ってしまいました。ああ残念、と思って、ふたりでまたげんなりと座りこみましたが、しばらくしたらもう一度やって来て、今度はヘリコプターから警察の人がロープでつるされておりてきました。あたしは何度も何度も大きく手をふって、「こっちにおるで！　うちら幽霊とちがうで！」と声をかぎりに叫びました。あの夜、何十人もの幽霊がキノコの坂をのぼり、一冊の本になって南へ飛んでいくのを見たので、あたしたちのすがたもまた、幽霊みたいにぼんやりとしか見えないんじゃないかと思ったからです。

というより、本当はあたしたちも事故で死んでしまっていて、すでに幽霊になっているのに、そのことに自分たちで気づいていないだけなんじゃないか、というふしぎな気もちになったからです。

さて、ここまで長ながと書きすすめてきましたが、三年前のあのとき、だいたいこんなことがあったわけです。おじいさんから、博くん以外のだれにも言ったらいけないとかたく口どめされていたので、このことは警察の人にも記者の人にもお父さんにも黙っていました。そのせいで、ずいぶんとおかしな証言になってしまい、色いろとつじつまの合わないところも出てきて、みんな首をかしげたようです。でも、本当のことを正直に話してしまうと、みんなもっともっと首をかしげるか、墜落したときにあたしが頭を強く打ったにちがいないということにされて、病院でさらに色いろな検査をうけなくてはならなかったでしょう。

じつを言うと、細かいところはけっこう忘れてしまったので、すこし想像で書いたところもあります。でも、大事なところはぜんぶ本当に起きたことばかりです。こんな話をしても、きっと浩平以外はだれも信じてくれないでしょう。でも、おじいさんが言ったとおり、博くんがボルネオの白い象のこととかをもう知っているのなら、きっと信じてくれるんじゃないかと思ったので、勇気をふりしぼってこの長い長い手紙を書きました。また今度会ったとき、大人のいないところで、こっそりこの話ができたらいいなと思っています。色いろ話したくて、ずっと口がうずうずしているのです。それではまた今度……。

読み終えた私は興奮のあまり動悸《どうき》がし、その動悸にどんどんと煽《あお》りたてられるようにすぐさま熱情みなぎる返事を長ながとしたためたのを憶えている。その手紙は今でもお母さんが保管しているはずだが、どこにあるのか知らないし、知りたくもない。頼めば見せてくれるのかもしれないが、七転八倒の末に読み終えた途端、きっとくしゃくしゃにして口に押しこみ、産卵する海亀《うみがめ》みたいに涙をぼろぼろこぼしながらでも、ごくんと呑《の》みこんで証拠隠滅を図ることだろう。まあ、どれほど恥ずかしい内容であったにせよ、それを機に私とお母さんが文通を始めたのは確かだけれど。

正直、「文通」という古風なふた文字を見ているだけで、何やらむず痒《がゆ》いものを感じてしまう。まるで文字による前々戯ではないか、などというのは下衆《げす》の喩《たと》えであるにしても、なんでもかんでも電話やメールですましてしまうこの悪便利な時代にあって、生文字《なま》によって一字一字を精魂込めて書き刻まれる文通は、良くも悪くも情念が籠《こ》もりすぎるように思われるのだ。しかし、肝腎《かんじん》の私たちが交わした手紙はと言えば、なんとも健全なことに、ほとんどが本についてだった。どんな本を読んだ、こんな本を読んだ、というような内容だ。年齢も性別も学校も違い、共通の話題となると與次郎と不思議な象と本のことぐらいしかなかったというのがその理由なのだが、しかし今思うに、爽《さわ》やかすぎてそれが逆にエロい。本棚を見ればその人が分かる、という言葉を聞いたことがあるが、それが事実だとすれば、どんな本が好きだ、こんな本が好きだ、などと小出しに打ち明けあうのはまさに精神のチラリズムであり、心の服を一枚一枚剝《は》いでゆくようなイメージが浮かんでしまうのだ。

などと書きつつも、二人は文通のみのつきあいではなかった。何を隠そう、私の初めてのデートの相手はお母さんだ。当時は「デート」という言葉の響きがどうにも気恥ずかしくて、ただ「会う」としか言えないような間柄だったが、それでも私が東京の私立大学に行ってしまうまでに、二、三カ月に一度は二人きりで会っていたと思う。映画を見たり、昼ご飯を食べたり、動物園や水族館に行ったり、まあ例によって例のごとしだ。

私のほうは確かになんとなく好きな気がしていた。しょっちゅうぼんやりとお母さんのことを考えていたし、手紙の文面も下書きまでして手を抜かなかったし、せいぜい甲斐性《かいしょう》のあるところを見せようと、会うたびに背伸びをしたものだった。

しかし私たちはまだまだ初々《ういうい》しくて奥手だったし、当時としては二歳の年齢差も変に大きく感じられた。いや、お母さんとつきあっていて何かと子供っぽかったというのでは決してなく、中高生の二歳差というのは老いぼれ成金とぴちぴち後妻みたいなのとはまた違ったふうになんかまずい感じなのだ。それに、二人を引きあわせたのが悲惨な事故で死んだ與次郎で、家族ぐるみで一緒に墓参りに行く関係だったというのも大きかったろう。そのせいか、本についての同志という雰囲気をお互いにつくろうとしていた気がするし、とにかくそこから踏み出して正式につきあうというのは、靴を左右逆に履きなおすようなちぐはぐな感じがしたのだ。

というわけで、なんだか微妙な距離だな、と思いながらそれでも心を弾ませて会っていたのだが、私が東京に行ってからは文通も途切れがちになり、互いになんとなく予想していたように、だんだんと疎遠《そえん》になってしまった。しばらくすると時代が変わり、手書きの手紙の代わりにパソコンや携帯電話での電子メールになったが、手軽になったにもかかわらず、東京と大阪のあいだでいつしか糸が伸びきって細く弱くなってしまった。そうなるともう、なんとなく気後れがして、互いの誕生日や新年の挨拶のような分かりやすいきっかけがないとメールすら送らない。そんな時期が何年も続いた。

二十

実際に交際が始まったのは、私が二十七歳、お母さんが二十五歳のときだ。それにはきっかけがあって、久しぶりの登場となるが、実はあの鶴山釈苦利が関わってくる。思いかえせば、あれは私の人生において、第三次幻書ショックとも言える大事件だった。言うまでもなく、第一次は初めて幻書を見た小学四年生の夏で、第二次はミキが急逝《きゅうせい》してとうとう伝説のアヘラを目撃した、あのお盆だ。

まあ何次にせよ、ショックは突然やって来た。何かにつけていちばんの宿敵であった與次郎が他界し、その上、同じく四天王の一角を担《にな》っていた残りの二人までもが病没して、おそらく幻書蒐集《しゅうしゅう》にも以前ほどの張りあいを感じられなくなっていたであろう孤高の古狐《ふるぎつね》、釈苦利大先生から、東京は江古田のアパートで一人暮らしをしていた二十七歳の私のもとに一通の手紙が届いたのだ。いや、差出人は鶴山釈苦利ではなく、本名の亀山金吾になっていたが、それでピンと来ない私ではない。

私はまたもや、落ち着こうじゃないか俺、死ぬわけじゃなし、と自分に言い聞かせ、封筒を表にしたり裏にしたり照明に透かしたりしてつくづく眺めた。紫色の紙で内張りされているらしい、薄っぺらい普通の封筒だった。あちこち曲げて異物を探るも、爆弾や剃刀《かみそり》が入っているふうではないが、鼻糞《はなくそ》だの炭疽菌《たんそきん》だのは入っているかもしれない。住所や宛名《あてな》など達筆は達筆なのだが、ところどころ文字が不意にぴょんと跳ねて乱れるあたりなど、宿痾である百年しゃっくりの健在ぶりを如実にうかがわせ、紛う方なき真筆と思われた。お母さんからの初手紙よりさらに心あたりがなくてさらに不吉でさらに腹を下しそうだったが、ふと頭に浮かんだのは、與次郎の葬儀のとき、去りぎわに釈苦利から「ま、たな」と意味ありげに耳打ちされた小事件だ。まんざら社交辞令とも思えない、高学歴ヤクザの捨て台詞《ぜりふ》みたいな口ぶりだったが、これがその「ま、た」であろうか。それにしても、いまだに謎なのだが、釈苦利はどうやって私の住所を調べたのだろう。まあ出すものさえ出せばたいていのことは調べがつくのだろうが、都会の蛸壺《たこつぼ》ワンルームマンションでテレビとパソコンをよすがにひっそりと生きる若年サラリーマンの住所を探るのに本当にカネなんか使ったのだろうか。

私は部屋に入るのももどかしく、郵便受けの前でまたもやむしむしと封筒をちぎりあけてしまった。長い手紙ではなかった。便箋《びんせん》にして二枚だ。そしてなぜか電話番号が記された、釈苦利邸までの地図が一枚同封されていた。

冠省《かんしょう》　先達《せんだっ》て、一寸《ちょっと》興味深い混書を入手し、何とはなしに目を通していた処《ところ》、不図《ふと》、貴君の姓名とピタリと合致する「土井博」の三文字を発見致しました。その驚きに任せて筆を執った次第です。内容も又、必然、貴君の人生と深い関わりを持つものと見受けられます。貴君の場合、御祖父《おじい》様から、混書《こんしょ》の中身を読む事まかりならぬ、と言い聞かされていたのではあるまいかと懸念《けねん》しておりますが、万々が一、興味をお持ちの折は、最寄り駅からの地図を同封致しましたので、是非、我が陋屋《ろうおく》にお越し下さい。当方、徒《いたずら》に馬齢を重ね、無聊《ぶりょう》の日々を過ごす身でありますので、新鮮な気風を持った若い方の御来訪を鶴首《かくしゅ》してお待ちしております。

早々

なんと嫌らしい書状だったろう。何が「驚きに任せて筆を執った」だ。何が「貴君の人生と深い関わり」だ。何が「万々が一、興味をお持ちの折は」だ。「新鮮な気風を持った」の「気風」がまさか生血の隠喩《いんゆ》ではあるまいか、などと勘ぐらないでもなかったが、いずれにせよ、興味をそそられないわけがない。「土井博のいいところと悪いところについて大いに語る会」を毎月第三土曜日に催してて、百人ぐらいでいつもすんごく盛りあがるんですけど気になります？　よりも気になるぐらいだ。

とはいえ、ひと口に幻書と言っても内容は千差万別である。與次郎が案じたように未来を予言するものもあれば、『№19・5』のように過去のことが記されたものもあるし、愚にもつかないまったくの嘘っぱちやろくに文章になっていないものも多くある、らしい。釈苦利が手に入れたという幻書は果たしてどれに該当するのか。

しかし幾度も読みかえすうちにだんだんと気味が悪く思われてきたのが、何気ない「先達て」のひと言だ。辞書で調べてみても、さきごろ、このあいだ、などとなんの問題も感じられないニュートラルな言葉だが、実際いつのことだろう。先週のことか、先月のことか、それとももっともっと前なのか。それはそうと、與次郎の葬式のとき、なぜ釈苦利は宿敵の親族の中でもウォンバットのしっぽみたいにとりわけ目立たない私のことなんぞ知っていたのだろう。その上、なぜ私が幻書のことを知っていると知っていたのだろう。

突如として、まさか、という不気味な疑いが兆《きざ》した。ほどなくして、その、まさか、がほとんど確信に変わった。あの葬儀のとき、釈苦利はすでにくだんの幻書を読んでいたのではあるまいか。でなければ、雑魚《ざこ》で砂利で野暮天で尻どころか背中まで青い私なんぞに興味を持つわけがない。あのとき、私はすでに釈苦利にきゃん玉を握られていたのではあるまいか。釈苦利は別段、與次郎に別れを告げに来たわけではなく、葬儀にかこつけて、きゃん玉の持ち主のおぼこ面《づら》を拝みに来たのではあるまいか。

かれこれ二週間ほども輾転反側《てんてんはんそく》する夜を過ごしただろうか。始め、釈苦利の思う壺にははまるまいと踏んばっていた。何を企《たくら》むのかは知れなかったが、釈苦利が舌なめずりをしながら私という獲物を待ち受けているのは間違いなかったからだ。しかし別段悪いものを喰うでもないのに三日に一度の割合で腹を下し、思いなしか以前より浴室の排水口に溜《た》まる抜け毛が多い気までしてきた。これは警告だ。私の無意識の底でうごめくリビドーが肉体を内部から攻撃し、釈苦利に会いにゆけ、じゃないとツルっぱげの洗濯板みたいになるぞ、とせっつくのだ。かくて、心の挫《くじ》けた私は進んで簀巻《すま》きにされるべく釈苦利の張りめぐらす網に飛びこんだのである。

ええいままよ、とまず釈苦利邸に電話をかけた。受話器を取ったのはおそらく「美しいうなじと結婚したら、美津子が付いてきた」の美津子夫人であったろう。名前を告げると、ああ例の、と言わんばかりのとても非常にすごく気になる感じで、すぐに釈苦利本人に代わった。果たして釈苦利は、顔じゅうを口にして笑うのが目に浮かぶような口ぶりで、開口一番こう言った。

「意外と頑、張ったたな。もっと早くかけてく、ると思ったけど」

私が釈苦利邸を訪れたのは、平成十三年の秋、変に生暖かい風が吹く、とある日曜日だった。送られてきた地図を手に、しまったなあ、やめときゃよかったなあ、おうちに帰りたいなあ、急病になろうかなあ、などとぼやきながら最寄り駅からてくてく歩いていったのだが、門前に立ってみると、見過ごしたくても見過ごしようもない洋風の大邸宅だった。

巨大な青銅製らしき門のすぐ横に、これまた青銅製らしき大きな表札を見つけた。「亀山《かめやま》」と書かれてあるようだったが、何やら亀らしからぬがびがびとした謙虚さに欠ける字体で、龍がうっかり亀の甲羅に潜りこんでしまって脱げなくなったので仕方なく亀やってますけどそれが何か、みたいな横柄《おうへい》で往生際《おうじょうぎわ》の悪い感じだった。

四百坪もある深井家の敷地を見慣れていたせいか、その広大さに度肝《どぎも》を抜かれて刑務所と見紛うことこそなかったものの、忍びがえしの突き立つ高塀に取りかこまれた、無愛想かつ排他的なたたずまいは、いかにもあの手この手を駆使して税金をごまかしていそうだったし、のみならず世界じゅうの秘密結社の日本支部が全部入りこんでいそうでもあったし、そんなこんなでとにかく新鮮な気風を持った若い方を気後れさせるのに充分な威風を誇示していた。そのころはまだ知らなかったが、釈苦利屋敷は俗に「Shack-Land《シャックランド》」と呼びならわされており、その邸宅の地下室から延びる、いつ果てるとも知れぬ長大かつ湿潤な地下通路をどこまでも根気よく辿《たど》ってゆくと、ついにはチベットの奥地に存在するとかいう永遠の理想郷シャンバラの地下鉄の女子便所の用具入れに出るらしい。

さて、意外と普通の呼び鈴を押すと、門のところまで迎えに出てきたのはやっぱり美津子夫人だった。わざわざ名乗ったり体操服の胸元に名前が書かれていたりしたわけではないが、主人がどうのこうのと言ったからそうだったに違いない。まあこの際、美津子夫人の見目については、八十がらみの首のしゅっとした美しいお婆《ばあ》さんだったと記すだけで事足りるだろう。正直、私はマザコンだが、グランドマザコンではないのだ。

というわけで、美津子夫人に促されて邸内に入った。産道みたいに薄暗い玄関を抜けると、縦長の格好いい窓から燦々《さんさん》と陽光の降りそそぐ広びろとした吹き抜けのホールに出たから、つい生まれなおしたような心持ちになって「いやあ、広いホールですねえ。マンモスの親子を飼うのにぴったりです。ははははのは」などと無駄口を叩いたら、夫人は振りかえるのも億劫《おっくう》げにすげなく「あァ、それはやめて下さい」と言った。

なんか変な空気になった。と私は思った。握手しようとにこやかに手を伸ばしたら、電光石火の一本背負いを喰らってズボンが足首までずり落ちて見せパンじゃないのにまる見えみたいな感じだった。しかし美津子夫人はそんな空気にもいっこう頓着《とんちゃく》せず、一対の洋風の甲冑《かっちゅう》が門番よろしく両わきに立っている物ものしい階段をすたすたと下りてゆく。こうなると、釈苦利が地下室の棺桶《かんおけ》に籠《こ》もっているという俗説が脳裏をかすめずにはいない。

階段を下りきると、人知れず地獄の逆流を百年ぐらい押さえこんできたような黒ぐろとした巨大な木製の扉がそびえ立っていた。夫人は手と目線でその扉の真鍮《しんちゅう》のノブを回すよう私に促す。そして、「お入りを」だか「お大事に」だか「お気の毒に」だかそんな感じのことをすんごい小声で言うなり、ちゃんと新鮮な生け贄《にえ》を届けましたご主人様あたしはこの先は見たくないですからという感じでそそくさと階段を上がっていってしまった。なんだかとんでもなく嫌な感じがすることこの上ない心持ちがすること極まりない気がしたが、ここまで来て二の足を踏んでも始まらない。変にひんやりとしたノブを握ってそっと回し、ぎいいいいいいっと首を絞《し》められたように軋《きし》む扉を恐る恐る押し開けた。

意外にもそこは煌々《こうこう》と明るかった。ひと言で言えば、広びろとした図書室だ。床から四、五メートルはありそうな高い天井からはシャンデリアがいくつもぶら下がり、壁には絹のようにてらてらと艶《つや》のあるベージュの布クロスが張られ、床には毛足の短いえんじ色の絨毯《じゅうたん》が敷きつめられていた。その上に丈の高い重厚極まりない木製の本棚が整然と立ちならび、私という侵入者を冷然と見おろしている。ざっと見るかぎり、というより、ざっと見たところで見当もつかないが、何万冊では利《き》かない書物がそこに集められているように思った。のみならず、私の耳は部屋に入った瞬間からわずかな異音を聞きとっていた。ゴトゴトという小さい硬い音があちらこちらからしきりに聞こえてくるのだ。そして、私はその音をよく聞き知っていた。夜更《よふ》けの深井邸でしばしば耳にする、書物が足を浮かし、本棚の仕切り板を打つ音だ。

手近な本棚に歩みより、まじまじと中を覗《のぞ》きこんだ。本棚はどれもこれもガラス戸でぴったりと閉じられ、その上、一段一段に木製の細い横木が設《しつら》えられており、その横木が絶叫マシンのバーが乗客をそうするようにすべての書物を本棚の中に押さえつけている。が、しかし、さらに目を凝《こ》らせば、書物がかすかに身を震わせているではないか！　私は驚愕《きょうがく》し、小走りでいくつもの本棚を次つぎと覗きこんだ。幻書だった。その図書室にあったのはすべて幻書だった。私は與次郎がどれほどの幻書を所有していたか正確なところを知らなかったが、二階の書斎や質蔵に押しこんでいたものを残らず搔《か》きあつめてもこれほどにはなるまいと思った。おそらくは特注品であろうその仰々しい本棚を用いて、釈苦利は幻書を地下室内に力で押さえこみ、所蔵していたのだ。與次郎がミキの蔵書印を押した幻書をそうせねばならなかったように。ちなみに、これはのちに釈苦利の著書『幻想の書誌学』を隅ずみまで読みなおして思い出したのだが、先述したナチスの予言局もほとんどおんなじような仕組みの本棚を大量に使用して幻書を拘束していたようで、釈苦利もまた自分のそれを皮肉まじりに「ナチス本棚」と呼んでいるらしかった。

と、そこで、いきなりバタンと扉が閉まる音がし、ひくっ、しゃくっ、と背後からしゃっくりが近づいてきた。どうやら図書室の奥にさらに別の部屋があったらしい。私はぎょっとしてすぐさま振りかえり、いよいよ人の形をした災いの元凶と向きあった。釈苦利が立ちならぶ本棚のあいだからぬっと姿を現した。

「いやあ、君も全然変わらな、いな」と釈苦利の第一声。

「そうなんですよ。巷《ちまた》では土井〝エヴァーグリーン〟博と呼ばれてます」

などと余計なことは言わなかった。言ってもよかったと思うが、本当に言いたかったのは、「変わらねえのはあんただろ」だ。驚くまいことか、釈苦利は十五年ほど前に会ったときと大差なく、あのときから二回しか棺桶を出てないいんだ実はという感じだった。葬儀のときはしかつめらしく喪服に身を包んでいたが、その日は赤紫色のてらてらとしたシャツと焦茶色《こげちゃいろ》のスラックスという普段着だった。昔さんざっぱら汚い仕事をこなしたおかげで、今では所有するマンションからの上がりだけで左団扇《ひだりうちわ》の暮らしをする胡散《うさん》くさい隠居老人みたいに見えた。しかしもちろんこちらが肉体的に成長した分、あ、意外と小さかったんだな、とは思った。釈苦利は與次郎よりは少し背が高かったが、私のほうがさらに数センチ大きくなっていた。そのせいで自然とやや見おろす格好になったが、それは立場の優位に繋《つな》がるものではさらさらなく、逆に私の若さや青くささを示しているに過ぎないようにも感じられた。

それから部屋の隅にあった応接セットのところに移動し、しばし二人でどうでもいい世間話をしたが、その話は本当にどうでもいい。てゆうか記憶にございません。なぜと言うに、釈苦利が、まあそれが向こうの心理作戦なのだろうが、ゴムバンドをはめた一冊の幻書を何気なくテーブルの上に置いたからだ。そしてそれがまた、前屈《まえかが》みになるたびに胸のふくらみがふわっと見えそうになるちょいエロ女みたいにうまい具合に時おりじたばたして、私の注意を猛烈に喚起してやまないのだ。しかし幻書が暴れるということはすなわち釈苦利がこの本と「契約」をしていないということであり、おそらくそれは釈苦利が例の象牙《ぞうげ》の蔵書印を所有していないことをも意味していた。

やっぱり俺の祖父ちゃんの勝ちだな、などと内心ほくそ笑まないでもなかったが、いずれにせよ私にとっては目の前でじたばたする幻書のほうが喫緊《きっきん》の課題であり、となると当然、ぬらりくらりとした世間話に身など入らず、視線が泳いでしまう。釈苦利はにたにたと汁っぽく頬笑みながら言ったものだ。

「これが気にな、るかな？」

「まあ、なんと言うか、やっぱりあれですね。気にならないと言ったら嘘になるかもしれないに違いない今日このごろの可能性が高いですね」

というわけで、とうとうくだんの幻書を釈苦利から手わたされた。もちろんそれは私の手に渡ってもびくびくと暴れたが、それをねじ伏せて表紙を見ると、そのタイトルがなんと『紙魚《しみ》よ、書物の大河を遡《さかのぼ》れ――土井恵太郎自伝』だ。

土井恵太郎？　誰やそれ、土井は土井でも俺にはちいとも関係ないやんけ、だいたい日本に土井姓を名乗る人間がどんだけおると思とんねん、俺も知らんわ、とは思わなかった。ぎくっとしたのだ。すでに書いたとおり、私は長年、未来の長男の名前を恵太郎にしようかなんぞとおめでたい妄想を弄《もてあそ》んでいた。そこに『土井恵太郎自伝』と来た。ぎくっとしないわけがない。なぜ分かった、幻書よ、というわけだ。

しかしこの瞬間、当該幻書の性質がはっきりしたとも言えよう。当たり外れはともかくとして、これは未来について書かれた予言書のたぐいなのだ。故與次郎の言いつけに従うなら、もちろんあの時点で釈苦利に突きかえすべきだった。しかしここまで来て引きかえせるだろうか。当然、予言書であることも考えに入れてここまでやって来たのだ。視線を上げ、釈苦利の表情をうかがった。釈苦利はふむふむとうなずき、鷹揚《おうよう》に言った。

「持って帰、るか？　いつでも好きなときに返してくれた、らいいよ」

私はまだいくらか迷いがあったので、曖昧《あいまい》にうなずき、また幻書に視線を落とした。釈苦利はご丁寧に付箋《ふせん》までつけてくれていた。おそらくそこが私の名前が出ている箇所なのだろう。ああ、やめときゃいいのに、すでに決定した未来を正気で生き抜ける人間なんていないるわけないじゃないか、と白い服を着た小さい私が不安げに右耳に囁《ささや》くのだが、左耳のほうには黒い服を着た小さい私が、読んじゃえ読んじゃえ、気に入らなかったらヒトラーみたいに未来を変えちまえばいいんだ、とげひげひ囁く。そして実行力のある肝腎《かんじん》のお手々のほうは、黒服のほうに唆《そそのか》されて付箋の挟まれたところをそろそろと開いてゆくのだ。

「私の父方の曾祖父母《そうそふぼ》には、著名な政治学者であった深井與次郎と、特異な幻想的作風で名を残した女流画家・深井幹がいる。二人が非常に仲のよいおしどり夫婦であったということは、父博からしばしば聞かされていた」

これではっきりした。やっぱりこれは私の息子の話なのだ。次に別の付箋の貼《は》られたページを開いてみた。すると、いきなり次のような一文が目に飛びこんできた。

「私は平成二十一年、平々凡々たる会社員・土井博と書評家・土井早苗（旧姓伊藤）のあいだに長男として生まれた」

地球を打ち鳴らすほどの撞木《しゅもく》で頭をがいーんと撞《つ》かれたような衝撃を受け、とりあえず幻書をばたりと閉じて息を整えた。正直、血の気が引いた。與次郎の乗った飛行機が落ちたと知ったとき以来の猛烈な血の気の引きようだった。

書評家・土井早苗？　旧姓伊藤？　あの伊藤早苗ちゃんのことか？　三年前に京都の大学を出たあと、道玄坂にある小さな出版社に入って『月刊あんてな』というマイナーな情報誌を作っていると聞いていたが、あの早苗ちゃんがいずれ書評家になるのか？　本当か？　いや、なるのかもしれない。今も雑誌で書籍を紹介するコーナーを担当しているはずだ。何度か立ち読みしたから知っていたのだ。

やっぱりこれ以上読むべきではないのだろう。未来を縛られてしまう。というより、もう縛られはじめている。幻書の表紙に目を落とした。白黒の写真だ。髪が半ば白くなった七十がらみの老人が、机に突いた頬杖《ほおづえ》からふと顔を上げ、庭に珍しい鳥が来たとでもいうふうに少し遠い目をして写っていた。これが恵太郎なのだろう。何者だろうか。いまだ生まれてもいない恵太郎は何者としてこの自伝を著したのだろう。しばし年老いた君の顔を見つめた。二十七の若者と老人とではあまりに歳《とし》が離れているということもあったろうが、自分に似ているとは思わなかった。しかしすっと横に切れた細長い目に早苗ちゃんの面影が見てとれるような気がした。一度そう思ってしまうと、見れば見るほど早苗ちゃんに似ているように思えてきた。ああ、そうか。君が恵太郎なのか。君が俺と早苗ちゃんの息子なのか。少なくとも君は、若くして命を落とすことはないわけだ。

老いた君の姿を親指でそっと撫《な》でた。すると君の顔は、とうの昔からこの胸の内に居場所を見つけていたかのように、仄《ほの》かな懐かしさすら伴いながら私の中にすうっと入ってきた。私は顔を上げ、言った。

「これ、借りていいですか?」

私は釈苦利に見送られて、青銅製の門を逆にくぐった。そこでようやく、まるで刑事コロンボみたいに、きっと尋ねようと考えていた質問を思い出した。思い出さなければいいものを、なぜか思い出してしまったのだ。

「そういえば、この本を手に入れたのはいつですか?」

釈苦利はチェシャ猫のごとく耳まで裂けよと笑みを浮かべた。それを聞いてほしかったんだ、というふうに。

「いつだったかな。ずいぶん昔のことで、はっきり思い出せないんだ。でも、それは私が手に入れた最初の混書な、んだよ。実を言うとね。だから、せいぜい大事に扱ってくれた、まえよ」

その答えの衝撃的な意味が、私の魯鈍《ろどん》な脳味噌《のうみそ》に染《し》みとおるのにしばしの時間を要した。最初の混書? それはいつだ? 中学生のころに苦労しいしい読んだ釈苦利の著書『幻想の書誌学』にはどう書かれていただろうか。思い出せなかった。黒川宏右衛門の滑稽本《こっけいぼん》『雄雌本』を子供の時分に読んだというくだりがあったのは確かだが、実際に釈苦利が最初に幻書を手に入れたのがいつだったと明確に書かれていただろうか。しかし十代のころにはすでに幻書の実在を知っていたのは間違いなかった。一高生だった時分、だからこそ釈苦利は與次郎に幻書の話をしたのだ。ということは、昭和七年の春、一高の寮で生涯の宿敵、深井與次郎と初めて顔を合わせたとき、釈苦利はすでにこの『紙魚よ、書物の大河を遡れ』を読んでいたことになるのではないか。

さらにいえば、昭和九年に東京府美術館において初めて米倉ミキのうなじを見下ろしたとき、釈苦利はすでにこの幻書を読んでいたことになるのではないか。ついさっきこの幻書を最初に開いたとき、まず目に飛びこんできたのはおしどり夫婦だった與次郎とミキについての記述だ。ということは、釈苦利は二人に出会う前から與次郎とミキがいずれ所帯を持つようになることを知っていたことになる。釈苦利はわざわざそこに付箋を貼りつけていた。気づけよ、小僧、と言わんばかりに。

そういえば、與次郎とミキを引きあわせたのは目の前にいるこの釈苦利ではなかったか。しゃっくりの術を使う大阪娘がいると與次郎に相談を持ちかけ、その後、ミキに会いに行くように仕向けたのは、この釈苦利ではなかったか。いや、待てよ。この幻書には本当にそんなことまで記されているのだろうか。與次郎とミキが出会うために釈苦利が果たすべき役割まで、微に入り細を穿《うが》って芝居の台本のごとく書かれているのだろうか。だとすると、釈苦利はその台本をあえて演じたのだろうか。

いや、そうは思えなかった。私の息子の自伝で、與次郎とミキのなれそめについてそこまで細かくふれられているとは考えにくい。では、釈苦利は機転を利かせ、アドリブで二人の仲を取りもったのか。なんのために？　幻書の描き出す未来が実現しうるものだということを確かめるためだろうか。他人の人生を掌中で玉のごとく転がして、神の真似事《まねごと》に耽《ふけ》るためだろうか。

だとすると、もし釈苦利が首尾よく立ちまわらなかったら、與次郎とミキはどうなっていたのだろう。二人は出会うこともなく、いや、もしかしたらまったくの他人としてどこかですれ違ったかもしれないが、結局はそれぞれ別の相手と連れ添い、なんの関わりもない人生を送ったのだろうか。もしそれが事の真相だったとしたら、この二人の孫である私も当然この世に生まれてこず、今ここでこうして釈苦利と向きあっていることもなかったのだろうか。分からなかった。何も分からなかった。しかし私は慄然《りつぜん》とした。自分という存在が不自然な作り物であるかのような寒ざむしい感覚に襲われたのだ。

　巨大な青銅の門を背にして、釈苦利は偽物《にせもの》の神のごとく悠然とたたずみ、うっすらと満足げな頬笑みを浮かべていた。何を言うでもなかったが、その頬笑みは、私の脳裏を駆けめぐった疑いの数かずは一つ残らずそのとおりの事実なのだと告げているようにも見えた。與次郎とミキの出会いはもちろん、君そのものが私の作品なのだ、と明かすようにも見えた。君だけじゃない、與次郎とミキの子供、そのまた子供、そのまた子供、深井の血筋の人間はすべて私の作品なのだ、分かったか？　深井與次郎は幻書について私の知らない何かを知っていたのかもしれないが、それもすべてこの私の働きあってのことなのだ、分かったか、小僧？

すべては私の妄想だったろうか。私はあの日、釈苦利に問いただせなかった。妄想なんかじゃないと言われるのが怖くて、そんな考えなど浮かばなかったふりをして釈苦利に別れを告げたのだ。しかしもちろん釈苦利は分かっていたはずだ。私がどんな恐るべき疑念に囚《とら》われたかを、しばし無言で立ちつくす、與次郎の孫の姿から読みとったはずだ。私はあまりにも不自然に長ながと黙りこくってしまった。次つぎと湧《わ》き起こるおのれの考えに呆然《ぼうぜん》としてしまった。あのとき、私は妙な表情を浮かべなかったろうか。私という存在そのものが釈苦利の植えた樹《き》に実ったちっぽけな果実のようなものなのでは、という身の縮むような感覚が顔に表れなかったろうか。最後に釈苦利はぬけぬけと言ったものだ。

「いつかまた会い、に来てくれ。恵太郎君を連れて……」

私は返す言葉もなく、曖昧に笑ってごまかすのがせいぜいだった。

その後、呆然としたまま閑静《かんせい》な住宅街を歩き、小さな公園の横を通りかかった。いくつかのベンチと滑り台と鉄棒と砂場しかない、どうということもない公園だ。誘いこまれるようにその公園に足を踏みいれた。ほかには誰もいなかった。砂でざらつくベンチに腰かけると、鞄《かばん》から幻書を取り出した。もう一度、表紙に写る君の顔をじっと眺める。確かめずにはいられなかった。何が書かれており、何が書かれていないか、今すぐにでも確かめずにはいられなかった。さっきとはまた別の付箋の箇所を開いてみた。

「翼を生やした真っ白な象にまたがって私の下を訪れたその面妖《めんよう》な老人は、不遜《ふそん》にもアントニオ・パニッツィなどと名乗った。その言葉を一から十まで鵜呑《うの》みにするならば、かつて大英博物館の館長を務めたあの偉人その人であるらしい。それにしても、なんと奇妙奇天烈《きてれつ》な破壊的日本語であったろうか」

一瞬、意味を捉え損ねた。右の一節の語り手である「私」が與次郎であると錯覚したのだ。しかしそんなはずはない。これは私の息子の自伝だ。君の自伝だ。いや、所詮《しょせん》これは本と本のあいだに出現した幻書に過ぎないから、君が遠い未来に本当にこんな自伝を著すことになるとは思えないが、君の身に実際起こるかもしれない出来事について書かれているはずなのだ。君のところへ『No.19・5』に出てきた、あのアントニオ・パニッツィがやって来る？　君をラディナへラ幻想図書館の司書にするために？

だとすると、黒川宏右衛門が深井仙吉の命を救ったおかげで與次郎がこの世に存在しうるようになったように、與次郎があの墜落した飛行機に乗りあわせたおかげで早苗ちゃんの命が救われ、その息子である君が存在しうるようになったということなのかもしれない。ラディナヘラ幻想図書館の司書たちは、そういうふうに見えざる運命の糸を絡《から》ませながら未来の働き手を次つぎと増やしてゆく集団なのかもしれない。ラディナヘラ幻想図書館とはそんな不思議な巡りあわせの連鎖によって回っている超自然的機関なのかもしれない。しかし本当に私の息子が？　いや、ありえない話ではない。もし本当に早苗ちゃんがいつか書評家になるのだとしたら、我が家はいずれ深井家がそうであったように書物の巣窟《そうくつ》と化すだろう。そんな中で君が生まれ育つとしたら、君もまた早苗ちゃんの愛書精神を空気のように呼吸し、やがては與次郎と肩を並べる蔵書家になるのかもしれない。それに見よ、この幻書の表題を。『紙魚よ、書物の大河を遡れ』。君はいつか本当に遡るのかもしれないではないか、書物の大河を。しかしどれぐらいありうる話なんだ？　これを読まなければ、自然とそうなったとでも言うのか？

手が震えてきた。わずかな震えだった。しかしいったいなんの震えだったろう。公園のベンチに座りながら、爪先《つまさき》の十センチ向こうから底なしの奈落《ならく》が広がっているような震えだった。いや、その奈落は私の手の中にこそあったのだ。一冊の幻書という形を取って。私は吸いこまれそうだった。自分の未来が手の中にある幻書という形に小さく小さく束ねられてゆくようだった。今度こそ本当に、もう読めない、、、、と思った。こんなものを読むわけにはいかない。何かが破壊される。自由か？　私の自由意志が破壊されるのか？　いや、読んだところで私は自由であるに違いない。望むなら、自由を行使してこの幻書に示された未来を破壊することもできるのだろう。しかしそれも恐ろしい。どっちにしろ恐ろしいのだ。やっぱり読んではならなかったのだ。與次郎が口を極めて言っていたように。

しばらく呆然と座ったままだった。ふと空を見あげた。目が馬鹿になったように隅から隅までが青かった。雲一つ見あたらない。與次郎がボルネオの密林で見た不思議な夢を思い出した。秀典が與次郎に見せた夢だ。あの夢の中で、真っ青な空を無数の幻書が渡ってゆくのだ。まるで世界じゅうの書物がいちどきに翼を得たかのように、夥《おびただ》しい幻書が群れをなして飛び去ってゆくのだ。

意を決して立ちあがった。幻書をバタンと閉じた。振りかぶり、空高く放り投げた。「行け！」と言った。ばさっという音が耳に届いた。幻書は頭上でくるりと小さく翻《ひるがえ》った。そして南のほうへ、ボルネオのほうへ、ラディナヘラ幻想図書館のほうへ、アヘラに招かれるままに飛び去っていった。ベンチの上に飛びのり、その行方を目で追った。眼鏡の汚れのように黒い点になり、やがてすっかり見えなくなるまで。

釈苦利は私に何かを突きつけたのだ。当然、釈苦利はあの『紙魚よ、書物の大河を遡れ』を隅ずみまで読みこんだことだろう。そして、そこに書き記された未来の一つひとつを記憶に刻みこんだことだろう。その上で、私があの幻書が描き出す未定の未来とどう向きあうか、あの仰々しい大邸宅から見届けようというのだ。これが答えだ。もう読まない。読みようもない。返せと言われたら、しれっとこう答えよう。手が滑ったんです、と。そうしたら、あっと言う間に飛んでいってしまったんですよ。まさか本が飛ぶなんて思わなかったものですから……。釈苦利は怒り狂うだろうか。それとも笑いだすだろうか。きっと笑うだろう。しゃっくりを交えながら大いに笑うだろう。やっぱりそう来たか、とでも言って。私があれを逃がすことなど、当然、覚悟の上だったはずだ。でなければ、貴重な幻書を私になんぞ貸すはずがない。それに、私にはあの幻書を解き放たねばならない理由もあった。もし本当に君がラディナヘラ幻想図書館の司書に選ばれるのだとすれば、そのことを予言する幻書が数多く存在しなければならないはずだ。君の自伝は、父親である私からの清き一票として、ラディナヘラ幻想図書館へと辿《たど》りついたことだろう。

しかし何をどう取り繕《つくろ》おうとも、私はすでに知ってしまったのだ。そういう未来がありうるということを。私が早苗ちゃんと結婚するという未来がありうることを。そして二人のあいだに君という息子が生まれるという未来がありうることを。もちろんそれは可能性の一つに過ぎない。大いに起こりうることの一つの例に過ぎない。だから、あえて別の道を行くことも当然、可能だったはずだ。しかしあの幻書にほんの数行でも目を走らせてしまったせいで、私はあのとき、君がすでに実在している人間のような気がしたのだ。というよりも、いつか実在するようにならなければならない、すでに温かい血を全身に通わせた、すでに確乎《かっこ》たる精神を備えた、かけがえのない私の息子であるような気がしたのだ。もっとあからさまに言ってしまえば、恵太郎、君が生まれたがっている、と思ってしまったのだ。幻書という形で遠い過去、いや、未来からその意志を父親である私に伝えてきた、と思ってしまったのだ。もし君が生まれてこないことにでもなれば、それは君を殺したことになるのではないか、と感じてしまったのだ。理屈ではない。そう感じてしまったのだ。

今思うに、きっとあれが書物だったからである。もしどこかの名高い占い師が私が幻書から知りえたこととおんなじことをまことしやかに告げたとしても、私はおんなじような不思議な感覚には囚われなかったはずだ。しかし占い師ではなかった。あれは一冊の書物だった。ここまで長ながとこの手記を書き綴《つづ》ってきたからなおいっそう身に染みて分かるのだが、一冊の本を書きとおすというのは並大抵のことではない。

たった一行の文章を書くのでも、たった一つの言葉を選ぶのでも、それを裏から支えるなんらかの精神がなければならない。いっさいの言葉はなんらかの形で書き記す者の精神に根を張っていなければならない。それを積み重ねて、ようやく一冊の本ができあがるのだ。とすると、それがたとえ本と本のあいだにぽっと出現する幻書であったとしても、そこになんらかの人間精神も関わっていないなどと言いきることはできないだろう。数十年前、君の魂が本と本のあいだに時空の裂け目を見つけ、早過ぎる産声《うぶごえ》を上げて私を呼んだのではないと言いきることはできないだろう。もちろん幻想であることは分かっている。妄想とすら言えることも分かっている。しかし人間風情《ふぜい》が未来について思い描くことの何が幻想でないと言えるのか。今こうして生きている現在についてすら幻想以外のものを持ちうることは不可能だと言うのに。となると、私たち人間が未来について行使しうる自由など、せいぜいのところ、どんな幻想を選び取るのか、どんな物語のもとに身を寄せるのか、ということに過ぎないはずなのだ。

私は公園を出、住宅街を抜け、駅前を歩いていた。道路の向こう、安っぽい煉瓦《れんが》調の雑居ビルの一階に本屋が入っているのが目に入り、ふと立ちどまった。しかも、見あげると、赤地に白抜きの「イトウ書店」という看板が上がっているではないか。よりによって「イトウ書店」とは……。なんの意味もないことは分かっていた。が、しかし何か意味があるはずだと思いこむこともできる気がしたし、それどころか、そう望むなら自分の意志であえて意味を持たせることすらできる気がした。

道路を横切り、自動ドアのガラス越しに店内を見わたした。ワンフロアだけだが、そこそこの広さがあった。多くの人が書棚のあいだをうろついて目当ての本を探している。あるいは夢中で立ち読みしている。あるいは期待を胸に秘めてレジに並んでいる。どれほど携帯電話の機能が増えようとも、ハリウッドからどんなにカネのかかった映画が押しよせて来ようとも、どれほど質の高いテレビゲームが普及しようとも、千も万もの情報をばらまいてようやく一しか伝わらない世の中であろうとも、それでもまだ人は本を買いもとめ、飽かず読みふけるものらしい。なぜだろう。書物はまだ私の知らない力を秘めているのだろうか。どこを開いてもただ黒インクで言葉が書きつらねてあるだけだというのに、言葉はまだ人びとを何かに駆りたてる力を持っているのだろうか。

店内に足を踏みいれた。そういえば最近、仕事が忙しくてさっぱり本を読んでなかったな、と思った。十代のころは早苗ちゃんと競うようにして次から次へとたくさんの小説を読んだものだった。面白い小説を先に発見するために足繁《あししげ》く図書館に通い、相手をぎゃふんと言わせるべくページをめくりつづけたものだった。きっとあのころは今よりももっと世界は広く、色鮮やかで驚きに満ち、そして私は幸福だったのだ。

　そんなことを考えていると、無性に小説が読みたくなってきて、私は小説の棚の前に立った。ぎしぎしと身を寄せあい、壁を埋めつくす夥しい本、本、本の群れ。俺を読んでくれ、私を手に取ってくれ、いや、僕を！　そんな声なき声を夢想することもできたが、本とはそもそもどこまでも寡黙《かもく》なものだ。誰かが手に取って開かないかぎり、そして読みはじめないかぎり、ぐっと息をひそめ、ひと言も語ろうとはしない。だからこそ本は老いてゆこうとしているのだし、だからこそまだ息絶えずにいるのだとも言える。

　ふと奇妙なイメージが浮かんだ。眼前に立つ本棚の向こうに言葉たちの世界が広がっている。その世界はこの世界に一歩も引けを取らぬほど広大で、豊饒《ほうじょう》だ。そこでは、もはや寡黙であることをやめた言葉たちが、未来永劫《えいごう》やむことのない嵐のように轟々《ごうごう》と吹き荒れている。まるで私たちのいるこちら側こそが、言葉の上に建てられた虚構であると言わんばかりに。だとしたら、目の前の本棚から鍵《かぎ》となる正しい一冊をもし抜きとることができれば、その隙間《すきま》から、かつては私にも見えていたのかもしれないその世界がふたたび垣間見《かいまみ》えるのではないか。そして言葉の嵐が腕を伸ばして私の胸ぐらをつかみ、その世界へ引きずりこむのではないか。

では、今私はどんな本を手に取るべきなのだろう。ふたたび私を書物の世界に引きこんでくれる、鍵となる正しい一冊とはいったいどれなのだろう。分からなかった。書物たちはやっぱり書棚の中で押し黙ったままだ。誰かに訊《き》いてみようか。いや、誰か、などと考えるふりをするには及ばない。もう百年も前から決まっているのだ。私の知人の中で、もっともいい読書家であるのはもちろん早苗ちゃんである。面白い小説を発見することにかけては、十代のころから早苗ちゃんのほうが一枚も二枚も上手だった。よし、またそこから始めようじゃないか。

私は携帯電話を取り出し、半年ぶりぐらいに早苗ちゃんにメールを打った。

〝ひさしぶり。偶然にも今イトウ書店という本屋におります。最近どんな本が面白い？〟

返事は一分で来た。

〝先週ひさびさにヒットが出ました。タイトルは――〟

恵太郎、この手記をここまで読んできた君は今いったい幾つなのだろう。まだ十代だろうか。二十代だろうか。それとももう三十路《みそじ》を迎えただろうか。分からないな。

見当もつかない。私はいつ、どんな言葉を添えて、どんな顔でこれを君に渡すのだろう。そして君はどうするのだろう。これを読んだことによって、初めて幻書の蒐集を決意するのだろうか。それとももう君は幻書のことを知っていて、すでに集めはじめているのだろうか。

いずれにしても、もうここが結末だ。これで君はもう、パニッツィ氏からも教わらないであろう、一族と幻書にまつわる波乱に富んだ歴史についてささやかな知識を得たはずである。その知識を携《たずさ》えて、いつか君は私の祖父母、深井與次郎と深井幹に会うことになるのだろうか。もしそれが叶《かな》ったら、時おりで構わないから、この手記をしたためた男として私のことを三人で思い出してくれないだろうか。はるか南の地、生者は行けぬ叡《えい》知《ち》の殿堂、ラディナヘラ幻想図書館で。

しかし私は私なりにその図書館のイメージを持ち、しばしば脳裏に思い描いているのだ。いや、より正確に言うなら、それは本来、私のイメージではない。ミキが不帰の客となったのち、深井家の離れから、つまりミキのアトリエから、四畳ほどもある三〇〇号の油絵が発見された。残念ながらあとわずかのところで未完だったものの、その生命力に満ち満ちた大作は今は富田林の深井幹記念美術館の壁面を堂々と飾り、入館者の目を楽しませている。タイトルは《無題》となっているが、私はある種の優越感を心のうちで弄びながら、秘《ひそ》かにその絵を《ラディナヘラ幻想図書館》と呼んでいる。

キャンバスの底でむらむらと沸き立つように広がっているのは、きっとミキの夢想したボルネオ島の鬱蒼《うっそう》たる密林、生と死が尾を喰らいあう豊饒かつ過酷極まりない世界だ。その奥に峨々《がが》とした偉容でうずくまっているのは標高四千メートルを超える霊峰キナバル山だろう。薄衣《うすぎぬ》のような雲をまとったその頂から、象牙のごとき真っ白な塔がひたすらに天空を目指して伸び、キャンバスを上端まで貫き、その高さは計り知れない。空に描かれているのは、無数の書物、書物、書物。幻書の大群だ。そしてその群れの中を、巨大な翼を広げて縦横無尽に飛びまわるのは幾頭もの六本脚の白象たち。いちばん手前の白象にまたがっているのは明らかに與次郎だ。その横にいるのはどう見てもミキだ。そして、その向こうの白象にまたがるのは誰だろうか。残念ながら、その老人の顔は充分に描きられておらず、ミキの死後、何年ものあいだその正体は謎だった。『No.19・5』を読んだあと、ひょっとしたら、あれは髭《ひげ》を剃《そ》ったアントニオ・パニッツィだろうか、などと考えたこともあったが、深井邸にかけられたパニッツィの写真を見ても白髪という点以外は似ても似つかないし、見れば見るほど東洋人の顔立ちなのだ。ならば黒川宏右衛門だろうか。いや、絶対に違う。描かれた男は豊かな白髪だが、宏右衛門はアスファルトの割れ目からちらちら雑草が生えたみたいな禿頭《とくとう》だ。じゃあ誰だろう。

答えを得たのは、お母さんと正式につきあいはじめてからのことだ。二人で一緒に夏休みを取って大阪に帰り、深井幹記念美術館に行ったときに、甚《はなは》だ後れ馳《ば》せながらその気づきが私に訪れた。建物に入ってすぐのもっとも目立つところにかけられた《ラディナヘラ幻想図書館》を二人で見あげ、私は、あっと思った。思っただけでなく、実際、声に出してしまったようだ。当然、お母さんは、「何？」と訝《いぶか》しげに私の顔をうかがった。私は、いや、とだけ言ってから、どうごまかすかしばし考えを巡らしたが、しかし結局何も浮かばず、「さっき駅で便所に行ったけど、手ェ洗うん忘れた」などと答えてしまった。

あのとき、私とお母さんはジッパーみたいに指を絡めて情熱的に手を握りあっていたのだが、潔癖なところのあるお母さんは即座にその手を振りほどき、私の着ているTシャツでごしごし手を拭《ふ》いた。しかし私のTシャツは汗でほんのり湿っていたから、その手をさらに私のジーンズでごしごし拭いた。しかし私はジーンズなんか滅多に洗わない。それどころか、便所に行ってジーンズで手を拭くことすらあるから、まったく清潔ではないのだ。とはいえ、なんの問題もない。要するに、不潔にかこつけてただいちゃついただけなのだ。「このばいきんまん！」「このドキンちゃん！　ハーヒフーへホー！」みたいなこと言って。いやあ、熱あつだったな、あのころは。今もわりとそうだけど。

しかしもちろんあのとき、私の脳裏に突如として閃《ひらめ》いたのは洗い忘れた手のことなんかではなかった。写真だ。『紙魚よ、書物の大河を遡れ――土井恵太郎自伝』の表紙を飾る、老境に差しかかった君の写真だ。釈苦利邸であれを目にしたとき、なぜその場で気づかなかったのだろう。絵の中の人物のほうがさらに年を重ねたように見えるからだろうか。大空に放してしまって手元にないが、わざわざ見くらべるまでもない。北斎の描く白波のごとく豊かにうねる白髪、お母さんに似た切れ長の目、何やらひと言ありげに閉じられた小さな口、與次郎やミキと飛びまわっているのは、どう見ても私の記憶に刻まれてしまったはるか未来の君じゃないか。

恵太郎、試しに洗面所の鏡の前にでも立って、八十にも九十にもなった未来の自分の姿を思い描いてみてほしい。そしてその想像図を頭からこぼしてしまわぬようにそっと歩き、電車に乗り、美術館に入り、いつかミキの描いた《ラディナヘラ幻想図書館》の前に立ってみてほしい。どうだろう。白象にまたがってボルネオの空を自在に飛びまわるあの謎の老人は、君が思い描いた未来の君に似ているだろうか。私は似ていると思った。そっくりだと思った。だからあのとき、私はもう一度あの絵を見あげ、もう一度お母さんの手を握り、つい言ったんだな。

「いやあ、子供欲しいねえ」

「まだ昼の二時ですけど……。って言うか、あの絵ェ見て思うことか？」と言っておお母さんは私の二の腕を小突き、すごく笑ってた。

「いやいや、実はこれには長い長い長い長い話があんねんなァ」

「どんな話？」

私は頬笑むだけでそれには答えず、くるりと振りむき、今そこにいる君を見つめ、二人だけの秘密をそっと囁こう。

「ま、こんな話だわ。恵太郎」

時に大正十五年の夏まっさかり、ジワジワと集団読経《どきょう》のごとく押しよせる油蟬《あぶらぜみ》の鳴き声もどこ吹く風、朝も早《はよ》うから深井家の屋敷は上を下への底抜け騒ぎである。というのも、一冊の書物としか見えぬ化け物が、屋敷じゅうを縦横無尽に羽ばたきまわるからで、となると自然、それを生きたまま捕獲せんとの運びになり、上は十四の長男宇一郎から下は六つになったばかりの末っ子秀典まで、兄弟五人揃《そろ》ってあちらへどたどたこちらへばたばたと床板を踏み鳴らしながら走りまわることになる。

一方、幾人もいる大人たちは揃いも揃って早くもへばっていた。例えば、寝巻の前を臍《へそ》まではだけた祖父仙吉であるが、往生際《おうじょうぎわ》の悪い涅槃像《ねはんぞう》みたいにうちわで扇《あお》ぎ扇ぎ畳の上に寝そべって、安全圏からあれこれ采配《さいはい》を振る。「おい、宇一郎！　おまえがいちばん体も大きゅうて、すばしっこいんじゃ、早うその化け本を捕らえんか！　ほれ、またそっちへ行きよったぞ！　登美子、おまえはそっちの襖《ふすま》を閉めるんや！　奥

て、どこかでこんな話を聞いた憶《おぼ》えがあるな。むむ、本が飛ぶ話、本が飛ぶ話……。はの座敷へ逃げてまうぞ！」。しかし仙吉はそこでふと眉根をよせ、小首を傾《かし》げる。は

て、どこかでこんな話を聞いた憶《おぼ》えがあるな。むむ、本が飛ぶ話、本が飛ぶ話……。

子供らの父正太郎は、お気に入りの革張りソファに尻をはめこみ、頭は新聞に突っこんで、「ええ……心頭を滅却すれば、書もまた飛ばず。病は気から、猿も木から、本は本棚から……」などと虚《うつ》けのようにつぶやくばかり。しかし書物の化け物は先刻よりその眼前を幾度となく横切って確かな存在感を示す。そのたんびに正太郎も、ぶんと手を伸ばしてあわよくば引っ捕らえようと試みるのだが、もちろんのことあっさり空を切って、結局何やら別の用事で手を突き出した体《てい》を装《よそお》うのである。

仙吉の妻喜代《きよ》と正太郎の妻志津は、とうにあきらめかえっていくらか平穏な土間に避難し、女中のおみつやおちよと暢気《のんき》にお茶なんぞすすりながら「戸ォあけて、あないなもん、さっさと出てってもろたらよろしいのになァ」などと口ぐちに言いあう。

しかし子供たちは疲れを知らない。いつか狂犬の毒で死ぬのかもしれぬ宇一郎が先頭に立ち、雄叫《おたけ》びを上げながら逃げ惑う本を追いまわす。その後ろを、いつか惚《ぼ》けきって老人病棟の回廊を徘徊《はいかい》しつづけるのかもしれぬ次女の多恵子が「兄やん、本捕まえても殺さんといてな。あて、ちゃんと餌《えさ》やって育てるから」と半べそになりながら走る。その後ろを、いつか護国の鬼となって南洋に散華《さんげ》するのかもしれぬ秀典が、け

たけたと甲高い笑い声を上げながら転《こ》けつまろびつついていく。その後ろを、いつか胸を破るほど喀血《かっけつ》して死ぬのかもしれぬ長女登美子が、秀典が転ばぬよう手を添えながら前屈《まえかが》みで追う。

もちろん十二になったばかりの次男與次郎も戦列に加わっている。小賢《こざか》しい與次郎はさっきから宇一郎と呼吸を合わせて化け本に挟み撃ちを喰らわそうと先まわりを狙《ねら》っているのだが、相手のほうが数段上手と見えていっこうに捕らえられない。

ところで、そもそもその奇っ怪な書物の第一発見者は與次郎だった。早朝、怪音に目を覚ました與次郎は、ぎょっとして布団《ふとん》から跳ね起きると、「本が飛んでる！　兄やん、部屋ん中を本が飛びまわってる！」と叫んで、隣でくかあと眠りこける宇一郎を激しく揺さぶり起こした。何を隠そう、その化け本はすぐそばの本棚から、詳しく言えば、卑陋亭九郎著『雄雌本』と洒禄亭捨鳥著『捨鳥、赤磨に立つ』のあいだから飛び出してきたのであるが、その瞬間を宇一郎はもちろん與次郎も見ていない。

「なんじゃ、やかましい！」と目脂《めやに》で縫われた目をしょぼつかせて上体を起こした宇一郎のおでこに、その本がぱかんと音を立ててぶつかり、またふわりと宙へ体勢を立てなおした。気の短い宇一郎はばりっと即座に目を見ひらくと與次郎に向かって、

「われェ、なんぞ投げよったな！　死ぬ気あるんか？」と怒鳴ったが、與次郎は驚き

のあまり「本がァ！　本がァ！　本がァ！」としか言葉が出ない。「ふんがあ、ふんがあ、やかましいわい！　朝っぱらからなんの真似《まね》や！」と声を張りあげながら立ちあがった宇一郎の後頭部にまたもや本がべしっと激突した。さすがの化け本も今度こそ大きくよろめいた。それを好機と見た與次郎が、猫のように両手を上げてつかみかかり、とうとう化け本を布団の上にねじ伏せたのである。その刹那《せつな》、與次郎はありもしない自分の尻尾《しっぽ》でも押さえこんだような、なんとも不可解なむず痒《がゆ》さを覚え、むむ、と思った。なんやろな、このけったいな感じは……。しかし化け本は、知ったことかと手の下で活《い》け魚《うお》のように暴れる。與次郎は我に返ると、ぐっと本を押さえつけ、表紙の題名に目を走らせた。

『本にだって雄と雌があります』

ほう、ありますか、今日びは本だてらに雄や雌が。ついでに嫁はん探して朝っぱらから空でも飛びますか。ご苦労なこって。しかし待てよ。どこかで聞いたような話やな。はて、どこやったかな。なんや毎日、目の端っこでそんなんを見てるような……。首を傾げながらも、與次郎は本を逃がさぬよう用心しいしい最初のページを開いてみる。

「というのが、私の母方の祖父、つまり君の曾祖父《そうそふ》ということになるのだが、深井與次郎の回りくどい言い分である」

　またもや、むむ、と思った。わいの名前が出てくるやないか。私の母方の祖父？　つまり君の曾祖父？　それが深井與次郎？　つまり「私」というのはわいの孫か？　となると「君」はわいの曾孫《ひまご》か？　もちろん與次郎は何がどうなっているのやら皆目分からない。ほかに手がかりがないかと、ところどころつまみ喰いならぬつまみ読みをする。わいが非業《ひごう》の死？　おしどり夫婦？　深井ミキ？　ポロピレ？　本が読めない？　本が読めるようになった？　白い象？　一緒に乗る？　あちらこちらをつまみ読みすればするほど、ますます謎の深みにはまってゆくばかりである。

　もっと別のところも読まねば埒《らち》が明かぬと與次郎はさらにめくろうとした。しかし思わず押さえこむ力をゆるめてしまったのは失敗だった。好機と見たのか、びたびたびたっと化け本が身をくねらせたのである。しかもその瞬間、「けったいな小細工しよって！」と後ろから宇一郎が與次郎の背中を蹴《け》りとばした。與次郎はたまらず頭からごろんと転がった。化け本はふたたび自由の身となり、その勢いで障子紙をずぼんと破って縁側へ出た。それから小一時間も屋敷じゅうを好き放題に飛びまわっているのである。

　きょうだいと一緒になってどたばたと本を追いかけながらも、與次郎の頭の中は化け本に書かれていた不可解な記述のことでいっぱいだ。わいに孫がおって、その孫がなんやよう分からんが曾孫にわいのことをあれこれ書いて……。しかし、ほんまやったらちょっとおもろいな、と與次郎は思う。もっともっと読んでゆけば、もっともっと自分の未来について書き記されているのかもしれない。嫁はんのことも、子供のことも、孫のことも、曾孫のことも、何もかもすっかり書いてあるのかもしれない。そこまで考えたとき、そういえば非業の死とかも書いとったな、と不安が頭をよぎる。ああ、読みたいような、読みたないような……。

しかしそれよりも何よりも、肝腎《かんじん》の化け本がいっこうに捕まらないのだ。このままゆくと、遅かれ早かれ縁側の硝子戸《ガラスど》をガチャンとぶち破って庭に出てしまうだろう。そうなったら、一巻の終わりである。金輪際こんな妙ちきりんな本に出くわすことはあるまい。それまでにあの本は捕まるだろうか。それともまんまと屋敷から抜け出し、いずことも知れぬ蒼穹《そうきゅう》の彼方《かなた》に飛び去ってしまうのだろうか。しかしもしこの手で捕まえられたなら、自分はそれを最後まで読むのだろうか。もし読んでしまったら、その後の人生をどうやって生きてゆくのだろう。それでもミキとかいう女と出会うのだろうか。出会うんかもしれんな。ほんで、ほんまにいつの日か一緒に白い象に乗るんかもしれんな。ほんで、わいの子ォや孫や曾孫がえらいびっくり仰天して、腰の一つや二つ抜かすんかもしれんな。そうしたらいつか、いや、そうならんでもいつかきっと、今朝のこの突拍子もない出来事について、誰にも言うたらあかんで、絶対にわいらだけの秘密やで、指切りげんまんや、言い含めてこっそり話したろ。鳥やコウモリみたいにばささと空を飛ぶ本があるという話を……。ほんで、どうにかこうにか首根っこ引っつかんで読んでみたら、わいの未来のことがあれもこれも書かれとったという話を……。はてさて、どんなふうに話したったらおもろいかな。そやな、そやな。よし、思いついたぞ。こんなんどやろ。

「ええ、あんまり知られてはおらんけども、本にだって雄と雌があります――」

解説

小谷真理

洒落《しゃれ》たタイトルを最初に目にしたとき、思わず吹いてしまった。

なるほど、これは鋭い。

たしかに、本というものは、増殖する。あれはこういうことだったのか、とニヤリとしてしまった。

多くの書籍マニアにとって——いや、マニアだけの問題ではないかもしれないが——基本的に本は増える。いつのまにか増えている。ひとつの知識は、それに関連する知の連鎖を求めるからだ。気がつくと、一冊の本を読んでいたはずなのに、関連書籍を揃《そろ》えている。

読書家事始としては、それがうれしいものだった。まるでインテリみたいではないか、と。

でも、実はそこに危険が潜んでいる。

本はスペースを取る。油断すると人間サマのスペースにまで浸食してくる。トイレくらいまでなら、ゆるすよ。なんてったって、世界で一番の清潔国家ニッポンのトイレだから。しかし、風呂場《ふろば》とかになると、けっこうヤバい。一冊なら湯船に浸《つ》かって読めるけど、数冊になると手に負えない。

普通の居住部屋も油断できない。天井までズンズン積み上げて行ったら、いつまでもてっぺんが天井に届かないんで、なんだか変だなーと思ったら、床がぬけていた……これは書痴の間では有名な伝説だ。

かように嬉《うれ》しき悩みに塗《まみ》れた愛書家が、夜中に書棚を見ながら考えること。それは、ひょっとしてこいつら、自ら勝手に増殖しているんじゃなかろうな、という愉快な疑惑である。

買いあさった自分のことなど（書？）棚にあげてよく言うよ、なんてつっこまないでほしい。

もちろん、そんなバカみたいなことあるわけがないけど。でも……

そんなバカみたいなこと、想像したことなんかないよ、なんて即答できる愛書家は、いっそ少ないのでは。

かくいうわたしも、今から二〇年前、英文学者・高山宏氏のバロック批評書『魔の王が見る』を書評する際に、似て非なる話題をふったことがある。例によって、いまひとつ筆が進まなくなり、積ん読本をながめながら、隣り合った本のタイトルを勝手に繋《つな》ぎ合わせて、ネタを探していた時のことだ。ふと資料をとろうと手をのばしたところ、書棚の一角が崩れ落ち、高山御大の著書が拙著『女性状無意識《テクノガイネーシス》』を組敷いている（ているように見え）てしまった。あ、ヤバい。まさに「魔の王が見る女性状無意識」というちょっとエロくてあぶない一文ができあがってしまった。その興奮のあまりエッセイが書けた……ことがある。

ところが、この作者はそういう安易な一発ネタにはおさまらなかった。じっくりと腰を据え、書棚の一角から宇宙の果てまで思索の翼をのばして、とんでもない傑作を書いてしまったのだ。著者の志はどうやら天よりも高く、想像力はとてつもない飛翔《ひしょう》力を備えているらしい。

本書のユニークさは、まず書物それ自体を生命体と捉《とら》え、生態系にいたるまでを宇宙規模で創造したこと。

なるほど、本とは生き物であったか！という発見もさることながら、実際の本筋は、むつみあったがゆえに生まれてしまった子本のほうにある。父本母本。父母はいれども、作者不在。タイトルこそ奇妙なハイブリッドの子本だが、はてさて「本」というからには、そこにいったいなにが書いてあったのか。

書物をめぐるファンタジーはこれまでも多く書かれてきた。ざっと振り返ってみても、たとえばC・S・ルイスの〈ナルニア国物語〉に出てくる予言書、J・R・R・トールキン『指輪物語』に登場するホビット族のビルボが執筆した赤表紙本、ミヒャエル・エンデの『ネバーエンディングストーリー』に出てくる別世界を収納した本、J・K・ローリングの〈ハリー・ポッター〉に登場する凶暴な魔法書。ちょっと思い浮かべただけでも、ファンタジーの巨匠たちの作品のなかに小ネタとして登場している。しかし、本書のように、生物学的な、まさに本の生態学を想定し、あたかも人類進化とは違った高度に知的な生命体のように構築している作品はめずらしいのではなかろうか。

しかも、本書では、幻の本の秘密ばかりではなく、それを蒐集《しゅうしゅう》するブックハンターの三代にわたる家族史に焦点がおかれている。物語の中心をなすのは、幻書を集め、屋敷に飼っていた学者の深井與次郎《ふかいよじろう》。語り手は與次郎の孫・博《ひろし》で、三歳の息子に祖父と幻書との摩訶《まか》不思議な関わりを語りおろすという趣向である。與次郎がどんな家族の中で育ち、どのようにして宿敵に出会い、どんないきさつで恋愛・結婚したか、なぜ幻書の蒐集に関わるようになったのか。大阪在住の一族なので、すべては関西弁で語られる。その冗談と法螺《ほら》話調の語りのおもしろいことといったら。ガルシア＝マルケスのひそみにならって、深井一族百年の歴史と呼びたいくらいだ。

維新から敗戦を経て高度成長期へ。さまざまに政治的な事情で一向に評価が一定していない日本の近現代史。二一世紀に入って、それを家族史のほうから語り直して行く、という視点が濃厚になってきた。大時代的であり政治的かつ教科書的な歴史観に比して、ささやかな市井《しせい》の家族内部の体験談や言い伝えが、三世代ほど下った孫世代に再発見されるというシナリオだ。その意味では本書でも、太平洋戦争や日航機墜落事件などが素材として、一種の象徴性をおびて登場する。

驚くべきは、この実録モノ的なホントのハナシと、幻書をめぐるウソのようなおハナシの二局面が違和感なく絶妙にブレンドされて共存していることだろう。とくに語り手の関西弁がすばらしい味わいを醸《かも》し出している。それに感嘆しながら、この趣向がちょっとだけ意外な気がした事も、告白しておこう。

著者は、二〇〇九年に第二一回日本ファンタジーノベル大賞を『増大派に告ぐ』で受賞してデビューしたからだ。同賞選考委員の末席にいたわたしは、『増大派に告ぐ』をめぐって選考会の議論が熱かったことを覚えている。

『増大派に告ぐ』は、児童虐待《ぎゃくたい》、ホームレス狩りといった子どもをめぐる社会問題に題材をとり、社会の負の側面における繰り返し構造を洞察した内容だった。ラストに救いはないし、読後感も決して愉快なものとは言えなかったが、なにか魂をゆさぶられるような生命力の強さ（危険性？）が、選考会で高く評価された。あまりにも強烈な印象はあとを引き、その印象が強かったため、すっかり社会派の作家と思い込んでいた。ところが、本書ではシリアスな社会派のイメージは後退し、かわりにそれらを呑《の》み込んで繁茂する上質なユーモアがひたすら圧倒的であった。ストレートに打つより、知的な品のよさと奥深さを広げるほうに文学的な手腕が感じられたのである。著者はなかなか守備範囲の広い作家なのだ。

ただし注意深く再読すると、本書で扱われている太平洋戦争の激戦風景の衝撃性をはじめ、史実を扱う手つきのなかに、『増大派に告ぐ』から継承された問題意識が垣《かい》間見《まみ》える。

なお、重要な役どころのアントニオ・パニッツィは、実在の歴史上人物である。教科書的な補足をするなら、一八世紀末にイタリアで生まれ、のちに英国にわたって、大英博物館の司書になった。その功績は、図書館の目録の方法論を編み出したことだった。

膨大な書籍も検索できなければ、お目当ての本にたどりつくこともできない。書籍の基礎情報を目録化するという方法論を編み出したパニッツィは、名前こそなじみはないかもしれないが、全地球にあふれる膨大なる情報を検索するもっとも基本的な方法論を紡《つむ》ぎ出したからこそ、本書に登場したのだろう。

（平成二十七年七月、評論家）

この作品は平成二十四年十月新潮社より刊行された。

森見登美彦著

太陽の塔

日本ファンタジーノベル大賞受賞

巨大な妄想力以外、何も持たぬフラレ大学生が京都の街を無闇に駆け巡る。失恋に枕を濡らした全ての男たちに捧ぐ、爆笑青春巨篇！

森見登美彦著

きつねのはなし

古道具屋から品物を託された青年が訪れた奇妙な屋敷。彼はそこで魔に魅入られたのか。美しく怖しくて愛おしい、漆黒の京都奇譚集。

森見登美彦著

四畳半王国見聞録

その大学生は、まだ見ぬ恋人の実在を数式で証明しようと日夜苦闘していた。四畳半から生れた7つの妄想が京都を塗り替えてゆく。

森見登美彦著

森見登美彦の京都ぐるぐる案内

傑作はこの町から誕生した。森見作品の名場面と叙情的な写真の競演。旅情溢れる随筆二篇。ファンに捧げる、新感覚京都ガイド！

西條奈加著

善人長屋

差配も店子も情に厚いと評判の長屋。実は裏稼業を持つ悪党ばかりが住んでいる。そこへ善人ひとりが飛び込んで……。本格時代小説。

三國青葉著

かおばな剣士妖夏伝

—人の恋路を邪魔する怨霊—

将軍吉宗の世でバイオテロ発生！ヘタレ剣士右京が活躍する日本ファンタジーノベル大賞優秀賞『かおばな憑依帖』改題文庫化！

堀川アサコ著

たましくる
—イタコ千歳のあやかし事件帖—

昭和6年の青森を舞台に、美しいイタコ千歳と、霊の声が聞えてしまう幸代のコンビが事件に挑む、傑作オカルティック・ミステリ。

堀川アサコ著

これはこの世のことならず
—たましくる—

亡くした夫に会いたい、とイタコになった美しい19歳の千歳は怪事件に遭遇し……恐ろしいのに、ほっと和む。新感覚ファンタジー！

越谷オサム著

陽だまりの彼女

彼女がついた、一世一代の嘘。その意味を知ったとき、恋は前代未聞のハッピーエンドへ走り始める——必死で愛しい13年間の恋物語。

越谷オサム著

いとみち

相馬いと、十六歳。人見知りを直すため始めたのは、なんとメイドカフェのアルバイト！思わず応援したくなる青春×成長ものがたり。

越谷オサム著

いとみち　二の糸

高二も三味線片手にメイド喫茶で奮闘。友達と初ケンカ、まさかの初恋？　ヘタレ主人公ゆるりと成長中。純情青春小説第二弾☆

平山瑞穂著

遠すぎた輝き、今ここを照らす光

たとえ思い描いていた理想の姿と違っていても、今の自分も愛おしい。逃げたくなる自分の背中をそっと押してくれる、優しい物語。

本《ほん》にだって雄《おす》と雌《めす》があります

新潮文庫　お－92－1

平成二十七年九月一日発行

著者　小《お》田《だ》雅《まさ》久《く》仁《に》

発行者　佐藤隆信

発行所　株式会社 新潮社

郵便番号　一六二—八七一一
東京都新宿区矢来町七一
電話 編集部(〇三)三二六六—五四四〇
読者係(〇三)三二六六—五一一一
http://www.shinchosha.co.jp

価格はカバーに表示してあります。

乱丁・落丁本は、ご面倒ですが小社読者係宛ご送付ください。送料小社負担にてお取替えいたします。

印刷・二光印刷株式会社　製本・憲専堂製本株式会社

ISBN978-4-10-120021-7 C0193